Elizabeth Musser

In jenem besagten Sommer

francke

Über die Autorin:
Elizabeth Musser wuchs in Atlanta auf. Seit dem Abschluss ihres Studiums englischer und französischer Literatur an der Vanderbilt Universität in Tennessee ist sie als Missionarin tätig. Heute lebt sie mit ihrem Mann Paul in der Nähe von Lyon in Frankreich. Die beiden haben zwei Söhne.

Bibliografische Information Der Deutschen Nationalbibliothek
Die Deutsche Nationalbibliothek verzeichnet diese Publikation in der Deutschen Nationalbibliografie; detaillierte bibliografische Daten sind im Internet über http://dnb.dnb.de abrufbar.

ISBN 978-3-96362-041-6

Originally published by Uitgeverij Kok, Utrecht

35037 Marburg an der Lahn
Deutsch von Julian Müller
Umschlagbilder: © dreamstime.com / yobro10; ninotti; Lubomir Jilek
© 123rtf.com / fesus
Umschlaggestaltung: Verlag der Francke-Buchhandlung GmbH / Christian Heinritz
Satz: Verlag der Francke-Buchhandlung GmbH
Druck und Bindung: CPI books GmbH, Leck – Germany

www.francke-buch.de

Selig sind, die reinen Herzens sind; denn sie werden Gott schauen.
(Mt 5,8)

Die Wolken hängen tief; der Nebel liegt wie ein Teppich auf den Bergen. Ich stehe oben auf dem Aussichtspunkt und lasse den Blick über das schier unendliche Wogen der Hügel und Täler schweifen. Ohne Ende – so scheint es – fallen und steigen die grünen Hänge und blauen Gebirgskämme, die die Zeiten überdauern. Die Berge nehmen mich gefangen. Ich fühle mich zu ihrer Schönheit hingezogen. Erst im Nebel, der sie wie Rauchschwaden umfließt, verliere ich sie aus den Augen. Ich schwebe dort oben im Nebeldunst und spüre, wie mich der Morgen ruft. Der erste Lichtstrahl durchdringt den Schleier, und da weiß ich es. Er hat mir vergeben.
The Mountains Between Us, Josephine Bourdillon

Teil 1 – Der Anfang vom Ende

Kapitel 1

An einem Freitag im Oktober 2015
Asheville, North Carolina
Henry

Hab schon vielen Leuten das Licht ausgeknipst, aber ausgerechnet dieses Mal musste etwas schiefgehen. Und zwar so richtig.

Mein Kontakt hatte mir den Zettel mit den detaillierten Instruktionen für diesen Job geschickt und ich hatte sie mir sehr genau angesehen. Und tatsächlich, die Frau kam aus der Bibliothek. Das Haus war für Halloween völlig überladen, mit Kürbissen in allen Größen und Farben, die mir in meinem Versteck Grimassen schnitten. Die Frau lief die Straße entlang, die alte Basilika im Rücken, guckte nach links und rechts und ging dann über die Haywood Street in Richtung Stadtzentrum. Kein Mensch war zu sehen an diesem Freitagnachmittag, genau, wie es auf dem Zettel gestanden hatte. Die Frau bog in die schmale Gasse ein, an deren Ende ich wartete, gleich bei ihrem Auto, ein echt schöner Mercedes war das. Jetzt, wo ich sie von Nahem sah, zögerte ich dann doch – sie sah überhaupt nicht wie eine Kriminelle aus, sondern wie eine ganz normale Frau mittleren Alters, gut aussehend dazu, mit einer schwarzen Laptoptasche. Total schnell und entschlossen war sie unterwegs, so als wüsste sie, was als Nächstes kam, und wollte möglichst schnell dorthin.

Das galt vielleicht für andere Tage, aber nicht für heute ...

Ich hatte die Knarre im Anschlag und zielte wie geplant. Als sie mit dem Schlüssel die Tür von ihrem Mercedes aufmachen wollte, drückte ich ab.

Genau in dem Moment hörte ich, wie ein Kind am anderen Ende der Gasse rief: „Mrs Bourdillon! Sie haben vergessen ...“, und die Frau drehte sich um, während die Kugel lautlos durch die Luft schnitt und sie rechts am Kopf traf, anstatt wie geplant voll von hinten in den Schädel zu donnern. Aber sie ging zu Boden und eine Blutlache entstand, während aus der Kinderstimme – ein Mädchen – ein gellender Schrei wurde. Hätte eigentlich in Panik verfallen müssen – ohne die Pillen und alles –, aber ich blieb ruhig. Drehte mich einfach um und verschwand um die Ecke durch eine Gasse zu meinem Auto. Niemand hatte mich gesehen, weil alle zu der Frau hinstürzten, und ich hätte mir schön auf die Schulter geklopft, wenn ich nicht damit beschäftigt gewesen wäre, bloß nicht auf meinen Pick-up zu kotzen.

Samstagmorgen

Hinterher hatte ich immer denselben Traum.

Pa rief mich zu sich und wir fuhren in den Laden, wo ich zuerst eine Flasche Limonade und eine Tüte Chips kaufte, so als wäre ich irgendein stinknormaler Jugendlicher, und dann kam Pa rein, mit dem Strumpf über dem Kopf und zeigte mit der Knarre auf den verängstigten Kassierer, der aber noch so beisammen war, dass er irgendeinen Knopf unter der Ladentheke drückte, und dann kam die Polizei und pustete Pa vor meinen Augen das Gehirn raus.

Mit einem Schrei wachte ich auf. Wenn es doch nur ein Traum wäre.

Im Motel machte ich auf dem Weg zum Klo den Fernseher an. Ich war müde wie ein Stein. Nach jedem Abschuss gab ich mir derart die Kante, dass ich einen Filmriss hatte. Ich nannte es „Abschuss“ wie Pa früher, als hätten wir einen Hirsch erlegt oder einen Elch anstatt einen eben noch quicklebendigen Menschen. Mein Kopf dröhnte, als hätte *ich* mir die Kugel eingefangen anstatt sie. Ich spritzte mir kaltes Wasser ins Gesicht, betrachtete im gesprungenen Spiegel meine roten Augen und die Bartstoppeln, fuhr mir übers Kinn und sagte laut: „So, das wäre geschafft und das Geld ist bald auf dem Konto. Rechtzeitig für die OP.“

Ich versuchte mich an einem Lächeln, aber stattdessen füllten sich meine Augen mit Tränen. Also spritzte ich mir noch mehr kaltes Wasser ins Gesicht. Meine kleine Reiseapotheke lag verstreut um die Toilette auf dem fleckigen Linoleum. Ich griff nach ein paar Aspirin, warf sie mir rein und holte dann Rasierer und Rasierschaum heraus. Den Wasserhahn ließ ich laufen, bis das Wasser warm wurde. Aus dem Zimmer hörte ich den Jingle der Morgennachrichten.

„Die Top-News des Tages: Die bekannte Romanautorin Josephine Bourdillon liegt noch immer auf der Intensivstation des Memorial Campus of Mission in Asheville und kämpft ums Überleben ...“

Mit einem Knall landete der Rasierer im Waschbecken. Ich schnappte mir das dünne weiße Handtuch und stürzte zum Fernseher. Noch im Laufen wischte ich mir den Rasierschaum aus dem Gesicht und lauschte der Reporterin – einer jungen Blondine, die wahrscheinlich gerade erst mit der Ausbildung fertig geworden war und vor einem Krankenhaus stand. „Wie es heißt, handelt es sich um einen Mordversuch. Miss Bourdillon hatte gerade die Pack Memorial-Bibliothek verlassen, wo sie wie jeden Freitag um vier Uhr nachmittags Vorschulkindern vorlas, als sie niedergeschossen wurde. Weitere Angaben machte die Polizei bisher nicht ...“

Mein Magen krampfte sich zusammen und drückte den Alkohol und die Pizza der vergangenen Nacht nach oben. Ich rannte zum Klo und kotzte. Dann fluchte ich und brüllte viel zu laut für die dünnen Motelwände. Konnte mich aber noch gerade so davon abhalten, mit der Faust ein Loch hineinzujagen.

Was jetzt, verflixt?

Die zweite Hälfte, wenn die Sache erledigt ist. Per Einschreiben, wie immer, vier Tage danach. Dieselbe Stimme am Telefon, derselbe Kontakt, dieselbe Zahlung, dieselbe Versandmethode. Nur die Instruktionen kamen sonst nicht auf Papier, vor allem nicht auf Briefpapier mit kleinen Blümchen am unteren Rand. Ich fischte den Zettel aus dem Aschenbecher, in dem ich ihn eigentlich verbrennen wollte, und steckte ihn zurück in meinen Arbeitsanzug.

Im Fernsehen ratterte die Reporterin die Auszeichnungen der Frau herunter, aber ich konnte nicht zuhören. Ich dachte nur: *Du musst krepieren, Lady. Du musst einfach. Sonst kriege ich das Geld für Jase nicht. Tut mir leid. Aber es geht nicht anders.*

Samstagmittag
Paige

Sie lag auf dem Rücken, den Mund halb offen mit einem Schlauch darin. Ihr Kopf war auf der rechten Seite kahl rasiert, dort, wo die Kugel eingetreten war. Und jetzt sah sie aus wie eine Leiche, die man gerade erst angefangen hatte, in eine Mumie zu verwandeln. Der Kopf war bis über die Augen und kurz vor der Nase verbunden. Der Rest ihres Gesichts war extrem blass. Das forcierte Atmen mit maschineller Hilfe erinnerte mich an das Surren des Deckenventilators im Schlafzimmer meiner Eltern. Ziemlich gruselig.

Ich saß neben dem Bett und starrte mit wässrigen Augen auf den Geist, der einst meine Mutter gewesen war. Meine liebenswürdige und sanfte Mutter, Mitte fünfzig, zierlich, dunkle braune Augen entweder voller Mitleid oder Fantasie oder auch ein wenig Verrücktheit. Ob sie sie je wieder öffnen würde?

Koma. Dieses Wort erschütterte mich zutiefst. Ich kannte mich aus mit Komata. Es war das, aus dem die wenigsten Leute erwachten, und wenn doch, dann meist als dahinvegetierendes Wrack. Dass meine Mutter in so einer Lage war, so still, so leblos, so weit weg, wollte nicht in meinen Kopf.

Gestern hatten wir wie immer den Sonnenaufgang von der Veranda unseres Hauses auf Bearmeadow Mountain beobachtet, diesen Blick auf die endlose Berglandschaft, die sich wie ein welliger Teppich auf beiden Seiten des Horizonts ausbreitete. „Wir wohnen hier wie im Paradies“, hatte Momma gesagt. „Jeden Tag dürfen wir dabei zusehen, wie Gott die Berge anmalt.“ Im Frühjahr sahen die Berge grün und weich wie Samt aus, aber wenn der Oktober kam, wurde aus dem Samttuch ein Orientteppich aus Rottönen, Orange und Dunkelgelb.

Ich blinzelte die Tränen weg. Der Kontrast zwischen der Erinnerung und diesem weißen sterilen Krankenhauszimmer, das mit völlig unnatürlichen und technischen Geräuschen und Gerätschaften vollgestellt war, ohne die meine Mutter sofort sterben würde, war kaum zu ertragen.

Bevor ich am Vortag eilig zur Schule aufgebrochen war, hatte ich sie noch freudig abgeklatscht, nachdem ich ihr die letzte Fanpost einer älteren Frau vorgelesen hatte, die in Mutters Geschichten neue Hoffnung schöpfte.

Ich las Mama immer Leserpost vor. Ihr Job war es zu schreiben. Und zu schreiben. Und zu schreiben. Weil sie sich mit den sozialen Medien nicht so besonders gut auskannte, hatte ich seit meinem sechzehnten Geburtstag vergangenes Jahr angefangen, ihre Fanpost zu beantworten und das ganze Social-Media-Zeug zu machen – wie Hannah früher. Natürlich bezahlte sie mich dafür.

Und jetzt wollte es nicht in meinen Kopf, dass tatsächlich jemand versucht hatte, sie zu töten. Ein Attentat, sagte die Polizei. Als wäre meine kleine verrückte Mama die Präsidentin der Vereinigten Staaten. Wer plante denn einen Anschlag auf eine Autorin jenseits der fünfzig? Vielleicht, wenn sie Horrorgeschichten geschrieben hätte oder Schundromane, wenn sie irgendeine Religion diffamiert hätte. Aber Mama? Sie schrieb historische Romane. Gut, sie warf strittige Fragen auf, aber diese waren von einem Präsidenten besiegelt worden, der vor zig Jahren ermordet worden war.

Vielleicht wollte es doch in meinen Kopf. Den Brief gestern hatten wir gern gelesen, aber da waren noch diese handgeschriebenen Briefe in großer Schrift, die sie seit drei Wochen bekam. Man konnte richtig sehen, was sie mit Mama machten. Ich hätte ihn ihr niemals zeigen dürfen. Leserpost las ich immer zuerst. Das meiste kam über ihre Website, über Facebook oder per E-Mail. Aber hin und wieder erreichte sie ein handgeschriebener Brief. Und innerhalb von zwei Wochen hatte sie gleich zwei Stück davon bekommen. Ein Spinner, hatte ich noch gedacht.

Sind nicht Spinner genau die Leute, die ihre Vorbilder umbringen?

Mein innerer Dialog wurde von der Krankenzimmertür unterbrochen. Mein Vater kam herein.

„Daddy!"

„Paige", sagte er und wir umarmten uns. Eine gefühlte Ewigkeit.

Dann ging er leise zum Bett, als könnte er Mama aus Versehen aufwecken. Wenn es doch nur ginge. Daddy, groß, schlank, rabenschwarzes Haar, obwohl er schon über fünfzig war, nur die Schläfen wurden allmählich grau, was ihm ein sehr charmantes Aussehen verlieh, wie Mama oft sagte. Meine Eltern hatten sich beide gut gehalten. Jedenfalls bis jetzt.

Jetzt huschte mir angesichts seines bleichen Gesichts das Wort *hager* durch den Kopf. Sonst war es immer so sauber rasiert, aber jetzt war es von schwarz-weißen Stoppeln und hohlen Augen gezeichnet. Er hatte die ganze Nacht kein Auge zugetan und mich nur kurz mit Momma allein gelassen, um sich einen Kaffee in der Cafeteria des Krankenhauses zu holen. Jetzt stand er vor ihr und sah völlig deplatziert aus, als wäre er im falschen Raum gelandet und würde auf die Frau eines anderen starren.

„Gibt es was Neues?“, fragte ich.

Um ehrlich zu sein, wusste ich nicht, ob ich noch mehr Neuigkeiten vertragen konnte. Gestern Nacht, kaum drei Stunden nach dem Mordversuch, hatte der Arzt mich und Daddy in ein anderes Zimmer gebeten und gesagt: „Wir beurteilen den Schweregrad eines Komas nach zwei Skalen, der Glasgow-Skala und der Rancho-Los-Amigos-Skala. Die Namen sind nicht weiter wichtig. Wichtig ist das Ergebnis. Eine drei bedeutet wenig Hoffnung auf Besserung. Eine fünfzehn ist der Normalzustand. Wir verwenden solche Skalen, um den Fortschritt unserer Patienten zu messen.“

Er sprach leiser. „Mrs Bourdillons kombinierte Punktzahl betrug in der Notaufnahme vier; das ist bei einem solchen Schädel-Hirn-Trauma ganz normal. Die erste Aufgabe besteht darin, den Patienten zu stabilisieren. Wir haben sie künstlich beatmet und leiten die Flüssigkeit ab. Die Schwellung übt viel zu viel Druck auf das Gehirn aus. Die Hyperventilation kann dazu beitragen, den Druck abzubauen. Sie bekommt aktuell Antikonvulsiva ...“

Daddy schüttelte den Kopf. „Nein, nichts Neues. Obwohl sie die Kugel gefunden haben.“ Das Projektil war direkt durch Mamas Kopf gedrungen und steckte im Parkplatzasphalt. „Vielleicht finden sie so heraus, aus welcher Art von Waffe sie kam.“ Aber Daddy beschäftigte nicht der Gedanke, wie man den Täter finden konnte. Ihn beschäftigte allein die Frage, wie er Mama zurückbekam.

Er setzte sich auf den anderen Stuhl neben ihrem Bett und griff unter der weißen Decke nach ihrer Hand. „Feeny“, flüsterte er – einer seiner Spitznamen für sie. „Kannst du mich hören, Feeny? Wenn ja, dann drück meine Hand.“

Seine Stimme war so verzweifelt, so schwach, so anders, dass mir kurz der Atem wegblieb. Ich rieb mir die Stirn, spürte die ersten

Anzeichen eines gewaltigen Brummschädels und sagte: „Ich lasse euch mal allein." Dann gab ich Daddy einen flüchtigen Kuss auf die Wange und trat in den Flur hinaus. Meine Stimme hatte kein bisschen anders geklungen als Daddys.

Von einem Augenblick auf den anderen war unsere Welt auf den Kopf gestellt worden.

Ich fuhr zur Cafeteria in die erste Etage und stand vor den warmen Hauptgerichten, als mir meine eigene Stimme vom Fernseher an der Wand entgegenschallte. *„Wir verstehen einfach nicht, wieso jemand meiner Mutter etwas antun wollte"*, sagte ich dort den Reportern, die uns heute Morgen vor dem Krankenhaus bedrängt hatten. *„Wir wissen es nicht"*, fügte ich noch hinzu und zog den Kopf ein.

„Der aktuelle Roman Ihrer Mutter, *The Mountains Between Us,* beschäftigt sich mit brisanten Themen wie der Rassendiskriminierung ..." Die Reporterin hatte mir das Mikro direkt vor den Mund gehalten. „Glauben Sie, hier könnte ein verstörter Leser seinen Frust an Ihrer Mutter ausgelassen haben, weil er anderer Meinung ist?"

„Ihr aktueller Roman? Ähm, er spielt vor über hundertfünfzig Jahren ..." Meine Stimme klang so weit entfernt und ich sah ziemlich schrecklich aus, so ganz ohne Make-up und mit ungewaschenen Haaren. Daddy hatte die Kameras von mir weggedrückt, Gott sei Dank, und wir waren durch die automatischen Schiebetüren ins Krankenhaus gegangen. Aber schon da dachte ich insgeheim, *der Einzige, der überhaupt infrage käme, ist dieser Spinner, der Mama vor ein paar Wochen geschrieben hat.*

In der Cafeteria hielt ich den Kopf gesenkt und griff nach der einzigen Sache, die mich ansprach, einem Chocolate-Chip-Cupcake, bestellte einen Chai-Tee dazu, stellte beides auf das cremefarbene Tablett und schob es über die Metallstangen. Dabei warf ich kaum einen Blick auf das restliche Essensangebot, das für mich genauso reizvoll aussah wie das Zeug in der Schulmensa damals. Etwas anderes brachte ich sowieso nicht hinunter.

„Ermittler der Polizei suchen nun nach Hinweisen auf einen möglichen Täter ..."

Josephine
1966

Sie hatten das Haus voll, lauter wichtige, lachende Leute mit ihren hohen, schmalen Gläsern, in denen die goldene fröhlich machende Flüssigkeit perlte. Dieser Lärm! Terence, der Kellner im schwarzen Smoking, der zu seiner dunklen Hautfarbe passte, kam zu Josephine herüber. „Miss Josephine, wie hübsch Sie wieder aussehen. Kann ich Ihnen was zu trinken bringen? Eine Co...cola vielleicht?"

„Hallo Terence. Bin ich froh, dass du da bist." Sie nahm seine Hand und folgte ihm an die provisorische Bar, wo Daddy die Drinks mixte. „Darf ich ein Gingerale haben?"

„Kommt sofort, Engelchen."

„Verkleidest du dich gern für Partys?"

„Macht mir überhaupt nichts aus, Miss Josy. Gefällt mir sogar recht gut. Raus aus der Arbeitshose und rein in den Smoking." Terence arbeitete als Gärtner für meine Eltern und ließ den Garten aussehen, als hätte ihn jemand mit Kamm, Bürste und Nagelfeile zurechtgemacht. Jeder Grashalm stand aufrecht, jeder Busch war akkurat getrimmt. Alle sechs Monate trat er auf den Partys meiner Eltern als Barkeeper in Erscheinung.

„Schaust du gerne zu, wie sich die Leute betrinken?"

„Miss Josy, Sie stellen aber Fragen. Diese feinen Leute betrinken sich doch nicht. Sie haben einen schönen Abend mit ein wenig Alkohol." Er reichte ihr ein hohes Glas mit Goldrand, gefüllt mit Eiswürfeln und Gingerale. „Hier, mein Engelchen."

Terence nannte sie schon immer Engelchen und passte während der Partys auf sie auf. Wieso ihr diese Feiern Angst machten, wusste sie nicht. Vielleicht waren es diese extravaganten Leute in ihren extravaganten Kleidern mit den extravaganten Drinks.

Doch, sie wusste es.

Sie kniff die Augen zu und hörte die quietschenden Reifen, Mommys Schrei und sah, wie Kit und sie gegen den Vordersitz geschleudert wurden.

Daddy fluchte, rieb sich die Schläfen und sah sich mit rot unterlaufenen, weit aufgerissenen Augen um. „Alles in Ordnung?"

Kit drückte ihr die Hand. „Alles in Ordnung, Daddy." Aber Jose-

phine schmeckte Blut, weil sie sich auf die Lippe gebissen hatte. Kit sah sie streng an und schüttelte den Kopf, als Josephine anfing zu weinen. „Nichts passiert", sagte ihre große Schwester noch einmal.

Mommy schluchzte. „Liebling, lass mich fahren. Bitte, lass mich fahren ..."

1968

Sie wollte nicht ins Ferienlager. Nicht in eins dieser „Dann kommst du endlich mal raus" Ferienlager und überhaupt kein Ferienlager. Sie wollte keine Reitstunden nehmen. Sie wollte nur in ihrem Zimmer bleiben und Detektivgeschichten mit Nancy Drew lesen und ihre eigenen Geschichten erfinden. Nichts mochte sie lieber als die Tür zuzuschließen und in eine andere Welt einzutauchen, mit ihrem Bleistift all die Worte niederkritzeln, die in ihrem Kopf durcheinanderflogen. So viele Geschichten! Wie sollte sie die jemals alle aufschreiben?

„Josephine, Abendbrot ist fertig."

„Aber ich muss noch meine Geschichte ..."

„Josephine! Sofort!"

„Ja, Ma'am."

Sie schlurfte nach unten und führte Selbstgespräche. Wenn sie die Szene die ganze Zeit im Kopf wiederholte, dann würde sie sie vielleicht nach dem Essen und den Nachrichten noch wissen ...

Aber nach dem Essen rollte sich Josephine auf dem Bett zusammen und versuchte sich vor der Welt da draußen zu verstecken. Was für eine schlimme Welt! Wieso mussten Mommy und Daddy immer diese Nachrichten gucken? In irgendeinem fernen Land sprengten sich die Leute gegenseitig in die Luft, aber das konnte hier auch passieren, hier in ihrer Nachbarschaft. Erst vor ein paar Wochen waren zwei Männer mit Kapuzen in Francie Lewis' Haus eingebrochen und hatten ihrer Mutter eine Pistole an den Kopf gehalten.

Jedes Mal, wenn sie Nachrichten schauten, füllte sich ihr Kopf mit neuen Geschichten, aber es waren furchterregende, traurige Geschichten, die sie nicht aufschreiben wollte. Aber es konnte auch hier passieren. Jede Wette. Sie krabbelte unter die Decke und kniff die Augen zu, aber die Schwarz-Weiß-Bilder der Soldaten konnte sie immer noch sehen und die explodierenden Granaten und die Schreie hören. Und sie konnte sich den kleinen Jungen vorstellen, dessen Vater gerade in Fetzen gerissen worden war. Sie konnte ihn fast spüren, fast anfassen. Am liebsten würde sie einfach nur noch weglaufen. Oder sich verstecken. Ja, sie würde sich verstecken.

Henry – Samstagnachmittag

Ich musste schnell nach Hause, bevor Libby wieder ihren Sorgenanfall bekam. Die gute Stimmung hielt immer nur vierundzwanzig Stunden und jetzt waren schon fast sechsunddreißig Stunden vergangen. „Hab wieder einen Job, Schatz. Wie zuvor. Wir kriegen das Geld für seine OP zusammen. Glaub mir." Sie wusste nicht, welcher „Nebenjob" die Krankenhausrechnungen bezahlte. Sie fragte auch nie danach. Gott sei Dank. Aber Libby war nicht dumm. Sie fragte zwar nicht nach, aber sie wusste genau, dass bei zwei richtig dicken Schecks innerhalb eines Monats kaum, nun ja, alles ganz legal zugehen konnte. Jedenfalls machte sie sich andauernd Sorgen deswegen.

Der Fernseher plärrte noch immer die Nachrichten, die Tochter sagte irgendwas über ihre Mutter als Autorin von historischen Romanen und die Reporterin meinte, der letzte Roman sei ziemlich umstritten gewesen.

Ich starrte auf das Display und wartete auf eine Textnachricht von ihm, die mir sagen würde, was ich jetzt tun sollte. Aber keine Nachricht beförderte mich ins Nirvana. Kein Rüffel. Und ich war mir sicher, dass ich in drei Tagen auch keinen Scheck in der Post haben würde.

Die OP von Jase war in zwei Wochen angesetzt. Wenn ich die Augen schloss, konnte ich Libbys verzweifeltes Gesicht sehen. „Die Versicherung übernimmt wieder nur ein Zehntel der Kosten. Du hast versprochen, dass du das Geld rechtzeitig zusammenkriegst. Die Ärzte sagen, dass sie mit der OP nicht mehr warten können!"

Jase war mit einem Loch im Herzen geboren worden. Drei große Operationen hatten ihn sieben Jahre am Leben gehalten. Diese letzte konnte das Problem endgültig beseitigen, meinten die Ärzte.

Das würde womöglich das Ende meiner Karriere als Berufskiller bedeuten und ich könnte mich mit meinem klassischen Job in der Druckerei begnügen. Was für eine Ironie, oder? Tagsüber druckte ich Bücher. Wer weiß, vielleicht hatte ich sogar eins von Miz Bourdillon gedruckt.

„Liest du?", hatte mich der große Dan, mein Boss, vor ein paar Jahren mal gefragt.

„Nicht so viel. Hab wenig Zeit."

Er hatte genickt und in seinen stahlgrauen Augen hatte Mitgefühl gelegen. Er wusste von Jase. Nicht von mir, so viel steht fest. Was nur unsere Familie was anging, ging nur unsere Familie was an. Aber ich war zweimal nicht zur Arbeit erschienen, als Libby nicht freibekam und Jase in die Notaufnahme musste.

Und jetzt brauchte er dringend diese OP. Ich wandte mich von dem vermaledeiten Fernseher ab, schloss die Augen und sah das schmale Gesicht von Jase vor mir, voller Sommersprossen, grüne Augen – so hübsch wie die von Libby –, die vor Baseballfieber sprühten. Kurz darauf krümmte er sich und keuchte nur noch, und ich hatte ihn so schnell ich konnte zum Pick-up getragen.

Ich kniff die Augen noch stärker zu und verdrängte den Schmerz. Das Püppchen im Fernsehen sagte irgendwas über Miz Bourdillon. Das Problem war nur, ich wollte nie etwas über die Leute wissen, die ich umlegte. Ich brauchte nur die nötigen Informationen für den Job, und dann war ich weg. Easy. Wenn man in einer Familie von Kriminellen aufwächst, lernt man das eine oder andere. Über die anderen drei Opfer hatte ich genug gewusst, um davon auszugehen, dass sie es verdient hatten. Abschaum. Lügner, Ehebrecher, Diebe. Einer war selbst ein Mörder.

Aber diese Lady war eine Bestsellerautorin. Was sie schrieb, wusste ich nicht, aber es klang nicht danach, als hätte sie eine Kugel verdient. Sie war kein Stephen King oder Salman Rushdie.

Ist nicht dein Problem, Henry.

Auf dem Weg nach Hause legte ich einen Zwischenstopp bei *Books-A-Million* ein. Die riesigen Buchläden mochte ich eben. Ich ging zickzack zwischen den Regalen, berührte die Cover auf den Tischen und fragte mich, was für eine Geschichte wohl zwischen den Buchdeckeln versteckt war. Ich las nicht viel, hatte ich gesagt, aber manchmal sagte ich so einiges, was nicht stimmte. Manchmal war die Wahrheit in meinem Kopf ganz schön vernebelt.

Ich fand ihre Bücher bei Historischen Romanen. Und nicht nur eins. Beinahe hätte ich eins aus dem Regal genommen. Vielleicht sollte ich mal was von ihr lesen. *Bist du verrückt?* Verrückt, ja, aber nicht dumm. Jedes Mal, wenn ich das Zeug nicht mehr nahm, wurde ich ein bisschen übermütig. Ich hielt meinen Kopf gesenkt und zog die Baseballkappe tiefer ins Gesicht, steckte die Hände in den Overall und ging zurück zum Auto.

Dort angekommen, las ich die neuen Nachrichten auf dem Handy. *Jase ist in der Notaufnahme*, schrieb Libby. *Sie müssen die OP vorziehen.* Ich fluchte. Und keine Nachricht von ihm. Natürlich nicht. Mein Job war es, den Job zu Ende zu bringen. Aber ich hatte keine Ahnung, wie ich das anstellen sollte, jetzt, wo halb Amerika auf eine Lady Mitte fünfzig schaute, die irgendwo in einem Krankenhaus in den Bergen von North Carolina im Koma lag.

Kapitel 2

Paige – Samstagnachmittag

„Könntest du Hannah vom Flughafen abholen? Sie landet um neunzehn Uhr. Delta 424 aus Paris."

„Mach ich, Daddy." Das sagte ich, aber diese ganzen Haarnadelkurven waren mir verhasst und die Fahrt zum Flughafen dauerte fast zwei Stunden. Ich hatte erst letztes Jahr den Führerschein gemacht und war erst zwei Mal zum Flughafen in Charlotte gefahren, beide Male tagsüber. Mama hätte mich niemals im Dunkeln aus den Bergen bei Asheville zum Flughafen fahren lassen – dem einzigen Flughafen, den Hannah so kurzfristig aus Frankreich erreichen konnte. Aber Daddy klebte förmlich an Mamas Bett und als er mich mit seinen tief liegenden, dunklen und gerade ziemlich hohlen Augen ansah, wusste ich, dass ich ihm die Bitte nicht abschlagen konnte.

„Ich werde zu Hause vorbeifahren und kurz duschen", sagte ich. Ich brauchte einen Schwall warmes Wasser und noch einen Chai-Tee, um wach genug für die Fahrt zu sein. Daddy nickte nur. Ich gab ihm einen Kuss auf die Stirn und warf einen Blick auf Mama, die völlig bewegungslos dalag und nur von einem Wirrwarr von Drähten am Leben erhalten wurde.

Unser Wohngebiet lag auf einem weiten grünen Bergplateau des Bearmeadow Mountain. Weitläufige Gärten mit saftigem Rasen und hohen Bäumen trennten die großen Häuser voneinander, die im Blockhausstil erbaut waren. Die bunte Stadt Asheville war etwa eine halbe Autostunde entfernt und lag im Tal, ringsum umgeben von den Blue Ridge Mountains. Einst war Asheville eine langweilige Kleinstadt gewesen, aber sie hatte sich in den Achtzigern selbst neu erfunden und in eine angesagte Künstlerstadt verwandelt. Das war vor meiner Geburt, aber Mama erzählte manchmal, wie die Innenstadt früher zwar noch nicht ganz ausgestorben, aber am Sterben war. Mit dem Slogan „Aufbauen, nicht plattmachen!“ hatte ein Geschäftsmann den Bulldozern den Kampf angesagt, die ein fast fünfzigtausend Quadratmeter großes Areal in der Innenstadt dem Erdboden gleichmachen wollten, um dann eine große Mall zu errichten. Diese Kampagne rettete die historische Altstadt von Asheville und bildete in den Neunzigern sozusagen die Startrampe für lauter neue Geschäfte.

Und einen Zustrom von Künstlern.

Aber Mama hatte schon Geschichten geschrieben, bevor Asheville die Künstlerszene anlockte.

Milton, unser Golden Retriever, begrüßte mich an der Tür. Ich hockte mich hin und vergrub mein Gesicht in seinem Fell. „Hey, alter Junge.“ Er wedelte mit dem Schwanz und rechnete mit einem Spaziergang. „Ich hab’s leider eilig, aber Mrs Swanson geht nachher mit dir Gassi, ja?“

Ich duschte kurz, zog mir Jeans und Pullover über, füllte meinen Thermobecher mit Chai und ließ den schmollenden Milton an der Haustür zurück.

Die Worte des Arztes ließen mich auf dem ganzen Weg bis zum Flughafen nicht los. Ich versuchte mich abzulenken, zuerst von den ganzen Farben um mich herum – blassgelb und gedecktes Orange, hier und da ein Fleckchen tiefrot – auf meinem Zickzackweg vom Berg herunter. Dann stellte ich mir meine große Schwester vor, die ein Auslandssemester in Frankreich machte. Die Glückliche. Natürlich abgesehen davon, dass Mama gerade niedergeschossen worden war und Hannah an einem hellen Herbsttag Mitte Oktober nach Hause fliegen musste, während sie eigentlich Cezannes Atelier in Aix-en-Provence besichtigen sollte.

Daddy war Franzose. Das erste Mal, dass er amerikanischen Boden betreten hatte, war 1978 gewesen, fürs Studium. Er hatte ein Fußballstipendium bekommen. Sein Englisch hatte heute noch einen winzigen Akzent, den wir alle sehr charmant fanden. In unserer Jugend und Kindheit hatten Mama, Hannah und ich jedes Jahr einen Monat in der Strandwohnung unserer Großeltern verbracht, mitten in einer Touristenstadt namens La Grande-Motte – wörtlich übersetzt Großer Maulwurfshügel. La Grande-Motte hatte überhaupt nichts Historisches oder Charmantes an sich. Die Stadt war Ende der Sechzigerjahre von einem Architekten geplant worden und er hatte einen langen Strandabschnitt an der Küste des Languedoc in ein Touristenmekka verwandelt. Meine französische Großmutter erzählte immer, dass die sonnigen Strände einst eine einsame Wüste aus Dünen und Lagunen gewesen waren. Nachdem der Architekt fertig war, war daraus ein reiner Touristenort geworden. Die Architektur, die aussah wie riesige Maulwurfshügel, sollte wohl eine Kombination der Inka-Pyramiden aus Mexiko und einem nahe gelegenen Berg sein, den wir mehrfach erklommen. Aber Hannah und ich meinten immer, von ferne sähe es aus wie ein paar gigantische Gebäude aus LEGO-Bausteinen, die jemand direkt am Mittelmeer geometrisch angeordnet hatte.

Die Franzosen liebten diese „einzigartige" Stadt oder sie hassten sie. Aber meine Familie war sich einig. La Grande-Motte war ein Vorgeschmack aufs Paradies – zehn Kilometer bester Strand, viel besser als die steinigen Strände von Cannes und Nizza. Und gleich um die Ecke Städte wie Montpellier und Aigues-Mortes und der Pont du Gard, wo es jede Menge historisches Frankreich gab, falls wir die LEGO-Bauten leid waren. Der Architekt hatte die Stadt so geplant, dass man von jeder Ferienwohnung aus Meerblick hatte. Unserer war jedenfalls fantastisch.

Wir verbrachten immer den gesamten Juni dort. Die französischen Ferien begannen nie vor Ende Juni oder sogar erst Anfang Juli, was uns ein viel intimeres Erlebnis bescherte, als wenn wir erst im Juli und August kamen, wenn alle anderen auch dort waren.

Zuerst konnte Daddy nur eine Woche Urlaub nehmen, aber als er allmählich die Karriereleiter bei der Versicherung erklomm, konnte er auch zwei und später sogar drei Wochen dort mit uns verbringen. Es waren idyllische Tage: Wir machten Fahrradtouren, ritten auf Camargue-Ponys aus und bauten gewaltige Sandburgen, die aussahen wie die LEGO-Bauten um uns herum. Mein bester Freund Drake war manchmal auch dabei.

Und wir radebrechten in Französisch mit unseren Großeltern.

Als Hannah später die Möglichkeit bekam, ihr drittes Studienjahr in Frankreich zu absolvieren, zögerte sie keine Sekunde und wählte Aix-en-Provence aus, knappe zwei Stunden von La Grande-Motte entfernt. Sie schrieb sich für Kunst ein auf dem Anwesen von Cezanne, außerhalb von Aix. Mama wollte im November nach La Grande-Motte fliegen und mit Hannah eine kleine Rundreise machen, bevor Daddy und ich dann zu Weihnachten dazustoßen sollten.

Ich wollte auch in Frankreich studieren und dann Schriftstellerin werden wie Mama. Aber anders als sie wollte ich Krimis schreiben, die im England des späten 19. Jahrhunderts spielten, so wie die von Sir Arthur Conan Doyle, Agatha Christie oder Dorothy Sayers. Vielleicht mit einer Prise Historie dazu, etwa über Louis Pasteur. Wir hatten erst kürzlich eine spannende Doku darüber gesehen, wie er den Impfstoff gegen Tollwut fand. Ich wollte schreiben und wie Hannah in einem Dorf mit Kopfsteinpflaster wohnen und jeden Tag Baguette in der *Boulangerie* kaufen.

Ich schaltete das Radio an und landete natürlich sofort auf Mamas Lieblingssender. Christliche Musik. Die Musik fand ich ganz okay, aber ich schaltete trotzdem weiter.

Hannah, die heißeste Studentin des Universums, wie einer ihrer Freunde mal gesagt hatte, sah völlig fertig aus, wie Kraut und Rüben, als sie endlich durch die Schiebetüren am Flughafen trat. Bisher hatte ich sie noch nie als ungepflegt bezeichnet. Ihr dickes blondes Haar war mit einer Haarklemme festgemacht, aber überall ragten einzelne Strähnen heraus, zudem war sie komplett ungeschminkt. Das Einzige, was herausstach, waren die schwarzen Ringe unter den Augen. Sie trug ein helles T-Shirt mit van Goghs „Sternennacht“ als Aufdruck, hautenge Jeans und ihren großen grünen Rucksack.

Wir fielen uns in die Arme und hielten uns gegenseitig fest, während alle anderen Passagiere mit ihren glänzenden Koffern an uns vorbeieilten. Ich klammerte mich an Hannah und war verzweifelt und erleichtert zugleich.

„Lass mich den Rucksack nehmen“, sagte ich und hob ihn von ihren Schultern, ohne auf ihre Antwort zu warten.

„Wie geht es ihr?“, fragte Hannah, und ich konnte ihr ansehen, wie sehr sie sich vor der Antwort fürchtete.

„Sie liegt noch im Koma. Keine Veränderung – zumindest keine, die man sehen könnte.“ Ich sagte das ganz sachlich und fing sofort an zu weinen. Wir standen draußen vor den Gepäckbändern und wischten uns beide mit dem Handrücken über die Augen.

„Glaubst du, sie wacht wieder auf?“, fragte Hannah irgendwann. „Wissen sie, ob ... also, ob ihr Gehirn normal funktioniert?“

Ich wischte mir eine hartnäckige Träne weg, legte den Kopf schief und sah meine Schwester an. „Wann hat Mamas Gehirn schon mal normal funktioniert?“

Hannah starrte mich an und brach kurz darauf in Gelächter aus. Ich fiel mit ein.

„Tut mir leid. Das war sehr gemein, aber wenn ich das nicht gesagt hätte, hätte ich etwas noch Gemeineres gesagt.“

„Zum Beispiel?“

„Dass sie es immer wieder als *Mordanschlag* bezeichnen, was doch einfach zu seltsam klingt, oder nicht?“ Ich kaute auf meiner Lippe.

„Undenkbar.“

„Und Daddy führt sich auf, als läge er selbst im Koma. Er kann nichts mehr entscheiden, sitzt nur an Mamas Bett und fleht sie an, wieder aufzuwachen. Es ist so jämmerlich.“ Ich sah sie an und hätte beinahe „Gruselig. Du weißt schon ... wie früher“ gesagt. Aber ich brachte es nicht über die Lippen.

Wir gingen durch die Glastüren nach draußen und in den feuchten Spätsommer von Charlotte. Der Himmel hatte sich abrupt verdüstert. Hannah sah zum Himmel und nahm einen tiefen Atemzug. „Mein gutes altes North Carolina!“

Als wir zu meinem kleinen Honda kamen, drückte ich fast den Knopf am Schlüssel ein, bis die Zentralverriegelung endlich aufsprang.

„Danke, dass du mich abholst. Kaum zu glauben, dass Daddy das erlaubt hat. Vor allem jetzt im Dunkeln.“

„Wie ich gesagt habe. Er ist nicht er selbst.“

„Natürlich nicht.“

„Er sitzt nur da und starrt vor sich hin. Als würde er unter Schock stehen.“

„Tut er ja auch. Tun wir alle."

„Also gehe ich ans Telefon und informiere die ganzen Frauen in der Gemeinde. Die Polizei hat gesagt, ich soll es auf Facebook posten und wir werden mit Nachrichten bombardiert und ich weiß nicht, wann ich zuletzt die Augen zugemacht habe ..." Noch während ich das sagte, unterdrückte ich ein Gähnen.

Hannah packte mich. „Es ist furchtbar und du machst das großartig, aber du brauchst deinen Schlaf." Sie wischte mir mit dem Handrücken übers Gesicht wie Mama, wischte mir die Ponyfransen aus den Augen und gähnte.

„Du aber auch."

„Ich döse ein wenig auf der Fahrt zum Krankenhaus, und dann übernehmen Daddy und ich die Nachtschicht."

Ich stopfte ihren Rucksack auf die Rückbank. „Danke." Sie war innerhalb von zehn Minuten eingenickt, während ich das Lenkrad umklammert hielt, in die Finsternis hinausstarrte und mir wünschte, dass alles nur ein Albtraum war.

„... Mama hat auch zwei handgeschriebene Briefe bekommen, von derselben Person, da bin ich mir sicher und sie waren ziemlich, nun ja, bedrohlich. Richtig unheimlich." Ich schlich mit achtzig Sachen im Regen über die Autobahn und war froh, dass Hannah wieder wach war.

„Wann war das?"

„Vor zwei, drei Wochen."

„Hast du sie Mama gezeigt?"

„Ja, leider."

„Und?"

„Kannst du dir doch denken. Sie bekam es mit der Angst zu tun und dann fühlte sie sich total schuldig und hatte Gewissensbisse wegen des Romans. Und ich sagte ihr immer wieder, dass es bestimmt nur irgendein Rassist war, dessen Großvater beim Ku-Klux-Klan war."

„Und?"

„Na ja, du weißt, wie sehr sie solche Dinge aus der Bahn werfen. Ich wünschte, ich hätte ihr die Briefe gar nicht erst gezeigt."

„Ich weiß. Als ich noch deinen Job hatte", und dabei blitzte ein Lächeln auf, „da bekam Mom mal einen richtig fiesen Brief von jemandem, der kaum schreiben konnte. Er war sauer, weil sie ein Schimpfwort im Dialog gebraucht hatte. Aber es war völlig berechtigt, ich meine, Mama wollte zeigen, dass die Figur ein Vollidiot war. Aber sie konnte nicht aufhören, über diesen Brief nachzudenken, und ich wette, sie hat eine ganze Woche überlegt, wie sie dem Typen antworten soll. Ich hätte ihr den Brief überhaupt nicht zeigen sollen. Jeder, der Leserpost bekommt, kriegt auch mal einen Blindgänger, aber sie war völlig von der Rolle."

„Eben. Und genau so war es bei dem zweiten Brief. Sie hatte nur noch ihn im Kopf, aber das war wie gesagt vor ein paar Wochen. Irgendwann konnte ich sie davon überzeugen, den Spinner einfach zu vergessen."

„Hast du die Briefe noch?"

„Natürlich."

„Dann solltest du sie der Polizei zeigen."

„Hey, ich bin hier der Detektiv. Wer sagt, dass die bei uns herumschnüffeln dürfen?" Aber ich drückte Hannah die Schulter. „Bin ich froh, dass du da bist. Das ist bestimmt blöd, Frankreich so Hals über Kopf zu verlassen, aber es ist alles einfach so unglaublich. Ich habe Angst, dass sie stirbt."

Josephine
April 1968

Josephine konnte nicht fassen, dass sie miteinander lachen und sich gegenseitig in ihren gewagten Kleidern Komplimente machen konnten, so als wäre nichts geschehen. Als wäre die Welt nicht innerhalb von einer Woche ein viel dunklerer Ort geworden.

„Es tut mir so leid wegen Dr. King, Terence", sagte sie, nippte an ihrem Gingerale und starrte auf die Ansammlung aufgestylter, fröhlicher Leute.

„Danke, mein Engel." Er trug wieder seinen Smoking, servierte

Wein und Champagner und mischte Getränke mit einem „Bitte sehr, Ma'am" und einem Lächeln. Aber Josephine sah, wie traurig er eigentlich war.

„Es ist so schlimm, wenn jemand von Hass angetrieben wird." Die dunkelbraunen Whiskyflaschen und die eleganten Flaschen mit Daddys Lieblingsweinen aus Frankreich starrten sie an, aber was Josephine vor ihrem inneren Auge sah, waren die Fernsehbilder einer gewaltigen Menschenmenge, die hinter einem von einem Maultier gezogenen Wagen herlief und einen Trauergesang anstimmte.

„Den Leuten tut es auch leid", sagte sie. „Sie zeigen es nur nicht."

Terence beugte sich zu ihr herunter und legte ihr seine großen Hände auf die Schulter, Hände, die Hecken schnitten und Gläser mit Sekt füllten. „Hör zu, Miss Josephine. Es gibt auf dieser Welt viel Böses. Gewaltig viel. Und dich belastet das mehr als andere. Aber, mein Engel, schlepp das nicht mit dir herum. Du gibst es an den Allmächtigen ab, hörst du? Trag das nicht auf deinen zarten Schultern herum. Der da oben hat kräftige Schultern. Hat alles, was wir brauchen, jawohl. Sag ihm, was dich bedrückt, und dann machst du weiter und trinkst dein Gingerale. Ist nicht deine Aufgabe, die Probleme der Welt zu lösen, hörst du?"

Josephine nickte und blinzelte gegen die Tränen an. „Aber wie kann ich denn helfen? Was kann ich denn tun?"

Dezember 1968

Es war längst Schlafenszeit und die Party war noch in vollem Gange, aber Mommy und Daddy kamen nicht. Josephine machte es nichts aus, schließlich war das Haus so schön von Kerzen erleuchtet, der Weihnachtsbaum glitzerte mit seinen runden Silberkugeln und den blinkenden weißen Lichtern und aus den Lautsprechern sang Bing Crosby. Zur Weihnachtszeit hörten alle gern Bing Crosby. Sie mochte Andy Williams viel lieber, und als seine Stimme vom Schallplattenspieler herüberdrang, lächelte sie trotz allem.

Josephine gähnte und schlenderte ins Kaminzimmer, wo Terence – immer noch im Smoking, aber mit hellgrüner Weste und einem roten Hut von Rudolf, dem Rentier – einen Drink nach dem anderen ausgab.

Sie krabbelte unter der kleinen Schranke hindurch und setzte sich neben ihn auf einen Klappstuhl.

„Die sind bald alle betrunken. Und sie werden alle einen Unfall auf dem Heimweg haben. Das weiß ich einfach."

„Miss Josephine, Engelchen, mach dir nicht so einen Kopf um die Leute. Gehörst du nicht langsam ins Bett?"

„Kit hat mich noch gar nicht geholt und Mommy kann ich nicht finden."

„Na, sie ist bestimmt hier irgendwo. Soll ich dich zu deiner Mama bringen, Engelchen?"

Josephine nickte und folgte Terence durch das Kaminzimmer in das große Wohnzimmer und weiter bis ins Esszimmer. Am anderen Ende stand Kit neben ihrer Mutter, umgeben von lauter schicken Leuten. Kit hatte ein hellblaues Satinkleid an. Ihr dickes blondes Haar hatte sie in einer großen Tolle nach hinten gelegt. Josephine sah an ihrem eigenen Kleid herunter. Es war gelb und offensichtlich die falsche Wahl, gemessen an Mommys Blick, als sie nach unten kam.

„Da, bitte sehr, Miss Josephine", sagte Terence. Er ließ ihre Hand los und ging zurück.

Josephine schob sich zwischen den Erwachsenen durch, die sie anlächelten. Sie hatte fast ihre Mutter erreicht, als die Frau neben Kit sagte: „Marge, ich muss sagen, deine Kit ist ja das hübscheste Kind, das ich je gesehen habe." Sie drückte Kit an sich. „Hinreißend, einfach entzückend."

Mommy sah Josephine und setzte ein aufgesetztes Lächeln auf. Sie winkte sie zu sich. „Danke, Janie. Und Josephine kennst du auch, oder?"

Die Frau nickte. „Aber ja, natürlich." Aber sie sagte nichts darüber, dass Josephine auch hübsch war. Niemand tat das, außer Terence. Und Mommy musste ihr wieder zu Hilfe kommen. „Unsere kleine JoJo. Sie hat so viel Talent. Sie schreibt Gedichte und Geschichten und ist ein ganz tolles Mädchen. So süß und fürsorglich wie keine andere." Josephine kuschelte sich an Mommys Seidenkleid. „Ich glaube, sie würde niemals etwas aushecken. Kit hingegen, nun, das ist etwas ganz anderes …" Und die Frauen lachten.

Henry – Samstagabend

Der erste Teil der Strecke war schön, so viel stand fest, auf der I-40, der alten Autobahn, die genauso viele Kurven hatte wie eine normale Gebirgsstraße. Dann ging es auf den Blue Ridge Parkway, wo gerade überall die Blätter herbstlich gefärbt waren. Aber dann wurde auf einmal der Himmel schwarz und der Regen prasselte auf die Frontscheibe. Ich bog vom Parkway ab und fuhr die restliche Strecke auf kleinen Nebenstraßen. Unterwegs hörte ich mir das Neuste über diese Schreiberlady an.

Bisher hatte die Polizei meine anderen drei Jobs nicht miteinander in Verbindung gebracht, weil mindestens ein oder zwei Jahre dazwischenlagen und es in verschiedenen Bundesstaaten passiert war. Jedes Mal hatte die Polizei auf einen Profikiller geschlossen, was ein gewisses Maß an Ausbildung bedeutete. Wahrscheinlich ein Exsoldat. Sie hatten sogar das Modell des Gewehrs genau bestimmt. Ja, ich war beim Militär gewesen, aber dort hatte ich das Schießen nicht gelernt.

Pa gab mir das Gewehr. „Du bist dran, Junge." Ich hatte nie den Mut, „Nein danke" zu sagen, vor allem nicht, wenn er bewaffnet war. Zielschießen im Wald, jeden Tag nach der Schule. „Du hast das richtige Augenmaß. Und die ruhigen Hände. Wenn du mal etwas älter bist, wird aus dir mal ein hervorragender Scharfschütze, Junge. Da verwette ich was drauf."

Was er meinte, aber nicht sagte, war, dass ich an meinem dreizehnten Geburtstag alt genug sein würde, um ihn auf seinen „privaten Aufträgen" zu begleiten. Mir lief es angesichts von Pas Worten kalt den Rücken herunter, aber ich wagte nicht, ihm zu widersprechen. Und meine Mutter war nicht mehr da, um mich zu verteidigen.

Ich wechselte den Sender auf Country und versuchte, an etwas anderes zu denken, aber mein Kopf pochte im Takt der Scheibenwischer, mein Verstand war ganz vernebelt und immer wieder Miz Bourdillon, wie sie sich umdreht und die Kugel sie im völlig falschen Winkel trifft.

Überall wurde sie als liebenswürdige Frau beschrieben, der lauter gute Dinge am Herzen lagen und die für die Gerechtigkeit kämpfte. Ihre Romanfiguren brachte sie in Konfliktsituationen, stellte sie vor unmögliche Entscheidungen und ließ dann die Figur (und den Leser) die richtige Lösung finden. Und jedes einzelne Wort erinnerte mich an mein letztes Jahr in der Schule als Achtklässler und an den Englischunterricht. Ich liebte Englisch, und dann war Ma tot gewesen und Pa hatte mich aus der Schule genommen und ins Familienunternehmen geholt. Seitdem hatte ich keine Schulbank mehr gedrückt. Außer die des Lebens vielleicht.

Aber jetzt hatte ich das unbändige Verlangen, einen ihrer Romane zu lesen. Das Problem ohne die Medikamente war, dass ich irgendeine fixe Idee bekam und sie nicht mehr wegging, egal was ich machte.

Ich hatte einen Bibliotheksausweis für Jase und schaffte es in die Bibliothek, kurz bevor sie schloss. Hielt mir die Zeitung als Behelfsregenschirm über den Kopf, damit ich nicht nass wurde. Libby würde es überhaupt nicht gefallen, wenn ich pitschnass nach Hause kam.

„Guten Tag, Mr Hughes. Wie geht's?" Mabel Garrison, die Bibliothekarin, sah von ihrem Bildschirm auf. Über den Brillenrand musterte sie mich, genau wie seit der achten Klasse. Sie hatte sich in den vergangenen zwanzig Jahren kein bisschen verändert: groß, schlank, dunkles Kostüm, dunkle Haare mit Silbersträhnen, wache und intelligente Augen.

„Okay. Ganz gut. Hab meinen Schirm vergessen."

„Und der Junge?"

„Kämpft sich durch. Wir hoffen, dass er bald operiert werden kann."

„Wir beten für euch in der Gemeinde. Jeden Mittwoch."

„Das ist sehr nett, Miz Garrison."

Ich verschwand zwischen den Regalen, arbeitete mich von den Sachbüchern zu Romanen vor, die alphabetisch sortiert waren. Genau wie ich dachte, klaffte eine Lücke zwischen Borderly und Bowers, wo offensichtlich einige Bücher ausgeliehen worden waren. Aber ein einziges von Miz Bourdillon stand noch da. Ich schnappte es mir, als hätte ich Gold gefunden.

„Es überrascht mich, dass überhaupt noch welche von ihr da

sind. Andauernd werde ich nach ihrem neuesten Roman gefragt." Miz Garrison beugte sich vor. „Vor allem, weil es doch hieß, sie würde kontroverse Themen behandeln, die, nun ja, Sie wissen schon", raunte sie. „Die mit dem Mordanschlag zu tun haben könnten."

Ich versuchte, mir nichts anmerken zu lassen.

„Aber ich habe es gelesen und es ist gut. Sind sie alle. Ausnahmslos. Anregende Lektüre. Ein wenig Krimi, ein wenig Religion, ein wenig historischer Roman. Nicht so schnulzig, aber eine Lovestory gibt es natürlich auch immer. Das Neue dreht sich um die Zeit nach dem amerikanischen Bürgerkrieg und ich muss Ihnen sagen, die Hälfte davon wusste ich überhaupt nicht. Ziemlich kompliziert und dubios, wenn Sie mich fragen." Sie schüttelte den Kopf. „Aber nichts, weswegen einen jemand umbringen würde!"

Sie sah mich schief an. „Es sei denn, man wäre ein Afroamerikaner im späten 19. Jahrhundert, der tief in den Südstaaten lebt und sich politisch engagiert." Sie seufzte, nahm meinen Bibliotheksausweis und hielt ihn unter den aufleuchtenden Bildschirm. Dann reichte sie ihn mir zusammen mit dem Roman.

Ich nickte, als würde ich verstehen. Dabei wartete ich nur darauf, dass sie sich wieder ihrer Tätigkeit zuwandte und wollte nicht den Eindruck erwecken, als hätte ich es eilig.

„Aber Sie haben ihren Erstlingsroman ausgesucht, wenn ich mich nicht irre. Das ist eins meiner Lieblingsbücher. Wird Ihnen sicher gefallen."

„Oh, der ist nicht für mich. Ist für meine Frau – na ja, sie hat die Nachrichten gesehen und so ... jedenfalls hat sie von ihr noch nie was gelesen und da bin ich eben mal hergekommen und wollte gucken, ob noch einer da ist."

„Na wunderbar. Sagen Sie Mrs Hughes bitte schöne Grüße, ja? Und wir beten für Jase."

„Danke, Ma'am."

„Gott sei Dank bist du da." Libby begrüßte mich mit finsterer Miene. Wahnsinn, war sie ein Hingucker. Und viel hatte sie auch nicht gerade an. „Ich bin hier wie ein Tiger im Käfig hin und her gelaufen.“ Sie steckte die Hand in meine Hosentasche. „Weißt du eigentlich, wie man die Dinger hier benutzt? Die heißen Handy, und du hättest ruhig mal anrufen können.“

„Tut mir leid, Schatz. Akku alle.“

„Klar, wie immer. Du bist nicht mehr in der Schule, kapiert? Schon mal was von Zuverlässigkeit gehört?“

„Ich habe deine SMS gestern bekommen. Wie geht's ihm?“

„Er ist stabil.“

„Ich will ihn sehen.“

Sie hielt mich am Arm fest. „So nicht. Du jagst ihm einen Schrecken ein, so wie du aussiehst. Erst gehst du unter die Dusche und rasierst dich.“

Kein halbwegs vernünftig denkender Mann konnte wollen, dass sein Sohn sich vor ihm fürchtete. Das sagte ich mir immer und immer wieder. Aber leider behandelte ich meinen Jungen wie Pa mich. Ich wusste es. Aber ich hatte keine Ahnung, was ich dagegen tun konnte.

„Hey, Papa“, sagte er und mein Herz schmolz dahin. Wenn ich doch meine Miene auch zum Schmelzen gebracht hätte.

„Hey, Jase.“ Er sah fertig aus – blass wie der Mond, der Atem schwer, knochige Arme streckten sich nach mir aus. Ärmchen, dünn wie Stöckchen. Etwas zu viel Druck und sie würden brechen.

„Hältst du schön die Ohren steif, Kumpel?“

Er röchelte und nickte.

„Passt deine Mama auch gut auf dich auf?“

„Wie immer, Papa.“

„Dann ist es ja gut“, sagte ich und gab ihm einen Kuss auf sein strubbeliges kastanienbraunes Haar.

„Bin froh, dass du wieder da bist.“

„Ja. Ich auch.“

Ich wandte mich zum Gehen. „Mit deinem Auftrag alles gut gegangen?“ Ich versuchte, die unterschwellige Angst in seiner Stimme zu überhören, diese Erwartung von schlechten Nachrichten.

„Alles prima. Du kriegst deine OP in null Komma nichts.“

CƷ

Libby schlang die Arme um mich und kuschelte sich an meine nackte Brust. „Du siehst aus, als hättest du einen harten Tag gehabt." Sie sah mich nie an, wenn sie diesen Satz sagte, und ich wusste, was als Nächstes kam. „Nimmst du auch deine Tabletten, Liebling?"

Ich knurrte so etwas wie „Ja", aber ich hatte die Dinger schon vor zehn Tagen abgesetzt, als der Vorrat vom Rezept alle gewesen war. Musste ich ja auch – mit den Pillen konnte ich nicht geradeaus schießen.

„Ich mache mir nur Sorgen um dich, das ist alles."

Ich schob sie weg und sah die Angst in ihren Augen. Wieso bekamen die beiden Menschen, die ich am liebsten hatte, ständig diesen ängstlichen Blick? „Du hast schon genug Sorgen mit Jase. Zerbrich dir mal nicht den Kopf wegen mir."

„Mache ich aber. Du weißt, was der Doc gesagt hat. Einfach absetzen hatte schon beim letzten Mal so schlimme Nebenwirkungen."

„Du glaubst mir nicht, oder, Libby? Wie immer. Du glaubst mir einfach nicht." Ich wollte sie nicht so hart schubsen, ehrlich. Sie stolperte rückwärts und fiel gegen das Bett. Jetzt sah sie mich an wie eine Taube kurz vorm Schlachten.

„Libs, tut mir leid. Lass mich mit diesen Fragen in Ruhe. Ich meine, generell. Ich habe dir gesagt, ich besorge das Geld und das werde ich auch."

Sie schlang die Arme um sich, als würde sie frieren, und ich wäre fast zu ihr hingegangen, um ihr zu beweisen, dass alles in Ordnung war. Aber ich konnte nicht.

Das erste Mal, als ich Libby ein kleines bisschen härter anfasste, zwang sie mich, zum Arzt zu gehen. Zum Psychologen. Ich bekam auch meine Diagnose, mit einem tollen Namen: Posttraumatische Belastungsstörung. Was für eine Leistung. Jeder Dummkopf konnte das herausfinden, wenn man bedachte, wie ich aufgewachsen war. Musste mit eigenen Augen mit ansehen, wie meine Eltern erschossen wurden. Der Doc und die Pillen ließen mich viel ruhiger werden, reduzierten die Wut ein wenig und, Gott sei Dank, die

Träume. Albträume. Furchtbare Albträume, in denen ich die traumatischen Erlebnisse meiner Kindheit wieder durchlebte.

Jetzt waren die Albträume wieder da und ich wusste, dass ich wieder mit den Pillen anfangen musste. Aber ich konnte nicht, nicht, bis mein Job beendet war.

Paige – Samstagnacht

Wie versprochen blieb Hannah bei Daddy im Krankenhaus. Sie schickten mich nach Hause, um zu schlafen. Wozu ich nicht kam. Milton griff mich an der Tür fast an, mit seinen übergroßen Pfoten auf meiner Jeans und seiner feuchten Zunge in meinem Gesicht. „Ist ja gut", versuchte ich ihn zu beruhigen und ließ ihn nach draußen, damit er sein Geschäft verrichten konnte. Der arme Hund – er spürte, dass etwas nicht stimmte. Gestern hatte er den ganzen Nachmittag über vor Mommas Arbeitszimmer gelegen und nachts ein seltsames Geheul angestimmt. Schlafen, von wegen. Pustekuchen!

Die Tussi von den Abendnachrichten, Lucy Brant, versicherte der Welt, dass Mommas Zustand stabil war, und fing dann an aufzuzählen, wie viel Prozent der Menschen nach Tagen, Wochen, Monaten oder sogar Jahren aus dem Koma erwachten. Dann erzählte sie die absurde Geschichte eines Mannes, der über zwanzig Jahre lang im Koma gelegen hatte, und alle dachten, er sei hinüber, aber dann fanden sie heraus, dass er jedes einzelne Wort in den vergangenen zwanzig Jahren verstanden hatte. Heute kommunizierte er über einen Computer.

Na wunderbar. Und wie tröstlich.

Als Milton an der Tür kratzte, ließ ich ihn wieder herein. Er setzte sich neben mich auf den Boden, nachdem er die Wasserschüssel leer geschlabbert hatte. Lucy informierte mich derweil mit dem dämlichsten Grinsen der Welt, dass manche Menschen nach einer schweren Kopfverletzung auch von den Ärzten in ein künstliches Koma versetzt wurden, um dem Gehirn Zeit zu geben, sich zu erholen.

Mommas Gehirn braucht jede Menge Erholung, dachte ich. Sogar, bevor irgendein Spinner ihr eine Kugel in den Kopf gejagt hatte. Momma hatte einfach viel zu viel Fantasie.

Wenn diese Patienten wieder aufwachten, erzählten sie offenbar die wildesten Storys über albtraumhafte Halluzinationen. Die Koma-Medikamente wirkten wie Drogen.

Aber Mommas Koma kam durch die Schussverletzung und die Leute, die aus so einem Koma erwachten, meinte zumindest Lucy, sagten dann Dinge wie: „Ich habe alles gehört, was gesagt wurde“, „Ich wollte auch reagieren, aber es ging nicht“, „Träume hatte ich, ja, aber ich war auch ganz klar und wach und dann hat es mich ungemein getröstet, dass meine Lieben um mich waren.“

Also verbrachte ich die halbe Nacht damit, Komata im Internet zu recherchieren und mit Hannah Textnachrichten hin und her zu schicken, damit eine von uns auf jeden Fall bei Momma war, egal, wie lange es dauern würde.

Henry

Ich machte kein Auge zu. Keine fünf Minuten. Um zwei stand ich wieder auf, holte mir ein Bier aus dem Kühlschrank, knipste das Licht im Wohnzimmer an und fläzte mich in den Sessel. Dann öffnete ich die Dose, griff nach dem Roman und fing an zu lesen.

„Schatz, was machst du da, morgens um zwei?“ Libbys Stimme kam aus dem Schlafzimmer. Sie krabbelte aus dem Bett, kam mit ihrem halb durchsichtigen Nachthemdchen zu mir und kuschelte sich auf meinen Schoß.

„Ist nur ein Buch von dieser Frau, die angeschossen wurde.“

„Wieso willst du was von ihr lesen?“ Sie rieb sich die Augen, fuhr sich durch die Haare – es gefiel mir, wenn sie das machte, wie sie ihre Finger als Kamm auffächerte und die Haare dann als dicken Pferdeschwanz griff. Die Lampe schien genau auf ihren Kopf und ließ die roten Strähnen leuchten. Libby gähnte und lächelte. Wenigstens war diese Angst nicht mehr in ihrem Blick.

Sie nahm mir das Buch aus der Hand und drehte es um, um das Bild auf dem Buchrücken zu sehen. Dasselbe Bild, das seit anderthalb Tagen durch die Nachrichten geisterte. Miz Bourdillon in einem hellgrünen Pullover mit V-Ausschnitt. Sie sah nicht direkt in die Kamera, sondern irgendwie in die Ferne, mit einem halben Lächeln.

„Sie sieht doch eigentlich ganz nett aus", sagte Libby. „Irgendwie ehrlich, finde ich. Nicht hochnäsig oder eingebildet. Wie eine ganz normale Frau." Libby gab mir das Buch zurück. „Ich finde das Ganze eine Riesentragödie. Die arme Frau. Ich wette, wenn sie aufwacht, wird sie nur noch dahinvegetieren. Das haben sie im Fernsehen gesagt. Bücher schreibt sie jedenfalls keine mehr."

„Hm."

„Bleib nicht so lange auf, ja?"

„Okay."

Ich musste aber etwas gegen mein Gedankenkarussell tun. Immer wenn ich die Pillen absetzte, fing es an, sich zu drehen, und dann machte ich Fehler. War das der Grund, wieso ich danebengeschossen hatte? Nein, die Frau hatte sich bewegt. Dafür konnte ich nichts. Sie hatte sich bewegt – so was konnte niemand vorausahnen. Aber eins wusste ich jetzt schon: Wir brauchten das Geld bald oder Libby fing an, noch mehr Fragen zu stellen und das Krankenhaus verschob die OP.

Und was, wenn mein Kontakt der Meinung war, ich hatte Mist gebaut, und steckte meinen Namen der Presse? Er schickte das Einschreiben immer vier Tage, nachdem der „Job" erledigt war, um sicherzugehen, dass ich keine halben Sachen machte. Danebengeschossen hatte ich noch nie, deswegen hatte mich das noch nie gejuckt. Aber jetzt hatte diese Josephine Bourdillon meinen ganzen Plan zunichtegemacht.

Ich zog den kleinen Zettel aus meiner Hosentasche und starrte zum hundertsten Mal auf die Anweisungen, aber ich kam nicht weiter.

Stirb endlich. Jetzt stirb doch endlich!

Ich machte nicht jeden Tag Leute kalt. Vier OPs, vier „Aufträge". Pa hatte immer gesagt: „Tu, was du tun musst, Sohn, damit immer etwas zu essen auf dem Tisch ist." Ich gab mir alle Mühe.

Libby ging wieder ins Bett. Ich sank zurück in den Sessel und las. Man war gleich drin in dem Roman, wie damals in der Schule. Die Lady erzählte die Geschichte von einem Landstreicher. Ha! Damit konnte ich was anfangen. Ich ging erst schlafen, als es schon fast hell war.

Die Stimmen in meinem Kopf hatten endlich nachgelassen und ich wusste, was als Nächstes zu tun war. Entweder die Lady nippelte endlich ab oder, falls nicht, ich behielt sie im Auge. Wenn der ganze Zirkus sich beruhigt hatte, würde ich sicher von meinem Kontakt hören. Oder ich hatte eine von meinen brillanten Ideen. Die hatte ich viel öfter, wenn ich runter von den Medikamenten war.

Josephine

Sie legte Sattel und Zaumzeug ab und beeilte sich, den Pferden Futter zu geben. Mit beiden Händen griff sie in die dicke, klebrige Futtermelasse. Sie roch so süß, dass sie schon mehrfach kurz davor war, selbst zu kosten. Die Pferde wieherten, als sie die Eimer für sie füllte. Aber sie musste sich beeilen! Drei Geschichten, nein vier, alle galoppierten ihr durch den Kopf, Hufgetrappel, tausend Hufe gleichzeitig.

Sie warf Heu in Scallywags Stall, dann in Velvets und Freddys. So schnell sie konnte, füllte sie die Wassereimer. Da lief eine Ratte über den Stallboden. Josephine schrie kurz auf. Mäuse machten ihr nichts aus, diese süßen grauen Viecher, die im Heu herumkrochen. Aber die Ratten, groß, aufgebläht, dunkelgrau, mit ihren leuchtenden Augen und dicken Schwänzen; allein beim Gedanken an Ratten lief es ihr kalt den Rücken hinunter.

Die Geschichten. Sie musste sie aufschreiben. Schnell! Daran würde sie noch nicht einmal eine Ratte hindern.

Sie stürzte die Treppe hinauf in ihr Zimmer und kramte den Notizblock und den Bleistift hervor. Oh, wo war der Anspitzer? Hektisch riss sie die Schublade ihres Schreibtischs auf, kramte und kramte und endlich! Die Geschichten, schnell, die Geschichten. Das Gekrakel einer Neunjährigen konnte nur sie selbst entziffern. Morgen würde sie alles korrigieren. Morgen würde sie die Illustrationen und Adjektive hinzufügen. Aber heute musste sie schnell die Geschichten aufschreiben, während sie in ihrem Kopf Karussell fuhren.

Das Reiten machte ihr Spaß oder auch mit Kit abends im Bett zu liegen und zu erzählen. Aber ihre liebsten Augenblicke waren diese, mit dem Notizbuch auf dem Tisch und ihrer Fantasie, die die leere Seite mit Leben füllte.

1969

Sie wachte auf und hörte die Schreie, das Gebrüll, die unflätigen Worte, alle aus dem Mund ihres Vaters! Aber auf eine so seltsame, tiefe, kehlige Art. Und Mommy kreischte. Sie hatte die Stimme ihrer Mutter noch nie so hoch und laut gehört. Josephine stieg aus dem Bett und ging auf Zehenspitzen zur Treppe. Dort starrte sie durchs Geländer nach unten.

„Ich weiß alles über sie, Dick! Wie kannst du es wagen, hier mitten in der Nacht aufzutauchen, völlig betrunken, und ihr Duft ist noch an dir!"

Noch mehr Flüche. „Lass mich los! Sofort! Lass mich los!" Ihr Vater schüttelte ihre Mutter so heftig.

Josephine erschrak, lauter, als sie wollte.

Beide Eltern starrten erschrocken nach oben. Sie rannte zurück in ihr Zimmer, kroch unter die Bettdecke und schluchzte in ihr Kissen. „Bitte, lieber Gott, lass Daddy Mommy nicht wehtun. Bitte, Gott. Bitte!" Sie wartete im Dunkeln, dass Mommy kam und ihr alles erklärte. Sie wartete und wartete und wartete, aber niemand kam.

Am nächsten Morgen beim Frühstück hatte ihre Mutter noch die Lockenwickler im Haar und ihr linkes Auge war blau, aber niemand verlor ein Wort darüber, was letzte Nacht geschehen war.

Kapitel 3

Paige – Sonntagmorgen

Mitten in der Nacht kam Daddy nach Hause. Ich schlief auf der Couch im Wohnzimmer und Milton hatte sich neben mir zusammengerollt. Ich stolperte nach oben in mein Zimmer, machte mir nicht die Mühe, mich auszuziehen und fiel ins Bett.

Als ich um neun wieder nach unten kam, aß Dad gerade den letzten Bissen Rührei mit Toast. Vor ihm stand eine Tasse Kaffee. Daddy hatte uns schon immer Frühstück gemacht; wenigstens das hatte sich nicht geändert.

„Es ist noch mehr in der Pfanne. Butter und Marmelade sind auf dem Tisch." Er wischte sich den Mund mit einer Serviette ab. Erst jetzt fiel mir auf, dass er einen dunkelblauen Anzug mit gelber Krawatte trug.

„Gehst du in die Kirche?" Ich wollte nicht vorwurfsvoll klingen, aber Momma lag im Koma. Die Kirche konnte doch wohl warten.

„Ich halte dort kurz an, um alle zu informieren", sagte Daddy und sah auf die Uhr. „Dann fahre ich ins Krankenhaus, damit Hannah zum Schlafen nach Hause kann."

Er sagte es nicht, aber ich wusste, dass er die Leute in der Kirche brauchte, ihre Gebete und ihre Unterstützung. Der fast vor Aufläufen und Suppen platzende Kühlschrank und die Stapel mit Gebackenem auf der Arbeitsplatte zeugten von ihrem Mitgefühl. Aber er musste sie persönlich sehen.

„Na gut. Sag ihnen Danke von mir. Ich komme gegen Mittag ins Krankenhaus, ja?"

Er nickte, faltete seine Serviette zusammen und legte sie ab. Dann stand er auf und nahm mich in den Arm. Er roch wie immer nach gebügeltem Hemd und Aftershave, aber er hielt mich etwas fester als sonst, etwas länger, und als wir uns voneinander lösten, waren seine Augen noch immer rot und sein Blick leer.

Mamie und Papy Bourdillon, meine Großeltern aus Frankreich, riefen an, nachdem Daddy gefahren war. Sie lebten in Lyon. Bei ihnen war es schon Nachmittag. „Paige!" Ich mochte es, wie sie meinen Namen aussprachen, so lang und romantisch. *„Comment ça va, ma biche?"*

Allein schon ihre Stimmen zu hören trieb mir die Tränen in die Augen. „Mamie! Papy!"

Ich bestätigte ihnen, dass Hannah gut angekommen war.

„Et comment va notre chère Josephine?"

„Nichts Neues bei Maman. *Je suis désolée.*"

Sie liebten Momma und ihren Erzählungen nach hatte Mamies Mutter meiner Mutter das Kochen beigebracht. Sie erzählten gern, wie holprig Mamas Französisch am Anfang war und von ihren kläglichen Versuchen in der Küche, aber sie waren dabei so liebevoll, dass es Momma nicht verletzte, sondern sie mitlachen konnte.

Und sie liebten es, wenn wir zu Besuch kamen. Fliegen war nichts für sie. Autos, Züge, Schiffe und der öffentliche Nahverkehr genügten ihnen. Das einzige Mal, dass sie sich in ein Flugzeug setzten, war zu Daddys Schulabschluss und zu seiner Hochzeit mit Momma. Ich wünschte, sie würden jetzt herkommen.

„Und unser lieber Patrick" – was wie *Patriek* klang – „wie geht es ihm?", fragte Mamie.

Mir blieb nichts, als zu lügen. „Er ist hier der Tapferste von uns allen."

Am späten Vormittag, nachdem Hannah ein wenig geschlafen hatte, saßen wir auf der Erde in Mommas Arbeitszimmer und hatten jeder eine Tasse in der Hand – sie mit Kaffee, ich mit Tee. Momma nannte ihr Arbeitszimmer das *Chalet*, damit es mehr nach Schriftstellerei klang. Das Chalet war ein holzvertäfeltes Zimmer oben auf dem Dachboden mit schrägen Wänden wie ein A – eben wie ein Chalet in der Schweiz, sagte Momma – und einem phänomenalen Ausblick auf die Blue Ridge Mountains. Momma musste überall eine Portion Romantik hinzufügen. „Sie ist in ihrer eigenen kleinen Welt", flüsterte Daddy dann und meinte: *Lass sie in Ruhe. Sie muss kreativ sein.*

Momma Fantasia nannten wir sie manchmal und dann lachte sie. Wenn sie lachte, hörten wir genau hin; denn es passierte nicht allzu oft.

In diesem Augenblick vollführten zwei leuchtend orangefarbene Schmetterlinge – oder besonders bunte Motten – neben dem Blumenkasten, der am hölzernen Geländer des Balkons hing und mit gelben und orangefarbenen Ringelblumen bepflanzt war, einen wilden Tanz. Sie flatterten und flatterten umeinander herum, bis sie spiralartig wieder nach unten und in Richtung Wald davonflogen, wo sich die Blätter an den Hickorybäumen allmählich von Avocadogrün nach Sonnengelb färbten. Der Ausblick inspirierte Momma, und wenn ich an ihrem Schreibtisch sitzen durfte, den Daddy ihr aus einer von ihm selbst gefällten Eiche gebaut hatte, gingen auch mir nie die Ideen aus.

Ich war gern in ihr Arbeitszimmer geschlüpft, als ich noch kleiner war, und hatte den Geruch der alten Bücher und den Duft von Mommas obligatorischer Tasse Tee genossen. Es waren lauter exotische Sorten. Dazu hatte sie immer Duftkerzen passend zur Jahreszeit – Kürbis im Herbst, Weihnachtsgewürz im Winter, Rosenbouquet im Frühling und Lavendelnachmittag im Sommer. Meistens durfte ich bleiben und es mir in einer Ecke gemütlich machen, wenn ich einmal da war.

Mommas Schreibzimmer war wie ein Märchenort. In einem Regal, das wir auf einem Flohmarkt in der Nachbarschaft gekauft hatten, als ich neun oder zehn war, standen alle ihre Romane, fünfzehn an der Zahl, nicht nur auf Englisch, sondern in allen möglichen Sprachen. Ich verglich gern die Buchcover der verschiedenen Ausgaben. Zum Beispiel war auf der englischen Ausgabe das Gesicht einer Frau und ein nebelhafter Hintergrund mit einem Hakenkreuz abgebildet, auf der niederländischen Übersetzung sah man die Frau von hinten und das Hakenkreuz war viel präsenter.

„Ich war früher total gern hier", riss mich Hannah aus meinen Träumen. „Es fühlt sich so nach Momma an, unaufgeräumt und gemütlich."

Ja, Momma ist chaotisch und gemütlich zugleich.

„Und wir sind überall zu sehen." An den Holzwänden hing ein Familienfoto neben dem anderen: Momma, Daddy, Hannah und ich, in verschiedenen Altersstufen, Fotos unserer Großeltern von Mommas und Daddys Seite, außerdem Onkel und Tanten, Cousins und Cousinen und jedes einzelne Haustier, das wir jemals gehabt hatten. Und dann gab es noch Freunde, vor allem Ginnie und Bert und Drake. Momma hatte mehr Freunde als jeder andere, so schien es.

Auch auf den Regalen standen Fotos und außerdem alles, was wir als Kinder jemals für sie gebastelt hatten. Selbst der Aktenschrank und das Büroschränkchen waren vollgestellt. Momma wollte nichts Ausgefallenes haben – sie liebte Symbolik. Alles bedeutete Momma etwas.

„Ja. Hier drin fühlt man sich geliebt, oder?", sagte ich.

Hannah griff nach meiner Hand. Sie hielt sie so fest wie Daddy mich am Morgen. „Das ist doch unfassbar. Es will einfach nicht in meinen Kopf. Sie ist so blass. Sie sieht aus wie tot mit ihrer glasigen und gelben Haut, dem Schlauch im Mund und den schief herabhängenden Lippen, und zehn Schläuche stecken in ihr drin und diese ganzen Maschinen mit ihren blinkenden Zahlen ... ich hab solche Angst bekommen, als ich das gesehen habe."

Wir brachen beide in Tränen aus, schluchzten, endlich. Es war fast erleichternd, wie wir uns in unserem Schock, unserem Schmerz und den quälenden Fragen aneinanderklammerten. Nach einer Weile sagte Hannah leise: „Ich kann mir nicht vorstellen, dass sie irgendwann wieder ganz normal ist. Wenn sie überhaupt überlebt."

Ich holte eine Box mit Taschentüchern aus dem Bad. Nachdem wir uns beide die Nase geputzt und uns trotz der Tränen angelächelt hatten, ging ich an Mommas Schreibtisch und klappte ihren Laptop auf. Ich wartete, ob er noch an war, und da flackerte ihr Bildschirm mit einem Foto auf, das sie erst vor wenigen Wochen von Hannah geschickt bekommen hatte: Hannah auf dem Blumenmarkt in Aix, den Kopf über eine Bilderbuchsonnenblume gebeugt. „Schau nur, wie gut es ihr geht", hatte Momma gesagt. „Sie ist in ihrem Element." Ich blinzelte, merkte, dass mir wieder die Tränen kamen, und konnte Mommas kleinen Freudenschrei noch hören, als Hannahs Foto in ihren Postkasten geflattert war. *Momma.*

Ich klickte auf den Mailknopf ihres Fanpostfachs und stöhnte, als 2.367 neue Nachrichten heruntergeladen wurden und damit insgesamt siebentausend Nachrichten seit dem Anschlag darauf warteten, gelesen zu werden.

Hannah spähte mir über die Schulter. „Wahnsinn. Momma Fantasia hat echte Fans. Hast du schon ein paar davon gelesen?"

„Spinnst du? Das ist erst das zweite Mal, dass ich den Rechner aufklappe. Ich bin überhaupt nicht in der Lage dazu. Mrs Swanson hat das ganze Essen entgegengenommen. Und Milton rausgelassen."

Milton lag neben Mommas Schreibtisch genau vor meinen Füßen. Er hatte das Talent, sich ständig in den Weg zu legen. Und das mochte ich an ihm. Ich wuschelte ihm durch sein goldenes Fell.

„Mrs Swanson ist froh, dass sie helfen kann. Sie hat doch sonst nicht viel zu tun. Vielleicht sollten wir sie bitten, die Post rauszuholen, wenn morgen niemand von uns da ist. Momma kriegt doch bestimmt ein paar Karten."

„Gute Idee." Ich streckte mich und gähnte. Mein Blick fiel auf den Stapel aus vier durchsichtigen Boxen in der Ecke, gefüllt mit Leserpost der letzten Jahre – *bevor das Internet den handgeschriebenen Briefen auf hübschem Briefpapier den Garaus gemacht hat*, wie Momma sagte. Ich nahm den Deckel der obersten Kiste ab, in die ich die jüngste Schneckenpost, nachdem ich sie beantwortet hatte, sortiert hatte, und setzte mich daneben auf den Boden.

Hannah ließ sich neben mich plumpsen. „Wow. Da kommen ja Erinnerungen hoch." Sie deutete auf die anderen drei Kisten. „Sie hat alle aufgehoben, oder?"

„Jep. Und alle E-Mails auch."

„Du hast sie nach Monaten und Jahren sortiert. Alle Achtung."

Ich streckte ihr die Zunge heraus. Bevor Hannah vor zwei Jahren zum Studium weggegangen war, hatte sie Mommas Arbeitschaos organisiert. Und ich, die ich viel mehr von Mommas Kreativität im Blut hatte als von Dads Organisationstalent, hatte einfach nur versucht dranzubleiben.

Die beiden Briefe lagen fast obenauf. Beide waren handgeschrieben auf rosafarbenem Briefpapier, mit großen Druckbuchstaben und einem ziemlich hellen Filzstift.

Hannah las sich den ersten durch. „Ich finde das überhaupt nicht bedrohlich. Eher süß."

Ich verdrehte die Augen. „Wenn du meinst. Ich finde *Seien sie vorsichtig mit dem was Sie in Zukunft schreiben weil es gibt noch Menschen in diesem Land, die von der Überlegenheit der Weißen überzeugt sind und sie können gefährlich sein* klingt für mich ziemlich bedrohlich."

„Ich weiß nicht. Vielleicht nur ein Kind, das nachahmt, was seine Eltern sagen. Es klingt, als würde die Person jemanden kennen, der stocksauer darüber ist, was Momma schreibt, aber sie selbst ist es nicht. Zeig mal den anderen."

Sie las ihn sich genau durch. „Okay, das hört sich schon anders an. *Das ist kein Scherz. Ihr Buch bringt noch jemanden um. Passen sie lieber auf!* Seltsam. Den solltest du auf jeden Fall der Polizei zeigen. Das wird sie interessieren." Hannah hielt die Briefe, als wären sie in Säure getaucht worden. „Aber wer sollte so was schreiben? Das ist richtig böse. Als ob ..."

„Als ob was?"

„Ach, nichts."

„Komm schon, sag es."

Hannah sah mich mit ihren zimtbraunen Augen an und ich hatte das Gefühl, in ihnen etwas fast Heiliges zu sehen. „Mit dem, was Momma schreibt, berührt sie die Menschen. Und es fühlt sich so an, als ob da etwas wäre, das nicht mehr möchte, dass Momma das macht."

In unserer Familie gab es eine Art Grenze – die Glaubensgrenze. Einige hatten sie überschritten. Andere nicht. Die, die an Gott glaubten, sahen alles durch diese Brille. Wie Hannah – schön und rein und voller Gottvertrauen. Für Daddy war das Leben wie ein Spiel mit Jesus als Kapitän. Bei Momma war alles etwas komplizierter und symbolgeladen. Und ich konnte einfach nichts damit anfangen. Ich hatte es versucht. Aber es ging nicht.

„Sorry, jetzt texte ich dich hier geistlich zu."

„Schon gut. Ich wollte es ja wissen. Also glaubst du, dass die Briefe und der Mordversuch irgendeine spirituelle Bedeutung haben?"

Sie legte den Kopf schief. „Ich glaube, wir brauchen eine ganze Armee von Betern."

„Das wird kein Problem." Ich zeigte auf den Laptop mit seinen endlosen Mails und Facebook-Nachrichten.

„Ja, aber wir sollten eine Seite einrichten, damit sie wissen, wofür sie genau beten sollen."

Sie meinte das nicht so, aber ich hatte das Gefühl, gemaßregelt zu werden. Also wechselte ich das Thema. „Hast du schon einen Rückflug gebucht?"

„Daddy hat darauf bestanden, dass ich nur eine Woche bleibe. Aber ich sehe nicht, wie ich in dieser Zeit überhaupt helfen soll. Momma geht es bestimmt völlig unverändert nächste Woche."

„Aber du bist hier und das zählt. Und morgen kommt Drake und dann sind wir drei wieder vereint."

„Wie in alten Zeiten", sagte sie wehmütig. Hannah saß in Pullover und Jeans im Schneidersitz neben mir. Ihr offenes Haar ging ihr über die Schulter.

Ich kaute eine Zeit lang auf meiner Lippe und brachte dann ein Thema zur Sprache, das mich selbst nach meiner nächtlichen Koma-Recherche noch wach gehalten hatte. „Hannie, glaubst du die Polizei wird Daddy verhören?"

„Wie meinst du das? Ich dachte, sie hätten euch gleich am ersten Abend befragt."

„Ja, das schon. Aber nicht im Detail. Ich meine, wie viel Geld ist Momma wert? Hat sie eine hohe Lebensversicherung? Werden sie glauben, dass Daddy etwas damit zu tun hat?"

Hannah verdrehte die Augen. „Du liest zu viele Krimis. Denk gar nicht daran. Lass uns lieber diese Briefe zur Polizei bringen."

„Aber ... ich meine ... was, wenn sie von dem besagten Sommer Wind bekommen?"

Hannah ließ die Hand mit dem Brief sinken. Bleich sah sie mich an und schüttelte fast unmerklich den Kopf. „Paige, bitte nicht ..."

Ich nahm ihr den Brief aus der Hand, ohne sie dabei anzugucken, und tat so, als hätte es die letzten Sekunden nicht gegeben. Die schlimmsten Erinnerungen durfte man vermutlich nicht während einer Krise wieder hochholen. Also legten wir beide Briefe mitsamt Briefumschlägen in eine durchsichtige Tüte, als wären sie nicht schon übersät mit unseren Fingerabdrücken, und fuhren ins Krankenhaus.

Henry – Sonntagmorgen

Ich schlief kurz und las dann weiter in Miz Bourdillons Roman, immer weiter und weiter. Libby nahm Jase natürlich mit zur Kirche, wie immer. Bloß damit die Leute Mitleid hatten. Wir brauchten kein Mitleid wie das von der alten Bibliothekarin, die mich über ihren Brillenrand hinweg angeguckt hatte. Ich wollte kein Mitleid für meinen Sohn; ich wollte eine OP. Wieso drückten sie mir nicht ein paar Scheine in die Hand, anstatt die Stirn zu kräuseln und „Wir beten für Jase" zu flüstern?

Das Problem mit Büchern war, wenn ich einmal eins angefangen hatte und es einigermaßen gut war, konnte ich nicht mehr aufhören. Wir brauchten aber Essen auf dem Tisch und nicht Bücher, also las ich unter der Woche nur wenig. Manchmal hatte ich zwei Jobs gleichzeitig, zwei Schichten nacheinander, fünf oder sechs Stunden Schlaf und alles wieder von vorn. Ich schaffte das – wenn ich die Medikamente nahm. Aber wenn Jase operiert werden musste, musste ich die Pillen absetzen, und dann konnte ich meinen Nachtjob eine Weile nicht ausüben. Die Sache mit den Pillen war, sie machten meine Sicht verschwommen, machten ruhig und schläfrig. Das konnte ich für meine Aufträge nicht gebrauchen. Wer treffen muss, darf nicht zittern. Ich brauchte das Adrenalin, diesen Konzentrationskick, Pas Stimme im Kopf, der mich einnordete.

Tu, was du tun musst. Mach es, Henry. Jetzt mach es schon!

Libby konnte ich das nicht erklären. Für Mord hatte sie nicht so viel übrig.

Das Lesen sollte mich eigentlich beruhigen, aber da war etwas, das in meinen Geist einsickerte – so hatte es der Pastor in Libbys Kirche genannt –, mich verspottete, mir Angst machte und mich kleinkriegen wollte. Miz Bourdillon hatte wohl ein Faible für Symbolismus, denn auf jeder Seite passierte irgendwas, wo noch mehr dahintersteckte, als man auf den ersten Blick sah, oder wie man das ausdrückt.

Und in ihrem Buch standen interessante Sachen, über die ich lange nicht mehr nachgedacht hatte. Die Hauptfigur war ein Junge, vielleicht fünfzehn, sechzehn, der in einem Schlamassel steckte und sich dann mit einer alten Frau traf, die zur Hälfte verrückt schien, aber zur anderen Hälfte die Weisheit in Person war, und wenn sie ihre Weisheit anzapfte, dann sagte sie richtig gute Sachen. So was wie: *„Du musst nicht alles auf einmal erreichen“, „Das Leben ist kein 100-Meter-Sprint, Junge“, „Das Leben ist ein Marsch, kreuz und quer durchs ganze Land. Du darfst nichts überstürzen.“*

Als Ma noch war, sagte sie auch solche Sachen. *Henry, du hast dein ganzes Leben noch vor dir. Du findest deinen Weg schon noch. Mach nicht so schnell.*

Die Sache war nur, Pa sah das anders, und wenn er sagte: „Lass dir Zeit, Junge, verflixt, lass dir Zeit“, dann guckte ich gerade durch ein Zielfernrohr, und was er meinte, war, dass ich mich besser konzentrierte, bevor ich den Abzug betätigte, und lieber nicht danebenschoss. Er meinte, ich solle mich anstrengen und den Hirsch oder Elch – oder Mann – besser treffen, sonst ... Ich zog Pas „Sonst“ nie in Zweifel. Hatte eine Heidenangst davor. Für ihn hieß Elternliebe Ohrfeigen, Prügelstrafen und einige ziemlich heftige Drohungen. Und andere Dinge, die ich schon seit Langem versuchte zu vergessen. Manchmal gelang es meinem Gehirn tatsächlich, dass ich das Schlimmste eine Zeit lang vergessen konnte, bis es dann wieder angerauscht kam. Wenn Pa mich jemals mit einem Buch erwischt hätte, dann hätte er wohl das Gewehr geholt und mir mitten durch die Buchseiten in die Brust geschossen.

An jenem Sonntagmorgen aber, mit Miz Bourdillons Roman in der Hand, fühlte ich mich auf einmal ganz zufrieden und warm, wie wenn Libby ein Steak briet und der ganze Wohnwagen einladend duftete. Dann war das der schönste Ort der Welt. Und dieser Roman, nun, ich war in die Fußstapfen von diesem Jungen getreten, und es lief sich wunderbar und gemütlich darin, sodass ich gar nicht mitbekam, dass Libby und Jase schon wieder zu Hause waren.

Neben meinem Teller stand das Pillenfläschchen mit dem Rezept. „Wann hast du das geholt?“, fragte ich.

„Nach dem Gottesdienst bei Walmart.“

„Wollte ich selber holen.“

„Ich weiß. Aber du hattest zu tun, und ich dachte, wenn ich dir irgendwie helfen kann ... Du hast die ganze Zeit gelesen.“ Sie beobachtete mich mit einem Blick, den ich kannte – Angst. Immer wieder Angst.

„Okay.“ Ich sah sie kurz an. „Ich nehme sie ja.“ Auf ihrem hübschen Gesicht wuchs ein Lächeln. Mann, wie liebte ich ihr Lächeln. Ich griff nach dem Fläschchen, machte es auf, schüttelte eine hellblaue Tablette heraus und warf sie mir in den Mund. Dann tat ich so, als würde ich sie herunterschlucken.

Libby legte mir eine Hand auf die Schulter. Ich dachte, gleich fängt sie an zu flennen. Aber sie sagte nur, „Danke, Schatz. Danke.“

Nach dem Mittag ruhte sich Jase in seinem Zimmer aus und Libby kuschelte sich bei mir an und sagte so ganz behutsam: „Kommst du morgen mit zum Chirurgen, damit wir mit ihm reden? Er hat den Termin verschoben.“ Ihre Stimme bekam diesen leichten Anflug, der immer auftauchte, wenn sie etwas Unschönes sagen musste. „Und die Versicherungsfrau ruft immer wieder an. Sie braucht den Zahlungsnachweis.“

Ich klappte das Buch zu. „Wann ist denn der Termin?“

„Um vier.“

„Dann muss ich arbeiten. Der Chef mag es nicht, wenn ich so lange weg bin.“

„Dann geh, und mach nur ein bisschen früher Schluss. Wir treffen uns im Krankenhaus.“

„Und wie willst du da hinkommen, wenn ich den Pick-up habe?“

„Wir fahren eben mit dem Bus.“

Jase mochte den Bus nicht, wenn er so voll war. Manchmal bekam er darin Platzangst. „Schon gut. Ich nehme den Bus zur Arbeit. Ihr kommt und holt mich ab.“

„Alles klar.“ Libby küsste mich sanft auf den Mund. Sie roch nach diesem Lavendelöl, mit dem sie sich manchmal überall einrieb. Wie ich das mochte. „Danke, Liebling.“

Paige – Sonntagmittag, 13 Uhr

Das Mission Hospital nahm mehrere Häuserblocks ein und bestand aus St. Joseph Campus, Memorial Campus, Rathbun Center, Brustzentrum und Krebszentrum. Kurz gesagt ein Labyrinth aus Gebäuden nahe der Innenstadt. Momma lag im dritten Stock des Memorial Campus, auf der Intensivstation der Neurotraumatologie.

„Keine Reporter am Eingang", sagte Hannah.

„Gott sei Dank. Gestern früh haben sie mich bis ins Parkhaus belagert. Momma ist wohl schon Schnee von gestern."

Oben angekommen wurden wir am Eingang der Intensivstation von zwei Polizisten begrüßt. Einen kannte ich vom Vortag, Detective Blaylock, untersetzt, Mitte dreißig, Halbglatze, Bart und ein zynisches Lächeln. Der andere war eine forsch aussehende Polizistin, zierlich, große Oberweite, rot gefärbte Haare, vielleicht vierzig. Officer Hanley. Sie nickten uns zu, als wir zu Mommas Zimmer gingen. Daddy saß auf seinem Stuhl an Mommas Bett. Dieselben Schläuche, dieselben Maschinen.

„Mamie und Papy haben angerufen. Sie denken an uns. Ich habe ihnen gesagt, dass du sie nachher zurückrufst." Er nickte abwesend. Ich gab ihm einen Kuss auf die Wange. „Irgendwas Neues?"

Er schüttelte den Kopf. „Der Chirurg kommt gleich vorbei und will mit uns reden."

„Wir zeigen der Polizei die zwei Briefe, die Momma letzten Monat bekommen hat. Bist du damit einverstanden?", fragte ich und versuchte, ganz beiläufig zu klingen.

Aber Daddy reagierte gar nicht.

Ich versuchte es erneut. „Ist es für dich okay, wenn wir die Briefe zeigen?"

Er zuckte zusammen, als wäre er aus einem Tagtraum erwacht. „Ja. Ja, nur zu. Danke."

„Und wenn die Polizei noch mehr sehen will?"

„Natürlich", murmelte er. „Die sollen sich ansehen, was sie wollen. Ich habe dem Detective schon die Erlaubnis gegeben."

Ich beugte mich über das Bettgeländer und gab Momma einen Kuss auf die Wange, die einzige Stelle an ihrem Kopf, die nicht verbunden war. „Hab dich lieb, Momma. Alle beten für dich. Und Drake kommt morgen."

*

Als ich Detective Blaylock die beiden Briefe zeigte, fragte er: „Darf ich die behalten?"

„Klar."

„Und darf ich mir die restliche Leserpost ansehen?"

„Natürlich."

„Gut", sagte der Detective. „Ich komme heute Nachmittag bei Ihnen vorbei. Können Sie die Mails vorher durchgehen und alle markieren, die Ihnen verdächtig vorkommen?"

„Klar, Kinderspiel", murmelte ich mehr zu mir selbst, aber er hatte mich gehört.

„Wie bitte?"

„Wissen Sie, bei all der Bekanntheit, die die Sache durch die Nachrichten gekriegt hat, hat meine Mutter mittlerweile siebentausend Mails bekommen, seit sie hier im Krankenhaus liegt. Siebentausend, verstehen Sie? Und Hunderte von Facebook-Nachrichten. Ich habe noch keine einzige davon gelesen."

Detective Blaylock hob eine buschige Augenbraue und schob die Unterlippe vor. „Ich verstehe. Dann werde ich Officer Hanley daransetzen. Sie kommt später bei Ihnen vorbei. Alles, was irgendwie verdächtig sein könnte. Egal, was. Wir müssen es sehen."

*

Um halb eins kam Dr. Moore, ein drahtiger kleiner Mann mit Hornbrille, und führte uns in sein Büro. „Stellen Sie sich ein Gehirntrauma wie eine Immobilie vor", sagte er fast begeistert, als würden wir überlegen, ein Haus zu kaufen. „Das Einzige, was zählt, ist die Lage, die Lage und nochmals die Lage." Dabei lächelte er.

Daddys Miene verfinsterte sich und ich dachte schon, er würde dem kleinen Mann gleich eine verpassen. Dr. Moore musste das mitbekommen haben, denn er sagte schnell: „Und Ihre Frau hat extremes Glück gehabt, denn die Kugel hat die am wenigsten gefährliche Region getroffen – den rechten Frontallappen."

Er zog die Hände aus seinem Kittel und ging zu einem Plakat, auf dem ein Gehirn abgebildet war. Mit seinem Stift zeigte er auf die verschiedenen Gehirnregionen. „Die Kugel trat in den Kopf ein und auch wieder aus. Das ist ein erstes gutes Zeichen – es steckt nichts mehr drin. Und wie eben gesagt, hat es nur die rechte Gehirnhälfte getroffen, nicht beide Regionen. Zweites gutes Zeichen. Das bedeutet viel weniger Schädigung. Und drittens war die Kugel sehr schmal und schnell. Sie müssen sich das wie einen Schnellpass beim Football vorstellen."

Daddy knurrte angesichts des zweiten unpassenden Vergleichs. „Wenn der Football in einer engen Spiralbewegung geworfen wird, gibt es weniger Luftwiderstand, als wenn er seitwärts oder mit einer taumelnden Bewegung fliegt. Bei einer Kugel gilt: Je mehr sie taumelt, desto höher ist die Wahrscheinlichkeit, Energie an den Körper abzugeben und Schaden anzurichten. Eine schnelle, kleine Kugel bewegt sich gerade durch das Gehirn und verursacht weniger Schaden. Viel weniger. Der Schütze benutzte eine Handfeuerwaffe aus relativ kurzer Entfernung. Die Kombination aus Geschwindigkeit und Flugkurve und dem Ort des Auftreffens bestimmt, wie schwer die Verletzung ist. Und wie gesagt, wir haben Hoffnung. Jeder Tag bringt uns einen kleinen Lichtblick."

Dann wurde er ernst. „Aber ich möchte Ihnen nichts vormachen. Neunzig Prozent der Opfer eines Kopfschusses überleben nicht. Viele sind für immer schwerstbehindert. Aber wir spekulieren nicht, weil wir schon die ganze Bandbreite erlebt haben. Ein Patient hat ein schweres Gehirntrauma erlitten und überlebt, ein anderer ein leichtes und stirbt. Es braucht Zeit, Geduld und Durchhaltevermögen." Er reichte Daddy die Hand, die dieser zögerlich ergriff. „Aber das Zwischenergebnis ist gut", sagte er und sah in eine Tabelle in seiner anderen Hand.

Verständnislos sahen wir ihn an. Redete er immer noch über Football?

„Die kombinierte Glasgow- und Rancho-Skala hat sich innerhalb von vierundzwanzig Stunden von vier auf sechs verbessert. Das ist ein sehr wichtiger Fortschritt."

„Aber was heißt das? Hat sich was verändert?“ Ich hatte mir die Skalen letzte Nacht im Internet angesehen. „Als sie eingeliefert wurde, hat sie die Augen nicht geöffnet und keine verbale oder motorische Reaktion gezeigt, richtig?“

Er nickte. „Das ist korrekt.“

„Aber sie hat immer noch nichts gesagt oder sich bewegt.“

„Gute Frage. Die Nachtschwester meinte, sie habe ein sehr leichtes Flattern der Augen beobachtet und die linke Hand habe gezuckt.“ Er führte uns aus seinem Büro. „Es ist ein Fortschritt“, versicherte er uns.

„Hörst du das, Daddy? Es ist ein Fortschritt.“

Daddy nickte nur. Hannah und ich nahmen ihn in unsere Mitte und gingen zurück in Mommas Zimmer, wo er auf den Stuhl an ihrem Bett plumpste und das Gesicht in den Händen vergrub.

„Daddy, fahr nach Hause und schlaf. Hannah und ich bleiben hier bei Momma.“

Nach einer langen Weile hob er den Kopf und lächelte müde. „In Ordnung. Ich bin um fünf wieder hier, damit ihr zu Hause seid, wenn Officer Hanley kommt und die Fanpost lesen will.“

Also hatte er doch zugehört. Ich sah ihm nach. Von hinten sah er ruhig und gefasst aus, ein schlanker Mann mittleren Alters in einem blauen Designeranzug, der die schwere Tür zur Intensivstation aufschob und verschwand.

Während Hannah die Webseite für Mommas Freunde und alle Interessierte erstellte, setzte ich mich auf den Stuhl an ihrer Seite und dachte über taumelnde Footbälle nach und ein Haus, das in bester Strandlage stand. Dann fing ich an, mit Momma zu reden.

Josephine
1970

Der Chor sang wieder dieses Lied, „Just as I Am“, und die Kirche war rappelvoll – jede Bank und sogar die Empore und die Frauen trugen die schönsten Hüte. Vor allem gefielen ihr Mrs McBurneys Hüte. Jede Woche hatte sie einen anderen auf, groß und hell mit einer langen Feder oder klein und filigran in Pastellfarben. Mrs McBurney machte auch die Sonntagsschule, und die mochte Josephine besonders. Seit ihrem vierten oder fünften Lebensjahr redete sie mit Gott. Draußen im Wald hinter dem Haus, wenn die Sterne am Himmel schienen. Das fiel ihr ganz leicht, so als würde sie mit einem Freund reden, wenn dunkle Gedanken sie bedrückten. Jetzt stand sie auf und arbeitete sich zum Mittelgang vor. Der saphirblaue Teppich war weich unter ihren Lederschuhen, aber ihre Knie zitterten. Sie wollte gern „nach vorn kommen", sie wollte allen zeigen, dass sie Jesus gern hatte. Aber sie hatte solche Angst. Was, wenn sie etwas falsch machte? Wenn es nicht funktionierte?

1971

Das erste Mal, dass Josephine ihre große Schwester Kit mit Daddys Whiskyflasche erwischte, setzte sie sich neben sie auf die Erde. Kit lehnte am Bett und schlief fest. Vorsichtig nahm Josephine ihr die Flasche aus der Hand und rannte nach unten, um sie ins Regal zurückzustellen. Vielleicht fiel es Daddy gar nicht auf, dass die Hälfte fehlte.

Beim nächsten Mal war Kit wach und saß in ihrem Kleiderschrank. „Was machst du da? Trinkst du Daddys Whisky?"

„Geht dich nichs an", lallte Kit und fluchte. „Nichs." Ihre Miene verfinsterte sich. „Tut mir leid, Sis. Tut mir leid."

„Das ist aber nicht gut!"

„Ja, is mir aber egal. Er trinkt auch, bis er umfällt, also darf ich das auch."

„Ach, Kit."

1972

Mrs Schaeffer, ihre Englischlehrerin in der Achten, stand vor der Klasse. „Ihr habt erstaunlich gute Kurzgeschichten geschrieben. Erstaunlich gut. Eine Geschichte aber hat mich völlig frappiert." Mrs Schaeffer nahm bestimmt kein Blatt vor den Mund, aber dieses Wort hatte sie noch nie benutzt. „Ich glaube, wir haben eine Schriftstellerin in spe unter uns."

Josephine sah sich um. Eine Schriftstellerin! Sie wusste nicht, dass noch jemand in der Klasse so gern schrieb wie sie. Wer konnte das sein?

„Josephine? Josephine, würdest du uns deine Geschichte bitte vorlesen?"

Sie riss den Kopf herum. „Ich? Sie wollen meine Geschichte hören?"

Mrs Schaeffer hielt ihr lächelnd das Manuskript hin, alle fünfunddreißig Seiten mit Schreibschrift mit doppeltem Zeilenabstand. Josephine wurde rot. In ihrem Kopf rief die ganze Zeit jemand: „Aber was, wenn sie ihnen nicht gefällt? Wenn sie keinem gefällt? Ich musste diese Geschichte schreiben. Ich musste einfach, aber was, wenn sie ihnen nicht gefällt?"

Paige

Wir holten einen zweiten Stuhl in Mommas Zimmer und Hannah setzte sich. Einmal, während ich Momma irgendwas erzählte, hatte ich das Gefühl, als würde es unter ihrem Augenlid kurz zucken. Aber als Hannah die Schwester gerufen hatte, war nichts mehr zu sehen. Zwei Stunden lang passierte nichts.

Kapitel 4

Paige – Sonntagabend

Daddy kam wie verabredet um fünf zurück und ich verbrachte den Sonntagabend mit Officer Hanley in Mommas Arbeitszimmer, wo wir die 7.603 E-Mails (es kamen ja immer neue) und die Tausenden von „Likes“ und Nachrichten auf Facebook durchgingen. Alle waren durchweg positiv, drückten Mitleid und Schock aus angesichts dessen, was passiert war. Um neun konnte ich nicht mehr geradeaus gucken. Hannah war sofort eingeschlafen, als wir zu Hause angekommen waren.

Ich hatte gerade Milton rausgelassen – zum vierten Mal innerhalb von drei Stunden; er spürte, dass irgendwas nicht stimmte – und Hannah aufgeweckt, als Officer Hanley mich zu Mommas Laptop rief. „Ist Ihnen die hier schon einmal aufgefallen?“

Die Mail hatte einen hellen Blumenhintergrund und eine hübsche Kursivschrift. *Ich wusste, dass irgendwann was passiert. Ich wusste es. Immer wenn jemand so mutig ist, den Status quo infrage zu stellen, passiert was. Wir bringen den um! Wie oft ist das in der Geschichte schon so passiert? Sogar Jesus hat man aus dem Weg geräumt ...*

Die Tirade in der Mail ging immer weiter: Waffengesetze, der Niedergang der USA, der Ruf an alle Christen aufzustehen und zu kämpfen. „Hört sich etwas extremistisch an, oder?“, bemerkte ich.

Hannah kam ins Arbeitszimmer und überflog die Mail. „Schon, aber es sind auch ein paar gute Argumente.“

„Hat jemand von Ihnen beiden diesen Hintergrund oder diese Schriftart schon einmal gesehen?“

„Nein“, erwiderte Hannah. „Aber ich lese schon seit Jahren nicht mehr die Fanpost meiner Mutter.“

„Noch nie“, ergänzte ich. „Daran würde ich mich erinnern. Schon seltsam. Und der Inhalt, ich meine, das klingt nicht so, als hätte die Person Momma schon einmal geschrieben.“

„Eben. Und es hört sich noch nicht einmal jetzt so an, als wäre die Mail an Ihre Mutter gerichtet." Officer Hanley wischte sich eine rote Strähne aus der Stirn. „Für mich klingt das wie ein Schlachtruf."

Ich dachte kurz nach und zuckte die Schultern. „Vielleicht, aber die Person hat nicht versucht, anonym zu bleiben. Unter der Mail steht ihr Vorname, und die Gmail-Adresse hat Vor- und Nachnamen. In der Signatur neben diesem Kürbis-Emoticon steht sogar die Adresse.

Officer Hanley starrte mich an.

„Was ist? Habe ich was Falsches gesagt?"

Ihre angestrengte Miene wurde zu einem anerkennenden Lächeln. „Überhaupt nicht. Sehr aufmerksam, Miss Bourdillon. Das hilft uns weiter. Halten Sie die Augen weiter offen, ja?"

Spätabends fuhren Hannah und ich wieder ins Krankenhaus. Hannah setzte sich zu Momma ans Bett, hielt ihre Hand und versuchte, ihr mit beruhigender Stimme etwas zu sagen – so richtig gelang ihr das aber nicht –, doch dann meinte sie plötzlich: „Da! Sie hat sich bewegt! Ihre Hand hat gezuckt!" Daddy, ich und die Krankenschwester, die gerade im Raum war, sprangen ans Bett.

Mommas Finger zuckten schon wieder und wir starrten wie gebannt hin, als wäre es ein Wunder, so groß wie die Auferstehung von Lazarus. „Vielleicht hat sie Schmerzen", sagte Daddy.

Die restliche Nacht bewegte sie sich nicht mehr, aber die Schwester erhöhte ihre Morphiumdosis und Hannah hielt die ganze Zeit ihre Hand. Ich loggte mich auf dem Smartphone in ihren Mailaccount ein und las Mail für Mail, überrascht und dann wieder doch nicht, dass jede einzelne Nachricht mit dem Satz „Ich bete für Sie" endete.

Josephine – Sonntagabend 1973

„Du hast Talent, Josephine. Echtes Talent." Mrs Nix setzte die Brille ab und rieb sich die Augen. „Aber du darfst keine Angst vor Kritik haben."

Sie durfte jetzt nicht weinen! Sie durfte nicht. Aber die ganze Seite war voller roter Anmerkungen. Sie hatte sich doch solche Mühe gegeben. Stundenlang hatte sie daran gearbeitet, mitten in der Nacht! So viele Stunden.

„Josephine, ich möchte, dass du dich hinsetzt und mir zuhörst."

Sie konnte es nicht ertragen zu hören, was sie alles falsch gemacht hatte. Sie hatte sich doch solche Mühe gegeben!

„Josephine, die Geschichte ist hervorragend. Deine Kreativität ist einfach erstaunlich. Aber du hast die Aufgabenstellung nicht erfüllt und egal, wie gut deine Geschichte ist, ich kann dir keine gute Zensur geben für etwas, das du gar nicht schreiben solltest. Ich glaube, mit einer 3+ kannst du mehr als zufrieden sein."

Zufrieden! In Englisch hatte sie noch nie eine schlechtere Zensur als eine 1- bekommen! Wieso hatte sie die Aufgabenstellung nicht erfüllt? Jetzt kam sie ihr sonnenklar vor. Aber sie hatte nun mal diese Idee gehabt und dann hatte sie noch bis spät an dem Theaterstück arbeiten müssen und dann war Kit wieder betrunken nach Hause gekommen und hatte jemanden zum Reden gebraucht. Dadurch waren Josephine nur ein paar Stunden geblieben, in denen sie die Geschichte herunterschreiben musste. Und da hatte sie keine Zeit mehr gehabt, die Aufgabenstellung noch einmal zu lesen.

Und jetzt hatte sie versagt. Eine 3+ war ein glattes Versagen. So würden das ihre Eltern sehen.

„Josephine, wenn es dir lieber ist, darfst du die Aufgabe wiederholen. Aber sie muss bis Ende der Woche auf meinem Tisch sein. Möchtest du das?"

Sie konnte Mrs Nix kaum in die Augen sehen. Als wäre sie sechs Jahre alt! Was war nur los mit ihr? „Ja, ja, natürlich. Danke. Danke, Mrs Nix." Sie stand auf und ging mit einem aufgesetzten Lächeln aus dem Klassenzimmer, aber in ihrem Kopf dröhnte es: „Versagerin!"

Mr Bohler teilte die Aufsätze aus. Als er bei Josephine ankam, lächelte er breit. Er reichte ihr die Seiten, und oben stand in seiner typischen Lehrerhandschrift mit Rot: 1+ Ausgezeichnete Arbeit! Josephine wurde ganz warm vor Glück. „Wirklich gute Arbeit, Josephine. Du hast die geschichtlichen Ereignisse gekonnt in deine Geschichte eingebaut. Ein Kurier für Präsident Lincoln." Er zwinkerte ihr zu. „Du wirst doch keine Verfechterin der Konföderierten, oder?"

Josephine versuchte zu lächeln. „Ich glaub nicht ...", stammelte sie.

Er tätschelte ihr die Schulter. „Kleiner Scherz. Aber ganz im Ernst, du hast Talent. Was für eine Fantasie! Eine echte Gabe."

Das sagten sie alle. Du hast eine Gabe. Eine Gabe.

Die Aufmerksamkeit ihrer Lehrer war so aufregend, aber sie machte ihr auch Angst. Sie schrieb, wie sie eben schrieb. Vielleicht war es eine Gabe. Josephine wusste nur eins: Sie konnte nicht „nicht schreiben". So wie Kit tanzen musste. Kit drehte in ihrem Zimmer Pirouetten, seit sie denken konnte. Ihre hübsche, gelenkige Schwester wirbelte und lachte und schwebte durch die Luft, so leicht, so elegant.

Kit hatte die Gabe zu tanzen. Aber sie hatte auch Jungs. So viele Jungs, die mit ihr flirteten und bei ihnen zu Hause auftauchten. Josephine sagte das nie laut, auch nicht zu Kit. Aber ihr Herz tat tief drinnen weh. Sie liebte es zu schreiben, sie „musste" schreiben, aber manchmal fragte sie sich, ob „begabt" und „anders" sein vielleicht ein Fluch war. Manchmal wollte sie keine „Gabe" haben, sondern einfach eine Verabredung. Sie sehnte sich danach, von einem Jungen angerufen oder ins Kino ausgeführt zu werden. Josephine wollte nicht anders sein; sie wollte sein wie alle anderen. Vor allem wie Kit.

Henry – Montagmorgen

Ich drückte zweimal auf Snooze und am Ende musste Libby mich wach rütteln. „Das sind diese Pillen", knurrte ich und quälte mich aus dem Bett. Ich spielte meine Rolle, damit sie keinen Verdacht schöpfte. „Meine Augenlider sind so schwer, ich muss mir Zahnstocher reinmachen." Ich fluchte. „Hätte die blöden Dinger nicht nehmen sollen, bevor ich auf Arbeit gehe."

Ich zog mich an, ging in die Küche und aß das Omelett, das

Libby machte, mit etwas Obst und einem Bagel. Sie achtete sehr darauf, dass Jase und ich ein kräftiges, gesundes Frühstück bekamen – das war ihre Formulierung. Aber sie konnte kochen. Und sie war ein schlauer Kopf. Schließlich hatte sie die Highschool abgeschlossen. Ich stellte mir vor, dass ich sie eines Tages aufs College schickte. Im Augenblick hatte sie einen ganz guten Job als Assistentin irgendeines wichtigen Geschäftsmanns.

Ich war früh auf an der Arbeit – halb acht – und der Boss musterte mich kurz und meinte dann: „Gut, dass du wieder da bist, Hughes. Hab 'ne Menge zu tun für dich."

„Ja, Sir. Ich bin einsatzbereit. Muss zwar um halb vier gehen, aber ich arbeite die Mittagspause durch und hole die Stunden morgen nach."

„Wieder dein Junge?"

„Wird heute dem Chirurgen vorgestellt."

„Also schön." Er machte Anstalten zu gehen, drehte sich dann aber noch einmal um. „Aber ich muss mich auf dich verlassen können, Hughes. Du machst gute Arbeit. Aber es geht nicht, dass du drei Tage da bist und dann zwei Tage weg. Haben wir uns verstanden? Ich kriege hier Druck von ganz oben."

„Ja, Sir." Ich hatte verstanden. Laut und deutlich.

Über eine Stunde lang hatten sie Jase mit Nadeln und Geräten traktiert und jetzt saß er mit nacktem Oberkörper bei der Schwester in einem sterilen, kalten Zimmer, während der Chirurg in seinem Büro in seinem Ledersessel saß und uns die Ergebnisse mitteilte. „Es gefällt mir nicht, was ich sehe." Er legte die Fingerspitzen aneinander. „Es geht ihm immer schlechter. Seine Herzfrequenz wird immer unregelmäßiger. Es tut mir leid, aber wir müssen den Eingriff vorverlegen." Er ging seinen Kalender im Handy durch. „Wir sollten ihn am Freitag eintakten."

Er hatte wohl gesehen, wie sehr Libby meine Hand umklammerte, denn er fügte hinzu, „Keine Sorge, Mrs Hughes. Jases Chancen stehen gut, sehr gut sogar. Aber wir dürfen nicht mehr warten. Er muss bei Kräften sein, damit wir den Eingriff durchführen können."

Der Arzt redete noch eine Weile weiter. Libby zerdrückte mir fast die Hand und schniefte und schrieb in ihr kleines Notizbuch, wo sie alles notierte, was irgendein Arzt je über Jase gesagt hatte. Ich versuchte zuzuhören, versuchte mich zu konzentrieren, aber alles, was ich hörte waren die Worte *Vier OPs, vier Aufträge, nach vier Tagen der Scheck. Keine halben Sachen, keine halben Sachen ...*

Als wir zum Auto liefen, presste ich die Kiefer aufeinander und knirschte mit den Zähnen, genau das, was Libby immer auffiel, bevor unser Kartenhaus zusammenbrach.

„Du warst ganz tapfer, ein richtiger Held", sagte Libby zu Jase und versuchte, besonders fröhlich zu klingen, wie jedes Mal, wenn sie so tat, als wäre alles in Ordnung.

„Ich mag den Doktor, Mommy", sagte Jase und sah sie mit seinen großen grünen Augen an. Dann schenkte er mir ein scheues Lächeln. „Magst du ihn auch, Papa?"

„Ja, schon", sagte ich, aber meine Stimme klang schroff und Jase zog seine Hand zurück, mit der er meine gerade ergreifen wollte, und sah weg. Ich versuchte es noch einmal. „Das ist ein ganz toller Arzt und wir können sehr froh sein, dass wir ihn haben. Er hat gesagt, dass er dein Herz wieder ganz gesund macht. Dieses Mal wird es so gut zusammengesetzt, dass du nie wieder ins Krankenhaus musst."

Libby warf mir einen warnenden Blick zu und schüttelte den Kopf.

„Jedenfalls für eine lange Zeit nicht", fügte ich hinzu. Dann hielt ich Jase und Libby die Tür vom Wagen auf.

„Das wäre toll, Papa. So richtig schokoladenpuddingtoll." Und dabei grinste er und lehnte sich an meine Schulter, während ich uns nach Hause fuhr.

Libby starrte nur geradeaus und wendete das kleine Notizbuch in ihrem Schoß hin und her, während ich wie verrückt nach einer Lösung suchte. *Nichts überstürzen, nichts überstürzen! Beeil dich!* „Ich muss noch einmal weg. Sobald wir zu Hause sind. Höchstens vierundzwanzig Stunden, versprochen."

Libby nickte, verdrehte das Notizbuch und biss sich auf die Lippe.

Ich hielt bei Jases Lieblingsimbiss und kaufte uns etwas zum Abendessen. Als wir im Wohnwagen waren, machte ich den Fernseher an und tatsächlich, unterhalb der Nachrichten war zu lesen, dass Miz Bourdillon noch immer im Koma lag. Dann kam irgendwas über College-Football. Ich stand vor dem Fernseher, aß meinen Hamburger, bis mir Ketchup und Mayo aufs Kinn tropften, und vergaß, mir den Mund abzuwischen. Ich konnte nur denken und hoffen, dass Miz Bourdillon endlich krepierte. Immer wieder sagten sie im Fernsehen, dass bei einem Koma durch ein Kopftrauma die Patienten nicht mehr aufwachen und irgendwann sterben. Aber sie war nicht tot, also musste ich mir etwas einfallen lassen.

„Sei vorsichtig", rief mir Libby nach, und Jase kam mir zur Moskitotür nach. „Bis morgen, Papa?"

„Bis morgen, Kleiner."

Als die Tür hinter mir zu war, legte ich das Gewehr und die Pistole neben meine Tasche mit den wichtigsten Sachen, die noch von gestern im Pick-up lag.

Paige – Montagnachmittag

Daddy verbrachte die Nacht auf dem Stuhl an Mommas Bett und morgens übernahmen Hannah und ich, damit er nach Hause fahren und ein wenig schlafen konnte. Wenn man schon im Krankenhaus liegen musste, war das hier wohl eins der besseren, weil man von jedem Krankenzimmer aus einen tollen Blick auf die Berge hatte. Momma konnte davon natürlich nichts sehen, aber Hannah, Daddy und ich, und manchmal gab mir die endlose Bergkette, deren Farben von allen Grünschattierungen bis hin zu den Primärfarben wechselte, ein wenig Hoffnung.

Tante Kit, Mommas Schwester, kam am Montagnachmittag aus Atlanta ins Krankenhaus. Sie schlang ihre gebräunten und verrunzelten Arme auf ihre überschwängliche Art um mich. „Oh, Paige. Es ist so furchtbar. Ich wollte ja schon vor dem Wochenende kommen, aber ..."

Ich mochte Tante Kit. Trotz ihrer Ausreden und nicht eingehaltenen Versprechen, trotz der gewissen Enttäuschung, die man Mama ansah, wenn sie zu Besuch war, und trotz ihrer aufgedrehten Art. Sie roch nach teurem Parfum, trug Designerjeans und eine passende Seidenbluse mit Blazer in Herbstgold und rötlichen Brauntönen, die ihr blondes Haar betonte. Tante Kit war bei den größten Modelagenturen unter Vertrag gewesen und sie sah noch immer ziemlich knackig aus, sogar mit fast sechzig – wenn sie nüchtern war.

„Danke, dass du gekommen bist. Supertiming. Ich bringe dich auf ihr Zimmer. Sie kann vielleicht alles hören, was wir sagen, also sprich bitte *mit* ihr, nicht *über sie*. Setz dich zu ihr und sprich mit ihr. Sie hört dich, ganz bestimmt. Und wenn du nur die leichteste Bewegung siehst, sag Bescheid. Hannah und ich sind in zwei Stunden wieder hier."

Ich führte Tante Kit in Mommas Zimmer und kaum hatte sie ihre Schwester erblickt, schluchzte sie auf und schlug sich die Hand vor den Mund. „JoJo, JoJo", sagte sie leise. „Das kann nicht sein." Sie ließ sich auf den Stuhl an Mommas Bett sinken, griff nach ihrer Hand und fing an zu reden.

Josephine
1973

„Du bist erst fünfzehn, Kitty!" Mutters Stimme war schrill und übertönte die Waschmaschine. „Du wirst nicht mit einem Jungen ausgehen, der schon neunzehn ist. Das verbiete ich dir!"

„Ich mache, was ich will!", rief Kit, warf die blonden Haare über die Schulter und stürmte aus dem Zimmer.

Josephine folgte ihrer Schwester die Treppe hinunter und hinaus in die träge Sommerluft. Kit schlang die Arme um ihre kleine Schwester und schluchzte. „Es ist so gemein. Dabei ist er so ein cooler Typ."

„Sie machen sich eben Sorgen. Sie haben Angst um dich."

Kit verzog das Gesicht. „Sie wollen nur den Anschein wahren. Sie wollen nicht, dass ich ihren makellosen Ruf beschmutze! Als wenn die ganze Stadt nicht schon längst hinter unserem Rücken über Daddy redet."

Josephine spürte, wie sich ihr Magen zusammenzog. „Kit, bitte."

„Du bist doch das perfekte Kind. Bleib so perfekt, Schwesterchen."

„Ich will aber nicht perfekt sein. Ich will so sein wie du, hübsch und beliebt."

Ihre Schwester stemmte die Hände in die Hüften. Ihr ohnehin enges Batik-T-Shirt spannte noch mehr über ihrem Busen. „JoJo, sei einfach du selbst. Du musst nicht so sein wie ich. Ich bin kein so gutes Vorbild mehr." Aber sie lächelte dabei.

1974

„Tut mir leid, dass du gehen willst", sagte Josephine und sah Chet Conrad direkt in die klaren grauen Augen.

Der Junge zuckte die schmächtigen Schultern, die gleich wieder nach vorn fielen. „Wollte ich dir nur sagen."

Sie versuchte, den Kloß im Hals hinunterzuschlucken. Was sollte sie jetzt darauf sagen? Alle in der Klasse tuschelten über Chet. „Er ist nicht ganz richtig im Kopf." Entweder sie hatten Mitleid mit ihm oder sie machten sich gnadenlos über ihn lustig.

Josephine hatte nicht wirklich Mitleid. Manchmal wollte sie sagen, „Chet, ich weiß. Ich weiß, manchmal kommt im Kopf alles durcheinander. Bei mir auch." Das machte sie nicht, aber in der Pause saßen sie oft zusammen. Chet sagte die verrücktesten Sachen. Vielleicht funktionierte sein Kopf tatsächlich nicht richtig, aber er brachte sie zum Lachen und ein Teil seines Kopfes war auf jeden Fall in bester Ordnung.

Am nächsten Tag tuschelten die anderen noch mehr. „Er kommt nicht mehr zur Schule. Seine Eltern haben ihn woanders hingebracht. Damit er sich ausruht, sagen sie. Aber wir wissen alle, wohin. Direkt in die Klapsmühle!"

Josephine blinzelte schnell, damit man die Tränen nicht sah.

Spät am Abend holte sie ihr Tagebuch hinten aus dem Versteck im Schreibtisch, wo Kit und ihre Eltern es nicht finden konnten. Nicht dass sie sich dafür interessierten oder je auf die Suche danach gehen würden. Dennoch konnte das, was sie hier schrieb, sie verärgern, und das wollte sie nicht. Sie klappte das hellgrüne Spiralnotizbuch auf der letzten beschriebenen Seite auf. „Lieber Gott, mit mir stimmt etwas nicht. Ich weiß nicht, was los ist, aber ich wünschte, es würde jemand kommen und dieses Loch in meinem Gehirn stopfen. Wenn ich es stopfen könnte, dann würde ich bestimmt nicht mehr in diese finsteren, unheimlichen Tiefen stürzen. Ich würde bestimmt fröhlich sein wie meine Freunde.

Aber obwohl ich dich jeden Abend bitte, Gott, stopfst du das Loch nicht. Und das macht mir Angst."

Josephine holte ihre Bibel heraus, schlug die Psalmen auf – ihr Lieblingsbuch in der Bibel – und suchte nach dem Vers, den sie vor ein paar Wochen im Sonntagsgottesdienst behandelt hatten. „In der Angst rief ich den Herrn an und der Herr erhörte mich und tröstete mich. Der Herr ist mit mir, darum fürchte ich mich nicht; was können mir Menschen tun?" Sie wischte sich eine Träne aus dem Augenwinkel und schrieb den Vers in ihr Tagebuch. Dann schrieb sie dazu:

„Was, wenn das Loch nie gestopft wird? Wenn es immer größer wird? Ich weiß, was dann passiert. Dann werde ich wie Chet."

1975

„Terence, darf ich dich für die Schulzeitung interviewen? Ich ändere auch deinen Namen und alles."

„Was sind denn die Fragen?"

„Na ja, wie sich das anfühlt, der einzige Schwarze auf einer Party zu sein und alle behandeln zu müssen, als wären sie was Besseres. Und dann noch die bösen Kommentare über Rassenunterschiede und so zu hören."

Terence lachte auf. „Miss Josy, wenn du je so etwas in der Zeitung veröffentlichst, dann wird die Hälfte aller Schwarzen in der Stadt entlassen, garantiert. Solchen Ärger wollen wir nicht, Miss Josy."

„Ich weiß. Aber es ist so unfair."

„Hör zu, Miss Josy. Ich kenne dich seit deiner Geburt, über fünfzehn Jahre, und du bist der beste Mensch, den ich je getroffen habe – ob schwarz oder weiß. Du hast ein gutes Herz. Und eine empfindliche Seele. Lass den Allmächtigen dir mal das gute Herz erhalten und mach dir keine Sorgen um mich. Eines Tages wird er dir zeigen, was du schreiben sollst. Aber im Augenblick lass das lieber. Und Miss Josy, meine Arbeit gefällt mir, glaub mir. Ich bin froh, dass ich sie habe und auf den Partys deiner Eltern arbeite ich am liebsten."

„Wieso?"

Er dachte kurz nach. „Ich sehe gern, wenn es den Leuten gut geht, und wie dein Vater stolz ist und deine Mutter sich in Schale wirft. Wenn sie glücklich sind, das gefällt mir."

Das gefiel ihr auch. Aber viel zu oft erlebte sie sie ganz anders.

1975

Kit steckte wieder in Schwierigkeiten – Drogen, Jungs und so weiter. Mittlerweile hielten ihre Eltern es gar nicht mehr für ein Kompliment, dass sie so hübsch war. An dem Tag, als sie Kit aus dem Arrest abholten, erhielt Josephine die Nachricht, dass ihre Kurzgeschichte den ersten Preis im County-Wettbewerb gewonnen hatte. Als Nächstes kam der Regionalentscheid und dann vielleicht sogar der Landeswettbewerb.

„Wir sind so stolz auf dich, JoJo. So stolz", sagte ihre Mutter. Aber Josephine las zwischen den Zeilen: Lass jetzt bloß nicht nach. Wehe, du lässt nach. Sei perfekt. Wir brauchen wenigstens ein perfektes Kind. Bitte.

1975

Frank, der Jugendpastor ihrer Gemeinde, hatte ihnen aufgetragen, einen Bibelvers auswendig zu lernen. Sie hatte sich für den entschieden, den sie in ihr Tagebuch geschrieben hatte, nachdem Chet nicht mehr zur Schule kam.

Eines Tages nahm Josephine all ihren Mut zusammen und sprach Frank auf das Loch in ihrem Verstand an. Außer dass sie es nicht Loch nannte. Sie meinte, sie sei oft traurig. Frank hörte ihr aufmerksam zu.

„Josephine, ich bin kein Experte, aber eins weiß ich. Wenn mir das Leben zu schwer wird oder ich wütend oder entmutigt bin, dann suche ich mir heraus, was Gott darüber in der Bibel sagt. Ich habe eine ganze Liste von Bibelversen, die davon handeln, was mich stört. Manchmal lerne ich sie sogar auswendig." Er zeigte ihr, wie man mit einer Konkordanz umging. Sie suchte sich viele Verse über Angst und Sorgen und Traurigkeit heraus.

Von diesem Tag an hatte Josephine eine Liste von Versen in ihrem

Tagebuch. Wenn die Stimmen in ihrem Kopf lauter wurden und der Abgrund größer, dann holte sie die Liste hervor und sagte die Verse laut auf.

„Sorgt euch um nichts, sondern in allen Dingen lasst eure Bitten in Gebet und Flehen mit Danksagung vor Gott kundwerden!"

„Wenn ich mich fürchte, so hoffe ich auf dich. Ich will Gottes Wort rühmen; auf Gott will ich hoffen und mich nicht fürchten."

„Der Herr hält alle, die da fallen, und richtet alle auf, die niedergeschlagen sind."

Und zu ihrer großen Erleichterung wurden die Stimmen leiser und hörten irgendwann ganz auf.

Paige

Daddy, Hannah und ich ließen Tante Kit bei Momma und fuhren mit dem Fahrstuhl ins Erdgeschoss. Detective Blaylock wollte uns noch ein paar Fragen stellen und hatte dafür das kleine Büro im Hinterzimmer des Geschenkshops ausgesucht. „Das ist einfacher, als wenn ich Sie aufs Revier bitten muss", sagte er, aber ich wollte überhaupt keine Fragen mehr beantworten, egal, wo ich sie gestellt bekam.

„Ist Momma viel Geld wert?", fragte ich Daddy auf dem Weg. „Ich meine, hat sie eine hohe Lebensversicherung? Wird dich die Polizei verhören und lauter unangenehme persönliche Fragen stellen? Bist du jetzt ein Tatverdächtiger?"

„Du hast dieselbe Fantasie wie deine Mutter." Er seufzte. „Sie können sich ungefähr jedes Szenario ausmalen, das sie wollen. Aber mach dir keine Sorgen. Deine Mutter wird aufwachen und alles wird gut werden."

Glaubte Daddy ernsthaft daran? Als wir in das kleine Büro traten, wurde mir bewusst, dass er meine Frage kein bisschen beantwortet hatte.

Hannah und ich stöberten geistesabwesend durch den Shop, sahen uns den Schmuck und die Blumensträuße an. Als ich einen rosafarbenen Ballon entdeckte, auf dem *It's a Girl!* stand, spürte ich einen Stich ins Herz. Wie viel lieber wäre ich aus solch einem Anlass im Krankenhaus, anstatt meiner Mutter dabei zuzusehen, wie ihr Leben am seidenen Faden hing.

Als Daddy aus dem Büro herauskam, verhielt er sich noch seltsamer als die letzten zwei Tage ohnehin schon. Er war unruhig und rieb sich wieder und wieder die Augen. Das machte er eigentlich nur, wenn er drauf und dran war, einen Kunden zu verlieren.

Er stand neben mir und den Ballons, während Hannah ins Büro ging. „Wie war's?“

Daddy zuckte die Schultern. „Ganz gut.“

„Also, ich möchte einen Anwalt, bevor ich verhört werde. Wer weiß, welche verrückten Dinge die sich über unsere Familie ausdenken.“

Daddy sah mich erstaunt an. „Paige, beantworte einfach seine Fragen. Und bitte sei nicht so aggressiv. Ich kann mir nicht vorstellen, dass du eine Menge zu verbergen hast.“ Er versuchte zu lächeln, aber es misslang, und so standen wir schweigend nebeneinander und warteten.

Irgendwann kam schließlich Hannah wieder raus. „Kinderspiel“, sagte sie.

Ich ging hinein und Detective Blaylock schloss die Tür hinter uns. Es gab einen kleinen Schreibtisch mit stapelweise Büchern und Papieren, die der Polizist beiseitegeschoben hatte. Er setzte sich hinter den Tisch und bot mir den anderen Stuhl an. Auf der Erde standen eingepackte Geschenke, Spielzeug und Pflanzen.

„Kaffee?“

Ich schüttelte den Kopf.

Detective Blaylock war ein unruhiger Typ. Er saß, stand auf, setzte sich wieder, spielte mit einem Stift und seinem Notizbuch herum oder fuhr sich mit der Hand über die Halbglatze.

Nach ein paar Höflichkeitsfragen schaltete er um in den Ermittlermodus und stand auf. „Wie war die Ehe Ihrer Eltern?“

Ich kniff die Augen zusammen. „Wieso tun Sie so, als wäre das eine Sache der Vergangenheit?“

„Wie bitte?“

„Momma ist nicht tot. Ihre Ehe ist nicht vorbei. Also sollten Sie doch eher fragen: ‚Wie ist die Ehe Ihrer Eltern‘, oder?“

Er knurrte. „Also schön.“

Ich setzte mich so gerade hin, wie es auf dem wackligen Stuhl ging. „Hören Sie. Ich bin nicht dumm. Wir wissen beide, wenn ich sage, dass ihre Ehe toll ist und es keinerlei Probleme gibt, weil sie sich wahnsinnig lieben, dann glauben Sie mir kein Wort. Sie werden denken, dass ich etwas verbergen will. Deswegen werde ich einfach sagen, ihre Ehe ist stabil. Solide. Gut. Sie lieben sich."

Er setzte sich wieder, schüttelte leicht den Kopf, kritzelte irgendwas in sein Büchlein und lächelte fast in sich hinein. „Wie war es, mit einer Schriftstellerin aufzuwachsen?"

„Was meinen Sie?"

„Ihre Mutter erreichte mit ihren Romanen einen gewissen Bekanntheitsgrad. Wie war das für Sie?"

„Sie ist immer noch bekannt", korrigierte ich ihn erneut.

Jetzt verfinsterte sich seine Miene.

Ich verschränkte die Arme und klang wahrscheinlich etwas defensiv. „Hören Sie, was wissen Sie denn überhaupt über meine Mutter?"

„Ich weiß, was ich über sie gelesen habe. Wohlhabendes Elternhaus in Atlanta, sehr gute schulische Leistungen, alle möglichen Auszeichnungen, volles Studienstipendium, lernte Ihren Vater kennen", dabei sah er in seine Notizen, „1980 auf der Uni. Hochzeit 1984. Ihr Vater wurde als Versicherungsmakler erfolgreich. Ihre Mutter veröffentlichte ihren ersten Roman mit 33. Ihr zweiter Roman lief ebenfalls gut, und allmählich kam vermutlich Geld herein. Der erste Erfolg stellte sich ein."

„Das können Sie alles auf ihrer Website nachlesen. Oder auf dem Schutzumschlag ihrer Bücher. Das ist nicht meine Mutter."

„Wie bitte?" Er stand auf, stützte sich auf die Hände und starrte mich an.

„Sie wissen doch, was Autoren in ihre Lebensläufe schreiben, oder? Sie erzählen die tollen Stationen. Momma hat keine Scheu, von den schweren Zeiten zu erzählen, aber wir konnten sie davon überzeugen, das auf der Website und den Klappentexten ihrer Bücher wegzulassen."

Detective Blaylock setzte sich wieder, beugte sich vor und hatte die Ellbogen auf die Knie gestützt. Ich vermutete, er überlegte, was er von mir halten sollte. Auf mich wirkte er ziemlich genervt.

„Würden Sie mir dann freundlicherweise die Wahrheit über Ihre Mutter verraten?“

„Haben Sie je eins ihrer Bücher gelesen?“

„Nein.“

„Dann tun Sie das. Dort erzählt sie die Wahrheit. Deswegen bekommt sie lauter Fanpost. Die sollten Sie übrigens auch lesen. Oder Officer Hanley fragen. Die Leser bedanken sich bei meiner Mutter; sie sagen, dass sie ihnen Hoffnung macht, auch wenn das Leben einem den Mut nimmt. Ihre Leser sind richtig überschwänglich. Wenn Sie die Briefe lesen, werden Sie verstehen, was ich meine. Und wenn Sie ihre Bücher lesen, werden Sie auch Momma besser verstehen.“

Einen Augenblick lang schien er völlig stillzuhalten. Dann richtete er sich in seinem Bürostuhl zur vollen Größe auf und sah mich intensiv an.

Ich tat so, als würde ich es nicht merken. „Ihre Bücher bedeuten den Lesern etwas. Das ist nicht nur Unterhaltung; die Bücher berühren sie. Und das ist alles, was sie je wollte. Die Menschen zum Nachdenken bringen, ihnen Hoffnung machen.“ Meine Stimme wurde kratzig. „Momma ist kompliziert. Ja, das ist sie. Sie hat eine riesige Fantasie, gepaart mit einer großen, dunklen Dosis Realität und das spiegelt sich in ihren Büchern wider.“

Ich zupfte ein Taschentuch aus meiner Hosentasche und putzte mir die Nase. „Und sie hat ein großes Herz. Sie glaubt an die Menschen, selbst wenn es keinen Grund dazu gibt. Sie ist eben großherzig.“ Ich schnäuzte mich wieder. „Und eins sage ich Ihnen: Ich kann mir auf der ganzen Welt keinen Menschen vorstellen, der will, dass sie tot ist. Noch nicht einmal diesen Spinner, der ihr diese Briefe geschrieben hat. Niemand will Momma tot sehen. Weil alle sie mögen.“

Er kritzelte munter etwas in sein Notizbuch.

Ich wartete, bis er fertig war. „Darf ich Sie was fragen, Detective?“

Jetzt musste er lächeln. „Haben Sie das nicht schon die ganze Zeit? Befragungen führt eigentlich der Polizist durch, nicht der Befragte.“

Ich wurde rot. „’tschuldigung. Ja, Sie haben recht. Ich habe ein loses Mundwerk. Aber ich will nur eins wissen. Obwohl ich mir beim besten Willen nicht vorstellen kann, dass jemand meine Mutter umbringen will, ist es offensichtlich so. Aber kommt derjenige noch mal zurück? Ich meine, im Fernsehen schnappt sich der Killer immer einen Arztkittel und schleicht sich in das Zimmer des Opfers und schüttet Zyankali oder Chinin in den Tropf und dann stirbt der Patient. Schleicht dieser verrückte Leser also hier durchs Krankenhaus und wartet auf seine Chance?"

„Es könnte sein. Wir haben schon alle möglichen Dinge gesehen. Deswegen haben wir überall Polizeikräfte. Niemand schleicht sich in das Zimmer Ihrer Mutter. Keine Angst."

Als er aufstand, ging ich davon aus, dass die Befragung zu Ende war.

„Aber Sie haben noch keine Ahnung, wer der Täter sein könnte, oder?"

„Wir haben die beiden Briefe, wir haben das Projektil, und wir verfolgen auch noch andere Spuren, Miss Bourdillon." Er öffnete die Tür und ich ging zurück in den Verkaufsraum.

„Das hoffe ich. Das hoffe ich wirklich."

Ich war zufrieden mit mir. *Siehst du, du hast nichts preisgegeben. Vor allem nichts über jenen „besagten Sommer".*

Kapitel 5

Josephine
1975

Sie und Kit lagen aneinandergekuschelt im Bett und kicherten. Josephine wünschte sich, dass diese Nacht nie vorbeiging. In Kits Augen blitzte der Schalk, und es ging einmal nicht um Vietnam oder LSD oder die Jungs, mit denen sie schlief. Es ging um Ballett!

Kit zog sie aus dem Bett. „Ich präsentiere Ihnen meine atemberaubende kleine Schwester, JoJo Bourdillon!"

Sie hob kichernd Josephines Hände hoch. „Genau so." Sie standen wie Ballerinas. „Und jetzt eine Pirouette." Schritt für Schritt führte Kit sie durch die Grundschritte des Balletts. „Siehst du, du Dummerchen! Du könntest genauso eine Ballerina sein, wenn du nur wolltest. Du bist hübsch und gelenkig, aber immer so verflixt realistisch." Immer und immer wieder wirbelte sie Josephine im Kreis herum. „Aber du sollst gar keine Ballerina sein. Jeder weiß, dass du die geborene Schriftstellerin bist."

Sie tanzten und tanzten im Kreis, bis ihnen schwindlig wurde und sie aufs Bett plumpsten. „Also schreib doch einfach."

Josephine musste erst einmal Atem holen. Ihre Wangen brannten. „Aber wenn es wehtut?"

Ihre große Schwester brauchte nicht lange für eine Antwort. „Es wird ganz bestimmt wehtun, JoJo. Aber du bist mutig. Ich bin nicht so mutig wie du. Du könntest bis zum Mond und wieder zurück tanzen mit deinem Glauben an das Gute." Kit kamen die Tränen und sie umarmte Josephine. „Also tanz deine Geschichten aufs Papier, Schwesterchen. Versprich mir das."

1975

Der Artikel erschien an einem Freitag in der Schulzeitung. Josephine traute sich vor Angst fast nicht in die Schule. Sie hatte Farbe bekannt und sich zum letzten Skandal der Bürgerrechtsbewegung geäußert; sie hatte ihre Meinung kundgetan. Aber den ganzen Tag über erwähnten ihre Klassenkameraden den Artikel gar nicht. Keiner sagte ein Wort.

„Oh, den habe ich noch nicht gelesen", sagte ein Mädchen. „Das mache ich noch. Aber hast du das von Teddy und Jill gehört? Und hast du den neuen Präsidenten des Boys' Club gesehen? Der ist vielleicht heiß!"

Ihr Artikel, versteckt auf Seite vier ganz unten, schien überhaupt nicht zu existieren. Josephine war jedenfalls schwer enttäuscht. Es hatte sie so viel Überwindung gekostet, ihn zu schreiben. Und dann las ihn niemand.

Nein, sie war nicht enttäuscht. Eigentlich war sie erleichtert.

1976

Um zwei Uhr nachts fiel Josephine endlich ins Bett. Sie war viel zu aufgeputscht, um zu schlafen. Das Gedicht für die Abschiedsfeier des Vorsitzenden des Studentenrats war fertig, sechs Seiten. Es gefiel ihr – der Humor, die versteckte Symbolik, die Albernheit.

Sie musste es schreiben. Es war egal, dass ihre Semesterarbeit, die mit fünfzig Prozent in die Note einging, unfertig auf dem Schreibtisch lag. Fällig in drei Tagen. Noch war es ein Stapel aus Notizen auf Karteikarten und in Spiralnotizbüchern. In der Schreibmaschine steckte noch das weiße Blatt Papier. Wieso hatte sie nicht längst angefangen? Aber das Gedicht. Alle erwarteten ein Gedicht von ihr und sie durfte sie nicht enttäuschen. Nicht ihre Freunde und Kommilitonen. Außerdem machten Gedichte viel mehr Spaß als Semesterarbeiten.

Mrs Houser, die Rektorin, warf ihr über den Schreibtisch finstere Blicke zu. Josephine saß nicht zum ersten Mal auf diesem Stuhl, aber bisher hatte Mrs Houser sie stets um Rat als Vorsitzende des Disziplinarrats gefragt. Dieses Mal wünschte sie, sie wäre nicht hergekommen.

„Um ehrlich zu sein, Josephine, weiß ich nicht, was ich sagen soll. Ich bin schockiert! Schockiert, verstehen Sie?"

„Ma'am, ich habe alle Quellen angegeben. Alles steht in den Fußnoten. Jede einzelne Quelle."

„Ich könnte Sie dafür vom College werfen, wissen Sie das? Das nennt man Plagiat, Diebstahl geistigen Eigentums."

Josephine merkte, wie sie rot wurde. Plagiat? Sie dachte, sie wurde herzitiert, weil einer ihrer Interviewpartner es sich anders überlegt hatte. Ihre Recherche war wasserdicht.

Sie schluckte. „Verzeihung, Ma'am, Plagiat? Ich verspreche Ihnen, das ist alles meine Arbeit. Jedes einzelne Wort. Und wenn ich auf Quellen zurückgegriffen habe, dann habe ich sie genannt."

Die Miene der Rektorin blieb ernst. „Ich stelle nicht Ihre Recherche infrage oder Ihre Zitierfähigkeit. Mr Purdue hat zufällig genau diesen Aufsatz von Graham Greene in seinem Unterricht verwendet. Was haben Sie sich nur dabei gedacht, ganze Passagen in Ihre Arbeit zu übernehmen? Sie konnten sich doch denken, dass er Graham Greene wiedererkennt."

Josephine wachte auf, völlig nass geschwitzt, die Kehle trocken wie Pergament. Der Albtraum war so real. Josephine wischte sich die Tränen ab, ging ins Bad und tappte dann zu ihrem kleinen Korbtisch, wo die Semesterarbeit sauber abgetippt lag und nur darauf wartete, am Morgen Mr Purdue in die Hand gedrückt zu werden. Sie hatte so viele Stunden mit der Recherche verbracht. Sie hatte die anderen Studenten interviewt. Zwei Partys und die Jugendgruppe in der Gemeinde hatte sie dafür ausfallen lassen.

Josephine wusch sich das Gesicht mit kaltem Wasser und zwang sich zu einem erleichterten Lächeln. Es war nur ein Traum. Nur ein Traum. Aber ihr Herz hämmerte weiter und in ihrem Kopf dröhnten die Worte: Vielleicht werde ich doch verrückt.

Paige – Montagabend

Als Daddy, Hannah und ich nach der Befragung wieder ins Krankenzimmer kamen, sah Tante Kit völlig ausgelaugt aus. Der Charme eines ehemaligen Models war verflogen. Das Gesicht war verkniffen, die blauen Augen rot geweint. Sie hielt Mommas Hand umklammert und sah uns fast entgeistert an.

„Es ist so furchtbar." Sie presste die Lippen aufeinander, wischte sich den verlaufenen Mascara unter den Augen weg und sagte viel zu laut: „Sie hat sich überhaupt nicht bewegt. Nicht die geringste Reaktion auf meine wilden Geschichten. Nichts."

„Ich weiß", antwortete Daddy. „Es macht uns alle fertig. Danke, dass du bei ihr warst, Kit." Er legte einen Zeigefinger an den Mund, um ihr zu signalisieren, dass sie leiser sprechen solle.

Ich fürchtete schon, Kit würde jetzt gleich eine ihrer berühmten Krisen bekommen.

Tante Kit bekam nichts davon mit und schrie genauso laut weiter. „Ich habe ihr das Leben so schwer gemacht." Es kam wie ein großer Seufzer heraus. Sie wischte sich mit einem orangefarbenen Fingernagel unterm Auge entlang. „Ich habe aus ihr ein ‚gutes Mädchen' gemacht, ein ‚perfektes, kluges, talentiertes Mädchen'. Ich war immer die *Schönheitsprinzessin.*" Tante Kit sah mich an und lächelte müde. „So haben sie mich genannt. Könnt ihr euch vorstellen, was das mit mir gemacht hat? Und mit eurer Mutter? Sie hat alles richtig gemacht, weil ich alles falsch gemacht habe. Sie musste die schwere Last herumschleppen. Die kleine Schwester der großen Kit." Tante Kit klang fast berauscht, obwohl ich mir sicher war, dass sie keinen Tropfen angerührt hatte. „Sie räumte hinter mir her und schrieb ihre Geschichten. Und ich machte mich über sie lustig, in meinen schlimmsten Momenten. Ich lachte über sie und winkte nur ab, wenn sie mich anflehte, mich zu den Partys begleiten zu dürfen ..."

„Sch, Kit", ging Daddy dazwischen. „Das ist doch alles kalter Kaffee. Du und Josephine, ihr habt euch vor Jahren ausgesprochen." Mit genervtem Blick nahm er sie am Ellbogen und führte sie aus dem Zimmer.

Ich ging schnell hinterher. „Daddy, bleib du bei Momma." Er nickte erleichtert und ließ uns auf dem Krankenhausflur stehen.

Diese Geschichten hatten wir tatsächlich schon gehört. Momma hatte sogar in einem ihrer Romane eine Figur wie Kit eingebaut – mit ihrer Erlaubnis natürlich.

„Ich weiß, das ist nichts Neues“, fuhr Tante Kit fort. „Aber nur weil wir es einmal ausgesprochen haben, sind die Narben noch lange nicht verheilt. Und jetzt schau sie dir an, wie sie daliegt, so still. Ich habe versucht, ihr zu sagen, wie leid mir das alles tut. Wieder einmal.“

In mir regte sich Widerstand. Tante Kit schaffte es immer wieder, sich ins Rampenlicht zu rücken, ob bewusst oder unbewusst. „Bitte, Tante Kit, du darfst mit Momma nicht über so schwere Themen reden. Sie braucht jetzt Liebe und Hoffnung. Es nützt nichts, wenn du dein Gewissen erleichterst, jetzt, wo sie sich nicht dazu äußern kann.“

Tante Kit funkelte mich einen langen Augenblick an. „Du hast ja recht.“ Sie setzte ein Lächeln auf. „Ich werde mich zusammenreißen. Versprochen.“

„Daddy ist jetzt bei Momma. Soll ich dich nach Hause fahren? Wir haben noch so viel zu Essen da. Und du kannst dich schon mal im Gästezimmer einrichten. Ich komme dann heute Abend wieder hin.“

Tante Kit nickte nur und ihre hohen Absätze hallten durch den Krankenhausflur.

Vor der Haustür warteten drei Postsäcke voller Briefe auf uns. Unsere Nachbarin Mrs Swanson hatte einen Zettel daran geklebt: *Habe gesehen, wie sich der Briefträger damit abgequält hat, und ihm erlaubt, die Sachen auf der Veranda abzuladen. Ich habe ein Auge darauf.*

„Wow, das ist mal richtig viel Fanpost“, sagte ich, schloss auf und trug schon mal einen Sack in die Küche. Dort stellte ich ihn neben Miltons Wasserschüssel ab. Tante Kit folgte mir mit leeren Händen in die Küche. „Könntest du bitte die anderen Säcke reinbringen?“, sagte ich gereizt. „Ich gehe kurz mit Milton raus.“

Ich bin mir sicher, dass Tante Kit die Augen verdrehte. Dann schlüpfte sie aus ihren hochhackigen Schuhen und ging auf die

Veranda, um die Säcke hereinzuzerren. Ich schnappte mir derweil Miltons Leine und scheuchte ihn aus der Tür, noch bevor Tante Kit irgendetwas sagen konnte. Als wir zwanzig Minuten später zurückkamen, lagen die Säcke dort, wo sie sie fallen gelassen hatte, und Tante Kit war wie vom Erdboden verschluckt.

Ich lud mir einen Teller voll Essen auf, schüttete die Säcke auf dem Küchenboden aus und zählte die Briefe. Es waren fast dreihundert. Als ich beim Dessert – Cookies und Kuchen – angekommen war, riss ich sie einen nach dem anderen auf.

Henry – Montagabend

Ich brauchte drei Stunden bis zu dieser Stadt in North Carolina, aber wenigstens regnete es nicht. Erwischte sogar einen echten Sonnenuntergang in Orange und Rot, fast dieselben Farben wie an den Bäumen auf den Berghängen. Natürlich fuhr ich total brav und zurückhaltend – wir wollten ja nicht, dass die Polizei mich anhielt. Gegen zehn war ich am Krankenhaus. Ganz schön großer Kasten und dann noch lauter verschiedene Gebäude. Aber diese Nachrichtenlady, Lucy, hatte gesagt, dass Miz Bourdillon im Memorial Campus auf der Intensivstation der Neurotraumatologie lag. War ich ihr richtig dankbar, der Fernsehtante.

Irgendwann hatte ich endlich einen guten Parkplatz erwischt und ging hinein. Meine Bleispritze hatte ich unterm Hemd. Auf dem Plan in der Eingangshalle stand, dass diese Trauma-Station im dritten Stock war, aber ich merkte sofort, dass an die Lady kein Rankommen war. Überall Polizei. Ich überlegte, ob ich wenigstens an ein bisschen Information rankam – vielleicht von einem Reporter. Also ging ich in die Cafeteria im ersten Stock. Es gab dort so eine Art „Late-Night-Grill" und ich holte mir einen Burger.

Reporter sah ich keine, aber andere Leute kamen in die Cafeteria geschlurft. Traurig und verhärmt sahen sie aus, so richtig verloren. Aber ich konnte nicht erkennen, ob sie Verwandte von Miz Bourdillon waren. Hab versucht, möglichst still zu sitzen und ganz ruhig zu bleiben, aber ich knirschte trotzdem mit den Zähnen und trommelte mit den Händen auf die Tischkante. Eine Frau mit Kind warf mir Blicke zu, als wäre sie davon genervt. Der Junge tat mir leid; er war jünger als Jase und man sah ihm an, dass er die Nase voll hatte vom Krankenhaus.

Ich klappte Miz Bourdillons Buch auf, konnte mich aber nicht konzentrieren. Verflixt, was sollte ich nur tun? Auf dem Plan waren mehrere Aufenthaltsräume und Wartesäle angegeben. Also beschloss ich, in den dritten Stock zu fahren und in diesen einen Aufenthaltsraum zu gehen. Konnte doch sein, dass man dort auf die Familienangehörigen traf. Ich nahm den Fahrstuhl und folgte den Schildern bis in den *Aufenthaltsraum Neuro-Trauma ITS*. Ging direkt an einem Polizisten vorbei, der auf dem Gang patrouillierte, und bekam Schweißausbrüche. Die Pistole konnte er nicht sehen, aber was, wenn sie die Leute auf dem Flur aus Sicherheitsgründen durchsuchten?

Ging, so schnell ich konnte, den Flur entlang, mein Herz raste. Alles, was ich wollte, war, mich vor diesem Polizisten zu verstecken. War mächtig froh, als ich endlich die Tür vom Aufenthaltsraum aufreißen und darin verschwinden konnte. Gar nicht übel war er, der Raum, nicht so groß wie die Cafeteria, aber trotzdem genügend Platz, und die Stühle waren gepolstert und sahen bequem aus.

Eine Vase mit einem Blumenstrauß stand auf einem Tisch, aber es saß niemand dran. Zwei Automaten standen in einer Ecke und es gab eine kleine Küchenzeile mit einer Mikrowelle und einem Kühlschrank. Außerdem einen kleinen Kaffeeautomaten, wo man sich bedienen konnte. Ein paar Frauen saßen in einem Grüppchen zusammen. Eine sah aus, als würde sie weinen.

Ich holte mir eine Tasse Kaffee, aber meine Hand zitterte und ich kleckerte auf meinen Arbeitsanzug, was zum Glück niemandem auffiel. Also setzte ich mich in die andere Ecke und holte Miz Bourdillons Buch wieder raus. Tat so, als würde ich lesen, aber in Wirklichkeit lauschte ich, ob sie über Miz Bourdillon sprachen. War aber nicht so und nach einer Viertelstunde gingen sie.

Jetzt saß ich ganz allein im Aufenthaltsraum und überlegte noch, was ich tun konnte, als eine junge Frau reinkam. Ein kurzer Blick vom Buch hoch, wieder runter, wieder hoch, und da erkannte ich sie. Es war die Tochter, die auch in den Nachrichten zu sehen gewesen war.

Wenn das mal kein Glückstreffer war! Ich musste in mich hineingrinsen, jawohl, aber dann sagte ich mir immer wieder: *Langsam, Henry, ganz langsam.*

Sie hatte einen ausgebeulten grauen Pullover an, Jeans und eine Baseballkappe auf dem Kopf. Sie wollte wohl genauso wenig auffallen wie ich, aber ihr hübsches kleines Gesicht konnte sie nicht verstecken, die Stupsnase und das Haar – kastanienbraun wie das von Jase, zumindest fast genauso, außer dass ihres dicker war und lang. Sie holte sich einen Becher mit irgendwas Heißem drin und setzte sich ans andere Ende des Raums.

„Hey“, sagte ich und nickte ihr zu.

Sie zuckte kurz zusammen. „Hey.“

„Endlich mal ein Kaffee, stimmt's?“

Sie zuckte die Schultern. „Heiße Schokolade.“

Ich tat so, als würde ich wieder lesen. „Sie sind die Tochter von dieser Autorin, stimmt's?“

Sie sah mich argwöhnisch an, nickte aber.

„Tut mir echt leid mit Ihrer Mutter. Heftige Geschichte.“

Wieder ein Nicken.

„Geht's ihr schon besser?“

Sie hielt den Becher genau vors Gesicht und starrte in ihren Kakao. „Verzeihung, aber mir ist nicht so nach reden. Alles, was Sie wissen möchten, gibt es in den Nachrichten oder im Internet.“

„Sorry. Sorry. Ja, muss schlimm sein, das eigene Privatleben so ständig in den Nachrichten. Aber wenigstens wissen die Leute Bescheid. Und ich wette, sie beten alle. Ich meine, hört sich so an, als hätten die Leute was übrig für Ihre Mutter.“ Ich hielt das Buch hoch. „Hab mir sogar einen ihrer Romane besorgt.“

Das Mädchen lächelte nicht. Sie warf die Haare über die Schulter. „Ja. Sie und so ziemlich alle anderen Leute auf diesem Planeten. Echt coole Marketingstrategie, um die Verkäufe anzukurbeln. Man muss sich nur erschießen lassen.“

Ich lachte und wünschte mir sofort, es nicht getan zu haben. „Ja, stimmt wohl. Hab das hier in der Bibliothek ausgeliehen, und es war das allerletzte. Nur noch leere Regale, wo ihre Bücher standen. Alle ausgeliehen, bis auf das hier. Jedenfalls hoffe ich, dass sie bald aufwacht aus dem Koma. Wird sie bestimmt. Mein Junge – er hat schon einige OPs hinter sich. Hat was mit dem Herzen. Dachten schon, er schafft es nicht, aber sie sagen, noch eine OP und dann ist alles gut. Also, sehen Sie – wird schon alles werden mit Ihrer Mutter."

Wieder zuckte sie mit den Schultern und sagte nichts. Ich suchte fieberhaft nach etwas, was ich noch sagen konnte, aber mir fiel einfach nichts ein. Da erinnerte ich mich wieder an den Polizisten auf dem Gang und ich wurde nervös. Also ging ich schnell zur Tür.

„Alles Gute für Ihren Sohn", rief sie mir noch nach.

Du hast zu viel verraten, du Idiot. Viel zu viel. Vielleicht hätte ich doch lieber die Pillen nehmen sollen.

Paige – Mitternacht

Ich sah dem stämmigen Mann nach. Er war riesig. Das reinste Muskelpaket. Vielleicht dreißig Jahre alt. Seine Haare waren blond gefärbt, lang und zottelig, und seine blassblauen Augen zuckten, wenn er mich ansah, als wäre er nervös oder noch schlimmer, nicht ganz richtig im Kopf. Er war der Typ Mann, vor dem man Angst bekam, und zwar auf den ersten Blick. Diese Augen, die den Blick nicht halten konnten, und überall die Tattoos. Er redete wie ein Hinterwäldler und schien überhaupt nicht wie jemand, der Mommas Bücher lesen würde. Aber als er den Aufenthaltsraum verließ, hatte ich irgendwie auch Mitleid mit ihm. Meine Mutter lag auf der Intensivstation, aber sein Sohn hatte Herzprobleme. Das kam mir fast noch schlimmer vor.

Als ich kurz vor Mitternacht wieder in Mommas Zimmer ging, saß Detective Blaylock vor der Tür und war vertieft in irgendetwas auf Daddys Laptop.

Ich zuckte zusammen.

Officer Hanley hatte das Lesen von Mommas E-Mails übernommen oder genauer gesagt, sie hatte ihren ganzen Computer übernommen. *Beschlagnahmt*, hatte ich leise gemurmelt, was Detective Blaylock nicht entgangen war. Auch ihr Handy hatten sie an sich genommen.

„Wir haben es ihnen erlaubt und einer freiwilligen Durchsuchung zugestimmt, Paige“, hatte Hannah mich erinnert. „Das ist ganz normal.“

Normal, ja, aber Momma schrieb auch Tagebuch auf ihrem Laptop und niemand durfte darin lesen. Nur manchmal las sie uns einen Abschnitt daraus vor. Ihr Tagebuch war Gebetstagebuch und Erfahrungsbericht in einem, und auch wir kamen darin vor. Was, wenn dort etwas über den *besagten Sommer* drinstand?

Als ich Detective Blaylock nun mit Daddys Laptop sah, zog sich mein ganzer Magen zusammen. Was würde die Polizei über unser Familienleben herausfinden?

Der Detective sah auf. Sein Gesicht war so grau wie das von Daddy. „Ist es nicht ein wenig spät, Miss Bourdillon?“ Noch immer schien er nicht besonders gut auf mich zu sprechen zu sein.

„Ich übernehme die Nachtschicht. Mein Vater und meine Schwester sind nach Hause gefahren und ich habe mir nur etwas zu trinken geholt.“ Ich unterdrückte ein Gähnen. „Besser, ich gehe wieder rein zu Momma.“

„Okay, aber ich bin hier bis sechs Uhr morgens. Legen Sie sich doch im Aufenthaltsraum hin.“

„Danke.“ Dieses Mal gähnte ich ungeniert.

Henry – Mitternacht

Ich verließ den Aufenthaltsraum, ging eilig zum Fahrstuhl und fuhr in die Lobby. Dort lief ich durchs Erdgeschoss und versuchte, ein Gefühl für den riesigen Kasten zu kriegen. Am Haupteingang studierte ich erst den Gebäudeplan, ging dann aber schnell nach draußen. Was hatte ich mir dabei gedacht? Verdammt schlau, so mitten in der Nacht im Krankenhaus herumzuspazieren. Wenn das mal nicht verdächtig war.

Ich ging zum Auto und fuhr zurück ins Motel, wo ich schon am Freitag übernachtet hatte, drüben auf der Westseite der Stadt, aber dann wusste ich, dass auch das keine gute Idee war. Am Ende setzte ich mich ein paar Stunden ins Waffle House – die hatten die ganze Nacht über geöffnet –, las weiter in dem Roman und überlegte, was jetzt zu tun war.

Zwischendurch hätte ich beinahe das Buch weggelegt. Machte mich so was von wütend. Der Junge – der Teenager, der in lauter Schwierigkeiten steckte – stellte sich gerade als Schwächling heraus. Er hatte eine üble Kindheit gehabt, war nicht gut behandelt worden, und das sagte mir was. Und er hatte Angst. Nicht vor seinem Vater, sondern vor jemand anderem aus seinem Umfeld. Und ich wusste genau, wie sich das anfühlte. Ich fing richtig an, mich in ihm zu sehen.

Aber dann ging er und hörte auf die alte Lady, die durchgeknallt und weise zugleich war. Und da kochte mir die Galle über. Er ging hin und sie sagte zu ihm: „Was passiert ist, das kannst du nicht ändern. Aber du kannst es loslassen."

„Aber wie?", meinte der Junge und sie sagte: „Du musst mit ihm Frieden schließen."

Und er ging und schloss Frieden mit dem Drecksack. Und ich pfefferte das Buch quer durch den Laden. Gott sei Dank war er leer und die Bedienung war in der Küche.

Aber Miz Bourdillon schrieb so, dass man trotzdem weiterlesen wollte, selbst wenn man wütend war. Also stand ich auf und hob es wieder auf, setzte mich auf meinen Platz und las es zu Ende. Und der Junge schloss Frieden mit dem Mann und mit sich selbst. Sie nannte es nicht direkt „Vergebung", aber genau das meinte sie. Meinem Dad vergeben konnte ich jedenfalls nicht, weil er mausetot war. Und selbst wenn. Den Teufel würde ich tun. Auf gar keinen Fall.

Aber der Junge kriegte es hin und die alte Lady meinte, er musste das tun, damit er mit sich selbst leben und in Zukunft besser werden konnte. *„Das schaffst du nicht allein, mein Junge. Das weißt du, oder? Du musst auf den Teil von dir sehen, der dankbar wird, wenn ein frischer Herbsttag mit einem klaren Himmel kommt. Oder wenn das Feuer im Kamin prasselt und dir bewusst wird, wie kuschelig es unter deiner Decke ist. Über solche kleinen Sachen musst du nachdenken. Weil sie groß sind. Richtig groß, verstehst du? Und das ist die Seele. Du gräbst ganz tief in dich hinein und dann lässt du dich von einer guten Macht packen."*

Was Miz Bourdillon nicht benutzte, war diese religiöse Sprache. Sie sagte nicht „Vergebung" oder „Erlösung" oder „Gottvertrauen" – alles Wörter, die sie bei Libby in der Kirche ständig benutzten.

Und sie sagte nicht „höhere Macht" wie bei den Anonymen Alkoholikern oder „Gott" wie in der Bibel. Sie sagte „gute Macht". Aber sie hielt trotzdem nicht hinterm Berg. Ich kenne Symbolismus noch aus der Schule und die verrückte Alte war eine Christusfigur, da war ich mir genauso sicher, wie dass ich Miz Bourdillon eine Kugel verpasst hatte. Sie gab ihr Leben hin, wenn man es so sagen wollte, und die Art, wie sie das machte, eine dieser unerwarteten Wendungen am Schluss, haute mich jedenfalls um und machte mir die Augen feucht.

Aber dann strengte ich mein Köpfchen an. Konnte das überhaupt gehen? Konnte überhaupt jemand so sein Leben hingeben? Niemand in der Kirche oder in der Selbsthilfegruppe hatte es mir je so erklärt wie in diesem Buch. Jedenfalls konnte ich mich nicht dran erinnern. Und auch wenn es einfach unmöglich war, dachte ich so bei mir: Was, wenn ich zu dieser Miz Bourdillon ging und mich entschuldigte? Vielleicht würde dann dieser Krampf weggehen, dieses Bedürfnis, irgendjemanden schlagen zu müssen, dieses zufriedene Gefühl, wenn ich abdrückte. Wenn ich ihr sagte, wie sehr es mir leidtat, dann würden diese Gefühle weggehen, und wenn ich dann Libby und Jase anlächelte, würden sie ein echtes Lächeln sehen und ich nicht mehr diese Angst in ihren Augen.

Paige – Dienstagmorgen

Irgendjemand rüttelte mich. Ich hatte mich auf den Stühlen im Aufenthaltsraum zusammengerollt. Mit Mühe bekam ich die Augen auf, und als ich ihn sah, fiel mir ein gutes Stück der Last von den Schultern. „Hey", sagte ich und streckte mich.

„Selber hey. Bei dir alles okay? Ich habe dir ungefähr hundert Nachrichten geschickt."

Ich hielt mein Smartphone hoch. „Ich bin noch gar nicht dazu gekommen. Bisher lese ich nur Mommas Mails und Post, rede mit der Polizei, hole Hannah ab, gehe die alten Briefe durch, von denen ich dir erzählt habe, und ..." Ich sank in seine Arme.

Drake Ellinger war der einzige Mensch, der mir beim Weinen zusehen durfte.

Wir waren zusammen aufgewachsen, hatten im selben Viertel gewohnt und waren in dieselbe Gemeinde gegangen. Unsere Familien hatten gemeinsam Urlaub gemacht, bis seine Eltern sich scheiden ließen, und er und Hannah und ich hatten uns durch Situationen hindurchgeholfen, über die ich nicht reden konnte. Er war der große Bruder, den ich nie gehabt hatte, und er hatte verständnisvoll genickt, als ich mir schwor, nie wieder eine Kirche zu betreten. Wir waren Freunde geblieben, obwohl es als Teenager eine peinliche Schwärmerei gab (ich stand auf ihn), und so waren wir sozusagen unzertrennlich, abgesehen von der Tatsache, dass er einige Autostunden entfernt wohnte und dort studierte.

Ich kramte ein Taschentuch aus meiner Hosentasche und tupfte mir die Augen ab. „Wie spät ist es überhaupt?"

„Halb sechs."

„Bist du die ganze Nacht durchgefahren?"

„Ja. Ich musste ein großes Projekt abgeben" – Drake war im letzten Studienjahr der Ingenieurwissenschaften – „und dann bin ich losgefahren. Wünschte, ich wäre schneller hier gewesen."

„Ich bin so froh, dass du überhaupt da bist. Danke, Drake." Wieder fing ich an zu weinen. „Tut mir leid." Eigentlich war ich nicht besonders nah am Wasser gebaut. „Es ist einfach so furchtbar, das mit Momma und die ganzen Nachrichten, und jetzt verhört die Polizei mich und Daddy und Hannah schon ‚gründlicher', wenn du verstehst." Ich malte Gänsefüßchen in die Luft. „Als würden sie glauben, dass es bei der Sache um Momma und Daddy um Geld geht. Wenn es doch so einfach wäre! Geld! Der Detective wollte wissen, ob sie eine gute Ehe geführt haben. Und noch ein paar andere Sachen, die ich nicht beantworten wollte."

„Ganz ruhig", sagte Drake und nahm mich in die Arme. Ich fühlte mich endlich beschützt. Sicher. „Lass die Tränen raus, Bourdy. Und beantworte einfach nur das, was du kannst. Dein Vater ist der sanftmütigste Kerl auf Erden; ich kann mir nicht vorstellen, dass sie bei ihm Leichen im Keller finden."

„Aber sie könnten. Es könnte passieren."

„Ich weiß. Aber sie werden das nicht mit deiner Mutter in Verbindung bringen."

„Es sei denn, ich sage es ihnen."

Drake legte den Kopf schief und lächelte mich prüfend an. „Aber das wirst du nicht tun."

Drake kannte mich fast so gut wie Hannah, und als er mir versicherte, dass ich mich vor der Polizei nicht verplappern würde, fühlte sich das viel besser an als die heiße Schokolade, die ich mitten in der Nacht hinuntergekippt hatte. Ich dachte an den Fremden mit seiner blondgefärbten Mähne. „Bin so froh, dass du hier bist. Ich muss dir so viel erzählen."

Er sah auf sein Handy. „Fast sechs. Ist es zu früh, um deine Mutter zu besuchen?"

„Familie darf rund um die Uhr zu ihr. Und du bist Familie. Aber ich warne dich, es ist kein schöner Anblick. Vielleicht solltest du zuerst etwas essen."

„Du hast wahrscheinlich recht. Schließlich nützt es Momma Jo nichts, wenn ich an ihrem Bett zusammenbreche." Er seufzte, und ich wusste, dass es von Herzen kam. „Und ich habe tatsächlich Hunger. Vielleicht sollte ich dich zum Frühstück ins Waffle House einladen."

Seine Stimme klang leicht verspielt, und ich ging sofort darauf ein. „Die French Broad Chocolate Lounge wäre mir lieber."

„Ja, natürlich, du kleiner Snob. Aber die macht erst um elf Uhr auf."

Wir zogen uns gegenseitig auf, wie immer. Vielleicht war doch ein bisschen Normalität möglich. Ich streckte mich noch einmal und gähnte. „Na schön. Dann eben das Waffle House."

Auf dem Weg nach draußen zu seinem Auto dachte ich in der aufkommenden Morgendämmerung an all die Nächte, die er bei uns auf dem Sofa verbracht hatte, an all die Gespräche bis spät in die Nacht mit Momma, als er mit ansehen musste, wie die Ehe seiner Eltern in die Brüche ging. Er hatte dagesessen, ein schlaksiger Teenager, voller Potenzial und voller Kummer, und Momma hörte zu und hörte zu. Niemandem machte es etwas aus, dass Drake zu jeder möglichen Tages und Nachtzeit bei uns aufkreuzte. Für uns gehörte er zur Familie und wir alle waren uns bewusst, wie sehr ihn die Scheidung mitnahm.

Ich weiß noch, wie ich damals gefragt hatte: „Und mit wem sind wir ab jetzt befreundet, Daddy? Mit Ginnie oder Bert? Und laden wir sie jetzt noch gleichzeitig ein?" Ob Daddy die Frage beantwortet hat, weiß ich nicht mehr, aber Drake saß viele Abende meiner späteren Kindheit bei uns im Ohrensessel oder auf dem Sofa und schüttete meiner zierlichen Mutter sein Herz aus.

So war Momma. Ich konnte Dutzende anderer Leute vor meinem inneren Auge sehen – Jugendliche, junge Frauen, ältere Damen –, die auf unserer Couch saßen. Im Kamin brannte ein Feuer und Momma saß vornübergebeugt und war vollkommen konzentriert auf die Person, die ihre Aufmerksamkeit gerade brauchte. Momma war so dermaßen umgänglich und ihre Bücher so wahrheitsgetreu und rührend, dass die Leute automatisch das Gefühl hatten, eine neue Freundin gefunden zu haben, wenn sie ihre Bücher gelesen hatten. Und Momma, der es sehr schwerfiel, Dringendes von Wichtigem zu unterscheiden, nahm jeden ernst, der ihr schrieb oder darum bat, uns besuchen zu dürfen, so als wäre die Person eben ein echter Freund. Sie saugte die ganzen Geschichten in sich auf, saß da und hörte zu, betete und zeigte Mitgefühl.

Da kam mir ein Gedanke. Konnte es sein, dass ihr ein Leser oder eine Leserin ein dunkles Geheimnis anvertraut und später kalte Füße bekommen und daher beschlossen hatte, sie aus dem Weg zu räumen? Ich verdrängte die Idee. Das konnte nicht sein.

Sicher war ich mir hingegen, dass es Drake gutgetan hatte, alles herauszulassen. Dass es ihm hinterher besser ging, ihm, und so vielen anderen. Aber was uns allen viel zu lange entgangen war, war der Preis, den Momma dafür bezahlte.

Henry – Dienstagmorgen

Es hatte keinen Sinn, im Waffle House herumzusitzen oder sich in der Stadt herumzutreiben. Ich musste um acht auf der Arbeit sein, *sonst passierte etwas*. Und ich konnte kein einziges *Sonst passiert etwas* mehr in meinem Leben gebrauchen. Was ich jetzt machen sollte, wusste ich nicht, aber immerhin hatte ich das Buch ausgelesen und es ließ mich nicht mehr los. Am liebsten wollte ich Miz Bourdillon einfach besuchen und ihr ein paar Fragen stellen, aber dass das nicht ging, das kapierte selbst ein Besenstiel. Ich hatte einen Auftrag und dazu gehörte ganz bestimmt nicht ein Gespräch über ihr Buch. Ich musste ihr endgültig das Licht ausblasen, damit ich Jase retten konnte.

Lust darauf hatte ich verflixt noch mal wenig. Irgendwie fühlte ich mich ihr ein Stück näher. Vielleicht konnte ich noch ein Buch von ihr ausleihen. Es hieß doch immer, dass Autoren viel von sich in ihren Geschichten erzählten, also konnte sie mir doch noch ein bisschen mehr von sich erzählen. War natürlich nicht dasselbe, als mit ihr zu reden, aber besser als nichts. Und ihre Tochter mochte ich auch. Süßes kleines Ding, richtig mutig. Libby und ich waren immer stolz darauf, dass unser Jase Mumm in den Knochen hatte. Ein Kämpfer. Na ja, diese Tochter, die hatte auch Mumm, und nicht nur, weil sie dieselbe Haarfarbe hatte wie Jase.

Ich fuhr und fuhr und sagte immer wieder: *Vier Tage seit dem Auftrag und drei Tage bis Jases OP am Freitag und die Tante von der Versicherung ruft ständig an und liegt Libby in den Ohren.* Und ich überlegte, was wir noch mit der Anzahlung machen konnten, die ich für den Auftrag gekriegt hatte. Jases Operationen hatten uns so tief in Schulden gestürzt, dass wir sie nie wieder loswerden würden, aber dank der großen Schecks konnten wir wenigstens die OPs bezahlen. Bestimmt würden sie uns die Operation genehmigen. Dann überlegte ich, wie ich Miz Bourdillon über den Jordan helfen konnte, denn es sah nicht so aus, als würde sie es allein schaffen. Natürlich konnte mein Kontakt mich nicht zwingen, sie zu töten – also, legal gesehen. Aber er hatte genügend Argumente, mich davon zu überzeugen, den Auftrag zu Ende zu bringen. Ich wollte lieber gar nicht darüber nachdenken, denn mein Kontakt wusste von Libby und Jase. Todsicher. Hatte ich nämlich beim letzten Mal herausgefunden.

Die ganzen Gedanken schwammen und schwammen in meinem Kopf herum, bis mir ganz schwindlig und übel wurde. Ich überlegte schon, ob ich die Pillen wieder nehmen sollte, aber es ging nicht. Konnte ja sein, dass ich noch mal den Abzug betätigen musste. Eins wusste ich aber ganz gewiss. Das nächste Mal, wenn ich abdrückte, würde ich nicht danebenschießen.

Alles verschwamm vor mir auf der dunklen, kurvigen I-40, also hielt ich auf einem Rastplatz und parkte weit weg von den Laternen und dem Toilettenhäuschen. Ich stellte mir einen Alarm für in drei Stunden und schlief ein.

Kapitel 6

Paige – Dienstagmorgen

Ich bestellte einen ganzen Stapel Blaubeer-Pancakes im Waffle House und ertränkte sie in Butter und Blaubeersirup.

„Immer noch das Leckermäulchen von früher, ja?“ Wenn Drake lächelte, bekam er Grübchen. Drake hatte sich ganz schön verändert, obwohl mir das nicht mehr wichtig war. Für mich war Drake einfach Drake: lockiges strohblondes Haar, blaugrüne Augen, schlank, der Körper eines Langstreckenläufers, stark und verlässlich.

„Ja, und ich verbitte mir jeden weiteren Kommentar.“

„Bourdy, du könntest den ganzen Tag Pancakes essen und wärst immer noch schlank.“

Ich nickte. „Und ich bin sehr dankbar dafür. Ich plane nämlich nicht, damit aufzuhören.“

Er lachte und ich fragte ihn übers Studium aus und war dankbar, die Sache mit Momma für ein paar Minuten vergessen zu können. „Und? Bist du in festen Händen?“ Diese Frage stellte ich ihm jedes Mal.

Seine Antwort war immer dieselbe. „Du weißt genau, dass ich nicht auf der Suche bin.“

Meine Reaktion auch. „Ha, unmöglich.“

Ich hätte vorhersagen können, was jetzt kam. „So wie ich das sehe, muss ich nicht andauernd auf die Jagd nach dem perfekten Mädchen gehen. Solange ich tue, was ich tun soll, bin ich mir ziemlich sicher, dass sie mir irgendwann über den Weg läuft, und dann werde ich sie erkennen.“

Eine Sache, die während ihrer nächtlichen Gespräche auf Drake abgefärbt hatte, war Mommas Glaube. Wie gesagt, viele Leute besuchten Momma, die ihr ihr Herz ausschütteten. Und dann lenkte Momma ganz natürlich das Gespräch auf Gott. Ich hatte genügend dieser Gespräche mitbekommen und wusste, dass sie niemals jemanden zwang, an irgendetwas zu glauben. Aber während sie zuhörte und ihre eigene Geschichte einbrachte – mit allen Höhen und Tiefen – und erzählte, wie ihr der Glaube an Gott weitergeholfen hatte, nun, da weckte sie bei vielen das Interesse.

Dass ich mir aus dem Glauben nichts machte, der ihr und meinem Vater so viel bedeutete, muss ihr das Herz gebrochen haben, aber das zeigte sie nie. Sie war immer die sensible kleine Momma, die mit Gottes Hilfe ihr Leben zusammenzuhalten versuchte und obendrein das der halben Welt.

Drake und ich dösten bis um acht im Aufenthaltsraum, die Mägen gefüllt von unserem Raubzug im Waffle House. Die Schwestern der Intensivstation, die professionell und zugleich voller Mitgefühl ihrer Arbeit nachgingen, meinten, Drake könne zu Momma rein, wenn sie mit ihrer Runde fertig waren. Als ich unsere Krankenschwester nach Mommas Score fragte, lächelte sie knapp. „Immer noch eine 6, Miss Bourdillon."

Es wurde nicht leichter, Leute, denen Momma etwas bedeutete, in ihr Zimmer zu führen. Drakes Gesichtsausdruck glich dem von Hannah und Tante Kit: zusammengepresste Lippen, die Hand vor den Mund geschlagen, entsetztes Räuspern und verstohlenes Tupfen der Augen. Irgendwann sank er auf den Stuhl an Mommas Bett.

„Momma Jo? Ich bin's. Drake. Schön, dich zu sehen. Sieht so aus, als hättest du das bequemste Bett im Haus. Es ist bestimmt gemütlich."

Er sah mich an und ich verdrehte die Augen. „Jetzt benimm dich normal, du Idiot."

Er runzelte die Stirn. Dann redete er wie der Drake, den wir kannten. „Das letzte Studienjahr ist kein Zuckerschlecken, so viel steht jedenfalls fest. Ich hatte dir ja schon im Sommer erzählt, dass mir davor graut. Meine Ergebnisse sind ganz gut bisher, es gab nur ein paar Noten, aber alle spüren den Druck, sich jetzt irgendwo zu bewerben und auf sich aufmerksam zu machen. Ich habe nächste Woche ein Bewerbungsgespräch, in einer großen Fabrik unten in South Georgia. Sie bezahlen meinen Flug bis Columbus und holen mich am Flughafen ab. Die Fabrik ist irgendwo im Nirgendwo. Aber das Gehalt stimmt."

Ich nickte zustimmend und verdrückte mich.

Daddy und Hannah saßen im Aufenthaltsraum – offenbar schlief Tante Kit noch. Hannah war sichtlich bewegt. „Auf der neu eingerichteten Webseite gehen massenhaft Kommentare ein. Überall auf der Welt beten Leute für Momma. Gott wird sie gesund machen, Daddy! Ich glaube ganz fest dran."

Den Glauben meiner Schwester bewunderte ich, ich teilte ihn nur nicht.

Daddy nickte. „'eute Morgen 'ab ich mit Mamie und Papie gesprochen. Sie machen sich riesige Sorgen." Jedes Mal, wenn Daddy mit seinen Eltern telefonierte, hörte man hinterher seinen französischen Akzent etwas mehr heraus. Immer, wenn er müde war, rutschte er in alte Muster. Ich mochte das.

Daddy saß auf einem der gepolsterten Stühle. „Habt ihr überhaupt geschlafen?", fragte ich.

„Ein wenig." Es klang wie „wönisch". Daddy war vollkommen fertig.

Er hatte sich nicht rasiert, womöglich nicht mal geduscht. Er sah aus, als wäre er in seinen Klamotten schlafen gegangen, denn es waren dieselben, die er gestern getragen hatte. „Lange Nacht mit Tante Kit?"

Er zuckte. „Isch will nischt darübär reden."

Oh, Daddy.

Wir schwiegen.

Aber ich wusste, was er dachte, und ich wollte ihm sagen, dass ich niemals der Polizei auch nur ein Sterbenswörtchen verraten würde und nichts auch nur andeuten würde, was sie nicht selbst herausfinden konnten – und sie konnten das meiste sowieso herauskriegen. Aber die Wahrheit war, dass ich selbst nicht alles wusste und dieser Gedanke ließ es mir kalt den Rücken hinunterlaufen, als ich sah, wie zusammengesunken Daddy dasaß.

Normalerweise hatte Daddy eine herzliche und zugängliche Art und war jemand, der schnell das Vertrauen der Menschen gewann. Das war für seine Arbeit als Versicherungsvertreter sehr von Vorteil. Und er war bedacht, fleißig, freundlich, aufmerksam und immer bei der Sache. Und lustig. Mit seinem französischen Akzent sowieso.

Aber seit der Sache mit Momma war nichts Herzliches mehr an ihm. Er war in sich gekehrt und sprach kaum mit mir und Hannah.

Normalerweise hätten wir Brettspiele gespielt und Hannah hätte von Aix erzählt. Offensichtlich quälte er sich wegen des *besagten Sommers*. Oder wegen Tante Kit.

Ich vertraute Dad, aber ich wollte ihn am liebsten endlich fragen, was ich mich noch nie getraut hatte, trotz meines losen Mundwerks. Was war damals wirklich passiert?

Drake blieb bis zum Mittag bei Momma. Danach scheuchte ich ihn zu uns nach Hause, damit er endlich etwas aß. Danach saßen abwechselnd Hannah und ich bei ihr, erzählten und hofften verzweifelt auf irgendeine Bewegung, aber nichts passierte. Irgendwann zog mich Hannah vom Bett weg. „Daddy ist dran", sagte sie und versuchte dabei fröhlich zu klingen. Momma hatte in den vergangenen vierundzwanzig Stunden nicht den kleinsten Fortschritt gemacht. Zögernd folgte ich Hannah zum Fahrstuhl und in die altbekannte Cafeteria im ersten Stock, wo wir uns ein Sandwich und eine Coke holten und uns an einen dieser quadratischen Tische setzten.

Ich wollte nicht über Momma reden. „Drake ist zu Hause und isst etwas. Er kommt später wieder. Mit Tante Kit."

Unsere Blicke trafen sich und wir grinsten. *Armer Drake.*

„Und? Hast du irgendwelche scharfen Kerle in Frankreich kennengelernt?"

Sie winkte ab. „Ist das alles, was dich interessiert? Ich bin doch erst seit drei Wochen dort." An ihrem Augenzwinkern merkte ich, dass sie genau wusste, worauf ich hinauswollte.

„Oder davor? Als du mit Sophie und Tess durch Europa getourt bist?"

„Ich habe total tolle und spannende Leute kennengelernt, aber nein, bisher hat kein junger Mann mein Herz im Sturm erobert. Mach dir mal keine Sorgen."

Ich machte mir aber Sorgen um Hannah. Wahrscheinlich hatte ich Angst davor, dass sie in Tante Kits Fußstapfen trat. Wenn man aussah wie Hannah, konnte man sich kaum retten vor Jungs. Zum Glück war Hannah vernünftig und gab keinen Deut auf ihr Aussehen. „Als hätte ich irgendwas dazu beigetragen", sagte sie immer.

„Und was ist mit dir, Paige?"

„Fehlanzeige. Außer die Männer in meinen Geschichten, und die sind immer ziemlich kaputt."

Sie verdrehte die Augen. „Eines Tages wirst du aufwachen und endlich die Wahrheit sehen."

„Was meinst du?"

„Drake."

„Was? Es ist über fünf Jahre her, dass ich auf ihn stand, falls du das vergessen hast. Ich möchte nie wieder so unglücklich verknallt sein wie damals."

„Ich weiß. Das hast du schon oft gesagt. Aber ich rede nicht von dir. Sondern von Drake. Ist dir aufgefallen, wie er dich anguckt? Wie er sich um dich Sorgen macht?"

Davon wollte ich nichts hören. „Drake ist wie ein großer Bruder für mich! Man fängt nichts mit seinem großen Bruder an. Das nennt man Inzest."

„Hey, nicht so laut. Du musst das nicht der ganzen Cafeteria erzählen. Tut mir leid, dass ich da in ein Wespennest steche", sagte sie und grinste, als hätte sie ein Geheimnis erfahren. „Aber ich spreche nur aus, was jedermann sieht. Wenn du tatsächlich keine Gefühle für ihn hast, würde ich niemals wollen, dass du ihm Hoffnungen machst."

„Du liegst völlig falsch, Hannie." Aber auch mir war aufgefallen, wie Drake mich angesehen, wie er mich umarmt hatte. Oder ich ihn. Letzte Nacht. „Er will nichts von mir." Aber auch von niemandem sonst, wie er mir schon hundertmal gesagt hatte.

„Ich sag ja nur."

Langsam wurde ich rot. „Können wir bitte über etwas anderes reden?"

„Klar. Was schreibst du denn gerade?"

„Ach, kleine Krimigeschichten à la Dorothy Sayers. Erinnerst du dich an Lord Peter Wimsey?"

„Also spielen deine Krimis Anfang des zwanzigsten Jahrhunderts in England?"

„Derzeit, ja. Macht mir einen Riesenspaß. Ich habe die Zeitperiode für Momma doch ausführlich recherchiert: den Duke of Windsor und Wallis Simpson. Was sich da für Dramen abgespielt haben.

Und Liebesgeschichten. Und Mord natürlich auch. Beste Voraussetzungen für Detektivgeschichten.“ Ich sprang auf und verschüttete fast meine Cola. „Das ist es! Wir müssen es nur aufschreiben. Ich wette, wir wissen mehr, als uns bewusst ist.“

„Hey, langsam! Was ist los?“

Ich setzte mich wieder. „Vielleicht fallen uns ein paar Leute ein, die für die Tat infrage kommen. Wir könnten der Polizei helfen.“

Hannah griff nach meiner Hand. „Paige, du brauchst Daddy nicht zu beschützen. Niemand wird es herausfinden.“

Sie konnte Gedanken lesen genau wie Drake. Vor meinen Augen verschwamm alles. „Bitte mach mit, Hannie. Bitte.“

Sie runzelte die Stirn und nickte. An diesen kleinen Gesten konnte ich ablesen, wie viel ich ihr bedeutete, ich und Momma. Und Daddy.

„Also, ich schätze, Verdächtiger Nummer eins ist der Spinner, der die Briefe geschrieben hat.“

„Genau!“ Ich biss von meinem Sandwich ab und suchte in meinem Rucksack nach dem Smartphone. Ich tippte eine neue Notiz und trug alles ein. Unter #1 schrieb ich nur „Spinner“; #2 war „Hetzreden-Fan mit Vorliebe für blumige Schriftart und bunte Hintergründe“.

Hannah stand auf und sah mir über die Schulter.

„Erinnerst du dich an den Typen, der Momma schrieb, weil er der Meinung war, sie hätte genau sein Leben beschrieben? Und wie er uns verklagen wollte, bis Daddy schließlich beweisen konnte, dass sie ihn überhaupt nicht kennen konnte?“

Hannah nickte. „Und die Frau, die mit dieser Riesenschachtel Toffees bei uns aufgetaucht ist, weil die Hauptfigur Toffees liebte? Und Momma konnte das Zeug gar nicht ausstehen.“

„Aber wir schon“, kicherte ich, und Hannah stimmte ein. „Dana Johnston. So hieß die Frau.“ Ich tippte ihren Namen in mein Telefon. „Obwohl Toffees sie nicht wirklich verdächtig machen.“

„Nein, aber weißt du noch, dass Mrs Johnston zu drei Lesungen in drei verschiedenen Bundesstaaten kam und wir schon dachten, sie sei eine Stalkerin?“ Hannahs Augen blitzten.

„Stimmt. War sie aber nicht.“

„Nein, sie war nur ein großer Fan. Aber vielleicht fallen uns ja noch ein paar Kandidaten aus Facebook ein.“ Hannah war richtig aufgeregt.

Für einen kurzen Augenblick entflohen wir der Realität und taten so, als würden wir irgendeinen Mord in einem Krimi lösen. Irgendwie fühlte es sich so weniger bedrückend an.

„Erinnerst du dich an die Frau, die behauptete, ihre Tochter hätte sich umgebracht, nachdem sie Mommas Buch gelesen hatte?“

Hannah wandte sich ab. „Erinnere mich bloß nicht daran. Wir waren damals noch so klein. Ich weiß nur, was Momma uns darüber erzählt hat. Sie brauchte Wochen, um das zu verdauen. Hatte sie nicht noch versucht, Kontakt zu der trauernden Mutter zu bekommen? Aber weil sie ihren Namen nicht kannte, hat das nicht geklappt.“

„Da kommt einiges zusammen, oder? Bei einer ganzen Reihe von Lesern könnten ‚die Sicherungen durchgebrannt‘ sein.“

„Ja.“

Ich legte das Handy auf den Tisch. „Ehrlich gesagt glaube ich, es war ein Leser, der Momma sein Herz ausgeschüttet hat, mit lauter Geheimnissen. Und dann hat er gemerkt, dass er ihr zu viel von sich verraten hat. Und dann war es ihm zu riskant, dass Momma das alles weiß, und er hat beschlossen, sie aus dem Weg zu räumen.“

„Das ist krank.“

„Ich weiß. Ich weiß, aber wenn es so wäre, dann hätten du und ich den Brief auch gelesen.“

Hannah nahm unser Tablett und brachte es weg. „Willst du damit sagen, wir sollen uns die ganzen alten Briefe und E-Mails vorknöpfen? Wir schaffen noch nicht mal den ganzen Berg, der gestern kam! Und außerdem hat Officer Hanley Mommas Computer.“

„Ich weiß, aber vielleicht fällt uns etwas wieder ein.“

Hannah wollte etwas sagen, überlegte es sich dann aber anders. „Wenn ihr jemand ein Geheimnis verraten hätte, für das er hinterher töten würde, dann würden wir uns daran erinnern, meinst du nicht? Es sei denn, es war weniger offensichtlich. Wir können nur beten, dass es uns wieder einfällt. Sollen wir unsere Liste hier der Polizei zeigen?“

„Ich glaube, sie haben für den Augenblick genug von meinen Ideen. Damit warten wir lieber noch ein wenig. Detective Blaylock hat nicht allzu viel übrig für meine Grübeleien, wenn du verstehst."

Wir saßen in der Cafeteria und dachten über Mommas potenzielle Feinde nach – oder übereifrige Fans, wenn man so wollte. Und natürlich entging es Hannah nicht, wie erleichtert ich war, als wir sieben Namen auf unserer „Liste der Verdächtigen" hatten und Daddys Name nicht dazugehörte.

Henry – Dienstagnachmittag

Ich schaffte meine Arbeit ganz gut und Big Dan schien zufrieden zu sein, weil wir früher als geplant fertig waren. Auf dem Weg nach Hause hielt ich an der Bibliothek und war froh, dass Mabel nicht an der Ausleihe saß. Heute war eine junge Frau dort, die ich nicht kannte. Ich ging in die Belletristikabteilung und wie vermutet, das Regal, auf dem normalerweise Miz Bourdillons Bücher standen, war fast leer, wie beim letzten Mal. Aber ein Buch stand da, eins, das ich noch nicht gelesen hatte, also schnappte ich es mir und hatte wahrscheinlich ein dämliches Grinsen auf dem Gesicht, als ich es zum Einscannen auf die Theke legte.

„Sie und halb Amerika lesen gerade ihre Bücher", meinte die junge Frau und sah mich gar nicht richtig an. „Hat Ihnen das hier gefallen?", fragte sie und legte die Hand auf den Roman, den ich gerade zurückgab.

„Doch, echt. Ja. Der erste, den ich von ihr gelesen habe." Da fiel mir ein, dass ich Mabel gesagt hatte, ich würde ihn für Libby ausleihen. „Hab ihn nach meiner Frau gelesen. Jetzt will sie noch einen."

„Also, das hier ist mein Lieblingsroman von ihr", sagte sie, verbuchte ihn und reichte ihn mir über die Theke. „Er spielt während der Wirtschaftskrise Anfang der Dreißigerjahre, aber seine Aussage ist heute noch aktuell, wenn Sie verstehen, was ich meine." Sie legte den Kopf schief. „Ist doch seltsam, wie historische Romane die Zukunft vorwegnehmen können, nicht wahr?"

„Seltsam, jep." Ich hatte genau dasselbe über den ausgelesenen Roman gedacht. Spielte in den Fünfzigern und sprach doch zu mir, als würde das ganze Ding heute in meiner Heimatstadt stattfinden.

Ich verließ die Bibliothek mit einem selbstzufriedenen Gefühl, auch wenn ich nicht wusste, wieso.

Als ich nach Hause kam, hatte ich kaum den Motor abgestellt und war ausgestiegen, als Libby aus dem Haus gestürzt kam und sich in meine Arme warf. „Oh Henry. Danke, danke, *danke*."

Ich starrte sie verdutzt an. „Wovon redest du?"

„Er ist gekommen! Der Scheck! Das Geld von deinem Auftrag! Genau wie sonst auch. Er ist da!"

Ich wünschte, ich hätte wenigstens einen Hauch von Erleichterung gezeigt, aber ich fühlte nur eins: stechende Kälte im Bauch. Vier Tage, keine halben Sachen ... Halbe Sachen! Wie konnte das sein?

Sie gab mir das Einschreiben – natürlich hatte sie es gleich aufgerissen – und ich starrte auf den Scheck, derselbe Betrag wie sonst auch.

Jase!

Mir brach kalter Angstschweiß aus und meine Hände fingen an zu zittern. Passierte sonst nicht, wenn ich die Pillen abgesetzt hatte. Mir wurde schwindlig. Vielleicht wollte mich mein Kontakt für dumm verkaufen. Oder jemand anderes hatte Wind davon bekommen. Sollte das ein Köder sein? Von wem?

Auf jeden Fall war irgendetwas schiefgegangen. Und zwar so richtig schief. Wieder. Oder doch nicht?

Libby klammerte sich an mich. „Es tut mir so leid. So leid, dass ich daran gezweifelt habe, du würdest das Geld besorgen. Das mache ich nie wieder."

Ich hielt sie fest im Arm, damit sie nicht sah, wie sehr ich das Flattern bekam.

„Es ist so wunderbar, Henry." Sie ließ mich los. „Du bist doch mein großer Knuddelbär!" Ihre Begeisterung war riesig. „Es tut mir leid, dass ich dich so kritisiert habe. Henry, ich liebe dich! Danke, danke!"

Versuchte mich zusammenzureißen, während es aus Libby nur so heraussprudelte. „... und der Assistenzarzt hat angerufen und sie haben die OP für Freitag angesetzt, also müssen wir mit Jase am Donnerstag ins Krankenhaus, wie immer, aber dieses Mal in ein anderes Krankenhaus. Dr. Martin meinte, es sei eins der besten für Herzoperationen. Er operiert dort sehr gern, meinte er, und gerade Operationen am offenen Herzen ...", sie schniefte einmal, „aber Jase kriegt die bestmögliche Behandlung und ich habe meinem Chef schon Bescheid gegeben und er gibt mir Freitag und Montag frei, das Krankenhaus hört sich jedenfalls sehr gut an und man kriegt sogar Familienzimmer, wenn man will ..." Sie hielt inne. „Henry, alles in Ordnung? Du siehst so aus, als müsstest du dich übergeben."

„Tolle Neuigkeiten, Libs. Freu mich. Aber ich bin fertig. Lass mich mal ein paar Minuten aufs Ohr hauen, und dann fahren wir mit Jase in ein Restaurant und stoßen an."

Sie schlang die Arme um mich. „Alles wird gut. Ich weiß es."

Also lag ich im Bett und zermarterte mir das Hirn. Sollte ich meinen Kontakt anrufen und ihm sagen, dass etwas nicht stimmte? Nein! Ich musste es als Geschenk betrachten. Irgendwo war irgendwas schiefgegangen, aber es war nicht mein Fehler und es ging mich auch nichts an, wenn er mir das Geld schickte. Stimmte doch, oder nicht? Hatte er etwa nicht mitbekommen, dass ich den Auftrag nicht abgeschlossen hatte? Unmöglich – es sei denn, er hatte die letzten vier Tage den Kopf im Sand vergraben.

Hieß das jetzt, dass ich einfach aufhören konnte und Miz Bourdillon in Ruhe lassen konnte? Oder erwartete er trotzdem noch, dass ich die Sache zu Ende brachte? Sollte ich seine Nummer wählen? Nein, er musste den ersten Schritt gehen. Ich würde einfach warten. Warten konnte ich verflixt noch mal richtig gut. Hatte schließlich mein halbes Leben lang gewartet.

Josephine – Dienstagabend 1976

Kit kam ins Zimmer gestürmt und warf die Schulzeitung auf den Teppich. „Du kleines, nichtsnutziges ...", worauf eine Kette von Flüchen folgte, die ihre Schwester noch nie von ihr gehört hatte. Kit schnappte sich die Zeitung und pochte mit dem Finger darauf. „Du hast das da über mich geschrieben, stimmt's? Hast wohl gedacht, so kriegst du endlich Aufmerksamkeit, wenn du deine große Schwester verpfeifst." Josephine hatte ihre Schwester noch nie so wütend gesehen.

„Kit, nicht ein einziges Wort in dem Artikel ist über dich."

„Du hättest auch gleich schreiben können, dass ich Alkoholikerin bin."

„Ich habe den Aufsatz für Naturwissenschaften geschrieben, und dann wollten sie, dass ich ihn kürze und in die Schulzeitung setze. Das hatte nichts mit dir zu tun."

„Ach ja? Du elende Streberin. Als ob nicht jeder, der den Artikel liest, sofort weiß, dass er über mich ist. Neidisch, ja? Nur, weil du keinen Jungen abkriegst. Also muss das hässliche Entlein ihre hübsche Schwester fertigmachen."

„Kit, hör auf! Du hast getrunken. Du weißt nicht, was du sagst."

Kit lachte, und ihr Lachen klang verbittert und grausam.

„Alles dreht sich immer nur um dich", sagte Josephine mit unterdrückter Stimme. Ihre Hände fingen an zu zittern, und sie fühlte sich, als wäre sie wieder ein kleines Kind. „Du brauchst Hilfe, Kit. Und das hat nichts mit dem Artikel zu tun. Das ist nur für dich. Ich mache mir Sorgen."

„Hilfe? Ha! Wo soll ich denn deiner Meinung nach ‚Hilfe' herkriegen?"

„Es gibt viele Anlaufstellen, Kit."

„Und du glaubst allen Ernstes, dass unsere ach so tollen, gebildeten Eltern ihre Tochter, ihre Modelprinzessin, in eine Entzugsklinik stecken und damit ihren makellosen Ruf zerstören würden?"

„Natürlich würden sie das. Sie sind nicht gerade begeistert davon, dass ihre Tochter dem Alkohol verfallen ist. Du brichst ihnen das Herz."

Kit verpasste Josephine mit solcher Wucht eine Ohrfeige, dass ihre kleine Schwester rückwärtsstolperte und gegen die Wand fiel. Kreischend lief sie zu ihr. „Es tut mir leid! Tut mir leid! Oh, JoJo. Was passiert nur mit mir?"

Josephine tat so, als würde ihr Kopf nicht wie verrückt hämmern. Sie sank mit Kit zu Boden und schlang die Arme um ihre Schwester. „Ich schreibe über das, was mich berührt", flüsterte sie und kämpfte gegen das Zittern. „Über das, was mir etwas bedeutet. Ungerechtigkeit, Gewalt, Vorurteile, Sucht, Depressionen. Ich weiß, das sind Tabus in unserer Gesellschaft, aber ich kann nicht aufhören, in meinen Geschichten darüber zu schreiben, Kit. Ich wollte dich nicht verletzen, glaub mir. Hast du es nicht bemerkt? In meinen Geschichten gibt es immer Hoffnung."

„Ich habe die Hoffnung auf Hoffnung vor langer Zeit aufgegeben", sagte Kit und schmunzelte über ihre Wortwahl.

„Dann lass mich für dich daran glauben. Ich helfe dir, einen guten Platz zu finden. Und ich kläre das mit Mom und Dad. Bitte, Kit. Ich hab dich doch so lieb. Bitte."

Kits Gesicht war tränenüberströmt. „Du hast mich lieb? Wirklich? Hast du mich wirklich lieb, JoJo? Obwohl ich alles kaputt mache? Obwohl wegen mir alles den Bach runtergeht?"

Sie umarmte ihre Schwester. „Ich habe dich lieb, so wie du bist. Und ich werde dich nicht im Stich lassen. Du schaffst das, Kit, du kriegst das hin ..."

Sie hatte ihre Schwester tatsächlich lieb, und zwar so sehr, dass sich ihr Magen jedes Mal zusammenkrampfte, wenn Kit betrunken auf dem Bett lag. Sie würde ihr helfen. Aber manchmal fragte sich Josephine, ob sie nicht eigentlich die Last ihrer Schwester trug, ob sie davon mehr zu Boden gedrückt wurde als Kit. Manchmal hatte Josephine das Gefühl, sie wäre verantwortlich für den Ruf ihrer Eltern, für Kits Gesundheit und für alle möglichen anderen Probleme, die ihr irgendwelche Freunde anvertraut hatten, und diese ganze Last war zu schwer für ihre schmalen Schultern.

Herr, ich weiß nicht, wie ich das alles tragen soll. Der Keil wird immer größer und der tiefe, dunkle Abgrund zieht mich an. Aber du hast gesagt, dass dein Joch sanft ist und deine Last leicht. Nur verstehe ich leider überhaupt nicht, was das bedeuten soll.

1978

Der Garten roch nach Frühling, alle Bäume standen in voller Blüte, auch die hochgerankten Rosen hingen schwer am Gitter und verbreiteten einen wunderbaren Duft. Überall standen Absolventen herum, die Mädchen in geblümten Sommerkleidern, die Jungs in Kakihosen und Poloshirts. Die Freunde ihrer Eltern standen in engen Grüppchen zwischen den Highschool-Absolventen. Eine Band spielte im kleinen Pavillon.

„Deine Eltern müssen so stolz auf dich sein, Josephine. Was für eine großartige Abschiedsrede! Du warst der absolute Höhepunkt.

Und dass du für dein Schreibtalent das Stipendium bekommen hast, grandios!“

Josephine lächelte Mrs Lincoln höflich an. Sie wollte das Kompliment entgegennehmen und festhalten, aber in ihr rumorte die Angst. Kit hatte vergangene Nacht angerufen und von ihrem Abstecher als Model in Venedig erzählt. Ihre Eltern hatten ihr schon vor Wochen in den Ohren gelegen, für Josephines Abschluss nach Hause zu kommen, aber falls Kit überhaupt daran dachte, ließ sie sich beim Telefongespräch nichts anmerken. „Venedig ist ein Traum, JoJo. Du solltest unbedingt mal herkommen.“

Kits Modelkarriere hatte nach der Highschool begonnen und sie zuerst nach New York und dann nach Paris geführt. Und obwohl sie nur Josephine gegenüber die Wahrheit über diesen pseudoglamourösen Job erzählte, waren ihre Eltern nicht dumm. Josephine konnte ihnen dabei zusehen, wie sie sich immer mehr zurückzogen, umgeben von den Reichen und Schönen, immer ein aufgesetztes Lächeln auf den Lippen und wie sie Kits Leben in den schillerndsten Farben darstellten. Kit schrieb ihnen nie, aber ihre Briefe an Josephine zeigten die harte Realität: Drogen, Jungs, Mode, Egozentrik. Kit war im Selbstzerstörungsmodus.

„Alles in Ordnung, Miss Josephine?“

Hinter ihr stand Terence in seinem makellosen Smoking, Schweißperlen auf der Stirn, das krause Haar längst weiß geworden. Er hielt ein Tablett mit Käsespießen und kleinen, dreieckig geschnittenen Gurkenschnittchen.

Sie nahm Terences freie Hand. „Oh, Terence. Du weißt ganz genau, dass nichts in Ordnung ist. Kit bringt sich noch um und das ist Moms und Dads Ende. Außerdem streiten sie sich nur noch.“ Sie kämpfte mit den Tränen.

Terence drückte ihr die Hand und sah ihr tief in die Augen. „Miss Josephine. Das ist deine Party. Wir feiern deinen Erfolg. Also werde ich den Allmächtigen bitten, dass du für einen Abend Kit vergisst und dich daran freust, was hier ist. Du hast es nämlich verdient, Engelchen. Und daran, was mit Kit ist, kannst du heute Abend sowieso nichts ändern.“

1979

Die Skifreizeit mit ihrer Studentengruppe aus der Gemeinde während der Semesterferien sollte eigentlich großen Spaß machen, aber sie wurde in den letzten Wochen immer stärker von diesen dunklen Gedanken verfolgt. Schlechte Nachrichten von zu Hause, von Kit, und kein Date in Sicht. Während ihre Mitbewohnerinnen im Wohnheim sich in hübschen Kleidern für den Frühlingsball herausputzten, hatte sie sich in der Bibliothek eingeschlossen.

Hier in den Bergen, umgeben von Extremen – dem weißesten Schnee, dem kobaltblauen Himmel, den dunkelgrünen Tannen, deren Zweige unter dem schweren Schneemantel hervorlugten –, fiel Josephine auf die Knie. „Hilf mir doch, Gott! Hilf mir, mit meinen Schuldgefühlen fertigzuwerden, dass ich nicht alles heile machen kann und dass ich dieses Chaos endlich hinter mir lassen kann!"

An diesem Abend versammelten sich die Studenten um ein großes Lagerfeuer und Josephine beobachtete Marcia, die hübsche Betreuerin Mitte dreißig, die fröhlich in die Nacht hinauslächelte. Am nächsten Tag fuhr sie mit Marcia im Skilift und erlebte sie als faszinierende, weise und gottesfürchtige Frau. Sie war wie eine Künstlerin, die Mitgefühl ausstrahlte. Josephine spürte, wie ihr das Herz aufging. Gott hatte ihr diese Frau in den Weg gestellt.

„Marcia, könnten wir vielleicht irgendwann mal miteinander reden? Über ... so manches ... und über Gott?" Mit pochendem Herzen brachte Josephine die Worte über ihre Lippen. „Ich meine, vielleicht mal bei einem Mittagessen oder auf einen Kaffee, wenn das Semester wieder angefangen hat?"

Sie war rot wie eine Tomate, aber Marcia mit ihren sanften Augen sagte nur: „Gern. Sehr gern sogar."

Ihre wöchentlichen Treffen waren ein Geschenk, ein großes Geschenk, und allmählich half Marcia ihr, die Lasten abzulegen und das Gedankenkarussell zu stoppen. Sie verwies sie auf Christus, machte ihr Mut, sich mit der Bibel zu beschäftigen und die Kassette, die endlos in ihrem Kopf ablief, mit Gottes Wort zu überspielen. Die Stimmen verschwanden nicht vollständig, aber sie lernte, sie besser zu identifizieren und sich auf den mentalen Kampf vorzubereiten. Und sie lernte, dass sie ihre Familie nicht im Alleingang reparieren konnte.

„Du kannst diese Last nicht allein tragen, Josephine", sagte Marcia. Aber es war so unglaublich schwer, dieses Gefühl loszulassen, das ihr sagte, sie müsse perfekt sein und sie sei für die Rettung ihrer Familie verantwortlich.

Henry

Gab es sie also doch, die Zufälle. Ich hatte mich bisher nie darum geschert. Also, um die *guten* Zufälle. Schlechte Zufälle gab es in meinem Leben zuhauf. Wie den Tod meiner Mutter. Wer hätte gedacht, dass sie ausgerechnet von der Person erschossen wird, die sie so lange vor Pa beschützt hatte? Wer hätte das gedacht?

Aber gute Zufälle? Nie im Leben. Jedenfalls nicht in meinem.

Aber nun war doch einer gekommen. Mein Junge sollte im selben Krankenhaus operiert werden, in dem auch Miz Bourdillon lag. Libby meinte, dass die Klinik eine der fünfzig besten für Herzkrankheiten war, und das hieß schon mal was. Das erste Mal war Jase weit im Süden von Georgia gewesen, Not-OP, als er Libbys Familie besuchte. Die anderen beiden Male war Jase in der Nähe operiert worden. Aber dieses Mal meinte der Arzt, er würde ins Mission Hospital gehen, und gleich als Libby den Namen nannte – Mission Hospital in Asheville – wurde mir schlecht, weil ich natürlich den Namen erkannte und weil ich gerade von dort kam.

Aber eigentlich war es ein guter Zufall, oder? Vielleicht konnte ich so Miz Bourdillon im Auge behalten, für alle Fälle.

Oder es war doch ein schlechter Zufall. Vielleicht behielt mich so die Polizei oder sonst jemand im Auge.

Mein Kopf war einfach zu voll.

Jase bestellte sich das größte Steak im Bourbon's Steak House und Libby strahlte. Manchmal hatte sie es – dieses Strahlen, als ob ein Engel gerade bei ihr eingezogen wäre und die Herzensgüte ausstrahlte. Oder es war ihre eigene Herzensgüte. Selbst Jase hatte etwas Farbe bekommen.

„Papa, Mommy sagt, dass wir in ein großes Krankenhaus fahren, wo man eine prima Aussicht hat. Man kann die ganzen Bäume sehen, wie sie ihre Farbe wechseln. Ist das nicht toll? Die Lehrerin in der Vorschule hat uns erklärt, welche Blätter zu den einzelnen Bäumen gehören, und wenn mein Herz wieder ganz ist, dann liege ich da und gucke mir die ganzen Blätter an und versuche rauszukriegen, was Eichen sind und Ahorn und Kiefer und Hickory."

Er hustete und keuchte ein wenig – das passierte, wenn er beim Essen zu viel redete, und Libby hörte auf zu strahlen und sagte: „Kauen nicht vergessen, Jase." Und sie wurde ganz blass, weshalb ich sie ablenken wollte, bis Jase wieder ordentlich atmete, aber es half nicht. Jase fing an zu röcheln, und kurz darauf, wie immer, stürzten wir aus dem Restaurant. Bis wir die kleine Notaufnahme in der Stadt erreicht hatten, war Jase schon ganz grün.

Als sie ihn stabilisiert hatten, kam der junge Arzt zu uns in den vollen Wartesaal, wo ein Baby brüllte und ein kleiner Junge mit gebrochenem Arm stöhnte und ein alter Mann sich vor irgendwelchen Schmerzen krümmte, und er sagte, „Ich habe Ihren Operateur angerufen, Dr. Martin. Er möchte, dass Ihr Sohn mit dem Krankenwagen nach Asheville verlegt wird. Jetzt sofort. Er wartet dort auf Sie und wird vor Ort entscheiden, ob mit dem Eingriff noch bis Freitag gewartet werden kann."

Libby war starr vor Schreck. Sie stieg in den Krankenwagen und setzte sich neben unseren Jungen. Dann gingen die Türen zu und der Wagen bog mit rot blinkenden Lichtern und kreischender Sirene auf die Straße.

Und da war ich wieder, im Dunkeln auf der kurvigen I-40, und alles, woran ich denken konnte, war, dass Miz Bourdillon nicht tot war und wir trotzdem das Geld hatten, aber vielleicht alles umsonst war, weil Jase vielleicht derjenige war, der hier sterben würde.

Und was wäre das dann für ein Zufall?

Kapitel 7

Paige – Dienstagabend

Tante Kit bestand darauf, die Nacht über bei Momma zu bleiben, mit Dad natürlich, also fuhren Drake und Hannah und ich nach Hause. Mrs Swanson hatte überall das Licht angemacht und die Post auf die Küchentheke gestellt – wieder drei Säcke – und vier Tortenschachteln und Cookies aus unserer Lieblingsbäckerei, The French Broad Chocolate Lounge. Es lag auch ein Zettel dabei: *Milton hat gejault wie verrückt, also habe ich ihn mit rübergenommen. Ich bin bis um neun wach. Wenn ihr später kommt, kann er einfach über Nacht bei mir bleiben.*

Ich ging um halb sieben rüber zu Mrs Swanson, vorbei an den anderen Häusern, die auf dem Bergkamm verteilt waren, alle mit einer Veranda rings ums Haus und einem fantastischen Ausblick auf die Berge. Vor Drakes ehemaligem Elternhaus, das drei Häuser weiter auf unserer Seite stand, blieb ich stehen. Es war hell erleuchtet und ein Dutzend Kürbisse standen auf der Steintreppe. Drakes Eltern hatten für Halloween nichts übriggehabt, und ich musste angesichts der schaurig lächelnden Kürbisse mit den Kerzen darin zweimal hinsehen. Drakes Mutter hatte das Haus behalten, bis Drake die Highschool beendet hatte, und es dann 2011 zum Verkauf angeboten. Sie mussten alle Register ziehen, um nach der Wirtschaftskrise von 2007 einen Verkäufer zu finden. Aber jetzt hatte irgendjemand eine gemütliche Halloween-Basis draus gemacht.

Ich ging weiter zu Mrs Swansons Haus und stieg die lange Treppe hoch. Die Swansons gehörten zu den Ersten, die Ende der Achtzigerjahre in das Luxusviertel hier auf Bearmeadow Mountain gezogen waren. Sie und ihr Mann waren mit ihrer ganzen Rasselbande – vier Kinder und wer weiß wie viele Katzen und Hunde – in dieses Paradies gekommen, von dem aus man trotzdem die besten Schulen Ashevilles gut erreichte. Ihr Mann war vor einigen Jahren verstorben und die Kinder waren längst erwachsen, verheiratet und hatten selbst Kinder. Also kümmerte sich Mrs Swanson allein um ihr Haus in den Bergen. Sie war gerade siebzig geworden, aber wie ihre jüngste Tochter meinte, hatte sie noch mehr Energie als ihre vier Kinder nebst Partnern und Kindern zusammen. Ich zweifelte nicht daran. Sie war vielleicht zierlich, aber ihre Charakterstärke konnte es mit den Bergen um uns herum aufnehmen, und wenn sie einen anguckte, den Kopf schüttelte und ihr dauergewelltes weißes Haar wie eine gestärkte Wolke aussah und ihre blauen Augen vor Zorn, Entschlossenheit oder Begeisterung blitzten, dann nahm man sich besser in Acht. Sie hatte alle ihre zehn Enkelkinder im Sommer zu einem „Camp" eingeladen, die Eltern verscheucht und es irgendwie geschafft, die ganze Meute diszipliniert und begeistert zu halten.

Ich klopfte, und als Mrs Swanson öffnete, begrüßte mich Milton mit einem „Wuff" und legte seine Vorderpfoten auf meinen Pullover. Ich schnappte sein Halsband, bevor er auf die Straße laufen konnte. Milton war durch die Hundeschule gefallen, aber er war so ein liebenswerter Dussel, dass wir ihm das nicht nachtrugen.

„Komm rein, Liebes." Mrs Swanson schob mich in den Flur, wobei ich Milton hochheben musste, damit er nicht abhaute. „Jetzt ist aber mal gut!", schalt sie ihn. „Ruhig jetzt!" Er ächzte kurz auf und ließ sich zu Boden fallen. Irgendwie konnte Mrs Swanson viel besser mit Milton umgehen als ich. „Wie geht es ihr, mein Liebes? Irgendeine Veränderung?"

„Nicht wirklich. Ihr Score ist nur minimal gestiegen." Auf ihren verwirrten Blick hin fügte ich schnell hinzu: „Die Ärzte bewerten ihre Reaktionen, Gehirnströme und so weiter. Und bisher hat sie mit den Fingern gezuckt und mit den Augen, was bedeutet, dass sie nicht mehr komplett nur im vegetativen Stadium ist."

„Was auch immer das bedeutet. Sie kämpft sich also voran? Gott sei's gedankt. Also, das ist jedenfalls schön zu hören. Die Torten habe ich in die Küche gestellt und den Auflauf in den Kühlschrank. Hab eine Liste gemacht von allen, die angerufen haben oder vorbeigekommen sind."

„Sie sind eine Heilige, Mrs Swanson."

Sie runzelte die Stirn, sodass sich ihre weißen Augenbrauen fast berührten, und sagte: „Wir sind alle Heilige, Paige. Alle." Mrs Swanson ging in dieselbe Gemeinde wie meine Eltern und nahm die Bibel ziemlich wortwörtlich.

„Ja, natürlich. Aber Sie kriegen noch ein paar Extrasteine in Ihre Krone." Ich hoffte, dass ihr meine biblische Anspielung gefiel. Ich brauchte Pluspunkte bei Mrs Swanson, jedenfalls seit ich nicht mehr in die Kirche ging. Also zwinkerte ich ihr zu und sie zog die Augenbrauen hoch und schenkte mir dieses gespielte Heiligenlächeln.

„Ich hoffe, Sie haben sich von dem Essen genommen. Das schaffen wir niemals alles allein."

„Das wäre ja noch schöner. Ihr habt schließlich Gäste." Sie sah mich an. „Hab gesehen, dass Josys Schwester gekommen ist", raunte sie. „Na endlich."

Darauf wollte ich nicht eingehen. Mrs Swanson konnte Tante Kit nicht ausstehen – so viel zu christlicher Nächstenliebe –, vor allem, weil sie sie für eine Abtrünnige hielt, „die es nicht verdient hatte, die arme Josy als Schwester zu haben". Unsere Nachbarin vergötterte Momma. Natürlich würde sie es so nicht nennen. Vor Jahren hatte sie einmal gesagt: „Ich passe nur ein wenig auf Josy auf. Irgendjemand muss das auch für deinen Vater tun, der Arme muss so viel arbeiten. Und diese Schwester ist so neidisch auf Josy, dass sie nicht klar sehen kann. Keine Ahnung, was sie vorhat."

Mrs Swanson holte tief Luft. „Diese rothaarige Polizistin schnüffelt in der ganzen Post herum. Gestern schon und heute auch. Fuchtelt ständig vor meiner Nase mit ihrem Ausweis herum. Und lächeln, das ist wohl ein Fremdwort für sie. Streckt einfach die Brust raus und marschiert in euer Haus. Furchtbar, diese Frau."

„Sie macht nur ihre Arbeit."

„Soso", sagte Mrs Swanson und verfiel wieder ins Raunen, „und ich wette, dass diese Frau es als Teil ihrer Arbeit versteht, den Kühlschrank zu durchstöbern und zu essen, was sie will!"

Ich musste lachen. „Falls dem so ist, dann verwischt sie ganz gut ihre Spuren." Mrs Swanson reagierte nicht auf meinen Witz. „Vielen Dank noch mal für alles. Die Krankenschwestern meinten, dass Momma bald Besuch bekommen darf. Morgen oder übermorgen können Sie bestimmt mal zu ihr."

Ihre Miene hellte sich auf und sie kraulte Milton das Fell. „Das wäre sehr schön."

„Und ich weiß, dass Momma uns hören kann. Ich weiß es einfach. Wenn Sie also kommen, erzählen Sie ihr ein paar schöne Dinge, ja?"

Hannah stellte uns ein Festmahl aus dem Essen zusammen, das die Freunde aus der Gemeinde, der Schule und von Daddys Arbeit vorbeigebracht hatten. Drake machte Feuer im Kamin und wir saßen im Wohnzimmer beieinander. Milton beäugte uns mitleidig. Hin und wieder warf ich ihm ein Stück Fleisch hin, was völlig gegen die Hausregeln verstieß, aber die meisten Regeln waren sowieso schon gebrochen worden. Das Wohnzimmer, das wir Familienzimmer nannten, erstreckte sich über drei Etagen mit einer Spitzgiebeldecke und hatte einen Kamin wie im Bilderbuch. Auf beiden Seiten des Kamins gaben große Fenster den Blick auf die Berge frei. Als Hannah noch auf der Highschool war, hatten wir im Herbst und Winter oft die Jugendgruppe aus der Gemeinde zu Besuch. Wir grillten Marshmallows und kuschelten uns unter weiche Decken. Wir Mädchen tuschelten über die Jungs, für die wir gerade schwärmten, und die Jungs unterhielten sich über Videospiele, bis der Jugendpastor uns mit einem flotten Spruch dazu brachte, über Jungs und Videospiele *und* über Gott zu sprechen. Irgendwie schaffte Bull – so nannten wir ihn – es immer, das echte Leben mit Gott zu verknüpfen. Diese Wochenenden bei uns im Haus mochte ich sehr, jedenfalls vor dem *besagten Sommer*, als alles sich änderte.

Im Winter kuschelten Momma, Daddy, Hannah, Drake und ich uns auf dem riesigen Sofa zusammen und sahen zu, wie es draußen schneite. Ich fand das noch besser als Kino. Momma meinte, wir würden uns „an der schlichten Schönheit der Natur erfreuen". Genau so hatte sie das formuliert. Momma glaubte, dass Gott durch die Natur zu uns sprach und dass jeder, der halbwegs vernünftig war, das sehen musste, wie wunderbar alles funktionierte und so.

Hannah, Drake und ich zogen die Ledercouch direkt vor den Kamin, wie wir es schon Hunderte Male gemacht hatten, und machten es uns gemütlich. Es fühlte sich so richtig und zugleich so falsch an, denn wie konnten wir es wagen, diesen Ort zu genießen, ohne dass Momma die Kerzen auf dem Kaminsims anzündete und dann um die Ecke in die Küche verschwand, wo sie ein altes Kirchenlied summte und uns etwas Süßes, Schokoladiges backte?

Milton legte den Kopf auf Drakes Knie und ging kurz darauf zu Hannah, die genau wusste, wie man ihm den Bauch kraulte, bis er vor Vergnügen ächzte. Wir mussten alle ein wenig lachen, aber das Gespräch kam nicht in Gang.

„Wann gehst du wieder in die Schule?"

„Die Lehrer machen mir keinen Druck. Sie wissen, dass ich jetzt bei Momma sein muss. Ist kein Problem."

„Wirklich?" Drake schien nicht überzeugt zu sein.

„Ganz im Ernst. Glaubst du, ich kann mich auf Französisch, Physik und Elementarmathematik konzentrieren, während Momma im Koma liegt? Und ich werde sicher nicht meinen Tag in der Schule vertrödeln, wenn ich stattdessen mit dir und Hannie Zeit verbringen kann."

Drake zuckte die Achseln. „Und was ist mit Fußball?"

„Ich habe erst ein Spiel verpasst. Die Trainerin hat Verständnis. Sie meinte, sie wisse, dass ich alles mit noch mehr Einsatz wieder wettmachen werde."

Drake grinste. „Daran habe ich keinen Zweifel. Und Hannah? Wann fliegst du zurück?"

„Nächste Woche. Und Daddy besteht darauf, dass Paige wieder in die Schule geht, wenn ich nach Frankreich fliege."

Ich konnte mich an keine einzige Situation erinnern, wo uns der Gesprächsstoff ausgegangen war, aber es verging fast eine Minute, ohne dass jemand etwas sagte. Nur das Knacken im Kamin war zu hören – und Milton, der tief atmend zu Hannahs Füßen eingeschlafen war.

„Können wir bitte darüber reden?", durchbrach schließlich Drake die Stille. „Ich muss mit irgendjemandem reden, aber wenn es euch zu sehr aufwühlt, dann natürlich nicht."

„Nein, ich meine, ja." Hannah machte sich einen Pferdeschwanz, ließ ihr Haar dann aber doch offen auf die Schultern fallen. „Ja. Ich auch. Paige, jetzt erzähl uns bitte jedes einzelne Detail, was in den letzten Wochen und Monaten passiert ist. Und nicht nur von der Leserpost. Irgendwas anderes, irgendwas ...", seufzte sie. „Irgendwas über Momma. Bitte."

Na endlich, dachte ich und fing ganz behutsam an. „Na ja, nichts, was mir irgendwie verdächtig vorgekommen wäre. Niemand lungerte vor unserem Haus herum oder so. Der neue Roman hatte lauter gute Rezensionen, nicht supergut, aber gut. Und von dem her, was ich gehört habe, verkaufte er sich auch ganz ordentlich ..."

„Ich meine nicht das Buch, Paige!" Hannah klang regelrecht genervt. „Ich will wissen, wie es Momma und Daddy ging! Hatten sie irgendwelche Probleme?"

So, wie Hannah das Wort *Probleme* betonte, wussten wir alle sofort, was sie meinte. Ich zuckte die Achseln. „Nein, es ging ihnen gut." Aber meine Stimme klang komisch, sogar für meine Ohren. Momma und Daddy ging es nie einfach nur *gut*. Ihre Beziehung konnte man nie mit einem einsilbigen Wort der Mittelmäßigkeit beschreiben. „Momma hat sich über die Briefe geärgert, aber sonst hatte sie ihre Routine, schrieb den ganzen Tag und ging zwei Mal mit Milton Gassi, morgens und abends. Und manchmal setzten sich Momma und Daddy vor dem Abendessen draußen auf die Veranda und manchmal auch danach, wenn der Himmel klar war, und dann schauten sie sich die Sterne an." Wir waren so weit außerhalb der Stadt, dass wir an klaren Nächten Tausende von Sternen sehen konnten.

„Sie hat für den neuen Roman recherchiert und manchmal habe ich etwas für sie nachgeschlagen, aber nur selten. So viel Zeit hatte ich eh nicht, weil ich mich über zwölf verschiedene Colleges informieren musste, und außerdem war da noch Fußball und der Debattierklub. Und letzten Monat war die Jugendgruppe einmal bei uns, ihr wisst ja, wie sehr sie das genießt. Ich bin sogar auch dageblieben. Alles schien ganz normal." Wieder so ein Wort, das überhaupt nicht zu Momma passte.

„Und Daddy? Wie ging es ihm?"

„Besorgt halt", platzte ich heraus, ohne nachzudenken. „Nein, nicht besorgt. Beschäftigt." Da, ich hatte es zugegeben.

„Und womit?", fragte Drake.

„Keine Ahnung. Nichts Großes, glaube ich, aber er hat im September zwei meiner Spiele vergessen, und normalerweise verpasst er nie ein Spiel."

„Einfach vergessen?", hakte Hannah nach.

„Dein Dad hat ein *Fußballspiel* vergessen?" Auch Drake konnte es nicht glauben.

„Hat er jedenfalls gesagt und Momma sah so aus, als würde sie gleich losheulen."

„Ist Momma denn zu deinen Spielen gekommen?"

„Natürlich, sie und Milton. Aber dass Daddy nicht da war, fand ich schon etwas seltsam. Ich meine, er hätte sich doch eine viel bessere Ausrede einfallen lassen können, als es nur zu vergessen. Daddy vergisst sonst nie etwas."

Drake legte ein Scheit Holz ins Feuer und Hannah brachte die leeren Teller in die Küche, die Milton sauber geleckt hatte. Als sie zurückkam, konnte man sehen, dass sie mit den Tränen kämpfte.

„Tut mir leid, Hannie."

„Nein, wir haben ja gefragt. Wir wollten es wissen." Sie setzte sich wieder neben mich und Drake auf die Couch.

„Na ja", räusperte ich mich. Wieso fiel es mir so schwer, vor meinen liebsten Menschen auf der Welt den nächsten Satz zu sagen? „Na ja, mich hat sein Verhalten an den *besagten Sommer* erinnert."

Hannah und Drake sahen sich an. Ich hätte es nicht sagen sollen. Noch nicht. Dann legten sie beide einen Arm um mich, sodass wir ganz eng beieinandersaßen, wie damals so oft, und da nahm ich all meinen Mut zusammen und fragte: „Hannah, an was aus diesem Jahr erinnerst du dich eigentlich am meisten?"

„Daran, dass du einen Monat lang jeden Abend geheult hast, als Drakes Eltern sich getrennt hatten, und daran, dass Daddy uns auf die Veranda holte, um uns zu sagen, dass Oma stirbt. Und wie fertig Mama auf der Beerdigung aussah. Und dann ist Opa ein paar Monate später gestorben. Tante Kit war betrunken auf der Beerdigung, und das brachte dann das Fass bei Momma zum Überlaufen. Und dann musste Daddy sie nach La Grande-Motte schicken, mehrere Wochen lang, damit sie sich wieder erholt."

Ich nickte. Manchmal fuhr Momma auch allein in die Ferienwohnung nach Frankreich. Um zu schreiben. Aber nach dem Tod ihrer Eltern war sie nur dort, um wieder zu Kräften zu kommen.

Ich nahm Hannahs Hand und hielt sie fest. „Und Daddy? Woran erinnerst du dich bei ihm?"

Hannah zog ihre Hand weg, stand auf und lief vor dem Kamin auf und ab. „Ich kann mich an gar nichts erinnern. Ich darf nicht."

Josephine
1980

Der Mount St. Helens war vor einer Woche ausgebrochen, und wenn ihre Klassenkameraden nicht darüber sprachen oder sich wegen der Abschlussprüfungen verrückt machten, schwärmten sie vom neuen Star-Wars-Film. Aber Josephine war nicht nach Small Talk zumute. Sie war noch nie gut darin gewesen, aber jetzt hatte sie sowieso nur noch eins im Kopf: ihn.

Das Erste, was ihr auffiel, waren seine Augen. Seine freundlichen Augen. Sie konnte die Augen eines Menschen schnell einschätzen, quasi sofort. Und sie fragte sich jedes Mal: Strahlen sie Hoffnung aus? Sind sie freundlich? Sie sehnte sich so sehr danach, dass die Augen der Menschen, die ihr am wichtigsten waren, diese Ausstrahlung hatten. In Vaters Augen las sie nur distanziertes Missfallen und dahinter die Angst, dass eines Tages seine Fassade bröckeln würde. Mutters Augen strahlten Enttäuschung aus und leidenschaftlichen Stolz. Und Kits – ach, Kit. Noch nicht einmal die Entwöhnung hatte an ihren Augen etwas verändert.

Aber Patricks braune Augen waren freundlich. Sie erinnerten sie an Terence, ihren alten Freund. Wenn sie an ihn dachte, wurde sie ganz traurig. Denn er war vor einem Jahr gestorben und er fehlte ihr wie am ersten Tag.

Es war ein langer, anstrengender Samstag mit einer wilden Kindermeute gewesen, als sie Patrick am Abend kennenlernte. Einmal in der Woche gab sie als Mitglied der überkonfessionellen Studentengruppe ein paar Schülerinnen aus der Highschool Nachhilfe. Und einmal pro Monat kamen die Nachhilfelehrer mehrerer Unis zusammen, um Sport zu machen und gut hundert Kinder zu versorgen.

Sie hatte ihre Hände tief in rotem schaumigen Abwaschwasser und schrubbte eine große Auflaufform, an der hartnäckig Lasagne-Reste klebten. Dutzende anderer Töpfe und Pfannen stapelten sich um sie herum.

„Brauchst du Hilfe?", hatte er sie gefragt.

„Nein, geht schon", hatte sie geantwortet, ohne aufzusehen.

„Doch, brauchst du", meinte er mit einem gewissen Humor in der Stimme und da hatte sie sich umgedreht. Erwartet hatte sie eine Sportskanone, die mit ihr flirten wollte, mal wieder. Aber stattdessen hatte sie in diese Augen geschaut. Und dann sein Gesicht näher betrachtet – was ebenfalls nicht unansehnlich war.

„Du ackerst hier schon den ganzen Tag."

Sie zuckte die Achseln. „Ist mein Lieblingstag im Monat."

„Echt?"

„Ich bin so froh, mal vom Campus runterzukommen und mal die Bücher Bücher sein zu lassen."

„Deswegen kommst du her, damit du nicht am Schreibtisch sitzen musst?"

Sie lachte. „Nein, natürlich wegen der Kids. Sie sind noch so echt. Manchmal kommt mir das Leben an der Uni so klein vor." Sie wurde rot. Wieso vertraute sie diesem unbekannten Studenten ihre Gedanken an? „Gehst du aufs Belleview College? Ich bin dir da noch nie begegnet."

„Ich bin in der Fußballmannschaft, aber in der gegnerischen."

„Ah. Und wieso kommst du dann her?"

„Jedenfalls nicht, um mich vom Lernen abzulenken." Er lachte, ein gutmütiges Lachen. Er scheint mit sich selbst im Reinen zu sein, dachte Josephine. Und sie hörte einen leichten Akzent, vermutlich Französisch. „Ich bringe den Kids Fußball bei, schaue zu, wie sie Spaß haben, rede mit ihnen übers Leben."

Josephine hatte sich Hals über Kopf in ihn verliebt und war zu fast jedem seiner Spiele gekommen. Völlig ungeniert hatte sie das gegnerische Team angefeuert, wenn seine Mannschaft gegen ihr College spielte. Er war groß und stark, breitschultrig, sportlich. Aber er bildete sich nichts darauf ein und gab auch bei anderen nicht viel auf das Äußere. Er war zufrieden mit sich selbst. Patrick Bourdillon – trotz seines französischen und fast adlig klingenden Namens blieb er sich selbst treu. Er war bodenständig und er mochte das Leben. Für ihn war das Leben ein Spiel und er spielte es gern; ein Abenteuer, bei dem es immer die Chance auf ein Comeback gab, auf eine Rettung in letzter Sekunde.

Seinen Glauben lebte er ganz genauso aus – überschwänglich, natürlich, ansteckend. Josephine begriff nie so richtig, was Patrick an ihr faszinierte, dem grüblerischen, melancholischen, perfektionistischen Mädchen, aber sie war dankbar dafür. Unendlich dankbar.

1980

Alle Sterne über ihrem Elternhaus hatten sich herausgeputzt. Patrick war ihr Date für die Sommerparty. Josephine wünschte, sie hätte ihn Terence vorstellen können.

„Du siehst sehr schick aus in deinem Anzug“, sagte sie. „Fast so gut wie im Fußballtrikot.“

„Ich wollte doch deine Eltern nicht enttäuschen, wenn ich ihnen zum ersten Mal begegne.“ Als er sie an der Hand nahm, fühlte sie sich leicht und sorgenfrei. „Erzähl mir was, Feeny.“ Es gefiel ihr, dass sie bei ihm einen Spitznamen hatte, den sonst niemand verwendete. Und es gefiel ihr, dass er sich für ihre Geschichten interessierte.

„Wie wäre es mit einem Gedicht?“

„Auch nicht schlecht.“

Sie sah zum sternenübersäten Himmel hinauf, schloss die Augen und lauschte auf die Stimmen um sie herum.

„Die Sterne sprachen über diese Welt
und wer den größten Reichtum bei sich hält.
Genug, den Sternenhimmel zu ernähren?
Genug, Planeten hin- und herzufähren?
Da sagte Gott: ‚Der Reichtum, den die Menschheit liebt,
liegt nicht in Wolke, Himmel, Paradies.
Auf Münzen, Scheine sind sie so versessen
bis sie das Wichtigste vergessen:
So schön die Nacht, der Mond, der Abendhauch,
die bunten Scheine sind nur Schall und Rauch.‘“

Patrick applaudierte und zog eine Augenbraue hoch. „Hast du dir das gerade eben erst ausgedacht?“

„Ja. Ist so eine blöde Angewohnheit von mir. Ich dichte oft einfach drauflos. Aber die Gedichte haben keine Bedeutung.“

„Also, das eben hat sehr wohl Bedeutung. Und der fünfhebige Jambus erst.“

„Ts, ts. Meine Sportskanone kennt einen fünfhebigen Jambus!" Josephine lachte. Ach, er brachte sie immer zum Lachen. „Du brauchst nicht beeindruckt zu sein. Das ist das Einzige, was ich kann – Gedichte und Geschichten ausdenken. Ich kann nicht kochen, tanzen oder ..."

Aber er hatte ihr schon die Hand um die Taille gelegt und gesagt: „Dann bringe ich dir das Tanzen bei. Und was das Kochen betrifft: Meine französische Großmutter hat mir da ein paar Dinge gezeigt ..."

Und wieder musste sie lachen.

Das erste Mal, als Josephine Patrick ihren Eltern vorstellte, zogen sie nur etwas irritiert die Augenbrauen hoch. Er war in Frankreich aufgewachsen, seine Familie gehörte zur Bourgeoisie. Er hatte sogar einen süßen Akzent. Aber Fußball? Fußballer war doch kein Beruf. Es war ein Spiel. Nur ein Spiel.

Kit, die gerade auf einem ihrer seltenen Besuche zu Hause war, zog ebenfalls die Augenbrauen hoch, aber bei ihr wurde Josephine kurz flau im Magen. Sie wusste, was diese Geste bedeutete. „Fußballerbeine finde ich ja echt sexy", schnurrte Kit.

Patrick schmunzelte. „Wenn du das sagst." Er zwinkerte Josephine zu.

„Also schön, jetzt kannst du sagen, was alle sagen", stichelte Josephine, als sie wieder draußen waren.

„Und das wäre? Dass du eine interessante Familie hast?"

„Nein, dass ich die schönste Schwester auf der ganzen Welt habe."

Er sah tatsächlich etwas verärgert aus. „Ich habe gar nicht so auf sie geachtet." Dann zog er Josephine an sich. „Aber eins weiß ich. Sie hat eine wunderschöne Schwester. Und auf die habe ich es abgesehen."

Josephine versagte kurz die Stimme. „Danke, das ist lieb von dir."

„Ich sage das, weil ich es auch so meine. Halbseidene Komplimente gebe ich nicht, Feeny. Was ich sage, das meine ich auch so."

Er hatte sie zurück zum Campus gefahren, auf einem Dozentenparkplatz geparkt und gelacht, als Josephine ihn deswegen schalt.

„Es ist zwei Uhr morgens. Da werde ich wohl eine halbe Stunde hier stehen dürfen."

Sie spazierten über den nächtlichen Campus und er brachte sie zum

Eingang ihres Wohnheims. „Das war bestimmt nicht einfach, im Schatten deiner Schwester aufzuwachsen. Aber das ist jetzt vorbei. Du musst es nur zulassen."

Als er sie küsste, war ihr Kopf plötzlich leer und sie verschmolz mit ihm, mitten vor dem Eingang des Wohnheims, wo es alle sehen konnten.

1981

Bei ihm war immer alles möglich; sogar das, womit sie heillos überfordert war, schien bei ihm wie ein Spiel. Aber sie musste es ihm sagen. „Manchmal geht es mir sehr schlecht. Ich betrete dunkle Bereiche in meinem Verstand, und das macht mir Angst. Manchmal frage ich mich, ob all das, was ich sage, eigentlich gar nicht stimmt. Und ich habe Angst, dir die Wahrheit zu sagen, weil du dann kalte Füße kriegst und verschwindest ..."

„Psst. Ich gehe nirgendwohin." Seine großen Hände nahmen ihre. „Ich bleibe hier, egal, wie dunkel es wird."

„Glaubst du wirklich, dass es stimmt, was in den Psalmen steht? ‚Bäte ich die Finsternis, mich zu verbergen, und das Licht um mich her, Nacht zu werden – könnte ich mich dennoch nicht vor dir verstecken; denn die Nacht leuchtet so hell wie der Tag und die Finsternis wie das Licht.' Meinst du, dass das stimmt?"

„Feeny, wieso fragst du mich so was?"

„Ich glaube ja, dass Jesus immer bei mir ist. Aber wenn es stimmt und ich trotzdem so viel Finsternis und Scham in mir trage, dann habe ich mir das alles vielleicht nur ausgedacht? Vielleicht ist diese Vorstellung von Erlösung, von Vergebung, doch zu groß." Sie erwartete, dass er einen Rückzieher machte, so wie ihre Mutter, als sie versucht hatte, ihr die Dunkelheit zu erklären.

„Oh, Schätzchen", hatte Mutter nur gesagt, „du bist doch unser kleiner Sonnenschein. Mach dir mal nicht so viele Sorgen."

Der einzige Mensch, der sie verstand, war Kit. Aber Kit war in einen Abgrund gestürzt, der noch finsterer war, als sie es sich vorstellen konnte, und ihre Verbindung war abgerissen.

„Ich glaube an Gott, es geht mir gut, ich habe eine Aufgabe, ich habe

andere Menschen um mich herum, und das Allerbeste bist du. Wieso ist dann immer noch solche Dunkelheit in mir?"

„Du bist Künstlerin. Dein Kopf nimmt die Dinge gründlich auseinander. Und ich habe noch nie jemanden getroffen, der so sensibel ist wie du. Du fühlst einfach alles und das wird dir zur Last."

Ja, diese Last trug sie, seit Jahren, und sie machte sie ganz krumm und klein.

Er hob ihr Kinn. „Hey, Feeny. Sieh mich an. Ich helfe dir, sie zu tragen. Zusammen kriegen wir das hin, ja?"

1984

Typisch Kit. An ihrer Hochzeit musste sie ihr die Show stehlen. Ihre Brautjungfern nestelten gerade an ihrer Frisur herum und ihre Mutter knöpfte den letzten seidenummantelten Knopf ihres Brautkleids zu, als Kit in die Kirche gestolpert kam. Sie nuschelte eine schwache Entschuldigung für ihr Zuspätkommen.

„Hilf mir vielleich ma jeman in mein Ka...leid?", rief sie, ergänzt mit einigen gesalzenen Kraftausdrücken. Josephine, peinlich berührt, sagte schnell zu ihrer Mutter: „Geh und hilf ihr. Ich komme schon zurecht."

Als ihre Mutter Kit schnell in die Damentoilette brachte, wurde Josephine bewusst, dass sie dadurch die letzten Augenblicke zwischen Mutter und Tochter vor der Hochzeit verpassen würde.

Glücklicherweise fiel Kit während der Zeremonie nicht weiter auf. Josephine hakte sich bei ihrem Vater ein und gab ihm ein Küsschen auf die Wange. „Mein kleines Mädchen. Mein Engelchen." Wenigstens ihr Vater war nüchtern.

Nach der Trauung lächelte Josephine und nickte tapfer, behielt dabei aber die ganze Zeit Kit im Auge. Kit bestand auf einem Tanz mit dem Bräutigam, redete viel zu laut und lallte. Sie schluchzte laut, als Josephine den Brautstrauß warf, und trug ihr Brautjungfernkleid so, dass ihr Ausschnitt viel zu tief war.

Josephine tat so, als würde sie es nicht merken, als würden ihre Freundinnen, die um sie herum waren, sie umarmten und mit ihr herumalberten, sie vor Kits Mätzchen beschützen. Aber in Wirklichkeit zählte sie die Minuten, bis Patrick sie endlich an einen Ort entführen würde, wo Kit nicht hinterherkommen konnte.

Die Flitterwochen verbrachten sie in Frankreich in der schicken Ferienwohnung in La Grande-Motte. Allein! Dort in La Grande-Motte lag sie neben ihrem Liebhaber und Ehemann, vor den Fenstern versank die feurige Sonne im Mittelmeer und die Dämonen in ihrem Kopf waren weit weg. Sie hatte endlich Frieden.

In der zweiten Woche der Flitterwochen fuhren sie die drei Stunden nach Lyon, um Patricks Eltern zu besuchen, die sie daraufhin durch halb Frankreich kutschierten, um Josephine all den Verwandten vorzustellen, die nicht zur Hochzeit kommen konnten. Anschließend besuchten sie Patricks Großmutter in Montpellier. Die ganze Zeit über radebrechte Josephine in ihrem wenigen Französisch. Es war ein Märchen und sie war mittendrin. Keine Eltern, die sich anschrien, keine betrunkene Kit, keine bösen Stimmen in ihrem Kopf. Nur Patrick und Frankreich.

Paige

Am Ende beteten wir noch für Momma. Na ja, Drake und Hannah beteten und ich hörte zu. Dann zog Drake das Sofa aus, wo er nach der Scheidung seiner Eltern monatelang geschlafen hatte, und Hannah ging in ihr altes Zimmer im ersten Stock. Ich wollte auch schlafen gehen und stieg bis zum Dachboden hoch, aber anstatt in meinem Zimmer zu verschwinden, ging ich in Mommas Arbeitszimmer. Ich knipste das Licht an und betrachtete die alten Bücher, die im Regal standen.

Jedes Buch hier hatte seine eigene Geschichte. Ich griff nach dem spröden Einband von *Vom Winde verweht.* Erstausgabe von 1937. Signiert von Margaret Mitchell selbst. Daneben standen frühe Ausgaben von *Der Zauberer von Oz* und *Alice im Wunderland.* Ich konnte meine eigene Vergangenheit an diesen Büchern riechen, erinnerte mich daran, wie ich heimlich hier in Mommas Arbeitszimmer geschlichen war und einen Hocker herangezogen hatte, damit ich an dieses Regal kam. Dann suchte ich mir ein Buch aus – vielleicht *Blitz, der schwarze Hengst* oder *Misty die berühmte Ponystute* oder *Sara, die kleine Prinzessin* – und kuschelte mich in mein Bett unter die hundert Jahre alte Quiltdecke, gegenüber von Mommas Chalet in meinem Zimmer, wo die Decke auf beiden Seiten des Bettes spitz zulief, genauso wie in diesem Zimmer. Während des *besagten Sommers* hatte ich Dickens' *Eine Geschichte aus zwei Städten* drei Mal gelesen, *Rebecca* zwei Mal. Für mich waren diese Geschichten voller Kummer die einzige Zuflucht vor meiner eigenen Kummergeschichte mit den Stimmen im Kopf, dieser hartnäckigen Traurigkeit, den Geräuschen in unserem leeren Haus.

Momma! Was ist nur los mit dir, Momma!

Ich überlebte diese schreckliche Zeit, jenen *besagten Sommer*, wie wir ihn immer nannten, Hannah und ich. Allem in unserem Leben gaben wir eine Bezeichnung, einen Titel, als würde Momma unsere Geschichten schreiben – was auf eine Art ja auch stimmte. Die meisten Titel hatten etwas Verspieltes: *Das Jahr der verrückten Liebeleien, Der Fiebermonat und die Krimiserien, Die Tequila-Abende, Der Traummonat in La Grande-Motte, Die Tage des Drake* und so weiter und so fort.

Aber an diesem *besagten Sommer* fanden wir nicht die kleinste Spur von Humor, und so blieb dieser Titel so hässlich, wie er war: *Das Jahr, in dem Oma und Opa starben, Das Jahr, in dem unser finanzielles Kartenhaus zusammenfiel, Das Jahr, als Drakes Eltern sich scheiden ließen, Das Jahr, in dem Daddy ...*

Ich konnte nicht. Ich konnte nicht daran denken. Es tat viel zu weh.

Ich fuhr noch einmal zärtlich mit den Fingern über die Buchrücken im Regal und stellte den Hocker an seinen Platz an der Wand zurück, so als hätte ich Angst, Detective Blaylock würde bemerken, dass ich ihn bewegt hatte und mich zum Verhör bitten.

Mommas Laptop war inzwischen wieder hier. Ich setzte mich an ihren Schreibtisch und klappte ihn auf. Sofort leuchtete das Hintergrundbild mit Hannah und der Sonnenblume auf. Ich öffnete Mommas Mailprogramm und las mir die neuesten Mails durch. *Gute Besserung, Mrs Bourdillon. Sie sind meine Lieblingsautorin. Ihre*

Bücher haben mein Leben verändert. Dank Ihnen bin ich aus meinem Loch herausgekommen. Es tut mir leid, dass ich nicht schon früher geschrieben habe. Ich hoffe, dass Sie diese Mail lesen oder vorgelesen bekommen. Ich bete für Sie.

Eine Mail nach der anderen klang so, vom dreizehnjährigen Mädchen, das von einer Karriere als Schriftstellerin träumte, bis zur dreiundachtzigjährigen Uroma, die Mommas Bücher an ihre Töchter und Enkelinnen weitergab. *Danke für Ihre Bücher. Sie sind mir sehr wichtig geworden.*

Momma sagte immer, dass sie in ihren Büchern für die schmerzhaften Dinge des Lebens einen Ausweg zeigen wollte. Dazu zitierte sie gern C. S. Lewis: „Mein Argument ist nicht, Schmerz sei nicht schmerzhaft. Schmerz tut weh. Nichts anderes meint das Wort. Was ich versuche, ist einzig Folgendes: Ich möchte zeigen, dass die alte christliche Lehre vom *Vollkommenwerden durch Leiden* (Hebr. 2,10) nicht ganz unglaubwürdig ist. Ich denke nicht daran, zu behaupten, es sei eine angenehme Lehre.“[1]

Ich wollte nicht über C. S. Lewis und über den Schmerz nachdenken und las noch einmal die letzte Mail. Dann nahm ich mir vor, Momma diese Mails und auch die Briefe einfach vorzulesen. Vielleicht drangen ja die Worte bis in ihr armes, müdes Gehirn vor und sie würde mir glauben, dass all diese Leute ihr geschrieben hatten, und der Sturm in ihrem Kopf würde ein kleines bisschen ruhiger werden.

Henry

Konnte ja kaum glauben, dass ich wieder hier war, aber jetzt war alles anders. Dr. Martin hatte uns um zehn Uhr abends am Mission Hospital empfangen und Jase war schon auf seinem Zimmer und stabil – oder zumindest schlief er.

---

1 Clive S. Lewis, *Über den Schmerz.* München: Kösel, 1978 (Reihe Doppelpunkt), S. 122. Ins Deutsche übertragen von Hildegard und Josef Pieper.

„Morgen früh werden wir den Eingriff vornehmen. Ich verschiebe meinen anderen Patienten. Wir können nicht mehr warten."

„Aber Sie haben gesagt, dass er stark genug sein muss für eine OP. Ist er denn jetzt stark genug?" Libbys Stimme zitterte.

Dieser große, wichtige Doc, der meine kleine Libby bei Weitem überragte, legte seine Wunderhand auf ihre schmale Schulter und sagte: „Es tut mir leid, Mrs Hughes, aber wir haben keine Wahl."

Libby schlang die Arme um meine Taille, vergrub ihr Gesicht an meiner Brust und weinte.

Die Stimme des Docs klang nicht gerade beruhigend, aber was er sagte, war okay: „Glauben Sie mir, Mr und Mrs Hughes, die Wahrscheinlichkeit ist recht hoch, dass wir sein Herz so wiederherstellen, dass er keine weiteren Eingriffe mehr benötigt."

Als Dr. Martin weg war, waren es nicht die Worte *Herz wiederherstellen*, die in meinem Kopf widerhallten. Was ich mir wieder und wieder und wieder sagte, war, dass das vielleicht die letzte OP war. Weil er dann tot war.

Libs und ich beschlossen, dass sie zurück nach Hause fahren und am Mittwochmorgen zur Arbeit gehen würde, während ich für die OP hierblieb. Sie durfte ihren Job nicht aufs Spiel setzen, weil dann auch unsere Krankenversicherung futsch gewesen wäre. Na ja, viel übernahmen sie sowieso nicht, aber wenigstens etwas. Ich wusste, Big Dan würde sich nicht über meinen Anruf freuen, aber zumindest hatten wir das Projekt fertig, das ihm den ganzen Monat über Stress gemacht hatte. Und Libbys Boss, er ging davon aus, dass sie sich an ihre Zeiten hielt. Klar, er mochte sie und meinte, sie sei die am besten organisierte Assistentin aller Zeiten, aber nach ein bisschen Verständnis suchte man bei ihm vergebens.

„Er hat mehrere wichtige Termine morgen, und wenn ich nicht da bin, kriegt er einen Anfall." Zu blöd, dass Libby einen aufbrausenden Chef hatte. War doch eigentlich genug, dass ihr Ehemann schon so war. Sie ging zu einer Krankenschwester, die ihr erklärte, wo wir während Jases Krankenhausaufenthalt schlafen konnten. In Jases Zimmer durften wir nicht bleiben, meinte schon der Doc. Als sie zurückkam, sah Libby schon gefasster aus. „Die Schwester hat im Rathbun House angerufen. Da übernachten Familien, wenn sie von außerhalb kommen. Kostet keinen Cent. Kostenlos, Liebling, und sie haben noch ein Zimmer frei. Ich habe mir die Adresse geben lassen und ich setze dich dort ab. Morgen früh wirst du dort abgeholt, damit du Jase noch vor der OP sehen kannst."

Die Hoffnung in ihrer Stimme wärmte mich von innen und bremste das Gefühlschaos in meinem Kopf etwas.

Gegen Mitternacht gingen Libs und ich zu Jase ins Zimmer. Überall blinkten die Maschinen und halfen ihm zu atmen. Libs strich ihm die Haare aus dem Gesicht und küsste ihn auf die Stirn. „Hab dich lieb, mein Junge", flüsterte sie. „So lieb, dass es wehtut. Aber es ist ein guter Schmerz, weißt du. Ein schokoladenpuddingguter Schmerz." Er wachte aber nicht auf und ich sagte auch nichts zu ihm, weil meine Stimme ihn oft nicht so richtig beruhigte.

Libby folgte der Wegbeschreibung zum Gästehaus. Ganz schön groß, von dem, was ich im Dunkeln sehen konnte. Kaum fuhren wir in das Rondell der Auffahrt, kam ein älteres Paar raus, um uns zu begrüßen, so richtig freundlich, obwohl es längst nach Mitternacht war.

Ich ließ meine Tasche in der Lobby stehen und brachte Libby raus zum Wagen. Der Vollmond schien ziemlich hell. Ich umarmte sie und sagte: „Das wird schon, glaub mir. Das wird. Und jetzt fahr schön vorsichtig und versuch zu schlafen. Und ich rufe dich auf der Arbeit an, sobald die OP vorbei ist."

„Wenn ich meinen Chef sehe und ihm alles erkläre, lässt er mich bestimmt wiederkommen. Ich muss ihn einfach sehen. Er hat bestimmt Verständnis."

Ich sah ihr nach, meiner kleinen Schönheit. Garantiert würde sie im Radio einen dieser religiösen Sender mit fröhlicher Musik aufdrehen oder sich die ganze Fahrt eine Predigt anhören. Fahren und heulen und beten, meine kleine Libs.

Das alte Paar zeigte mir mein Zimmer und ich bedankte mich ordentlich. Hatte ein paar Stunden gar nicht mehr an Miz Bourdillon gedacht, aber jetzt, in diesem großen Zimmer, mit nichts als ihrem Buch zum Zeitvertreib, fing ich wieder an zu lesen. Und ich musste daran denken, wie nett die Schwestern im Krankenhaus waren und das Paar hier im Gästehaus und wie anders das wäre, wenn sie wüssten, wer ich war.

Aber sie wussten es nicht. Gott sei Dank wussten sie es nicht.

Pa schubste Ma ziemlich heftig herum. Sie kreischte niemals oder flehte: „Amos, hör auf!“ Ma hatte auch ihre böse Seite, und sie konnte ganz gut auf sich selbst aufpassen. Konnte mit einer Waffe umgehen und noch viel mehr. Aber dieses Mal hatte Pa die Knarre und er zielte genau auf Ma. Ich stürzte auf Pa zu, warf mich mit aller Kraft gegen ihn und wir stolperten zu Boden, und da fiel ein Schuss, und als ich von Pa herunterkletterte, lag Ma tot da. Die Kugel hatte sie mitten ins Herz getroffen.

Schreiend wachte ich auf. Wahrscheinlich machten sich jetzt alle anderen Gäste im Haus ins Hemd. Dauerte richtig lange, bis mein Herz wieder normal schlug und ich nicht mehr schwitzte und die Laken umkrallt hielt. Den Traum mit Pa hatte ich immer direkt nach einem Auftrag, aber von meiner Mutter hatte ich seit zwei Jahren nicht mehr geträumt, jedenfalls nicht mehr, seit ich zum letzten Mal von einem Tag auf den anderen die Pillen weggelassen hatte. Auch wenn ich wusste, dass es ein Unfall war und ich sie eigentlich retten wollte, fühlte ich mich verflixt noch mal schuldig dafür, wie meine Mutter gestorben war.

An Schlaf war jetzt nicht mehr zu denken.

Kapitel 8

Paige – Mittwochvormittag

Wir trafen Tante Kit vor Mommas Krankenzimmer. Sie sah ziemlich übernächtigt aus, aber ihre Augen leuchteten. „Sie hat meine Hand gedrückt! Zwei Mal! Als Reaktion auf eine Frage. Ich glaube, sie kann uns hören."

Ich spürte gleich zwei Dinge auf einmal: Mein Herz machte einen Freudensprung und vor Neid versetzte es mir einen Stich. Momma hatte Tante Kits Hand gedrückt? Ausgerechnet Tante Kits? Wir hatten achtundvierzig Stunden lang kein Lebenszeichen von ihr gesehen und dann hatte sie Tante Kit ausgesucht und auf sie reagiert? Ich schalt mich selbst. Momma hatte gezeigt, dass sie uns hören konnte. Es war doch egal, wer dafür die richtige Frage gestellt hatte.

„Das ist ja super!", sagte Hannah.

„Toll", kam von Drake.

Tante Kit strahlte vor Freude. Dann runzelte sie die Stirn. „Ich muss zurück nach Atlanta. Aber am Wochenende bin ich wieder da."

Darüber war ich ehrlich gesagt erleichtert. Daddy und Tante Kit hatten sich nie besonders gut verstanden und er würde sich besser erholen, wenn sie nicht in der Nähe war. „Hört sich gut an. Danke, dass du hier warst." Ich umarmte Tante Kit unbeholfen.

Hannah hakte sich bei Tante Kit ein. „Momma hat sich bestimmt riesig gefreut. Wir halten dich auf dem Laufenden." Dann zwinkerte Hannah mir zu und ich sah Tante Kit nach, wie sie begleitet von Hannah und Drake den Flur entlangstöckelte.

Daddy saß an Mommas Bett. „Sie hat Kits Hand gedrückt", sagte er, als er mich bemerkte. Ich versuchte, seine Miene zu lesen – extreme Dankbarkeit und trotzdem Sehnsucht danach, dass Momma auf ihn reagierte, auf seine Stimme. Bisher hatten ihre Augen zwei Mal gezuckt – einmal, als ihr eine Schwester Medikamente verabreichte, und einmal bei mir – und Hannah hatte ihre Finger zucken gespürt. Und nun hatte sie Tante Kits Hand gedrückt. Nur auf Daddy hatte sie noch gar nicht reagiert.

Ich lehnte mich vor, schlang die Arme um Dad und legte den Kopf an seinen Rücken. „Sie wacht bestimmt bald auf. Ganz bald. Aber jetzt musst du erst mal ein bisschen schlafen, hörst du? Du wirst sonst krank. Hast du überhaupt was gegessen seit gestern?" Er konnte mich nicht sehen, nicht meine Angst, nicht meinen aufkeimenden Verdacht. „Und du redest gar nicht mit uns", fügte ich behutsam hinzu. „Ich weiß, dass du dich mit Detective Blaylock mehrmals am Tag unterhältst, aber uns verrätst du nicht, worüber. Was ist denn los? Du verhältst dich so seltsam. Ich meine, es ist alles furchtbar genug, aber bitte lass uns nicht allein. Rede mit mir!"

Er ließ Mommas Hand los und drehte sich um. „Du hast recht, Paige. Es tut mir leid."

Ich dachte, er würde es dabei bewenden lassen, aber sein Griff um meine Hände wurde fester und er stand auf. Dann zog er mich praktisch aus Mommas Zimmer. „Ich mache mir solche Vorwürfe, weil ich immer denke, es ist alles meine Schuld."

„Was ist deine Schuld?"

„Dass sie niedergeschossen wurde."

Ich erstarrte.

„Wenn ich sie wie geplant an den Strand geschickt hätte, dann wäre das alles nicht passiert. Ich wollte, dass sie einen Monat nach La Grande-Motte fährt, Ende September, wie nach jeder Neuveröffentlichung. Aber sie hat darauf bestanden, noch ein bisschen zu warten. Sie wollte nicht, dass Hannah das Gefühl hat, sie würde sie ausspionieren."

„Sie wäre doch in einer ganz anderen Stadt gewesen."

„Ja, aber du kennst doch deine Mutter. Also haben wir die Flugtickets für Anfang November gekauft, wenn die Blätter langsam fallen." Er schüttelte den Kopf. „Ich hätte auf meinem Plan bestehen sollen", flüsterte er.

Ich spürte Erleichterung. Daddy hatte also nicht über den *besagten Sommer* und irgendwelche Geheimnisse gegrübelt. Er hatte sich Vorwürfe gemacht. Auf einmal hatte ich das dringende Bedürfnis, meinen Vater zu beschützen. Es kam so urplötzlich wie der Stromschlag, als ich eine Woche zuvor aus Versehen mit dem Messer den inneren Rand vom Toaster berührt hatte, weil ich den Toast herausfischen wollte. Ein Schlag – stark, warm, elektrisierend. Fast übermotiviert sagte ich: „Aber Daddy, überleg doch mal. Wenn jemand Momma umbringen wollte, dann hätte derjenige es auch woanders gemacht, meinst du nicht?"

Er legte den Kopf schief. „Vielleicht. Mag sein."

„Also, eins weiß ich: Es ist ganz bestimmt nicht deine Schuld." Ich warf ihm die Arme um den Hals und war froh, als er meine Umarmung erwiderte.

„Danke, Paige. Wir schaffen das schon irgendwie."

„Geh nach Hause und ruh dich aus. Tante Kit reist ab, also solltest du tatsächlich etwas Schlaf bekommen." Er nickte schmunzelnd. „Drake und Hannah bleiben mit mir hier. Fahr nach Hause. Der Kühlschrank platzt bald aus allen Nähten, so voll ist er."

„Okay."

„Und Milton ist bei Mrs Swanson. Ich glaube, sie genießt es, auf das Haus aufzupassen, die ganzen Aufläufe entgegenzunehmen und sich um Milton zu kümmern. Aber wenn du ganz lieb fragst, dann darfst du ihn bestimmt mitnehmen."

Als Daddy tatsächlich grinsen musste, fühlte sich das wie ein Fortschritt an.

Für Daddy war das Leben ein Spiel. Hannah und mir gefiel diese Perspektive, vor allem, weil Momma so oft ins Grübeln verfiel, launisch und sensibel war. Bei Daddy durften wir richtige Wildfänge sein und wir liebten es. Er spielte Fußball mit uns, seit wir laufen konnten. Seit Frauenfußball auch in den USA auf dem Vormarsch war, hoffte ich, mit einem Fußballstipendium fürs College in Daddys Fußstapfen treten zu können. Und dann wollte ich wie Hannah ein Jahr in Frankreich verbringen.

Aber Daddy hatte schon lange vor der Sache mit Momma seine verspielte, verschmitzte Seite nicht mehr gezeigt und mittlerweile hatte ich richtig Sehnsucht danach.

Und Tante Kits Anwesenheit machte es nur noch schlimmer.

Daddy wurde nie laut, aber vor einem oder zwei Monaten, als Tante Kit zu Besuch war, hatte sie Streit mit Momma. Ich war in meinem Zimmer und hatte die Sterne beobachtet, als ich Tante Kit aus dem Haus stürmen sah. Sie knallte die Haustür zu. Daddy kam nur Sekunden später heraus und packte sie am Arm – das hatte er noch nie bei irgendjemandem getan –, riss sie herum und rief so laut, dass ich es hören konnte: „Kit, lass Jo endlich in Ruhe! Leb deine Verrücktheit woanders aus! Du bringst sie noch ins Grab, verdammt noch mal!“ Daddy fluchte nie, aber nach diesem Ausbruch folgte eine Dusche an Schimpfwörtern, die mir die Röte ins Gesicht steigen ließ und Tante Kit wütend davonstapfen ließ.

Josephine
1985

Für Josephine war es ein Traum, verheiratet zu sein. Patrick spielte in einer Fußballmannschaft der Minor League und sie arbeitete bei der Lokalzeitung. Keiner von beiden verdiente viel Geld, aber sie hatten ihre Träume. Irgendwann würde Patrick von einer Profimannschaft verpflichtet werden und sie würde einen Roman schreiben. Aber erst einmal lebten sie in einer winzigen Wohnung, in der sie lachten und sich liebten, weit weg vom hektischen Sozialleben ihrer Mutter und von Vaters Seitensprüngen, Trinkerei und Wutausbrüchen. Und weit weg von Kit, die zwischen Europa und Amerika hin und her jettete und das tat, was sie am besten konnte: ihr Leben vergeuden.

In einer Sache waren Josephine und Kit sich aber einig. Fußballerbeine waren sexy. Die von ihrem Fußballer auf jeden Fall.

1986

„Sehr großzügig“, dachte Josephine und sah auf die Sanddünen und das glitzernde Meer hinaus. Sie war Patricks Eltern sehr dankbar, die ihnen die Flugtickets nach Frankreich spendiert hatten. Jeder Augenblick in La Grande-Motte kam ihr vor wie eine zweite Heimat. Während

Patrick mit dem christlichen Fußballteam herumreiste, blieb sie in der Ferienwohnung, wo sie die Sonnenuntergänge über dem Mittelmeer beobachten konnte.

Und sie schrieb.

Oft verbrachte sie die Nachmittage und Abende aber auch in Montpellier und lernte bei Patricks Großmutter kochen. Außerdem arbeitete sie an ihrem Französisch. Interessanterweise erinnerte Mamie Bourdillon sie an Terence. Äußerlich hatten sie nichts gemeinsam, weder Hautfarbe noch Sprache, Kultur oder sozialen Status. Aber Mamie legte eine ungekünstelte Freundlichkeit an den Tag, die sie bei Terence kennengelernt hatte.

Josephine verliebte sich in jenem Juni in das Land. Sie wollte nie wieder in die Vereinigten Staaten zurück. Sie liebte den einfachen Tagesrhythmus hier, den täglichen Einkauf auf dem Markt mit Mamie, deren erster Gedanke morgens war: Was koche ich heute zu Mittag? Mamie hätte sich einen Vollzeitkoch leisten können, aber sie stand lieber selbst am Herd. Josephine träumte von einem Leben, in dem sie nicht mit zwanzig Dämonen ringen musste, bevor sie aus dem Bett kam. Wo die einfache Freude und Notwendigkeit des Mittagessens der wichtigste Tagespunkt war.

1987

Patrick war mit der christlichen Fußballmannschaft in Afrika unterwegs, zwei lange Monate. Zum ersten Mal fühlte sie sich in ihrer winzigen Wohnung einsam. Wie sehr sie ihn vermisste! Sie kuschelte sich ins Bett und las Pat Conroys verstörend gute Neuerscheinung „Herr der Gezeiten“. Es war schon viel zu spät, aber sie hatte sich in der tragischen Geschichte festgelesen und um ein Uhr nachts gerade das Licht ausgemacht, als das Telefon klingelte. Sie sprang aus dem Bett und stürzte zum Apparat in der Hoffnung, Patricks verrauschte Stimme zu hören. Stattdessen drang die panische, schrille Stimme ihrer Mutter an ihr Ohr: „Kit liegt im Koma! Überdosis Drogen. Wir haben solche Angst, Jo.“

Ohne jede Möglichkeit, Patrick zu erreichen, schlüpfte Josephine in eine Jeans und fuhr direkt nach Atlanta. Drei schier endlose Tage saß sie am Bett ihrer Schwester im Piedmont Hospital, bis sie endlich wieder aufwachte.

„Ich verspreche dir, ich höre auf damit, JoJo. Ich versprech's", hatte Kit gemurmelt.

Als Josephine wieder auf der Arbeit erschien, sagte ihr Chef: „Tun Sie mir das nicht noch einmal an, Mrs Bourdillon. Ich weiß, Familie geht vor, aber die Leute wollen ihre Zeitung lesen. Und zwar pünktlich."

Josephine blätterte durch ihren Stapel farbiger Karteikarten. Manche waren so abgenutzt, dass sie ganz lappig geworden waren. Ihre Bibelverse. Seit Frank ihr empfohlen hatte, sich damit zu beruhigen, hatte sie einzelne Verse auf Karteikarten geschrieben und auf ihre Spaziergänge mitgenommen. An manchen Tagen sagte sie sie nur leise vor sich hin, aber in schweren Zeiten sprach sie sie laut als Gebet vor sich hin, als verzweifelten Ruf zu Gott. Heute wählte sie zwei abgenutzte gelbe Zettel aus. Die Verse darauf betete sie für sich und für Kit. Sie handelten vom Zorn und davon, jemandem wieder und wieder zu vergeben.

Nach drei Monaten stationärer Entwöhnung bat Kit ihre Schwester, bei Josephine und Patrick wohnen zu dürfen. „Nur für ein paar Wochen, JoJo. Versprochen. Ich kann nicht in unser Elternhaus zurück – zu viele Lügen."

Josephine hatte das Gefühl, als würde ein Teil von ihr sterben.

„Feeny, ich halte das nicht für eine gute Idee", hatte Patrick erwidert, als sie ihm abends von Kits Bitte erzählte.

„Aber sie ist meine Schwester. Ich muss ihr helfen."

Aus zwei Wochen wurden zwei Monate und es wurde eng in der kleinen Wohnung. Die Atmosphäre war angespannt. Ununterbrochen. Kits ständiges Drama fraß jegliche Intimsphäre auf.

Josephine spürte, wie die Dunkelheit in ihr immer näher kroch, sich immer weiter heranstahl, aber Kits Finsternis überschattete sie noch zusätzlich. Sie hatte das Gefühl, als würde Kit ihr das Leben rauben und nach jeder Aufmerksamkeit schnappen, die sie bekommen konnte. Und die Art, wie sie Patrick ansah, brachte ihren Magen zum Schäumen.

Eines Nachts kam Kit splitterfasernackt aus dem Bad und in ihr

Schlafzimmer gestolpert, völlig betrunken. Josephine schnappte sich ein Laken und warf es um sie. „Raus!", rief Patrick wütend. „Raus, sofort!"

„Du darfst mich nicht abweisen, Pat", lallte Kit. „Du willst es doch auch!"

Josephine zerrte sie in die Küche. „Du musst gehen, Kit", raunte sie. „Es tut mir leid, aber du musst gehen."

Kit lachte ihr erbärmliches Lachen. „Du hast nur Angst, dass ich dir Patrick wegnehme! Ich garantiere dir, wenn ich ihn wirklich wollte, könntest du nichts dagegen machen."

Josephines Knie wurden weich. Das Herz pochte ihr bis zum Hals. „Ich habe keine Angst, Kit", sagte sie leise. „Aber du kannst hier nicht bleiben. Ich glaube, du bist neidisch auf mein Leben. Aber du musst dein eigenes Leben finden. Nicht meins. Nicht Mutters und Vaters. Dein eigenes. Aber hier wirst du es nicht finden. Da bin ich mir sicher."

Sie hatte es ausgesprochen, aber dabei das Gefühl gehabt, als hätte es sie auch noch den letzten kleinen Rest Vernunft gekostet.

1988–89

Die erste Fehlgeburt hatte sie in der elften Woche. Josephine hatte noch nie so viel Blut gesehen. Patrick hob sie vom Küchenboden auf und trug sie zum Auto. Sein Gesicht war so weiß inmitten all des Bluts.

Beim zweiten Mal schaffte sie es bis zur vierzehnten Woche, bevor sie das Kind verlor. Dieses Mal war Patrick mit der Fußballmannschaft in Afrika. Ihr älterer Nachbar fuhr sie in die Notaufnahme, und Patrick erfuhr erst zwei lange Wochen später davon.

Josephine versuchte, sich vom Abgrund wegzuziehen, aber sie hatte das Gefühl, als würde ihre Seele verdorren und ihre körperliche und geistige Kraft vertrocknen. Die Bibelverse auf den Karteikarten kamen ihr wie eine Fremdsprache vor.

Als Patrick endlich wieder zu Hause war, fiel er unter Tränen vor ihr auf die Knie. „Es tut mir so leid, dass ich nicht da war. Ich gehe aus der Mannschaft raus, damit ich dich nie wieder allein lassen muss."

„Aber ich möchte nicht, dass du deine Träume aufgibst, Patrick."

„Du bist mir wichtiger als jeder Traum. Ich liebe dich, Feeny. Für dich würde ich alles tun. Alles."

Er sagte das nicht nur einfach so, das wusste sie. Er liebte sie und sorgte für sie. Aber manchmal hatte sie Angst, dass er sie zu sehr liebte. Was würde er für sie tun? Seinen Job aufgeben, seine Berufung, seinen Traum? Würde Gott das tatsächlich von ihm verlangen?

Paige

Als Hannah und ich wieder in Mommas Zimmer kamen, war Drake so dicht über sie gebeugt, dass ich kurz die Luft anhielt. Redete sie etwa mit ihm? Ich sah stumm zu. Nein, natürlich nicht. Aber er sprach mit ihr, leise und ruhig. „Momma Jo, ich muss jetzt los, aber wenn ich das nächste Mal komme, führen wir diese Unterhaltung fort. Mach dir keine Sorgen. Hab dich lieb." Er gab ihr einen Kuss auf die Wange, stand auf und nickte uns zu.

„Irgendein Zeichen?"

Er schüttelte den Kopf.

„Es sah fast so aus, als würdet ihr eine richtige Unterhaltung führen", meinte ich, als wir draußen waren.

„Nichts lieber als das. Aber ich glaube, du hast recht. Sie kann uns hören. Und ich glaube, sie hat sich sehr über meine Neuigkeit gefreut."

„Und welche Neuigkeit war das?"

Er griff nach meiner Hand. „Ich habe sie nur daran erinnert, wie viel sie mir bedeutet und dass sie mir das Leben gerettet hat. Für mich ist sie wie eine Mutter." Ich wusste, dass er noch mehr gesagt hatte.

„Und weiter?"

„Und jetzt muss ich zurück an die Uni. Bringst du mich noch zum Auto?"

Hannah zwinkerte mir zu – alte Nervensäge – und ging zu Momma ins Zimmer.

„Klar." Aber ich wollte nicht, dass er ging. Ich hatte noch mehr Fragen, noch mehr Dinge, die ich mit ihm besprechen wollte.

Die Sonne stand oben am Himmel und ließ die bunten Blätter, die sich im sanften Wind drehten, leuchten. Momma liebte den Herbst und ich konnte mich an viele Gelegenheiten erinnern, wo ich mit ihr in den Bergen wandern war.

„Du machst hier nicht schlapp, okay, Bourdy?“ Die Art, wie Drake meinen Spitznamen aussprach, ließ es in meinem Bauch kribbeln.

„Keine Sorge. Wir kriegen das schon hin“, sagte ich, aber es kam wie ein Krächzen heraus.

„‚Wir kriegen das schon hin?‘ Das ist ja noch schlechter als ‚Sieht aus, als hättest du das bequemste Bett im Haus‘.“

„Touché. Was ich wirklich sagen will, ist“, ich legte den Kopf schief, „ob du dich noch an irgendwas anderes erinnerst, was in dem *besagten Sommer* passiert ist?“

Er zuckte leicht mit den Schultern und die Spannung aus seiner Haltung wich.

„Also doch!“, rief ich.

Drake nahm meine beiden Hände und sah mich voller Mitgefühl und Traurigkeit an. Dann strich er mir über die Wange, wie er es schon Hunderte Male getan hatte, wenn er wollte, dass ich mich beruhigte. Nur dieses Mal kribbelte es in mir und ich wurde rot und konnte nur noch daran denken, dass Hannah mir erzählt hatte, was Drake für mich empfand.

Die Geste war freundlich und voller Einfühlungsvermögen, aber mir schoss nur der eine Gedanke durch den Kopf, dass hier vielleicht nicht nur ein Bruder seiner Schwester die Wange streichelte. Das brachte mich so sehr aus der Fassung, dass ich richtig zusammenzuckte, als Drake anfing zu reden.

„Ach, Paige. Ich habe ein halbes Jahr bei euch auf der Couch verbracht und deiner Mutter mein Herz ausgeschüttet. Natürlich habe ich Hunderte von Erinnerungen.“

„Aber hat Momma dir auch ihr Herz ausgeschüttet? Ich meine, hat sie irgendwas gesagt, was dann später auf einmal Sinn ergab?“

„Es sind so viele schlimme Dinge passiert damals. Bestimmt haben wir über einige davon geredet“, sagte er vage.

„Du willst mir nicht davon erzählen, hab ich recht? Willst du Daddy beschützen. Ist das der Grund?“

Dieses Mal zog er mich an sich und hielt mich fest, bis ich eins unserer Herzen hören konnte – oder vielleicht beide. „Paige, Ehrenwort, wenn ich mich an irgendwas erinnern würde, was uns erklären könnte, wieso wir in dieser Situation sind, würde ich es tun. Versprochen.“

Drake ließ mich los, aber er gab mir dabei einen unglaublich weichen Kuss auf die Wange. Dann drückte er mir die Schulter und war weg.

Ich ging zurück ins Krankenhaus, in die Cafeteria. Ich fühlte mich benommen, Kopf und Herz rasten und ich konnte an nichts anderes denken als an Drakes letzten Kommentar. Da stieß ich mit einem Mann zusammen, der ein Tablett trug, und als ich aufsah und „Entschuldigung", murmelte, erkannte ich den Mann mit den blond gefärbten Haaren aus dem Aufenthaltsraum.

Er war erschrocken, der Blick aus seinen blassen Augen wirr, aber dann fasste er sich, erkannte mich und sagte: „Hey."

„'tschuldigung, ich war gerade abgelenkt. Ist irgendwas umgekippt?"

„Nur bisschen von meiner Coke. Ist noch genug drin." Ich sah noch, wie er zu einem der Tische ging und sich setzte. Er kämpfte mit der Verpackung seines Schokoriegels, bekam ihn dann auf, biss in die Schokolade und spülte den Bissen mit Cola hinunter. Seine Hände zitterten und er sah ziemlich fertig aus.

Ich ging zu ihm. „Geht es Ihrem Sohn gut?"

Als er seine unheimlichen Augen auf mich richtete, hatte ich wieder Mitleid mit ihm.

„Er wird grad operiert. Frauchen und ich haben mächtig Bammel. Sie muss arbeiten, aber sie kommt bald nach. Ist 'ne lange OP." Er rang die Hände. Dann sah er mich wieder an. „Hab mir noch ein Buch von Ihrer Mutter besorgt. Muss mich ja mit irgendwas ablenken." Er tätschelte das Buch neben seinem Tablett.

Ich stand da, die Hände in den Hosentaschen und mit genügend Abstand zu seinem Tisch. „Ich weiß, was Sie meinen. Es ist furchtbar, so warten zu müssen."

„Geht's Ihrer Mom besser? Kommt gar nichts mehr in den Nachrichten." Bevor ich reagieren konnte, sagte er schnell, „Schon gut. Sie wollten ja nicht drüber reden. Mein Fehler."

„Sie liegt noch im Koma."

„Tut mir leid."

„Danke. Ich hoffe, die OP bei Ihrem Sohn verläuft gut."
Er nickte und wandte sich dem Roman zu, aber ich konnte sehen, dass sein Kopf mit ganz anderen Dingen beschäftigt war.

Henry

Die OP dauerte ewig. Schon mindestens fünf Stunden. Ab und zu kam eine Schwester in den Warteraum und meinte dann: „Alles in Ordnung, Mr Hughes. Die Operation läuft noch. Machen Sie sich keine Sorgen." War mächtig dankbar dafür, denn ich wusste sonst nicht, wie ich dieses verflixte Warten ertragen sollte. Wusste nichts anderes mit mir anzufangen, als zu lesen, herumzulaufen und noch mehr Coke zu trinken.

So um eins oder zwei war ich immer noch am Warten und hatte Libby schon drei Mal geschrieben. Also ging ich runter in die Cafeteria, um was zu essen. Hatte mich grad hingesetzt, da ging die Tür auf und Miz Bourdillons Tochter kam hereinspaziert. Schon wieder.

Sie setzte sich mir gegenüber. „Wird er immer noch operiert?"

„Jep." Sie sah aus, als würde ihr das wirklich was bedeuten, wie es meinem Jungen ging. „Jede Stunde oder so kriege ich Bescheid, wie es läuft. Beim letzten Mal meinte die Schwester, noch eine Stunde. Dachte, ich sollte schnell noch einen Happen essen, bevor sie fertig sind."

Sie fuhr sich mit der Hand durchs Haar und starrte auf den Roman, als wollte sie den Titel entziffern.

„Das ist der über die Alkoholikerin und wie sie versucht, wieder Anschluss an ihre Familie zu finden."

„Ah. Der ist ganz schön traurig."

Ich war überrascht. „Gibt es kein Happy End?"

„Doch, das Ende passt schon, aber zwischendurch ist er ziemlich traurig."

Ich nahm meinen Mut zusammen. „Darf ich Sie was fragen, Miz?"

„Paige. Einfach nur Paige."

„Okay, Paige. Ich bin Henry. Und mein Junge, der heißt Jase."

Ich nestelte nervös am Buch herum. „Haben Sie alle Bücher Ihrer Mutter gelesen?"

„Klar. Jedes einzelne."

„Meinen Sie, sie glaubt an das Zeug, worüber sie schreibt?"

Sie runzelte die Stirn und beugte sich vor. „Was soll das heißen?"

Langsam, Henry. Langsam. Hör auf, ihr Angst zu machen. Schalte mal einen Gang zurück. „Ich meine, Vergebung und so. In dem anderen Buch, wo der Junge dem Mann vergibt, der ihn so misshandelt hat – hat sie das wirklich so gemeint? Ich meine, können Leute so was wirklich vergeben?"

Sie überlegte eine Weile. „Also, ich weiß, dass meine Mutter an Vergebung glaubt, sowohl für die Ewigkeit gesprochen als auch für zwischenmenschliche Probleme. Und ich habe das ehrlich gesagt auch schon oft erlebt, in meiner Familie. Dass Leute sich gegenseitig vergeben."

„Ja, und wie läuft das?", platzte ich heraus. Ich konnte nicht anders.

Das machte sie etwas nervös. Sie fing an, mit einer Haarsträhne zu spielen, und sah aus dem Fenster. „Das ist schwer zu erklären."

Dachte schon, dass sie nichts mehr dazu sagen würde, und ärgerte mich über mich selbst, weil ich wieder mal zu viele Fragen gestellt hatte, aber dann meinte sie: „Jedenfalls fühlt man es. Es ist wie eine Befreiung, ein Loslassen. Wie ein großer Schluck Wasser am heißesten Tag des Jahres. So ein aufgeregtes Kribbeln im Bauch."

Sie war erschrocken über sich selbst, glaube ich, denn ihr süßes Sommersprossengesicht wurde ganz rot. Aber dann musste sie ein paar Tränen wegblinzeln und ich wollte schnell „Schon gut" sagen, aber sie redete weiter.

„Momma sagt immer, die Vergebung ist nicht für den, der einen verletzt hat, sondern sie ist dafür da, damit das eigene Herz nicht verbittert wird. Und sie ist was Spirituelles. Anders kann ich es nicht sagen. Vergebung ist irgendwie mehr als nur ein Ereignis. Sie macht was im Herzen." Dann lächelte sie ein bisschen und sie war echt hübsch, wenn sie lächelte, mit ihren großen braunen Augen, die ein bisschen glitzerten wegen der Tränen.

„Ja, so hört sich das auch in den Romanen an."

„Momma glaubt an das, was sie schreibt, das kann ich Ihnen

sagen. Ich kaufe es ihr nicht immer ab, aber sie glaubt dran. Sie ist ein sehr spiritueller Mensch."

„Mir gefällt ja, was sie schreibt, aber ich glaub irgendwie nicht, dass es stimmen kann."

Das Mädchen zuckte die Schultern. „Kenn ich. Manchmal habe ich auch so das Gefühl. Aber sie hat schon viel durchgemacht und ein paar ziemlich heftige Sachen vergeben." Ihr hübsches Lächeln blitzte auf. „Ich habe jedenfalls noch nicht vielen Leuten vergeben, aber Momma schon."

Darauf wusste ich nichts zu sagen, aber zum Glück piepste mein Telefon mit einer Nachricht von Libs, und Paige sagte „Tschüss" und ging.

1990

Irgendwann kam immer wieder das Blut. Was für eine Ironie. Jeden Monat das Blut zu sehen war ein eindeutiges Signal dafür, dass sie nicht schwanger war, aber auch eine unverwechselbare Erinnerung an ihre Fehlgeburten. Sie schrieb für die Zeitung, sammelte Absagen von Zeitschriften und sah dabei zu, wie Patricks Leidenschaft für den Fußball abnahm, weil er seinen Traum vom Profifußball gegen einen Job als Versicherungsvertreter eingetauscht hatte.

Und dann immer dieses Blut.

Die Dunkelheit kroch näher. „Du hast so viel für mich aufgegeben, Patrick. Und ich kann dir das eine nicht schenken, was wir uns so sehr wünschen."

„Aber wir haben uns, Feeny. Das ist doch auch sehr schön."

Bei jedem Telefonat mit ihrer Mutter kam die Sprache auf irgendeine neue Behandlungsmethode oder ob sie sich schon bei einem anderen Spezialisten für künstliche Befruchtung gemeldet hatte.

„Ja, Mutter, wir versuchen alles", sagte sie dann. „Aber ich war ja schon schwanger. Die Ärzte sagen, wir brauchen Geduld."

Josephine dachte über Verlust nach und wie er viele Menschen Gott näherbrachte. Sie griff nach ihrer Bibel. „Lass meine Probleme wenigstens nicht umsonst sein, Herr", flüsterte sie. „Ich weiß nicht, wie du das anstellen willst. Aber lass es wenigstens ein Opfer sein, das dir nicht egal ist."

1992

Als Patrick abends merkte, dass sie weinte, nahm er sie in den Arm. „Deine Periode?"

„Nein", sagte sie leise.

„Ist was mit Kit?" Ihre Schwester hatte nicht wieder gefragt, ob sie bei ihnen wohnen durfte, aber das hieß nicht, dass sie nicht mit lauter anderen Wünschen zu ihnen kam.

„Nein. Nein, nichts. Nur eine Ablehnung von einer Zeitschrift." Sie wischte sich die Tränen ab und versuchte, tapfer zu lächeln. „Die dritte diesen Monat."

„Zeig mal her den Wisch", sagte er typisch halb ernst. Noch bevor sie protestieren konnte, hatte er den Ablehnungsbrief schon an die kleine Dartscheibe gepinnt und fing an, ihn mit Darts abzuwerfen. „Hat nicht irgendein berühmter Schriftsteller gesagt, Ablehnungen seien im Grunde Mutabzeichen?"

Sie lachte. „Hab ich noch nie gehört."

„Jedenfalls ist es nur eine Frage der Zeit, bis sie dich als den neuen Victor Hugo bezeichnen und Jean Valjean wird aus dem Grab erscheinen und dich als Genie taufen."

„Werd nicht frech, mein kleiner Fußballer." Sie nahm einen Dartpfeil und warf mit aller Kraft nach der Scheibe. Der Pfeil durchbohrte das Ablehnungsschreiben genau in der Mitte.

„Ich weiß, was wir brauchen, Feeny", sagte Patrick, nachdem er zwei weitere Ablehnungsschreiben an die Dartscheibe geheftet hatte. „Wir brauchen Urlaub. Hörst du, wie La Grande-Motte nach uns ruft? Maman und Papa würden sich so freuen, uns wiederzusehen. Und Mamie erst. Bitte, darf ich ihnen das vorschlagen?"

„Wieder ein Almosen von deinen Eltern. Und du hast überhaupt keinen Urlaub."

„Ich habe noch zehn Tage." Seine hübschen, fast schwarzen Augen blitzten. „Ich fliege zehn Tage und du bleibst einen Monat."

„Einen Monat!" Allein schon der Gedanke ließ ihren Puls vor Aufregung hochschnellen. „Ich habe auch einen Job, schon vergessen?"

„Aber hat dein Chef nicht gesagt, dass du ihm die Artikel auch per Fax schicken kannst?“

„Nur, wenn deine Eltern mir erlauben, ihr Fax zu benutzen.“

Er zog die Augenbrauen hoch. „Ich werde ganz schön viel Überzeugungsarbeit leisten müssen, aber den Versuch ist es wert.“

Am Strand spazieren zu gehen und die Füße vom kalten Wasser umspülen zu lassen, ließ die Dunkelheit zurückweichen. Und als Patrick zurückgeflogen war, setzte sie sich an den Tisch, von dem aus man das Mittelmeer sehen konnte, und fing an, ihren ersten Roman zu schreiben.

Verblüfft betrachtete sie ihren wachsenden Bauch. Achtundzwanzigste Woche. Jedes Mal, wenn sie sich im Spiegel sah, lächelte sie in sich hinein und dachte, wie passend es war, dass dieses Kind in La Grande-Motte gezeugt worden war. „Ein kleiner Franzose“, zog Patrick sie auf.

Vorzeitige Wehen fesselten sie ans Bett. Das Keuchen hörte nicht auf. Sie verlor Gewicht. Aber das Baby in ihrem Bauch wuchs. Als Kit anrief, high und mit irgendeinem dringenden Anliegen, sagte Josephine nur: „Kitty, ich kann nicht. Dieses Mal nicht. Nicht so wie früher. Ich möchte, dass dieses Baby es schafft, verstehst du. Unbedingt.“

Der Neid und die Wut in Kits Stimme war wie ein weiterer Stich, eine qualvolle und endlose Wehe.

1993

Sie hielt ihre Tochter im Arm und blickte in die dunkelgrauen Augen, die sie unentwegt anstarrten. Hannah Isabelle. Ihre Tochter. Benannt nach ihrer amerikanischen und ihrer französischen Großmutter. Leben und Licht kehrten in ihre Wohnung zurück. Und Hoffnung.

Paige

Ich schlich in Mommas Zimmer. Draußen ging die Sonne unter und ließ die Blätter wie bunte Pennys leuchten. Ich nahm ihre

Hand. Sie lag noch immer da, die Augen geschlossen, das Haar – dort, wo man es nicht abrasiert hatte – verfilzt, überall Schläuche, Piepsen, Ruhe.

„Es war total schön gestern Abend mit Drake und Hannah, genau wie früher vor dem Kamin. Drake hat sogar ein richtig gutes Feuer hingekriegt. Erinnerst du dich noch daran, wie es bei ihm früher nie klappte, und dann haben wir ihn einen schlechten Pfadfinder genannt? Jedenfalls haben wir beieinandergesessen und das ganze leckere Essen gegessen. Es haben so viele Leute Essen gebracht, die Nachbarn, die Leute aus der Gemeinde, von Daddys Arbeit, aus der Bibliothek. Und du hast schon über zehntausend Nachrichten über E-Mail oder Facebook bekommen. Wegen dir habe ich jede Menge zu tun, Momma.

Ich freue mich schon so darauf, wenn du wieder diese abgefahrenen Brownies backst. Was die Leute von *The Chocolate Fetish* und *The French Broad Chocolate Lounge* mitbringen, schmeckt super, aber die abgefahrenen Brownies sind einfach besser. Weißt du noch, wie Hannah auf den Namen kam?“

Ich war mir nicht sicher, aber mir war so, als hätte sich Mommas Hand kurz bewegt.

„Und wir haben erzählt, wie lustig es immer war, wenn die ganze Jugendgruppe bei uns eingefallen ist und alle irgendwo mit ihren Schlafsäcken lagen. Und wie du beim ersten Mal diese riesige Lasagne gemacht hast. Wie viele waren wir, vierzig? Und du bist losgefahren und hast diese riesengroße Auflaufform gekauft, und als du alles fertig hattest, hast du gemerkt, dass sie gar nicht in unseren Ofen passt! Drake und Dad mussten die Form rüber zu Mrs Swanson schleppen und ihren nagelneuen Ofen benutzen. Mrs Swanson war natürlich hellauf begeistert.

Hoffentlich können wir das bald wieder mal machen. Ich helfe dir auch bei der Lasagne. Oder den Spaghetti. Ja, ich weiß, wie man die macht.“ Ich schmunzelte. Für Kochen hatte ich mich nie sonderlich interessiert, aber Momma hatte darauf bestanden, dass ich wenigstens ein Essen zubereiten konnte, und so hatte ich gelernt, wie man Spaghetti bolognese macht, weil man die Bolognese auch für Lasagne nehmen konnte.

„Und Drake tut so, als würde er sich wegen seiner letzten Semester total Sorgen machen, aber natürlich wird er einen fantastischen Abschluss hinlegen und ich wette, er landet gleich bei seinem ersten Bewerbungsgespräch einen Treffer." Mir war bewusst, dass ich etwas verzweifelt klang und immer weiterredete, damit sie die Chance hatte, auf irgendetwas zu reagieren, aber gleichzeitig wollte ich sie nicht überfordern.

„Ach, und Hannah wird dir das noch selbst sagen, aber sie fliegt am Samstag zurück nach Aix."

Jetzt hatte Momma mir definitiv die Hand gedrückt. Ich zuckte zusammen und bekam eine Gänsehaut. Trotzdem versuchte ich, ganz normal weiterzureden.

„Ja, gute Nachricht, oder? Sie wird im November fünf oder sechs Kunstmuseen besuchen. Kannst du dir vorstellen, was sie für ein Glück hat? Das Musée d'Orsay, den Louvre natürlich und lauter andere in Paris, aber auch den Bayeux-Teppich bei Caen. Und sie belegt den Malkurs ‚en plein air' bei der Malerin in Aix.

Daddy hat übrigens gesagt, dass wir an unserem Plan festhalten. Du freust dich bestimmt schon darauf, La Grande-Motte wiederzusehen. Jedenfalls haben Mamie und Papy über Weihnachten die Ferienwohnung für uns reserviert und Hannah kommt auch. Wenn du doch Anfang November hinfliegen willst, geht das auch noch. Du kannst einfach dortbleiben und schreiben, bis wir kommen. Momma, überleg doch mal, zwei Monate am Strand!"

Ich log dermaßen das Blaue vom Himmel herunter, dass ich das Gefühl hatte, in einer meiner Geschichten zu stecken.

„Drake will übrigens auch nach Grande-Motte kommen und sogar Ginnie meinte, sie könnte sich einen Strandurlaub vorstellen. Sie ruft mindestens drei Mal am Tag an. Daddy lässt aber noch niemanden zu dir. Außer der Familie. Na gut, Drake natürlich. Aber Drake gehört ja praktisch zur Familie. In ein paar Tagen, wenn es dir besser geht, dann dürfen dich auch ein paar andere Leute besuchen, aber nicht zu viele auf einmal. Mrs Swanson darf als Erste. Sie hat uns so viel geholfen mit der ganzen Post und dem Essen und Milton. Ach, Milton! Er vermisst dich wie verrückt. Du weißt ja, wie Mrs Swanson ihn herumkommandiert, der Arme. Aber er darf zwei Mal am Tag Gassi gehen und ich verspreche dir auch, dass Mrs Swanson nicht zu lange bei dir bleibt, da passe ich auf ..."

Ich erzählte und erzählte, aber Momma bewegte sich nicht mehr. Ich las ihr E-Mails und Post von Fans und Freunden vor, bis die Sonne untergegangen war. Dann saß ich im Halbdunkel, spürte, wie die Kälte ins Zimmer zog und wie die kleinen Hoffnungsfunken mit den letzten Sonnenstrahlen starben. Still lauschte ich dem Piepen der Geräte und dem Pumpen der Lungenmaschine, die für Momma das Atmen übernahm.

Henry

Libby war zwar noch nicht da, aber ich durfte endlich zu Jase, nachdem mir der Chirurg versichert hatte, dass alles gut gelaufen war. Der Doc sah ganz zuversichtlich aus, aber mir war klar, dass er so aussehen musste, und das beruhigte mich kein bisschen. Ich ging zu Jase ins Zimmer, setzte mich ans Bett und konnte die Tränen nicht zurückhalten. Sie hatten seinen Brustkorb aufgebrochen – natürlich sagte das niemand, aber es war so – und eine Schweineaorta eingepflanzt für das, was vorher da gewesen war. Und Jase wirkte noch schwächer und blasser als sonst.

Alles an mir zitterte, meine Hände, mein Kopf, meine Gedanken, die verdammten Gedanken. Ich war benebelt, schwach, sogar verängstigt. Ja, ich machte mir in die Hosen wegen meines Jungen. Dachte, ich würde total erleichtert sein, wenn der Doc sagte, dass alles gut gegangen war, aber ich traute niemandem, und es war weiß Gott nicht schön, den eigenen Jungen da so still und blass liegen zu sehen, als wäre er tot.

Ich stand auf und setzte mich wieder, auf und ab, mit jedem Piep dieser vielen Maschinen. Auf und ab, damit ich sicherging, dass sein kleiner Brustkorb auch hoch- und runterging. Die ganzen Geräusche machten mich ganz verrückt, dieses gruselige Gepiepe, nicht so laut, aber immer und so regelmäßig, und dann stimmte die nächste Maschine ein, als würden sie einen Soundtrack komponieren für einen Horrorfilm. Davon hatte ich genügend gesehen. Zu leise, zu laut, zu viel.

Die ganze Zeit hielt ich Miz Bourdillons Roman fest umklammert und beschloss irgendwann, mich auf meine vier Buchstaben zu setzen und zu lesen. Die Geschichte hatte mich irgendwie verärgert, und als ihre Tochter meinte, dass sie noch trauriger werden würde, da war ich mir gar nicht mehr sicher, ob ich überhaupt weiterlesen wollte, aber ich hatte nichts anderes dabei und wollte nicht, dass der Fernseher herumplärrte, während Jase sich erholte. Also schlug ich das Buch auf, wo ich ein Eselsohr gemacht hatte. Sollte man ja eigentlich nicht mit Büchern aus der Bibliothek, aber ich vergaß das immer.

Also las ich und las und manchmal kam eine Krankenschwester rein und sah nach Jase, und ein, zwei Mal musste ich rausgehen, damit sie irgendwas mit ihm machen konnten. Jedenfalls gefiel mir die Geschichte doch, weil ich eintauchen und vergessen konnte, wie viel Sorgen ich mir um meinen Jungen machte. Irgendwann kam ich zu der traurigen Stelle und verdrückte ein paar Tränchen, aber gleich danach kam völlig überraschend eine total schöne Szene. Als wenn das schlechte Zeug das Gute nicht ausradieren konnte oder als würde das Gute gerade wegen des Schlechten passieren. Ja, das passte. War erst ziemlich verwirrend in meinem Kopf, aber dann wurde es mir klar. Und immer wieder dachte ich an einen Satz aus dem Buch. *Man braucht erst eine Kerze, wenn es wirklich dunkel im Haus ist,* hatte Miz Bourdillon geschrieben.

Ich las es bis zum Ende durch und Libby war noch immer nicht aufgetaucht, dabei war es längst finster draußen. Da konnte ich mich nicht mehr zusammenreißen. Ich fing an zu heulen, zu flennen und die Schwestern sahen mich ganz komisch an, mitleidig, aber da war noch was anderes in ihren Augen, wie oft bei Leuten, die um mich waren. Angst, schätze ich. Oder ich tat ihnen leid.

Aber das Verrückte war, diese Lady hatte schon wieder meine Geschichte aufgeschrieben. Wie im ersten Buch, nur ganz anders. Genau erklären konnte ich es nicht. Meine Englischlehrerin in der Achten nannte es „Thema". Wir mussten immer das Thema der Theaterstücke und Bücher herausfinden, die wir lasen. Ich war ziemlich gut darin. Oft lag es ja auch auf der Hand. Und das Thema dieser Geschichte war Neuanfang und dass aus Schlechtem trotzdem Gutes kommen kann, eben ein Licht in der Dunkelheit oder so ähnlich, und sie hat es zwar nicht genau so genannt, aber das kam sicher von Jesus oder sonst irgendwo aus der Bibel.

Ich musste zu Miz Bourdillon. Es musste einfach sein. Ich musste sie fragen, was die ganze Zeit in meinem Kopf herumschwirrte und mir keine Ruhe ließ. Libby meinte immer, ich solle die Leute mit meinen verrückten Fragen in Ruhe lassen, und irgendwie kriegten sie andauernd Angst, wenn ich zu viel redete.

Klar konnte ich noch nicht mit Miz Bourdillon reden, aber vielleicht, wenn sie aus dem Koma aufwachte? Vielleicht würde Paige mir erlauben, mit ihr über ihre Geschichten zu reden. Aber bestimmt wollte das halbe Land ihr Fragen zu ihren Geschichten stellen. Jedenfalls war das hier meine Frage: „Miz Bourdillon, Sie glauben, dass aus Schlechtem Gutes werden kann, und ich bin froh, dass Sie nicht gestorben sind, und hoffe, dass Sie bald wieder gesund werden und dann werden Ihre Geschichten bestimmt noch besser ..." – obwohl Libby und die Bibliothekarin und diese Nachrichtenlady alle sagten, dass sie in ihrem Leben kein Wort mehr aufschreiben würde – „ ... aber ich habe eine Frage. Vielleicht kann für Sie aus was Schlechtem was Gutes werden, aber was ist mit der Person, die versucht hat, Sie umzubringen? Kann für die auch irgendwas Gutes draus werden?"

Das ist die Frage, die ich ihr stellen wollte, während die Maschinen für Jase das Atmen übernahmen. Libby rief mich auf dem Handy an und meinte, sie würde extra vorsichtig fahren, weil die I-40 so kurvig war, und dass sie nicht vor Mitternacht da sein würde. „Aber fahr du ruhig ins Rathbun House und ruh dich aus, Liebling. Du brauchst dringend Schlaf."

Ich sah noch ein bisschen zu, wie die Maschinen auf diesem neonartigen Bildschirm Jases Leben in Rot und Grün ausbuchstabierten, und dann beugte ich mich über sein Bett und sagte: „Lebe, mein Junge. Bitte. Du wirst sehen, es wird alles anders. Besser. Viel besser. Du atme nur schön weiter und werd gesund." Ich war ganz erstaunt, wie leise und ruhig meine Stimme klang, aber dann sagte ich noch etwas und das war ein noch größerer Schock für mich. „Diese harten Zeiten sind für was gut, mein Junge. Sie machen dich stärker. Machen dich besser."

Ein und aus atmeten die Maschinen für meinen Jungen, während ich an seinem Bett saß und etwas machte, was ich schon sehr lange nicht mehr gemacht hatte. Ich betete, und zwar das Einzige, was mir einfiel. „Lass ihn leben, Gott. Bitte lass ihn leben."

Teil 2
Zurück von den Toten

Kapitel 9

Paige – Donnerstagmorgen

Sechs Tage nachdem die Kugel durch Mommas Gehirn gedrungen war, machte sie wieder die Augen auf.

Hannah und ich waren zu Hause, Papa hatte die Nachtschicht übernommen. Das Klingeln meines Smartphones weckte mich. Daddys Nummer auf dem Display ließ mir das Blut in den Adern gefrieren. Aber als ich es ans Ohr hielt, konnte ich nur Daddys fröhliche, fast lachende Stimme hören. „Ihre Augen sind offen! Und sie hat meine Hand gedrückt und ihr Score ist rapide gestiegen. Von sechs auf elf! Paige, stell dir das vor, sie ist bei elf."

Ich ließ mir berichten, wie er im Stuhl eingenickt war, und als er den Kopf von Mommas Bettdecke hob, da lag sie da, die Augen weit geöffnet, und starrte geradeaus.

„Feeny! Feeny!", hatte er fast geschrien. Sie hatte den Kopf nicht zu ihm gewendet, aber als er nach ihrer Hand griff, hatte sie sie lange und fest gedrückt.

„Das ist ja unglaublich!", sagte ich. „Ich wecke schnell Hannah und dann kommen wir sofort zu euch."

„Hannah habe ich schon angerufen", erwiderte Daddy lachend. „Und sie weiß Bescheid. Ich habe ihr gesagt, sie soll noch ein bisschen schlafen. Du übrigens auch. Wenn ihr kurz vor zehn hier seid, dann bekommt ihr die Visite mit und wir können alle unsere Fragen loswerden."

Ich lag im Bett, ließ das Gespräch Revue passieren und fühlte mich so leicht und hoffnungsvoll wie schon lange nicht mehr. Jeden Tag hatte ich ihren Glasgow-Score überprüft und Mommas Fortschritt festgehalten. Eine elf, nachdem er sechs Tage hintereinander im einstelligen Bereich gewesen war, hieß Hoffnung auf teilweise Genesung, das hatte ich gelesen.

Erst versuchte ich zu schlafen – völlig unmöglich. Deshalb ging ich dann leise in Mommas Schreibzimmer. Dort setzte ich mich auf den Boden, umgeben von den gestrigen Briefen, die ich noch nicht angeguckt hatte. Officer Hanley hatte sie alle geöffnet, aber nichts Verdächtiges gefunden. Ich las jeden einzelnen Brief gründlich durch, musste aber immer wieder an diesen Henry denken, sah sein Gesicht vor mir, die blassblauen Augen und sein strähniges blondes Haar, die Baseballkappe und wie er Mommas Roman las. Und ich dachte an seine Fragen, die er so ernsthaft, fast mit kindlicher Verzweiflung gestellt hatte. Viele Briefe an Momma waren auch voller solcher Fragen. Andere waren eher Beichtbriefe. Manche Leser schütteten Momma regelrecht ihr Herz aus und verrieten ihr die größten Geheimnisse.

Und irgendeine Leserin hat gemerkt, dass sie zu viel von sich verraten hatte.

Da war er wieder, dieser Gedanke. Und damit die Erkenntnis, dass entweder Hannah oder ich diesen Brief gelesen haben musste. Wir wussten also, ob jemand in der vergangenen Zeit Momma etwas streng Vertrauliches verraten hatte. Mir war kein Brief eingefallen trotz Hannahs Gebeten. Ihr aber auch nicht. Doch sie hoffte noch immer darauf, dass Gott unserem Gedächtnis auf die Sprünge half.

Aber Momma hatte die Augen aufgemacht! Darüber wollte ich nachdenken. Über das Licht, nicht die Dunkelheit. Nicht jetzt.

Also ging ich ans Regal, in dem nebeneinander und übereinander Taschenbücher gestapelt waren. Obendrauf lagen Familienfotos. Ich nahm ein Foto von uns, das wir vor fünf, sechs Jahren in La Grande-Motte von einem Fotografen hatten machen lassen. Wir saßen vor einer Sanddüne, die LEGO-Bauten unscharf im Hintergrund. Die Sonnenstrahlen fielen so auf die Düne, dass wir kleine Heiligenscheine hatten, als wären wir in Jeans gekleidete Barfußengel, die darauf warteten, Jesus auf dem Wasser entgegenzugehen.

Das Foto daneben zeigte Momma und Milton. Sie hatte Jeans und ein hellblaues Fleecehemd an. Der Wind blies ihr die Haare ins Gesicht, das sie in Miltons dichtem Fell vergrub. Da fiel mir etwas ein und ich schlich auf Zehenspitzen nach unten zur Rückseite des Hauses in Daddys Arbeitszimmer. Er brauchte keine Aussicht auf die Blue Ridge Mountains und hatte sich lieber diesen fensterlosen

Raum ausgesucht, wo er mit seinen Zahlen hantierte. Sein Arbeitszimmer hatte ein ganz eigenes Flair: eine Mischung aus Arbeit und Sport, aus Organisation und Spaß. Auf den Regalen standen dicke Finanzschwarten, aber auch Biografien von Pelé und anderen Fußballgrößen, außerdem seine ganzen Fußballpokale. Auf einem Regalbrett lagen sechs Fußbälle, alt und abgenutzt und voller Erinnerungen an seinen Sport. Auf einem anderen stapelten sich Brettspiele und Knobelspiele. Wenn die Jugendgruppe am Wochenende da war, hielt Daddy sie mit seinem endlosen Repertoire aus Holzknobelspielen auf Trab. Und natürlich hatte er seine liebsten französischen Romane und Fotoalben mit Fotos aus Südfrankreich, wo er aufgewachsen war. Zwischen den Büchern standen einzelne Fotos, und eins davon interessierte mich besonders. Es stand neben *Wall Street Poker* und anderen Büchern über die Börse in einem Silberrahmen. Zu sehen war Momma mit Milton am selben Strand wie auf dem Bild in ihrem Schreibzimmer. Dieses Mal sah sie direkt in die Kamera. Die Schwarz-Weiß-Aufnahme ließ ihre dunklen Augen umso intensiver wirken. Sie hatte die Arme um Milton geschlungen und das Kreuz um ihren Hals glitzerte in der Sonne.

Momma trug das Kreuz jeden Tag. Ein Hugenottenkreuz. Daddys Vorfahren waren Hugenotten gewesen – die ersten französischen Protestanten, die ins Exil fliehen mussten, als Ludwig XIV. 1715 das Edikt von Nantes widerrufen und die Religionsfreiheit in Frankreich einkassiert hatte. Die Geschichte der Hugenotten war ziemlich blutrünstig, das wusste ich, und einige waren bis nach South Carolina geflohen.

Das Hugenottenkreuz war aus 18-karätigem Gold und Daddy hatte es Momma zum Geburtstag geschenkt. Es gab nur wenige Tage, an denen sie es nicht trug. Wie so vieles in Mommas Leben war es für sie ein Symbol, für Daddys Liebe, ihre Liebe zu Frankreich und für Gottvertrauen in schwierigen Zeiten. Eins wusste ich: Momma hatte das Kreuz nicht getragen, als sie niedergeschossen wurde. Die Mitarbeiter des Krankenhauses hatten Daddy Mommas persönliche Dinge am zweiten Tag übergeben – den Ehering, die Ohrringe und ihre Uhr, aber ein Kreuz war nicht dabei gewesen.

Ich beschloss, das Hugenottenkreuz selbst zu tragen, um ihren Fortschritt zu feiern. Das würde sie bestimmt glücklich machen.

Aber obwohl ich eine geschlagene Stunde lang ihre Schmuckschatulle und ihre Schubladen durchsuchte, konnte ich es nicht finden. Ich hoffte, dass das keine böse Vorahnung war, nicht jetzt, wo Momma doch endlich die Augen wieder aufgemacht hatte.

Josephine – Donnerstagmorgen

Patrick sprach wieder auf diese sanfte, beruhigende Weise mit mir und versicherte mir, dass alles gut werden würde. „Ich kann dich hören", versuchte ich zu sagen. Vielleicht waren die Worte auch nur in meinem Kopf. Aber seine Hand, so groß und tröstlich, die spürte ich. Ich versuchte sie zu drücken. Ob er es merkte? Konnte er hören, wie ich ihm meine Liebe versicherte? Konnte er es verstehen? Ich versuchte, die Augen zu öffnen, aber es gelang mir nicht. Ich wollte doch nur zurück, zu ihm, zu den Mädchen. Ich versuchte und versuchte und versuchte es ...

1995

Sie hatte nicht gewusst, dass man so viel Liebe empfinden konnte. Patrick hielt sie zärtlich im Arm und ließ ihren Körper wohlige Schauer empfinden, während die kleine Hannah im Nebenraum schlief. „Sch, nicht so laut", kicherte sie außer Atem von ihrem Liebesspiel. Er küsste sie auf die Lippen, die Wangen, den Bauch.

„Und jetzt habe ich noch eine kleine Überraschung für dich." Patricks Augen strahlten. Er nahm einen Umschlag vom Nachttisch. Vorsichtig holte er die vielen zusammengefalteten Seiten heraus und strich sie mit der Hand glatt. „Sehr geehrte Frau Bourdillon, wir freuen uns sehr, Ihnen anbei den Vertrag für Ihren Roman ‚Die einsame Wahrheit' zu schicken ..."

Sie riss Patrick die Seiten aus der Hand, überflog die ersten Zeilen und brach in Tränen aus, Tränen des Glücks.

„Félicitations, mon amour! Das hast du mehr als verdient, kleine Feeny. Kannst du dir vorstellen, wie stolz ich auf dich bin?"

Sie wischte sich die Tränen ab und sah ihm tief in die dunklen Au-

gen. Liebe, Güte, Vertrauen. Verschmitzt lächelte sie ihn an. „Wie wollen wir das feiern? Ich meine, jetzt, wo wir schon mal nackt im Bett liegen ...“

In seinen Augen flammte Begierde auf und er küsste sie.

1996

Patrick fand Josephine weinend auf dem Bett. Er streichelte ihr den Rücken. „Schlechte Nachrichten von der Familie?“

Sie setzte sich und schlang die Beine um die Knie. „Nein. Nein, was anderes. Nur eine schlechte Rezension.“

Er runzelte die Stirn. „Feeny, pfeif auf die Rezensionen.“

„Falsche Antwort, Mr Fußballer! Das ist mein Erstlingsroman, Patrick. Du weißt, was er mir bedeutet. Wenn die erste Rezension schlecht ist, werde ich wohl ein kleines bisschen schmollen dürfen.“

„Schlecht?“

„Ja. Furchtbar!“

„Darf ich mal sehen?“

Sie schüttelte den Kopf und schniefte. „Die Zeit kannst du dir sparen. Er hat den Roman als ‚sentimentales Gefasel‘ abgetan.“

Patrick grinste. „Feeny, das ist ein Kompliment! Das ist nur die Art und Weise dieses versnobten Kritikers, sein Gesicht zu wahren, anstatt zuzugeben, dass er das ganze Buch über geheult hat.“

Patrick nahm den Brief und pinnte ihn neben die vielen Absagen, die sie im Lauf der Jahre bekommen hatte.

Als ich die Augen aufmachte, wusste ich nicht, wo ich war oder wieso, aber ich sah Patricks Gesicht direkt über mir. Gedanken konnte ich nicht lesen, aber Blicke. Und sein Blick war voller Erleichterung und Vorahnung.

„Kannst du mich hören, Feeny?“, fragte er aufgeregt und laut. „Sie hat die Augen wieder offen“, rief er jemand anderem zu.

Ich machte den Mund auf, aber es kam kein Geräusch. Vielleicht war mein Mund auch gar nicht wirklich offen.

„Kannst du mich hören, Feeny?“, wiederholte er.

Wieso bewegten sich meine Hände nicht? Mein Mund?

Auch Patrick konnte Blicke verstehen. „Keine Angst, Feeny. Alles wird gut. Du bist im Krankenhaus. Es gab einen Unfall.“

Ich musste geblinzelt haben, denn er fuhr schnell fort. „Ja, zwinkere mir zu, wenn du mich hören kannst. Verstehst du, was ich sage?“

Noch nie hatte ein Blinzeln so viel Gewicht gehabt. Spontan, unkontrolliert, der Bruchteil einer Sekunde. Aber jetzt strengte ich mich an und wusste nicht, ob es mir gelang, bis er auf einmal begeistert reagierte. „Gott sei Dank, Feeny! Kannst du meine Hand spüren? Drück sie, wenn du kannst.“

Mein Kopf rührte sich nicht vom Fleck, obwohl ich so heftig nickte, wie ich nur konnte. Ich konzentrierte mich noch aufs Blinzeln und fragte mein Gehirn, ob ich Patricks Hand spürte, als er mich losließ und ich wie im Nebeldunst hörte: „Schwester! Schwester! Sie hat die Augen offen und reagiert auf mich!“

Da versank ich wieder in der Dunkelheit, aus der ich gekommen war, irgendwo an einem anderen Ort, zu einer anderen Zeit.

Henry

Um Mitternacht hatten sie mich aus der Intensivstation verscheucht, wo noch immer Hochbetrieb herrschte. „Es geht ihm gut, Mr Hughes. Sie können schlafen gehen.“

Also ließ ich mich ins Rathbun House fahren, obwohl ich noch völlig unter Strom stand. Aber irgendwann muss ich eingeschlafen sein, denn als ich wieder wach wurde, wurde es schon hell draußen und Libby saß am Bett, völlig fertig, blass und mit verfilzten Haaren. Sie sah aus, als hätte sie kein Auge zugemacht.

Jase!

„Hast du ihn gesehen, Libs? Wie geht es ihm?“

Sie zuckte mit den Achseln, sah mich nicht an, was nie ein gutes Zeichen war. „Um zwei Uhr war ich erst da. Eine nette Schwester hat mich ein, zwei Stunden bei ihm sitzen lassen.“ Sie rieb sich die Augen, und in mir zog sich alles zusammen. „Er ist stabil.“

„Gott sei Dank.“

„Mein Chef hat gesagt, dass ich heute und morgen freimachen kann." Sie hatte ihre Sekretärinnenstimme drauf und klang ganz geschäftsmäßig. „Das bringt uns über das Wochenende. Du kannst also heute den Wagen nehmen. Ich bin jetzt vier Tage hier, also kannst du sogar Überstunden machen. Dann kommst du morgen nach der Arbeit wieder her und wir sind das Wochenende über zusammen hier."

„Also schön", sagte ich und ging ins Bad. Als ich wieder rauskam, zog ich mir die Jeans an und gab Libby einen Kuss auf die Stirn. „Wird der Boss sich freuen, wenn ich länger mache."

Da sah ich, dass Libby total verheult aussah und die Hände im Schoß hin und her drehte, wie jedes Mal, wenn sie sich richtige Sorgen machte. Sie schniefte und sah mich an. Ihr zierlicher Körper zitterte, und als sie sich durch das Haar fuhr, sah ich, dass auch ihre Hand zitterte. „Henry", sagte sie und gab mir das Zeichen, mich hinzusetzen. „Henry, ich habe Waffen im Truck gefunden." Sie konnte kaum ruhig sitzen. „Die Pistole und das Gewehr. Du hast mir doch versprochen, dass du sie nicht mehr ins Auto tust."

„Sorry, Libs. Muss ich dort vergessen haben."

„Vergessen? Wann, Henry? Als ich am Sonntag im Gottesdienst war, waren sie nicht im Auto. Wieso hast du sie wieder reingelegt?"

„Weiß ich nicht mehr. Sorry."

„Sorry? Mehr fällt dir dazu nicht ein? Du fährst mit scharfen Waffen im Truck herum und du nimmst deine Medikamente nicht mehr! Seit zwei Wochen! Wieso hast du so getan, als würdest du sie nehmen?" Sie holte das braune Pillenfläschchen hervor, das noch voll war.

„Du stellst zu viele Fragen, Libs. Ich bin fertig. Lass mich in Ruhe. Schlaf du erst mal. Ich muss los." Ich ging zurück ins Bad und fluchte leise. Hatte gar nicht mehr dran gedacht, an die Schießeisen. Und an die Pillen. Der Scheck war gekommen und wir hatten gefeiert und dann hatte Jase den Anfall gehabt und es war überhaupt keine Zeit gewesen, um an irgendetwas zu denken. Ich spritzte mir Wasser ins Gesicht und putzte die Zähne.

Libby stand im Zimmer und wedelte mit Miz Bourdillons Buch herum. „Und wieso zum Kuckuck liest du noch einen Roman von dieser Frau? Du liest doch überhaupt keine Romane!"

„Muss mich nur ablenken wegen Jase und überhaupt."

Libby heulte jetzt richtig. Sie warf das Buch aufs Bett und schlang die Arme um sich selbst wie jedes Mal, wenn sie Angst vor mir bekam, als könnte sie sich in sich selbst verkriechen und in Sicherheit bringen. So, wie sie mich anguckte, glaubte sie mir kein Wort.

„Gestern nach der Arbeit bin ich in die Bibliothek gefahren, um irgendwas auszuleihen, was ich Jase im Krankenhaus vorlesen kann, und Mabel hat mich gefragt, ob mir das Buch gefallen hat ..." Sie schniefte. „Ich fragte: ‚Was für ein Buch?', und sie meinte: ‚Das, was Mr Hughes dir ausgeliehen hat, das von Mrs Bourdillon!' Wieso hast du Mabel gesagt, dass *ich* dieses Buch lesen wollte? Was soll das alles?" Jetzt war das Zittern wieder da und ihre Augen waren so traurig wie die einer Hirschkuh und dann ging sie ins Bad und schloss ab.

Ich merkte, wie die Wut in mir aufstieg, der Zorn, und ich konnte nichts dagegen machen. Libs kauerte im Bad und ich presste mir das Kissen aufs Gesicht und schrie eine Weile, und dann boxte ich mehrfach die Matratze, aber ich ließ sie in Ruhe.

Als ich mich beruhigt hatte, kam sie aus dem Bad, das Gesicht ganz verzerrt und mit einer tiefen Furche zwischen den Augenbrauen. „Was hast du getan, Henry? Um Himmels willen, was hast du getan?"

Mein Kopf raste wie verrückt und dann verschwamm alles und ich platzte voller Panik mit der Wahrheit heraus. „Was ganz Schlimmes, Libs. Richtig schlimm. Ich bin erledigt. Kannst du mir glauben. Ich bin erledigt."

Ich ging auf sie zu und sie wich zurück. „Nein, Libs, keine Angst. Ich tu dir nicht weh. Wirklich nicht." Dann packte ich sie und hielt sie ganz fest, bis ich ihren Herzschlag fühlen konnte, und sie weinte eine Weile, und dann sagte ich: „Ich muss los. Sag Jase, dass ich ihn lieb habe. Morgen Abend bin ich wieder da."

Den Roman und das Pillenfläschchen warf ich in meine Tasche und ließ die zitternde Libby einfach stehen, mit aufgerissenen Augen, wie ein Hirsch, bevor er sich eine Kugel fängt.

Schnurstracks ging ich aus dem großen Gästehaus und war mächtig froh, dass ich diesem alten Begrüßerpärchen nicht über den Weg lief. Den Truck hatte ich bald gefunden und stieg ein. Hatte das Bedürfnis, andauernd über die Schulter hinter mich schauen zu müssen. Aber dann sagte ich mir, ruhig Blut, weil ich das Geld hatte und die OP gut verlaufen war und eigentlich kein Grund zur Besorgnis bestand, auch wenn Libby die Waffen gefunden hatte. Wusste ja sonst niemand davon. Aber wenn mir einmal was an die Nerven geht, dann dauert es, bis ich wieder ganz bei mir bin. Vor allem ohne Medikamente.

Ich dachte schon, ich müsste sie eigentlich wieder nehmen, jetzt, wo das Geld da war. Abwarten. Auf der Strecke begegneten mir ein paar Streifenwagen und ich dachte eine Zeit lang, einer davon würde mir hinterherfahren, aber jedes Mal, wenn ich in den Rückspiegel schaute, sah ich nur die lange, kurvige Straße.

Was Libby jetzt dachte, wusste ich nicht, so wie ich sie einfach stehen gelassen hatte mit den schlechten Nachrichten, ohne jede Erklärung. Aber ich fühlte mich wie eins von diesen Blättern vor unserem Fenster im Gästehaus: Ich flatterte hin und her und irgendwann segelte ich zu Boden. Hatte fast ein Knacken gehört, als ich draufgetreten war.

Unterwegs machte ich das Radio an und natürlich war ein religiöser Sender eingestellt. Gerade lief eins dieser melancholischen Lieder. Und irgendwas an der Melodie gefiel mir so gut, dass ich nicht sofort weiterschaltete, sondern einfach zuhörte. Und je länger ich zuhörte, desto stärker wurde dieses Kribbeln in mir, als wenn eine Hand oder ein Fuß einschläft. Nur dass es dieses Mal in mir drin kribbelte, im Herzen. Weil der Sänger mit seiner ruhigen, bittersüßen Stimme genau die Worte sang, genau dieselben, die ich in Miz Bourdillons Buch gelesen hatte. Die schwirrten sowieso schon in meinem Kopf herum. Als wenn der Sänger die ganze Wut und Angst und die Zwickmühle kennen würde. Wahrscheinlich machte ihn das auch völlig verrückt, aber dann sang er genau die Worte, die im Roman vorkamen, außer dass es nicht Miz Bourdillons Worte waren, sondern bestimmt irgendwo aus der Bibel, aus einer dieser modernen Übersetzungen, die Libby manchmal Jase vorlas. *„Ich lasse euch ein Geschenk zurück – meinen Frieden. Und der Friede, den ich* *schenke, ist nicht wie der Friede, den die Welt gibt. Deshalb sorgt euch nicht und habt keine Angst.“*

Genau diese Worte sang er und dann wiederholte er in einem fort: *„Ich gebe euch Frieden, Frieden, Frieden.“* Und ich raste über die kurvige Autobahn, guckte andauernd in den Rückspiegel, ob die Polizei mich verfolgte, und heulte Rotz und Wasser wegen dieses Lieds über Frieden. Frieden hatte ich noch nie gehabt. Wusste überhaupt nicht, wie das aussah, aber ich wollte ihn. In diesem Moment wollte ich Frieden. Und da musste ich an Miz Bourdillons Buch denken und dass der arme Penner den Frieden genauso wollte wie diese Society-Tussi, deren Kartenhaus zusammenfiel. Beide wollten eigentlich nur Frieden.

Und so komisch das auch klingt, am Ende sagte ich es laut ins Auto hinein. „Okay, ich möchte auch Frieden. Weiß nicht, wie, aber bitte, wer auch immer du bist, kannst du mir zeigen, woher ich welchen bekomme?“

Und mein Herz kribbelte und kribbelte und die Musik spielte immer weiter und bald kam das nächste Lied, viel fröhlicher und so. Aber ich hatte immer noch diesen Refrain im Ohr. *„Ich gebe euch Frieden.“*

Paige – Donnerstagmorgen

Auf dem Weg ins Krankenhaus fragte ich Hannah: „Hast du Mommas Kreuz gesehen?“

„Nein. Sie trägt es doch fast immer.“

„Ja, ich weiß. Aber als sie niedergeschossen wurde, hatte sie es nicht um. Die Polizei hat Daddy die Uhr gegeben, die Ohrringe und den Ehering, aber kein Kreuz.“

„Dann muss es irgendwo im Haus sein.“

Mein Mobiltelefon piepte mit irgendeiner Nachricht. „Nein, ist es nicht. Ich habe es über eine Stunde lang gesucht. Du weißt doch, wie viel ihr das Kreuz bedeutet. Für sie hat es Symbolkraft.“

„Ach komm“, erwiderte Hannah. „Fast jedes ihrer Geschenke ist für sie zu irgendeinem Symbol geworden. Entspann’ dich mal,

Schwesterherz. Es ist nicht so wichtig. Wichtig ist, dass sie ihre Augen wieder aufgemacht hat."

„Hast ja recht."

„Du klingst nicht besonders überzeugt."

Ich zuckte die Achseln. „Na ja, es ist nur ..."

„Ah, jetzt kapier ich! Du glaubst, es ist ein Hinweis auf den Täter."

„Vielleicht."

„Also hat er auf sie geschossen und ist dann zu ihr gerannt und hat sich das Kreuz geschnappt, bevor irgendjemand auftauchte."

Ich steckte ihr die Zunge heraus. „Natürlich nicht."

„Paige, in vier Tagen bin ich wieder in Frankreich. Ich kaufe ihr ein neues Hugenottenkreuz. Zehn Stück, wenn es dir dann besser geht."

Allmählich ging ich ihr auf die Nerven. „Okay, vergiss es; ich bin eben verrückt."

„Du bist nicht verrückt, aber so wichtig ist dieses Kreuz auch nicht." Ohne Vorwarnung lachte sie auf. „Jetzt weiß ich! Du machst dir solche Sorgen um das Kreuz wegen der Sache mit dir damals. Als wir in La Grande-Motte waren und Daddy meinte, wir würden nach Montpellier fahren und für Mama ein Geburtstagsgeschenk kaufen und fein essen gehen." Hannas Augen strahlten. „Wie alt warst du, vier, fünf?"

„So was in dem Dreh."

„Und dann sind wir zum Juwelier gegangen, Daddy hat das Kreuz gekauft und Momma war so stolz darauf, dass sie uns gleich die ganze Symbolik erklären musste." Hannah legte sich Mommas Südstaatenakzent zurecht. „‚So, schaut euch mal dieses schöne Kreuz an. Es ist sehr symbolisch. Wisst ihr, was das hier bedeutet? Die Dornenkrone schlängelt sich um das Kreuz und die kleinen Kugeln am Ende der Kreuzarme symbolisieren die acht Seligpreisungen, und wenn man die Enden der Blüten zählt, kommt man auf zwölf Apostel. Und die hübsche Taube, die vom Kreuz herunterhängt, steht für den Heiligen Geist, der vom Himmel herunterkam, als Jesus getauft wurde ...'"

Hannah zwinkerte mir zu. „Aber du hast kein bisschen zugehört, und abends, als Momma uns ins Bett gebracht hat, hast du das

Kreuz angefasst, das ihr mittlerweile um den Hals hing, und hast nur gefragt: ‚Momma, wieso hängt da ein toter Vogel runter?'"

Wir mussten beide lachen wie jedes Mal, wenn wir uns die Geschichte erzählten. Ich konnte mich nicht an den genauen Wortlaut erinnern wie Hannah, aber ich wusste noch sehr wohl, was sie in den Jahren danach immer wieder zu mir gesagt hat: „Du kleiner Naseweis, wenn du mal groß bist und verstehst, wofür die Taube steht, dann kriegst du das Kreuz. Dann soll es dir gehören."

Ich lachte mit Hannah, aber innerlich war ich sauer. Das Kreuz gehörte noch immer Momma und auf einmal wünschte ich, ich hätte es schon bekommen und sie würde es an meinem Hals hängen sehen, wenn sie aus dem Koma aufwachte.

Hannah parkte ein und ich las derweil meine Nachricht. Sie kam von Drake. *Mir ist noch was eingefallen wegen dem „BS". Ich komme morgen Abend wieder. Nimm dir nichts vor, ich erkläre dann alles.*

Okay, schrieb ich zurück. *Momma hat die Augen aufgemacht. Vielleicht kommt sie jetzt aus dem Koma.*

Ich schickte die Nachricht ab und konnte mich nicht entscheiden, ob ich lächeln oder böse gucken sollte.

Hannah und ich waren um halb zehn in Mommas Zimmer. Daddy saß an ihrem Bett. Für uns sah sie aus wie immer: intubiert, überall Schläuche, Augen geschlossen. „Sie ruht sich jetzt aus", sagte Daddy und klang noch immer begeistert. Bald darauf kam Dr. Moore, der drahtige Chirurg mit der Hornbrille, ins Zimmer, begleitet von der Horde Medizinstudenten. Er stellte uns sein Team vor. Während er mit den Studenten über den Fall sprach, zog mich eine der Krankenschwestern beiseite.

„Ich weiß, dass Sie Dr. Moore nicht gerade mögen. Er ist nicht gerade der Einfühlsamste, was seine Patienten angeht, aber sein Kopf ist brillant, und glauben Sie mir, der von Ihrer Mutter ist bei ihm in besten Händen." Sie zwinkerte mir zu, und ich rang mir ein Nicken ab. „Danke", flüsterte ich.

In den sechs Tagen, die wir an Mommas Bettstatt gewacht hatten, hatte ich die Krankenschwestern als diejenigen ausgemacht, die wirklich die Wahrheit sagten. Also atmete ich tief ein und stellte mich näher zu Dr. Moore und seinen Studenten.

„Wie ich gehört habe, hat die Patientin die Augen geöffnet", sagte er mit Blick auf Daddy. Dann ging er nahe an Momma heran, sehr nah, und rüttelte sie an der Schulter. „Mrs Bourdillon. Josephine. Können Sie mich hören?"

Nichts. Aber als er sie fest in den Nacken kniff, sah ich eindeutig eine Bewegung. Ihre Augen sprangen auf. „Na, das sieht doch gut aus! Sieh mal einer an. Sie ist tatsächlich aus dem Koma erwacht. Sehr gut, Mrs Bourdillon."

Der Arzt lachte und wandte sich seinen Studenten zu. „Mrs Bourdillon war eine vier auf der Glasgow-Skala, als sie zu uns kam. Glücklicherweise hat die Kugel nur den rechten Frontallappen durchschlagen; die wirklich wertvollen Immobilien wie das Stammhirn, den Thalamus und die Hirnventrikel sind unverletzt ..."

Und wieder sprach er über Immobilien! Aber dieses Mal konnte ich mitlächeln.

„Sie war innerhalb von fünf Tagen gerade so auf einen Score von sechs gekommen, aber jetzt, nun ..." Er sah auf die Patientenkurve in seiner Hand. „Es ist der Anfang von Tag sechs und sehen Sie sich die Patientin an! Augen geöffnet, Schmerzreaktion vorhanden. Sie verlässt derzeit das VS, das vegetative Stadium und tritt ins MCS ein, das minimalbewusste Stadium. Angesichts der Umstände ist das durchaus bemerkenswert."

Josephine – Donnerstagmittag

Ich kannte diese Stimmen! Hannah! Paige!

„Momma, Momma! Wir haben dich lieb. Und wir sind alle hier bei dir."

1998

„Noch ein Mädchen, Feeny. Ein wunderschönes kleines Mädchen, und sie hat ganz rotgoldene Haare." Patrick gab ihr einen Kuss auf die

Stirn und legte ihr das Neugeborene in den Arm. Josephine betrachtete das Gesicht ihrer winzigen Tochter und schob ihr einen Finger in das Fäustchen. „Bonjour, meine kleine Paige."

Sie sah Patrick an. Er weinte.

„Noch ein Wunder", flüsterte Josephine. „Der Herr hat uns noch ein Wunder geschenkt."

Ich hörte meine Mädchen, aber irgendetwas passte nicht. Hannah? Sie sollte doch in Frankreich sein. Wieso war Hannah hier?

Beide beugten sich über mich und kamen mir ganz nah. Ich konnte ihre hübschen Gesichter sehen! Hannah strich mir über die Wange und ich versuchte zu lächeln. Paige gab mir einen Kuss auf die Hand.

„Sie sieht aus, als ob sie Angst hat oder Schmerzen", sagte Paige.

Nein, ich hatte keine Schmerzen. Aber Durst! Ich hatte solchen Durst.

„Sie versteht noch nicht, was passiert ist, denke ich", kam von Patrick.

Hatte er mir das überhaupt schon erzählt? Ich wusste nicht einmal, wo ich war. Irgendetwas stimmte hier ganz gewaltig nicht, aber alle versuchten mir die ganze Zeit zu vermitteln, dass alles in bester Ordnung war.

Patricks Gesicht tauchte auf. Ich konnte nicht verstehen, was er sagte. *Krankenhaus. Unfall.* Ich wollte ihn fragen, was das für ein Unfall gewesen war, denn ich konnte mich an rein gar nichts erinnern.

„Aber sie erkennt uns! Das ist doch schon ein Wunder! Es beten so viele für sie und Gott hilft tatsächlich." Das war natürlich Hannah. Ich versuchte ihnen noch einmal zu sagen, dass ich schrecklichen Durst hatte, aber aus meinem Mund kam nicht das geringste Geräusch.

Paige

Ich schlüpfte aus Mommas Zimmer und fuhr in die Eingangshalle hinunter, um mir im The Bean Shop einen Chai Latte zu holen. Während ich wartete, schrieb ich mehreren Freundinnen in der

Schule von Mommas Fortschritt. Ich wollte auch gucken, ob mir Drake noch einmal geschrieben hatte.

Er hatte. *Wahnsinn! Grüß sie lieb von mir.*

Im Bean Shop gab es Kaffee- und Teespezialitäten, kalte Getränke und warme und kalte Vorspeisen, die deutlich leckerer aussahen als das, was man in der Cafeteria essen konnte. Und 100 % des Profits gingen an besondere Projekte im Haus. Das klang ziemlich gut in meinen Ohren. Der kleine Laden war leer bis auf eine junge Frau, die mit leerem Blick vor den Sandwiches stand. Ich konnte hören, dass sie immer wieder schniefte. Am Tresen gab ich meine Bestellung auf, und als sie mich ansah, nickte ich ihr zu und meinte: „Das Warten ist doch immer das Schlimmste."

„Ja." Ihre Stimme war kaum zu hören.

„Jemand aus Ihrer Familie?"

„Mein Junge. Sechs Jahre. OP am offenen Herzen."

Ich hatte zwei Gedanken: Sie sah nicht älter aus als Hannah, und vielleicht war sie die Frau dieses blonden Mannes.

„Sind Sie die Frau von Henry?"

Misstrauisch sah sie mich an und runzelte die Stirn. Dann nickte sie zögerlich.

„Ich bin Paige", sagte ich, um sie zu beruhigen. „Meine Mutter liegt oben auf der Intensivstation. Ich habe Ihren Mann am Montagabend getroffen und dann gestern wieder."

Jetzt sah sie noch ängstlicher aus und zog die Arme fest um sich. Sie räusperte sich, als wollte sie etwas sagen, aber es kam nichts. Erst nach einer Weile hörte ich ihre Stimme wieder. „Sie sind die Tochter von Mrs Bourdillon, nicht wahr?"

„Ja, das stimmt. Ihr Mann hat mir von Jase erzählt. Wie geht es ihm denn?"

Sie schluckte und hustete. „Henry hat von Jase erzählt?"

„Ja. Wir haben mitten in der Nacht erzählt, um uns vom Sorgenmachen abzulenken."

Sie war dünn, eigentlich viel zu dünn, und ihr rotblondes Haar hatte sie zu einem losen Knoten hochgesteckt. Ihr Gesicht zeigte die Spuren eines harten Lebens. Aber ihre Augen waren stechend grün und fast übernatürlich schön, sogar jetzt, wo sie weinte.

„Es tut mir leid, wenn Henry Sie belästigt hat. Er meint es gut.

Aber er versteht nicht immer alle Signale." Ihr Blick war so intensiv, als wollte sie mir unbedingt etwas vermitteln. „Seine Gefühle sind oft stärker als normal. Er hat sich sehr über das mit Ihrer Mutter geärgert. Henry hat ein großes Herz für Menschen, denen es nicht gut geht. Er hat sogar zwei Romane Ihrer Mutter aus der Bibliothek ausgeliehen. Er liest gern, glauben Sie mir, aber bei zwei Jobs und einem kranken Jungen kommt er kaum dazu."

„Er hat mich nicht belästigt. Er war sehr nett und zuvorkommend. Besorgt."

Ihre Miene entspannte sich. „Oh, dann ist es ja gut. Und danke, dass Sie nach Jase fragen. Er hat die OP überstanden. Mehr wissen wir noch nicht. Ich will nur schnell etwas essen und dann gehe ich zurück zu ihm." Sie griff nach einem plastikverpackten Sandwich mit Tomaten. „Tut mir so leid mit Ihrer Mutter. Wie geht es ihr? Hat sich etwas verändert?"

„Sie ist gerade aus dem Koma erwacht."

„Das sind ja großartige Neuigkeiten. Wundervoll. Da sind Sie sicher froh."

„Und wie."

Sie bezahlte und winkte mir zu. „Ich muss dann mal."

Ich wünschte, ich hätte ihr irgendetwas geben können. Wenn ich Hannah gewesen wäre, hätte ich ihr angeboten, für sie zu beten, und hätte es dann auch tatsächlich gemacht. Hannah verbrachte sowieso fast die ganze Zeit im Krankenhaus mit Beten, entweder an Mommas Bett oder im Raum der Stille im zweiten Stock. Und einmal pro Tag stellte sie ein Update auf die Internetseite von Momma mit aktualisierten Anliegen und Gottes Reaktion auf die Gebete.

Aber ich betete nun mal nicht.

Also sagte ich: „Natürlich. War nett, Sie kennenzulernen, und ich hoffe, es geht Ihrem Jungen bald besser." Sie ging mit hängenden Schultern davon, die Arme vor der Brust verschränkt, und sie tat mir genauso leid wie ihr Mann.

Henry – Donnerstagmorgen

Ich war schon fast bei der Druckerei und nur ein paar Minuten zu spät, als das Handy klingelte. Fahren und telefonieren, das mochte ich nicht. Hatte schließlich kein Bluetooth-Dings, noch nicht mal so ein Smartphone. Jase hatte mein Handy mal Stupidphone genannt und da mussten Libby und ich echt schmunzeln. Jedenfalls ging ich ran und das war ein Fehler.

Er war dran.

„Hallo, Henry."

Mein Mund war schlagartig trocken. „Hallo."

„Dieses Mal hast du es vermasselt. Und zwar so richtig."

Wusste nicht, was ich darauf erwidern sollte.

„Bist du noch da?"

„Ja. Ja, ich bin da."

„Was soll dieser Blödsinn, die Lady überall in den Nachrichten, überall, und tot ist sie auch nicht?" Er fluchte wie jedes Mal, wenn er wegen einer Sache nervös wurde.

„Sie hat sich genau in dem Moment bewegt, als ich abgedrückt habe."

„Das ist nicht mein Problem."

„Nein. Nein, aber es gibt auch keine anderen Probleme. Mit mir nicht, Nick. Jedenfalls mit mir nicht."

Er brüllte ziemlich heftig in den Hörer. Ich fing mächtig an zu schwitzen und konnte mich kaum noch auf den Verkehr konzentrieren.

„Weiß gar nicht, wieso du dich so aufregst. Ich weiß, dass sie nicht tot ist, aber du hast mich bezahlt, wie immer, also kann es nicht so schlimm sein. Wer auch immer sie tot sehen wollte, muss damit zufrieden sein, sie fast tot zu sehen. Also hör auf, mich anzubrüllen." Hätte ich nicht sagen sollen, aber ich konnte nicht klar denken.

„Willst du mir damit sagen, dass du Geld gesehen hast?"

„Ja. Wie immer." Jedenfalls hatte es den Anschein wie immer. Wann hörte er endlich mit seinem Gezeter auf? Ich konnte mich nicht konzentrieren.

„Du lügst, Henry. Du lügst, damit du der Frau nicht den Rest geben musst. Ich sage dir was, Henry. Lass sie leben. Mach nur. Aber ich weiß von deinem Sohn und seinem Herzproblem und ich weiß, dass du eine sehr hübsche Frau hast. Wäre doch ein Jammer, wenn ihnen was zustoßen würde."

Jetzt war ich richtig am Schwitzen. Endlich kam eine Tankstelle und ich konnte anhalten. Meine Hände am Lenkrad zitterten, was sonst nur eine Nebenwirkung der Medikamente war. Dieses Mal war es wohl eine Nebenwirkung der Angst. „Bedroh nicht meine Familie, Nick. Wage es nicht."

„Du hast Geld gesehen, aber ich nicht."

„Natürlich hast du Geld gesehen. Kam genauso wie sonst auch. Du wurdest bezahlt."

„Eben nicht. Aber wenn du das ganze Geld hast, dann hast du vielleicht auch meinen Anteil."

„Nein. Nein, hab ich nicht. Hab nicht mehr bekommen als sonst. Nur meinen Anteil." Ich saß da und versuchte mich krampfhaft daran zu erinnern, ob ich den Scheck angeguckt hatte. Wenn Libby ihn mir überhaupt gezeigt hatte. Wünschte, ich würde die dämlichen Pillen nehmen, denn dann könnte ich klarer denken.

„Hör zu, Henry", jetzt war seine Stimme süß wie Honig, und das machte mir noch mehr Angst. „Hör mir gut zu. Wenn du bezahlt wurdest, dann lass die Lady in Ruhe. Ist mir völlig egal. Aber wenn ich meinen Anteil nicht bis übermorgen habe, wird dein Sohn das Krankenhaus nicht lebend verlassen. Ich schwöre es."

„Ich kann dich nicht bezahlen! So läuft das nicht!"

„Zehntausend. Auf meinen Namen. Ganz einfache Summe. Du gibst ihn heute noch in die Post."

„Ich kann dir das nicht geben! So ist das noch nie gelaufen!"

„Jetzt schon." Und damit legte er auf.

Kapitel 10

Paige – Donnerstag

Daddy musste Tante Kit angerufen haben, denn sie kam kurz nach Mittag in Mommas Zimmer hineingestürmt. Sie trug ein enges rosafarbenes Sportshirt, schwarze Leggins und Tennisschuhe, hatte die Haare zu einem Pferdeschwanz gebunden und die Sonnenbrille in die Haare geschoben. Schnell gab sie mir ein Küsschen auf die Wange. „Oh, Gott sei Dank! Gott sei Dank! Sie hat die Augen aufgemacht. Meine JoJo ist zurück."

Ich wollte ihr sagen, dass sie bitte nicht so laut reden sollte, aber Daddy nickte mir ganz unmerklich zu, als wollte er sagen: *Lass sie. Lass sie laut sein. Wir sind alle so dankbar, dass Momma wieder da ist.*

„Ich bin gleich nach dem Anruf losgedüst – mitten aus dem Yogakurs."

„Danke, Tante Kit." Ich warf Daddy einen Blick zu und er bedeutete Hannah und mir, ihn nach draußen zu begleiten.

„Wir lassen dich mal einen Moment allein mit Josephine", sagte er, aber die positive Aufregung in seiner Stimme vom Morgen war verschwunden.

Josephine

Ich war da und wieder weg, da und wieder weg. Licht, dunkel, wieder Licht. Ich wusste, dass sie da waren, meine Liebsten, oder waren es Engel? Irgendwann waren Engel da gewesen. Ich spürte eine große innere Ruhe und sagte innerlich Worte, die mir lieb und teuer geworden waren: „Herr Jesus! Lieber Heiland."

Wieder Dunkelheit.

Später hörte ich einen hellen Schrei, lautes und tiefes Gelächter, und ich spürte Feuchtigkeit auf meinem Gesicht, als Kit sich über mich beugte und mich küsste.

„Oh, Liebes, JoJo!"

Ihr Gesicht war gebräunt und gestrafft, die Lippen hellrosa, und als sie mir übers Gesicht streichen wollte, sah ich denselben Farbton auf ihren perfekten Nägeln. Kit! Die verrückte, hübsche Kit.

Ich roch noch ihr exotisches Parfum …

2000

„Na, jetzt hast du aber deine Schäfchen im Trockenen. Zwei kleine Mädchen und noch einen Buchvertrag. Das ist schon der zweite, oder?"

„Der dritte." Wenn Kit sich wenigstens einmal über ihren Erfolg mitfreuen konnte, anstatt gleich wieder neidisch zu sein.

„Ach, ja. Dein zweites Buch kommt bald heraus. Du Glückliche! Ich wünschte, ich könnte mich auch zurücklehnen und mein Geld mit Bücherschreiben verdienen." Sie nahm die Sonnenbrille ab. „Und diese Aussicht. Wahnsinn! Was würde ich für so eine Aussicht geben!"

Sie saßen auf der Veranda ihres neuen Hauses, schlürften eiskalte Limonade und sahen zu, wie der Abendhimmel sich allmählich lavendelfarben einfärbte und die Sonne immer längere Schatten auf die grün wogenden Hügel warf. „Du musst ja ein kleines Vermögen verdienen, damit du dir das hier leisten kannst."

Josephine sehnte sich nach den echten Gesprächen ihrer Kindheit zurück.

„Wir sind sehr dankbar, dieses kleine Paradies gefunden zu haben. Du bist hier immer willkommen."

Kit lachte hämisch. „Hast wohl keine Angst mehr, dass ich dir deinen Patrick wegschnappe."

„Kit!" Josephine war über ihren scharfen Ton selbst erschrocken. Sie starrte ihre Schwester an, bis diese endlich ihren Blick erwiderte. „Hör auf! Hör auf mit diesem Quatsch und rede endlich mit mir! Und zwar richtig, wie früher. Du konntest mir mal bis ins Herz schauen, Kit. Und jetzt höre ich nur noch Verbitterung."

Kits Miene war wie versteinert. „Du hast gut reden. Dir fehlt es ja an nichts."

„Ich habe gesagt, hör auf!" Josephines Stimme wurde noch lauter, während die Umgebung in Lila-, Rot- und Bernsteintöne getaucht wurde. „Mehr als jeder andere solltest gerade du wissen, wie schwer mein Leben war. Ich lasse nicht zu, dass du hier herumsitzt und in Selbstmitleid badest!"

Kit stellte schweigend das Limonadenglas ab und betrachtete den Sonnenuntergang. Ihr Profil von der Seite war perfekt, wie gemalt. „Ich habe mein Leben ruiniert, JoJo. Es ist völlig aus dem Ruder gelaufen und ich habe keine Ahnung, wie ich es wieder in Ordnung bringen soll."

„JoJo! Kannst du mich hören? Ich hatte ja solche Angst um dich! Gott sei Dank bist du wach. Ich dachte, du würdest sterben. Wirklich."

Ich spürte, wie sie meine Hand umklammerte, und versuchte zurückzudrücken, zu blinzeln.

Sie schien nichts zu merken, sondern redete in ihrer typisch nervösen und übertrieben emotionalen Art weiter. „Ich soll nicht über die Vergangenheit mit dir reden, nur schöne Dinge, aber es ist nicht alles Schnee von gestern, JoJo. Das weißt du. Seit dem Attentat denke ich nur noch an eins: Wenn du gestorben wärst, dann wäre es meine Schuld gewesen, alles meine Schuld!"

Ich hörte nur *Attentat*, roch ihr Parfum und versank in der Dunkelheit.

Paige – Donnerstagnachmittag

Trotz Mommas großartiger Fortschritte hatte ich das Gefühl, als hätte man mir ein paar Zentner auf die Schultern geladen. Es war Tante Kit, die diesen Effekt auf mich hatte. Ich schlüpfte nach draußen in die kühle Oktoberluft.

Ich musste wohl gerade Mittagsschlaf gemacht haben. Müde rieb ich mir die Augen. Im Flur traf ich auf Momma, die einen Parka, Mütze und Handschuhe trug und sich gerade Stiefel anzog.

„Was machst du?"

„Ich mache mich fertig, um meine Medizin zu nehmen", sagte sie, aber sie lachte dabei.

„Aber du bist ganz dick angezogen."

„Ganz genau, mein Liebling. Ich gehe spazieren."

„Und dann holst du deine Medizin?"

Wieder dieses befreite Lachen. Dann zog sie mich an sich. „Der Spaziergang ist meine Medizin. Das ist die beste Medizin."

Ich muss einige Zeit mit gerunzelter Stirn dagestanden haben, denn sie sagte: „Schau mich nicht so an, Liebling. Ich mag nicht, wenn deine großen, schönen Augen so traurig aussehen."

„Darf ich mitkommen?"

Sie zögerte einen Augenblick. „Natürlich! Komm, dann packen wir dich auch schön warm ein."

Wir stapften durch die kalte Luft. Beide hatten wir Handschuhe an und hielten uns an den Händen fest. „Wieso ist ein Spaziergang Medizin für dich, Mommy?"

„Weil ich das Leben einatme, wenn ich draußen bin. Ich rieche die Jahreszeit, ich sehe Hoffnung in den Knospen an den Bäumen." Sie zog mich zu einem Hornstrauch, wo ich die Knospen, die gegen den Februarfrost kämpften, anfassen durfte. „Ich komme hier nach draußen und atme tief ein und dann kriecht mir das Leben wieder in den Kopf, in die Seele und ins Herz."

Normalerweise musste ich vor mich hinlächeln, wenn ich mich an diese Szene erinnerte. Aber jetzt war mir einfach nur kalt. Würde Momma je wieder ihre Lieblingsmedizin nehmen können? Sie hatte vielleicht die Augen aufgemacht, aber es war noch ein weiter Weg, bis sie wieder würde laufen können. Wenn es je so weit kam ...

Ich hatte gerade den Plastikdeckel auf den Chai-Tee gedrückt, als Henrys Frau von der Besuchertoilette kam. Sie putzte sich die Nase und hatte rot geweinte Augen. War Jase etwa gestorben? Dieser Gedanke ließ es mir kalt den Rücken hinunterlaufen. Ich ging zu ihr hin und berührte sie am Arm. „Kann ich Sie auf irgendwas einladen, Mrs ..."

Sie erschrak und wischte sich übers Gesicht. „Libby. Einfach nur Libby." Wieder zog sie die Arme um sich, als wäre ihr kalt.

„Kann ich Sie auf irgendwas einladen, Libby? Einen Kaffee? Einen Schokoriegel wenigstens?"

Zuerst dachte ich, sie hätte mich nicht gehört. Dann nahm sie mich auf einmal so fest in den Arm, dass ich fast meinen Chai fallen ließ. „Die Ärzte sagen, schlechte Nachrichten." Ich konnte spüren, wie sie zitterte. „Jase hat eine Lungenentzündung, ganz schlimm. Und dabei ist er doch so schwach. Die Ärzte glauben nicht daran, dass er es schafft, das merke ich." Sie sah so zierlich und zerbrechlich aus, dass mich ihre kräftige Umarmung überraschte. Als würde sie sich bei mir ans Leben klammern. „Ich musste frische Luft schnappen", flüsterte sie, „weil ich dachte, ich falle in Ohnmacht, wenn ich nicht kurz rausgehe."

„Oh, Libby, es tut mir so leid." Endlich ließ sie mich los. „Kommen Sie, ich hole Ihnen etwas zu trinken."

„Ich habe Wasser", erwiderte sie und zog eine Flasche aus ihrer Handtasche, um einen Schluck zu nehmen. „Entschuldigung für den Überfall." Sie biss sich auf die Unterlippe. „Ich sollte zurück zu meinem Jungen."

„Ich begleite Sie", sagte ich und ging mit ihr zum Fahrstuhl.

Als die Türen aufgingen, stellten wir uns zu vier oder fünf anderen Personen. Libby wischte sich immer wieder die Tränen aus dem Gesicht, während alle anderen betreten zu Boden sahen. Im zweiten Stock stieg ich mit ihr aus.

„Liegt Ihre Mutter nicht im dritten Stock?"

„Ja, aber ich dachte mir, ich bleibe ein paar Minuten bei Ihnen, wenn es Ihnen recht ist."

Sie wirkte erleichtert.

Der Aufenthaltsraum für die Kinderintensivstation sah genauso aus wie der auf der Neurotraumatologie. Mehrere große Birkenfeigen in der Ecke und ein großes Fenster mit Blick auf die Berge, durch das die Sonne hereinschien. Ein kleiner Kühlschrank stand für die Familien der Patienten bereit, eine Mikrowelle, ein Wasserkocher und Portionstüten mit Kaffee und heißer Schokolade, außerdem einige Teebeutel. Auf dem Tisch mit den Informationsbroschüren stand ein schöner Strauß Rosen, der seinen Duft im Raum verströmte.

Libby sank in einen Stuhl, vergrub das Gesicht in den Händen und schluchzte. Sehr laut. Ein Pärchen mittleren Alters und ein Teenager sahen mitleidig zu uns herüber und dann höflich wieder weg.

Ohne es geplant zu haben, stellte ich meinen Chai-Tee ab, setzte mich auf den bequemen Stuhl neben ihr und legte die Arme um sie. „Es tut mir so leid, Libby. Wirklich, sehr, sehr leid." Ich wollte ihr helfen, die Neuigkeiten zu verarbeiten, aber ich wusste nicht, wie.

So blieben wir einige Zeit sitzen. „Kommt Henry heute?", fragte ich, als sie sich ein wenig beruhigt hatte.

Sie nickte. „Aber erst spät. Er muss länger arbeiten."

„Gibt es sonst jemanden, den Sie anrufen können, damit Sie hier nicht so allein sitzen müssen?"

Sie nestelte mit ihren Händen herum. „Ich habe gerade mit unserem Pastor telefoniert. Die Gemeinde betet für uns, aber es kann niemand kommen; wir wohnen fast zwei Stunden entfernt von hier."

Wieder hatte ich das Bedürfnis, ihr etwas Gutes zu tun. „Wo übernachten Sie denn?"

„Wir haben ein Zimmer im Rathbun House. Dafür bin ich so dankbar." Ihr schluckaufartiges Schluchzen erschwerte ihr das Reden.

Mir kam ein Gedanke. „Soll ich die Krankenhausseelsorgerin bitten, zu euch zu kommen?"

„Es gibt eine Krankenhausseelsorgerin?"

„Ja. Sie ist wirklich sehr nett." Chelsea hatte ich am Sonntag kennengelernt. Sie war eine korpulente Frau mittleren Alters, die Freundlichkeit und Hilfsbereitschaft ausstrahlte. Hannah hatte sich in den vergangenen Tagen öfter mit ihr unterhalten. Sie war zwar in erster Linie für Familien zuständig, deren Angehörige im Sterben lagen, aber das verriet ich Libby nicht.

Ihre Hände waren immer in Bewegung. „Ich muss zurück zu meinem Jungen", sagte sie leise.

„Ja, natürlich. Wenn ich die Seelsorgerin finde, schicke ich sie zu Jase ins Zimmer."

Libby presste die Lippen aufeinander, als wollte sie sich das Schluchzen verkneifen. „Danke. Das ist sehr nett von Ihnen. Ich glaube, Sie hat der Himmel geschickt, damit ich die Hoffnung nicht verliere."

Darauf wusste ich nichts zu erwidern. „Es gibt auch eine schöne Kapelle mit einem Buntglasfenster und ein paar Bänken, wo man sich hinsetzen und beten kann“, sagte ich. Das wusste ich natürlich ebenfalls von Hannah. „Sie ist in diesem Stock.“

„Vielen Dank“, wiederholte sie, drückte mir die Hand und sah mich mit ihren strahlend grünen Augen an. „Danke.“

Sie verließ den Aufenthaltsraum und ich beschloss, von den Aufläufen und Kuchen, die sich bei uns zu Hause stapelten, etwas für sie mitzubringen. Das war wenigstens etwas. Und ein paar Blumen sollte sie auch haben.

Wir blieben den ganzen Tag über bei Momma: Hannah, Daddy, Tante Kit und ich. Sie hatte eine gute Stunde lang ihre Augen offen. Danach schlief sie wieder. Die Ärzte nannten das „Schlafzyklen“. Die Tatsache, dass Momma immer wieder wach wurde, war ein riesiger Fortschritt. Sogar Dr. Moore schien erfreut darüber zu sein. Natürlich sagte Hannah so was wie: „Das kommt, weil so viele Leute speziell dafür beten, dass sie die Augen öffnet und auf Schmerzen reagiert.“ Aber dann lächelte sie mich an. „Und ich habe das im Internet über Verletzungen des Gehirns gelesen.“

Wegen der ganzen Aufregung mit Momma hatte ich gar nicht mehr über die Sache mit dem einen Leser nachgedacht, der ihr zu viel verraten hatte. Sie hatte ihren Glasgow-Score um Längen verbessert, aber das änderte nichts an der Tatsache, dass jemand versucht hatte, sie zu ermorden. Erst da fiel mir Drakes Nachricht über den *besagten Sommer* wieder ein. Ernüchtert machte ich mich an die Liste der möglichen Verdächtigen, die Hannah und ich verfasst hatten.

Ein paar Minuten später trat Detective Blaylock ein, ohne zu klopfen, und hielt einen Brief hoch, als hätte er im Lotto gewonnen. „Sie hat wieder geschrieben!“

Daddy saß neben Momma, die mit geschlossenen Augen dalag, und ich wollte ihr gerade etwas Leserpost vorlesen. Hannah hatte ihr eine halbe Stunde lang von den neusten Kommentaren auf der Internetseite von Momma berichtet.

„Wer?“, fragte ich, obwohl ich längst wusste, von wem der Brief kam. Der Umschlag war pink.

„Der mit den anderen beiden Briefen.“

Daddys und meine Blicke trafen sich. Ich bekam eine Gänsehaut.

„Officer Hanley war heute Morgen bei Ihnen zu Hause, und die Nachbarin, Mrs Samson ...“

„Swanson“, korrigierte ich ihn.

„Eben. Mrs Swanson hatte gerade die Post geholt. Und wie Sie sehen können, wieder ein pinker Umschlag und dieselbe Blockschrift.“

„Aber was steht denn drin?“ Am liebsten hätte ich ihm den Brief aus der Hand gerissen.

„Gehen wir in den Aufenthaltsraum, dann zeige ich es Ihnen.“

Wir verließen Mommas Zimmer und trafen im Aufenthaltsraum auf Tante Kit. Detective Blaylock las uns den Inhalt des Briefes vor. Es waren nur drei kurze Sätze.

Ich habe es ihnen ja gesagt wie oft habe ich sie gewarnt, dass sowas passiert? Irgendwann müssen sie der Polizei die Wahrheit sagen.

Mir wurde heiß und kalt und ich hatte das Gefühl, mich gleich übergeben zu müssen. Was sollte das nun wieder heißen?

Daddys undurchschaubare Miene machte mir Angst. Er sah weder überrascht aus noch wütend. Hannah stand neben ihm und hatte den Arm auf seine Schulter gelegt und Tante Kit murmelte: „Das ist aber seltsam.“ Aber man konnte ihr ansehen, dass sie wirklich beunruhigt war.

Hatten diese Warnungen etwa mit dem *besagten Sommer* zu tun? Drake meinte, er hätte mir morgen Abend noch mehr zu erzählen. Wenn ich überhaupt so lange warten konnte. Wenn Detective Blaylock mir nicht noch weitere Fragen stellte ...

Den ganzen Abend über, im Krankenhaus und dann zu Hause mit Milton, der mir die Hand ableckte, und Hannah, die über die Kommentare auf der Seite reden wollte, dachte ich nur daran, wie sehr sich meine Welt damals verändert hatte.

Ich hatte eine zauberhafte Kindheit, bis ich neun war, und flatterte wie ein Schmetterling zwischen unserem idyllischen Zuhause auf Bearmeadow Mountain, der Privatschule für Mädchen in Asheville und unserer Gemeinde herum. Unsere Ferien verbrachten wir nicht am nahe gelegenen Myrtle Beach, sondern schwelgten in La Grande-Motte einen Monat lang im Luxus.

Die Nachbarn auf Bearmeadow Mountain waren eine enge Gemeinschaft gut verdienender Berufsanfänger und noch wohlhabenderer Rentner. Als Kind interessierte mich das natürlich nicht. Ich freute mich über die Grillpartys bei den Pfadfindern, die Schnitzeljagden im Wald und das Paddeln auf dem French Broad River. Und ich gammelte oft den ganzen Nachmittag bei Drake herum. Seine Eltern, Mr und Mrs Ellinger, waren meine Pateneltern. Drake war der jüngste von vier Söhnen und ich für sie die Tochter, die sie nie bekommen hatten. Wenn Daddy lange arbeiten musste und Momma sich zum Schreiben verkrochen hatte, fuhr mich oft Mrs Ellinger zu meinen Terminen nach der Schule und zum Kinderchor in die Gemeinde.

Als sich die Ellingers trennten und schließlich scheiden ließen, war ich am Boden zerstört, fast genauso wie Drake, obwohl ich es nicht zeigte. Für mich als Neunjährige war das die erste große Verlusterfahrung. Als Gerüchte über einen Seitensprung von Drakes Vater die Runde machten, schlug ich das Wort im Wörterbuch nach und wurde sehr, sehr böse. Schlechte Nachrichten, leidvolle Erfahrungen und Böses machten Momma oft traurig. Aber mich machte das einfach nur wütend, auch schon als kleines Kind. Mr Ellinger fiel für mich von seinem Podest und krachte zu Boden. Alles, sein Engagement in der Gemeinde, seine Verdienste, was er sich im Leben aufgebaut hatte, wurde für mich zu Hohn und Spott: Ältester in der Gemeinde, Geschäftsmann mit großer Integrität (auch das Wort musste ich nachschlagen), Gesellschaftsvorbild, und am wichtigsten, geliebter Patenonkel.

Neun Jahre lang war ich fröhlich mit meinen Eltern und Hannah zum Gottesdienst gegangen. Ich fühlte mich dort sicher und geborgen. Aber nach Mr Ellingers Seitensprung kroch ein weiteres Wort in meinen Wortschatz: Heuchelei. Der *besagte Sommer* war der Sommer der Worte, für die ich eigentlich noch zu klein war.

Zwei Monate nach der Trennung von Drakes Eltern nahm Mommas Mutter eine Überdosis Schlaftabletten und wachte nie wieder auf. Alle nannten es einen Unfall, aber ich kannte das Wort *Selbstmord* schon und ließ mich nicht für dumm verkaufen.

Als dann Mommas Vater an einem kalten Oktobernachmittag starb, erweiterte sich mein Vokabular wieder. Leberzirrhose. Mein Glauben schrumpfte weiter und vertrocknete irgendwann ganz.

Ich liebte meine Großeltern mütterlicherseits, aber eher auf eine distanzierte Art. Meinen französischen Großeltern fühlte ich mich viel näher, obwohl ich sie nur selten sah und fast kein Französisch sprach. Bei Mommas Eltern hatte ich immer Angst, dass ich in ihrem riesigen und stäubchenfreien Haus in Atlanta Unordnung machen würde. Großvater war ebenfalls eine herausragende Persönlichkeit in der Gesellschaft gewesen, wie Drakes Vater. Ein brillanter Geschäftsmann, lebenslanges Mitglied der St. Mark's Episcopal Church und Vorstandsmitglied von lauter wichtigen Organisationen. Er war sehr attraktiv gewesen, hatte silberfarbenes Haar und dunkelgraue Augen.

Tante Kit kam zu Großvaters Beerdigung. Unter Alkoholeinfluss, wieder so eine Vokabel, die ich während des *besagten Sommers* lernte. Und beim Empfang nach der Beisetzung nahm sie mich beiseite und listete alle Sünden von Großvater im Detail auf. „Er blieb bis spät in die Nacht weg, trank und schlief mit allen möglichen Huren. Dann kam er völlig besoffen in den frühen Morgenstunden heim und schlug Großmutter. Und dann duschte er, zog sich einen seiner Louis-Vitton-Anzüge an und ging ins Büro, als wäre nichts passiert. Und Großmutter war zu schwach und zu stolz, um ihn zu verlassen! Sie hielt die Fassade einfach aufrecht, Jahr um Jahr, bis sie schließlich genug hatte und gleich ganz vom Leben Abstand nahm. Er war ein dreckiger Alkoholiker und notorischer Fremdgeher, und ich bin froh, dass er tot ist." Sie sagte noch andere Dinge und würzte sie mit Worten, die ich noch nie zuvor gehört hatte.

Bis Momma Tante Kit und mich auf der Damentoilette der St. Mark's fand, war meine kindliche Unschuld endgültig zerstört.

Ich kannte die Zehn Gebote und es machte mich wütend, dass zwei Männer, die ich bewunderte, ja, fast vergötterte, sie gebrochen hatten. Mr Ellinger und Großvater waren nichts als Heuchler!

Tante Kit war keine Heuchlerin. Sie sagte, was sie dachte, egal, ob sie nüchtern oder betrunken war.

Der *besagte Sommer* wurde schlimmer und schlimmer, und dann kam noch die Sache mit Daddy ...

Ich ging weiter sonntags zum Gottesdienst, bis ich elf oder zwölf Jahre alt war, aber da hatte ich mir bereits einen sehr robusten Wortschatz und die passende Einstellung dazu zugelegt. Eines Abends erklärte ich meinen Eltern, wieso ich ab sofort nicht mehr mitkommen würde. Hannah versuchte in ihrem jugendlichen Eifer noch eine Zeit lang, mich zu missionieren und mir zu erklären, dass wir als Sünder alle einen Erlöser brauchten, dass ich mich an Jesus festhalten solle und nicht an Menschen, weil diese einen immer enttäuschten. Aber irgendwann fiel bei ihr der Groschen, als ich sie nur stumm anguckte. Es interessierte mich nicht mehr.

Henry – Donnerstagnacht

Auf keinen Fall wollte ich tun, was dieser Nick verlangte. Er hatte meinen Jungen und meine Frau bedroht. Bevor er den beiden ein Haar krümmen konnte, würde ich ihn kaltmachen. Die Waffen waren schon im Auto. Wusste zwar nicht, wo er wohnte, aber ich würde einfach einen Übergabeort für den Scheck ausmachen, und wenn er auftauchte, würde ich ihm was anderes geben – eine Kugel in den Kopf. Und dieses Mal würde ich genau nachsehen, ob er tot war, bevor ich ging.

Meine Wut wurde immer größer und ich schaffte es gerade noch bis zum Wohnwagen, aber da war ich schon ganz nervös und hatte alles im Kopf durchgeplant. Aber dann fiel mir ein, wie enttäuscht Libby sein würde, wenn ich meinen Job verlor, also überlegte ich es mir anders und fuhr um neun in die Druckerei und arbeitete bis abends um neun. Und die ganze Zeit über war ich so unter Strom wie noch nie. Mit meinen Plänen, wie ich Nick fertigmachen würde. Ha!

Der Psychiater hatte gesagt, wenn mich die ganze Wut übermannt, soll ich schnell etwas unternehmen. Aber ich wusste nicht mehr, was ich außer Tabletten zu nehmen tun sollte. Wenn ich die

Dinger nahm, würde ich mich beruhigen und zu Nick fahren und mit ihm reden. Aber das war nicht richtig. Nein, er musste weg. Pa meinte immer, wenn irgendetwas unsere Sicherheit bedrohte, dann kümmerte er sich darum. Und das hat er dann auch. Wie mein Pa wollte ich nicht sein, aber eine andere Lösung fiel mir auch nicht ein. Ungefähr eine Stunde lang saß ich in meinem großen Fernsehsessel und dann schnappte ich mir die Dose und schluckte eine Handvoll Pillen. Wie viele, keine Ahnung, aber es war auch egal. Ich war so jenseits von Gut und Böse, dass alles half. Ich leerte vier Dosen Bier und fing an, im Wohnwagen hin und her zu tigern, und dabei rief ich nicht ein einziges Mal Libby an, um zu hören, wie es ihr oder Jase ging, weil sie nicht wissen durfte, in welchem Zustand ich war.

Ich lief und lief und trank noch ein paar Bier und dann muss ich einfach umgekippt sein, denn ich wurde durch Schüsse geweckt und saß sofort kerzengerade. Dabei war es nur mein Handy, das ganz fürchterlich laut klingelte.

„Hey, Libs." Durch die Fenster kam Licht herein. Mein Kopf wollte nicht funktionieren. „Wie geht's Jase?"

„Wieso gehst du nicht ans Telefon!", schrie sie fast in den Hörer. „Die Ärzte haben Angst, dass Jase es nicht schafft! Er hat eine schlimme Lungenentzündung."

Libby war niemand, die sich vom kleinsten Wind umpusten ließ. Sie war zäh, also wusste ich, dass es wirklich schlimm stand, so hoch und verzweifelt klang ihre Stimme. Ich versuchte, trotz der hämmernden Kopfschmerzen und des Gefühls, mich gleich übergeben zu müssen, die Augen aufzukriegen. „Langsam, Libs. Sag das noch mal. Verflixt, Libs, das tut mir leid."

„Ich habe die ganze Nacht bei ihm gesessen. Die Schwestern hatten nichts dagegen. Sie glauben, dass er stirbt, verstehst du?" Sie schnappte nach Luft. „Und ich habe dich immer wieder angerufen. Wo warst du denn, Henry? Wie kannst du mich jetzt allein lassen, wo ich so viel Angst habe? Und Jase?"

„Es tut mir leid, Baby. So verflixt leid." Jetzt kriegte ich es mit der Angst zu tun. „Ich hab zwölf Stunden gearbeitet. Der Boss ist happy." Etwas anderes fiel mir nicht ein.

„Ich habe mit Mrs Bourdillons Tochter gesprochen, Paige. Sie sagt, ihr habt euch getroffen."

„Ja. Haben wir, stimmt."

„Henry, vielleicht solltest du lieber nicht mehr herkommen."

Sie schluchzte nur noch ins Telefon. „Das wird schon", sagte ich schnell. „Vergiss, was ich gestern früh gesagt habe. Mach dir keinen Kopf. Ich arbeite heute und dann springe ich ins Auto und um sieben bin ich da. Sag meinem Jungen, er soll durchhalten." Aber mir liefen schon die Tränen und ich wusste, dass sie auch weinte. „Sag ihm, er soll die Ohren steifhalten. Sein Pa kommt und dann wird alles wieder gut."

Paige – Freitagmorgen

„Geh nicht weg, Daddy! Bitte, bleib hier!" Mama war schon weg und was sollten wir jetzt ohne Daddy machen? Er kniete sich vor mich. „Paige, ich muss. Jetzt sofort. Aber ihr müsst mir vertrauen. Wenn ich gehe, ist das nur zu eurem Besten. Das fühlt sich erst einmal nicht so an, aber ich verspreche euch, es ist besser so."

Die Welt um mich herum brach zusammen und ich hatte riesige Angst. Ich wollte irgendwas sagen, aber der Kloß im Hals war zu groß.

„Und ich komme wieder. Ich komme wieder."

Ich saß ruckartig im Bett, bekam vor Angst kaum Luft, das ganze Kissen feucht, die Augen verklebt.

Da ließ ich die Erinnerung zu. Die Handschellen, die Polizei, mein stummes Beobachten, während Hannah heulte, schrie und tobte. Ich nahm das Kissen und umklammerte es wie einen weichen Schutzschild. Aber wozu? Niemand und nichts konnte uns beschützen.

Als ich nach unten kam, saß Hannah vor einer Tasse Kaffee. Die Haare fielen ihr ins Gesicht. Ich dachte, sie guckte auf ihr Smartphone, aber als sie mich ansah, war ihr Gesicht rot und verweint. „Der *besagte Sommer*", sagte sie nur. „Ich glaube, jetzt kann ich darüber reden."

Ich schüttelte verblüfft den Kopf, um mich zu vergewissern, dass sie tatsächlich gesprochen hatte.

„Paige? Alles in Ordnung?"

Mein Ohr piepte. Ich legte den Kopf schief und drehte mich zu Hannah. „Glaub schon. Ich habe davon geträumt, von Daddy.

Und jetzt, ausgerechnet jetzt, willst du darüber reden." Mein ganzer Körper war angespannt.

„Daddy", sagte Hannah und räusperte sich, „Daddy ist weggegangen, und das hat uns ganz schön Angst gemacht, weil Momma auch weg war."

„Er ist ins Gefängnis gegangen!", rief ich.

Ihr fiel die Kinnlade herunter.

„Du weißt, dass das die Wahrheit ist."

„Ja, natürlich weiß ich das. Aber wieso schreist du mich so an?"

„Weil wir uns nie getraut haben, es laut zu sagen, weil wir Schiss hatten zu sagen, dass Daddy ins Gefängnis musste und dass wir ganz allein waren und Angst um ihn und um Momma hatten und nie wirklich verstanden, wieso. Jedenfalls nicht am Anfang, und wir ..."

Hannah hielt mich an der Taille fest. „Psst. Psst, Paige, schrei nicht so. Alles wird gut. Niemand muss erfahren, wieso er im Gefängnis war. Das hat nichts mit dem Attentat auf Momma zu tun. Niemand muss es erfahren."

„Aber sie werden es herauskriegen. Bestimmt haben sie Daddy schon tausend Fragen gestellt und er versucht nur, uns zu beschützen. Ich weiß jetzt ganz genau, dass er sich schuldig fühlt, weil er nicht darauf bestanden hat, dass Momma im September nach La Grande-Motte gefahren ist wie jedes Mal, wenn eins ihrer Bücher herauskommt. Und findest du es nicht seltsam, dass die Polizei nicht ein einziges Wort darüber verloren hat, dass er monatelang im Gefängnis war? Monatelang! Er hat nicht nur eine Nacht dort verbracht, verstehst du?"

Wieder ließ sie den Kopf hängen, so als würde sie für ihre Tasse Kaffee ein Tischgebet sprechen oder ihre ganze Energie darauf verwenden, nicht aus der Haut zu fahren. „Paige, das hat alles nichts mit Momma und irgendeinem verrückten Leser zu tun."

Ich zuckte die Achseln und hatte noch das Bild vor mir: Daddy in Handschellen. „Woher willst du das wissen? Wieso bist du dir da so sicher?" Ich wurde leise, aus Angst, die Wände würden es weitertragen. „Seine Anklage lautete auf Mord."

Ich machte die Augen zu und stellte mir vor, wie Detective Blaylock und Officer Hanley Daddy in Handschellen abführten. Ein weiteres Mal.

Kapitel 11

Josephine – Freitagmorgen

Irgendetwas versuchte, mich zu ersticken! Ich ruderte wild mit den Armen und versuchte, es wegzuziehen. Und diese Schmerzen! Nicht zum Aushalten! Ich schrie, so laut ich konnte. Sie waren doch da, gleich hier bei mir. Hörten sie mich denn nicht? Wenn ich nur diese Maske vom Mund ziehen könnte, dann würden sie mich hören!

Patricks Gesicht tauchte auf. Er hielt meine Hände fest. „Feeny, alles ist gut. Ich weiß, die Schläuche sind unangenehm, aber du brauchst sie noch. Sie helfen dir beim Atmen. Du darfst sie jetzt nicht rausziehen."

Ich hörte Hannah rufen. „Da! Sie hat Schmerzen. Seht ihr nicht die Tränen? Wir müssen etwas tun!"

Eine Stimme, die ich nicht kannte, kam näher. Dazu eine weiche Hand an meinem Gesicht. Es war eine Frauenstimme. „Josephine. Mrs Bourdillon. Ich bin Dr. Lenski. Wir geben Ihnen jetzt etwas gegen die Schmerzen." Ihre Stimme klang ganz ruhig. Sie redete weiter, aber nun klang es so, als wäre sie weit weg. „... ganz normal, eine Phase der Verwirrung und Desorientierung nach einem Neurotrauma. Die Konzentrations- und Lernfähigkeit verschwindet und es kann zu Nervosität, Ruhelosigkeit und Aufgebrachtheit kommen. Der Schlafrhythmus kommt durcheinander. Die Person überreagiert auf Stimulation und wird körperlich aggressiv, wie Sie es gerade mit den Schläuchen gesehen haben."

„Ich halte das nicht aus, sie so zu sehen", jammerte Hannah. Unsere Älteste war nah am Wasser gebaut, anders als Paige.

Die ruhige Stimme setzte wieder ein. „Diese Phase kann für die Angehörigen sehr fordernd sein. Ihre Mutter verhält sich möglicherweise sehr ungewohnt, aber das sind positive Zeichen. Sie macht wahnsinnige Fortschritte. Nach dem Koma hat sie das vegetative Stadium hinter sich gelassen und nun schon das Stadium mit minimalem Bewusstsein erreicht …"

Die Stimmen kamen und verebbten, aber Patrick hielt nach wie vor meine Hand. Das spürte ich.

„Haben Sie Geduld. Das Verhalten kann sehr unstet sein. Einige Tage sind besser als andere. Sie hat Ihnen schon mehrfach auf Anreden hin die Hand gedrückt, aber in den vergangenen zwei Tagen ist das nicht mehr passiert. Es kann eine Weile dauern, bis sie wieder so weit ist …"

Hatte mir schon irgendjemand erzählt, was eigentlich los war? Patrick meinte, ich sei im Krankenhaus. Kit sprach von einem Attentat. Was meinte sie? Und wieso dröhnte mein Kopf so fürchterlich? Wieso durfte ich mich nicht bewegen? Und wieso wurde es schon wieder dunkel …?

2001

Ihr erster Roman hatte sich mehr schlecht als recht verkauft und gemischte Rezensionen bekommen, aber der zweite! Er stieg direkt bis in die Bestsellerliste der New York Times auf. Josephine war überhaupt nicht auf die Aufmerksamkeit, die Schmeicheleien, die Interviewanfragen und die ganze Leserpost vorbereitet gewesen. Sie war völlig überwältigt. Hannah und Paige gefiel es nicht, dass sie nun eine Tagesmutter hatten. Patrick war im Büro aufgestiegen, hatte mehr Verantwortung und musste oft bis spätabends arbeiten. Und Kit! Wieder ein Rückfall mit Schreien und Fluchen und einem erneuten Krankenhausaufenthalt. Josephine wollte am liebsten nach La Grande-Motte flüchten wie nach ihrem ersten Roman. Aber mit zwei Kindern im Schlepptau war das unmöglich. Sie erinnerte sich an ihre eigene Kindheit, an die dunklen Zeiten, wo sie das Gefühl hatte, der Abgrund in ihr würde weiterwachsen und sie würde früher oder später hineinfallen. Sie war so müde.

Dass sie der gemeine Brief runterzog, war kein Wunder. Mit negativen Rezensionen konnte sie umgehen, aber mit Hass?

Sie saß an ihrem kleinen Schreibtisch und sah in den bunten Herbst hinaus. Die Kastanien hellgelb, der Hartriegel fast rostbraun, und erst die Ahornbäume! Sie waren eine Farbpalette aus leuchtendem Rot,

Gelb und Orange. Josephine war gerade unbekümmert dabei gewesen, eine neue Geschichte zu entwerfen, als Patrick die Post brachte. Seit der Veröffentlichung ihres zweiten Romans war die Flut an Fanpost so angeschwollen, dass sie gar nicht mehr hinterherkam und das Schreiben darunter litt. Sie nahm ihre Post sehr ernst und versuchte, immer schnell zu antworten. Aber mittlerweile war das unmöglich.

Sie öffnete den Brief – ein rosafarbener Umschlag – und erwartete blumigen Dank und sogar ein wenig Lobhudelei.

„Ich wünschte Sie würden in der Hölle braten. Diese Geschichte – haben Sie eine Ahnung, was Sie damit angerichtet haben? Wegen Ihrem Buch ist meine Tochter von der Brücke gesprungen. Ihr Buch hat meine Tochter dazu gebracht, Selbstmord zu begehen. ICH HASSE SIE!"

Josephine kreischte auf und ließ den Brief fallen, als würde er ihr die Hand versengen. Sie sank zu Boden, vergrub das Gesicht in den Händen und schrie. Als Patrick sie fand, war ihr Blick wild und außer Kontrolle. Und genau so fühlte sie sich auch.

Wie konnte ein einziges Blatt Papier – rosafarbenes Briefpapier noch dazu – einen Nervenzusammenbruch auslösen? Die ganzen Jahre des Perfektseins und Bravseins brachen entzwei, das Loch in ihrem Kopf wurde zum Abgrund und sie fiel hinein, kopfüber, und konnte nur noch zu Gott flehen, dass er sie erlöste. Ihre Rettung war dann eine psychiatrische Klinik gewesen, ihr Mann, und schließlich La Grande-Motte.

Josephine ließ den Blick über die Palmen hinweg und übers Mittelmeer schweifen, wo die Wellen an den feinen, staubigen Sandstrand schlugen und der kalte Wind ihn immer wieder aufwirbelte. Sie saß auf dem Balkon, in eine Fleecedecke gehüllt, neben sich eine Tasse Tee. Ihr Ruhepol. Der Arzt hatte ihr Ruhe und Einsamkeit verordnet. Zeit fürs Gebet, zum Nachdenken, und lange Spaziergänge. Ruhe. Geduld. Nicht schreiben. Schreibpause. Einfach nur Ruhe.

Sie zog Leggings an, ihren Parka und einen Schal und ging ins Novemberblau hinaus. Der Strand war menschenleer bis auf ein paar Mutige, die auf ihren Segelbrettern weit draußen durchs Meer pflügten. Windsurfen nannten sie das. Wieso sie nicht untergingen, fragte sich

Josephine. Sie hatte ihre Bibelkarten dabei, ging spazieren und las sie dem Wind vor. Josephine ruhte aus. Und in der Stille, der furchtbaren und wunderschönen Stille, hörte sie nichts. Keine einzige Geschichte wollte in ihrem Kopf entstehen.

Sie waren fort.

Wie sehr sie ihre Geschichten vermisste.

„Ich glaube, ich kann nicht mehr schreiben", sagte sie zu Patrick. „Die Geschichten sind weg. Alles ist nur noch leer." Sie spazierten am Strand, ihre Hand fest in seiner. Die Abendsonne hinter ihnen warf lange Schatten.

„Sch, Feeny. Darüber darfst du jetzt nicht nachdenken. Jetzt ist Ausruhen dran, schon vergessen? Ruhe."

„Ja, ich weiß. Aber was, wenn sie nie wiederkommen?"

„Wir werden mit dem Verlag reden. Sie geben dir sicher mehr Zeit."

„Das ist bestimmt wegen der Medikamente. Soll ich die Antidepressiva lieber absetzen?"

Er zog sie an sich. „Eins nach dem anderen, mein Schatz. Immer schön eins nach dem anderen."

Aber Josephine hatte beschlossen, die Medikamente nicht abzusetzen. Die Geschichten waren fort, dafür aber auch die anklagenden Stimmen in ihrem Kopf und die furchtbare Dunkelheit. Die Geschichten vermisste sie, aber ganz bestimmt nicht die Stimmen! Wie sollte sie Frau und Mutter sein, wenn in ihr solche Dunkelheit tobte?

„Du wirst deine Fanpost nicht mehr beantworten", sagte Patrick. „Am besten, du liest sie noch nicht einmal. Wir werden jemanden einstellen, der das macht. In Zukunft schreibst du nur noch."

Er verstand nicht, dass die Briefe das Schreiben erst wertvoll machten. Dass die ernst gemeinten, von Herzen kommenden Worte für sie wie Hoffnungsboten waren inmitten des betäubenden Schmerzes.

Erst Tage später ging sie einmal am leeren Strand spazieren. Das Meer kitzelte gelegentlich ihre Zehen. Jedes Mal erschrak sie wieder neu über die eisige Temperatur des Wassers. Da rauschte sie heran, wie früher. Eine Szene. Sie blitzte kurz auf und war in ihrem Kopf wie festgeschrieben.

Eine Geschichte.

Josephine fiel dankbar auf die Knie, während der feuchte Sand ihre Jeans durchweichte.

Als sie aus La Grande-Motte zurückkam, flossen die Geschichten täglich aus ihr heraus. Josephine war überglücklich. Sie holte ihre Karteikarten mit Bibelversen heraus, einige über zwanzig Jahre alt, nahm eine große Sperrholzplatte, glättete sie mit Sandpapier und malte sie rotbraun an. Dann klebte sie Karte für Karte auf das Brett. Am Ende entstand ein buntes Kaleidoskop kleiner Wahrheiten aus grünen, gelben, rosafarbenen und weißen Karten, dazu einige Texte auf blumigem Briefpapier, andere einfach auf einer hübschen Serviette. Sie befestigte alle Karten auf dem Holz und nannte das Kunstwerk ihr Zeugnis, ihre Motivationstafel. Wenn sie vor Frauengruppen auftrat, machte sie nie einen Bogen um die Wahrheit – ihre Antidepressiva, damit ihre Stimmung stabil blieb, ihre Therapien, ihr Ruhebedürfnis, ihr Bedürfnis nach Wahrheiten aus der Bibel, nach Menschen. Sie sprach ganz offen darüber und endete stets mit den Worten: „Gottes Wort hat mich vom Rand der Verzweiflung, vom Wahnsinn gerettet und zurückgebracht."

„Ich mag deine Notirationstafel", hatte Paige mit ihrem vierjährigen Stimmchen gesagt, als Josephine sie an der Rückseite ihrer Schreibzimmertür angebracht hatte. „So viele Farben und Sprüche, und deine Handschrift ist so hübsch."

Paige

Mir graute vor meinem Termin mit Detective Blaylock. Er wollte mich schon am Vorabend sehen, aber ich hatte die Erschöpfung vorgeschoben. Das Warten hatte kein bisschen geholfen; ich hatte kaum ein Auge zugetan und fühlte mich, als hätte ich eine Schlinge um den Hals. Und wenn ich nicht aufpasste, dann würde es noch jemand anderem so gehen.

Detective Blaylock hatte mich um zehn Uhr bestellt. Ich war schon früher am Krankenhaus und sah nach Momma, war begeistert über ihre Fortschritte und konnte es zugleich kaum ertragen zu sehen, wie sie sich quälte. Es war mir egal, dass die Schwester das als normal bezeichnete. Wer sah schon gern, wie ein geliebter Mensch vor Schmerzen das Gesicht verzog und wild mit den Armen ruderte, um die Schläuche zu fassen zu bekommen?

Es war noch eine Viertelstunde bis zum Termin mit Detective Blaylock und ich beschloss, in der Kinderintensivstation nach Libby zu suchen. Ich war mit mehreren Aufläufen, einer Schachtel Pralinen von The Chocolate Fetisch und einem der vielen Blumensträuße, die wir nach Hause geliefert bekamen, bewaffnet. Allein in Mommas Zimmer standen dreißig Stück davon.

Das Essen deponierte ich im kleinen Kühlschrank im Aufenthaltsraum und machte mich auf zu Jases Zimmer. Als Libby mich mit dem riesigen Strauß weißer Orchideen vor der Tür sah, kamen ihr die Tränen. Sie winkte mich herein, nahm mir die Vase ab und stellte sie aufs Fensterbrett.

Jase lag im Bett und war an mindestens genauso viele Schläuche und Maschinen angeschlossen wie Momma. Sein kastanienbrauner Schopf war fast so dicht wie meiner, aber der Rest seines Körpers, das Gesicht und die Hände, war so weiß wie die Laken, unter denen er lag. Ich biss mir angesichts des kleinen Menschleins, das von so vielen Maschinen am Leben erhalten werden musste, auf die Lippen. Der Anblick berührte mich zutiefst. Momma hatte zumindest ein volles und erfülltes Leben von über fünfzig Jahren gehabt. Aber dieses Kind? Ein Sechsjähriger mit einer verschwindend geringen Überlebenschance? Was war daran fair? Was war das anderes als eine himmelschreiende Tragödie?

Ich griff nach Libbys Hand und so standen wir da und betrachteten ihren Sohn – künstliches Koma, wie sie mir später sagte –, und da kamen auch mir die Tränen. „Ein hübscher Junge“, konnte ich noch flüstern. „Jase ist sehr hübsch.“

Detective Blaylock führte mich in eine ruhige Ecke der Cafeteria. Ich versuchte, seine Miene zu lesen. Resigniert? Hoffnungsvoll? Genervt? „Also, Miss“, setzte er an und zupfte sich an seinem schwarzen Bart. „Ihr Vater und ich haben uns diverse Male sehr ausführlich unterhalten und es wird Sie freuen, dass ich mich intensiv mit Ihrer Familie beschäftigt habe, wie Sie wollten."

Ich hatte verstanden. Er wollte mich mit meinen eigenen Waffen schlagen.

„Ich denke, ich habe die meisten Fakten beisammen, aber ich muss noch wissen, woran Sie sich erinnern. Und Ihre Schwester."

„Okay." Ich hatte Daddys Stimme noch im Ohr. *Beantworte einfach seine Fragen, Paige. Und sei nicht so aggressiv.*

„Ihre Mutter hatte mehrere Nervenzusammenbrüche. Was können Sie mir dazu sagen?"

„Ich verstehe nicht, warum Sie mich fragen, wenn Sie es schon wissen."

„Vertrauen Sie mir. Ich habe meine Gründe."

„Momma sagt immer, einen Roman zu schreiben ist wie eine Geburt. Sie trägt so schwer an der Geschichte und dann erblickt das Buch endlich das Licht der Welt und dann ist sie immer total fertig, Momma. Es kostet sie das letzte Quäntchen Kraft. Also schickt Daddy sie weg, damit sie sich ausruht. Ich würde das nicht als Nervenzusammenbruch bezeichnen. Sie ist einfach erschöpft. Eigentlich finde ich das sogar ziemlich schlau von meinen Eltern."

„Gut. Aber sie hat in der Vergangenheit schon mehrfach sehr negative Leserpost bekommen, was sie ziemlich aus der Bahn geworfen hat ..."

„Verständlicherweise."

„Und Ihr Vater?"

„Daddy ist sehr beschützend gegenüber meiner Mutter. Sie sind wie Pech und Schwefel. Das habe ich Ihnen schon gesagt. Also fühlt er natürlich ihren Schmerz."

Ich wusste, was jetzt kam, und konnte den Detective doch nicht davon abbringen.

„Sprechen wir über die Monate, in denen Ihr Vater inhaftiert war."

Ich dachte an meinen Traum. „Ja, und?"

„Können Sie mir sagen, was damals passiert ist?" Detective Blaylock entging mein eisiges Schweigen nicht. Er setzte sein mittlerweile bekanntes Stirnrunzeln ein. „Ihr Vater und ich haben schon darüber gesprochen. Ausführlich. Er hat mich ausdrücklich darum gebeten, nichts über den ..." – er sah in seine Notizen – *„besagten Sommer* zu fragen, wie Sie und Ihre Schwester es nennen. Ich bin seinem Wunsch nun sechs Tage nachgekommen, aber mit dem dritten Brief als neuem Beweisstück brauche ich Ihre Sicht auf diese Zeit – was geschah damals, wie haben Sie und Ihre Mutter und Ihre Schwester die Monate überstanden, wie hat es sich angefühlt, den eigenen Vater im Gefängnis zu wissen."

„Es war schlimm und entsetzlich", platzte ich heraus. „Das ganze Jahr war sowieso schon eine einzige Katastrophe, lange bevor Daddy ... bevor er wegging. Ja, Momma ging es nicht gut. Beide ihre Eltern waren gestorben. Ihre beste Freundin hatte sich scheiden lassen. Es war das Jahr der Wirtschaftskrise. Und meine Tante hatte einen Rückfall."

„Und Ihr Vater hat Ihre Mutter an den Strand nach Frankreich geschickt?"

„Ja, wie immer."

„Und wie viel Zeit verging nach der Abreise Ihrer Mutter, bis Ihr Vater ins Gefängnis musste?"

Ich begriff nicht, wieso er mich ausquetschte, wenn er sich die Fakten doch einfach beschaffen konnte. „Ich weiß es nicht mehr. Das ist in der Erinnerung alles verschwommen."

„Wissen Sie, wieso Ihr Vater ins Gefängnis musste?"

Natürlich wusste ich es. „Weil ein Mann ihn mit der Waffe bedroht hatte und er mit ihm kämpfte, sich ein Schuss löste und der Mann dabei starb."

„Und wer war dieser Mann?"

Ich sah weg. Und zuckte die Achseln.

„Sie wissen es nicht?"

Ich holte tief Luft und sah zu Boden. *Du musst das Gespräch von Daddy ablenken.* „Nein. Ich weiß nicht, wer das war. Aber ich habe eine Ahnung, wer meine Mutter tot sehen wollte. Ich glaube, es könnte ein Leser oder eine Leserin sein, die ihr zu viel anvertraut hatte und dann in Panik verfallen war."

„Panik?"

„Ja, sie wollte Momma aus dem Weg räumen, bevor Momma sich gegen sie richtet."

Detective Blaylock sah nicht überzeugt aus. „Was ist mit der Person, die diese Briefe geschrieben hat?“ Er hielt drei durchsichtige Tüten mit den rosafarbenen Briefen hoch.

Ich hatte einen Gedankenblitz. „Vor vielen Jahren, als ich noch klein war, da hat eine Frau Momma vorgeworfen, sie sei verantwortlich für den Selbstmord ihrer Tochter. Sie hat dann meiner Mutter nach jedem neuen Roman Drohbriefe geschrieben. Vielleicht hat Daddy Ihnen davon erzählt. Sie war verrückt und hat die Bücher von Momma noch nicht einmal selbst gelesen, sondern nur ihre Tochter. Die Frau war völlig außer sich, verbittert und wütend wegen dem Selbstmord ihrer Tochter und hat nur einen Schuldigen gesucht. Ich habe die Briefe nie gesehen, aber Daddy weiß bestimmt, ob sie noch existieren. Vielleicht ist es ja diese Frau.“

Er saß vorgebeugt, kratzte sich am Kopf und blätterte sein kleines Ringbüchlein mit den Notizen durch und einen Augenblick lang erinnerte er mich an Columbo, nur ohne Zigarre. Als er die gesuchte Seite gefunden hatte, sagte er: „Derzeit versuchen wir herauszufinden, ob der Tod des Mannes etwas mit dem Attentat zu tun haben könnte. Aber wir prüfen auch, ob diese drei Briefe in Verbindung mit der Tat stehen.“ Er sah wieder in seine Notizen. „Hm, Sie sagen also, eine geistig verwirrte Frau hat Ihrer Mutter vor Jahren geschrieben? Es wäre eine große Hilfe, wenn Sie diese Briefe finden und mit den aktuellen Briefen vergleichen würden.“

„Gut, ich gebe mein Bestes.“ Wieso hatte Daddy das Detective Blaylock gegenüber nicht erwähnt? Und würde er sich überhaupt erinnern, in welchem Jahr das gewesen war? Hannah hatte die Post zum Glück nach Jahren sortiert, also sollten sie auch zu finden sein.

„Danke, Miss.“ Ich dachte schon, dass ich wieder einmal davongekommen war, da klappte er sein Büchlein zu, setzte sich auf und lenkte das Gespräch wieder auf Daddy. „Ich würde gern mehr über den Tag erfahren, an dem Ihr Vater ins Gefängnis musste – aus Ihrer Erinnerung. Wie haben Sie davon erfahren und wer hat Ihnen erklärt, was da vor sich ging?“ Er musste gesehen haben, dass ich erstarrte, und fügte schnell noch hinzu: „Das muss alles sehr schmerzhaft für Sie gewesen sein. Aber es würde mir sehr weiterhelfen, die Sache aus Ihrer Perspektive geschildert zu bekommen. Manchmal kann selbst das kleinste Detail einen Fall voranbringen.“

„Paige? Paige, Schätzchen, ich muss heute zum Flughafen. Ich bin weg, bevor du aus der Schule kommst."

Ich eilte die Treppen hinunter und lief zu Momma in die Küche. „Ich werde dich so vermissen, Momma. Ich wünsche dir eine höchst zauberhafte Zeit."

„Du kleine Poetin. Werde ich haben. Aber ich werde dich und Hannah und Daddy auch fürchterlich vermissen."

„Und nimm schön viel Medizin für mich."

Momma hatte an ihrem Handgepäck genestelt und sah mich verwirrt an. „Medizin? Was meinst du, Schätzchen?"

„Du brauchst sehr viel davon. Medizin, du weißt schon." Ich zwinkerte ihr zu.

Sie nahm mich in ihre Arme. „Ich werde jeden Tag ausgiebig spazieren gehen. Egal, welches Wetter. Versprochen."

Als ich an jenem Tag von der Schule kam, war Daddy schon zu Hause, was ungewöhnlich war. Er war ganz unruhig und gab mir etwas zu essen. Kurz darauf kamen Hannah und Drake herein. Wir hatten eine Fahrgemeinschaft gebildet. Heute waren meine Eltern nicht mit dem Abholen dran gewesen. „Hey Daddy! Du bist aber früh zu Hause", sagte Hannah und gab ihm einen Begrüßungskuss. Er nickte, aber sein Blick war abwesend und die Farbe war aus seinem Gesicht gewichen. „Kinder, kommt mit ins Wohnzimmer", sagte er, als wir aufgegessen hatten. „Ich muss euch etwas sagen."

Aber er kam nicht dazu, es uns zu erklären. Jedenfalls nicht richtig. Als wir ins Wohnzimmer kamen, standen zwei Polizisten in Uniform neben den Fenstern und eine junge Frau saß auf der Couch und sah Papiere durch. Daddy nickte den Polizisten zu und umarmte Hannah, Drake und mich. „Es gab einen Unfall und ich muss mit diesen Männern mitgehen." Dann versagte ihm seine Stimme und er räusperte sich. „Ich werde eine Weile nicht da sein."

„Und wohin gehst du, Daddy?", fragte ich. „Können wir nicht mitkommen?"

Daddy kniete sich vor uns. Seine Stirn war so sehr gerunzelt und er sah so niedergeschlagen aus, dass ich mir kurz unsicher war, ob mich wirklich gerade mein fröhlicher, lustiger Daddy ansah.

„Geh nicht weg, Daddy! Bitte geh nicht weg!“, jammerte ich. Momma war nicht da und was sollten wir ohne Daddy machen?

„Paige, ich muss. Jetzt sofort. Aber ihr müsst mir vertrauen. Wenn ich gehe, ist das nur zu eurem Besten. Das fühlt sich erst einmal nicht so an, aber ich verspreche euch, es ist besser so.“

Die Welt um mich herum brach zusammen und ich hatte riesige Angst. Ich wollte irgendwas sagen, aber der Kloß im Hals war zu groß.

„Und ich komme wieder. Ich komme wieder.“

Aber ich glaubte ihm nicht. Die Polizei schob ihn aus der Tür, aber vorher legten sie ihm noch silberne Handschellen an. Hannah weinte laut auf.

Die Frau, die sich Sozialarbeiterin nannte, blieb bei Drake und Hannah und mir. Wir saßen stumm und völlig überwältigt auf dem Sofa, als plötzlich Tante Kit hereinplatzte. „Ich habe gerade gehört, dass euer Vater verhaftet wurde.“

„Ja. Du bist zu spät“, murmelte ich.

Hannah wandte sich der Sozialarbeiterin zu. „Niemand hat uns irgendwas erklärt.“

„Er wurde mit einer Waffe in der Hand angetroffen ...“, setzte die Frau an.

„Er hat einen Mann erschossen!“, platzte Tante Kit dazwischen. Die Frau warf ihr einen vernichtenden Blick zu.

Ich fühlte mich erschöpft und ernüchtert. Detective Blaylock klopfte mir väterlich auf die Schulter. „Danke, Paige. Ich weiß, das war nicht einfach, aber es hat mir sehr weitergeholfen. Glauben Sie mir.“ Er zupfte an seinem Bart. „Also wurde Ihr Vater am selben Tag verhaftet, als Ihre Mutter nach La Grande-Motte abgereist ist, ist das korrekt?“

Ich nickte nur.

Henry – Freitagnachmittag

Hab den ganzen Tag wie ein Berserker gearbeitet. Die Hände haben wie verrückt gezittert, von den Pillen, und Big Dan hat mich den ganzen Tag über schief angesehen.

„Geht meinem Jungen nicht so gut“, sagte ich.

„Dann mach, dass du wegkommst, und fahr hin, Henry. Na los. Aber fahr vorsichtig, hörst du. Du siehst nicht gut aus."

„Ich mache meine Arbeit noch fertig, Mr Dan. Das schaffe ich. Ist nicht nötig, mich gehen zu lassen, wirklich." Ich schwitzte total und mir war schwindlig. Mr Dan sah ziemlich besorgt aus.

„Ist schon gut, Henry. Du wirst nicht entlassen. Fahr los zu deinem Jungen."

Also kam ich schon am frühen Nachmittag aus der Druckerei, aber ich fuhr nicht nach Asheville. Noch nicht. Ich erledigte diesen einen Anruf und hatte noch etwa eine Stunde Zeit, bevor ich am vereinbarten Ort sein musste, also ging ich zurück in die Bibliothek und gab das Buch ab. Mabel war da, und sie sah mich irgendwie komisch an.

„Alles in Ordnung, Mr Hughes?"

Konnte wieder mal nur innerlich fluchen, weil ich vergessen hatte, wie schlimm ich aussah, nach so vielen Dosen Bier und viel zu vielen von diesen Pillen. „Hab kaum ein Auge zugetan wegen meinem Jungen. Er hatte eine OP und ihm geht's nicht gut."

„Das tut mir sehr leid, Mr Hughes." Sie stellte das Buch in eins dieser rollenden Regale und sah mich wieder so besorgt an wie vorher.

„Sie haben nicht zufällig Miz Bourdillons aktuelles Buch da, oder?" Mir war richtig übel, und ich wette, ich war ganz grün im Gesicht.

Hätte ich lieber nicht fragen sollen. Hätte schnell zum Wagen gehen sollen. Aber sie strahlte und sagte: „Sie haben aber ein Glück! Es hat gerade heute Morgen jemand das Hörbuch zurückgegeben. Haben Sie einen CD-Player?"

„Ja, hab ich."

„Wenn Sie mit dem Hörbuch vorliebnehmen wollen ... es ist sehr gut gemacht." Sie zog die CD aus dem Regal und verbuchte sie für mich.

„Danke", sagte ich, stürmte aus der Bibliothek, um die Ecke zu meinem Truck und kotzte alles, was ich gestern in mich hineingestopft hatte, auf den Parkplatz.

Paige – Freitagabend

Kaum war er um die Ecke im Krankenhausflur gebogen, warf ich mich Drake in die Arme. „Gott sei Dank bist du da!“ Ich krallte meine Fäuste in seine Jacke und hielt mich fest, legte meinen Kopf an seine Brust und hörte sein Herz schlagen, ganz normal, ohne Schläuche.

Er löste sich aus meiner Umklammerung. „Hey, ganz ruhig. Komm, wir setzen uns.“

Ich presste die Lippen aufeinander, fühlte diese unerträgliche Last, die Schlinge. „Können wir kurz woandershin gehen? Ich glaube, mein Kopf platzt gleich.“

„Das wollte ich auch gerade vorschlagen, aber kann ich kurz noch zu Momma Jo?“

„Die Schwester hat uns rausgescheucht und zwei Stunden absolutes Besuchsverbot erteilt. Dann darf Hannah bei ihr bleiben. Aber wir haben dir extra Zeit nach dem Abendessen reserviert.“

Ich hakte mich bei ihm ein wie früher, als wir noch Teenager waren.

„Wollen wir in die Stadt und was essen?“ Er tätschelte mir die Hand. „Ich weiß auch schon, wo.“

Natürlich wusste er, wo. Er fuhr mich direkt nach Biltmore, bis wir nach zehn Minuten die Battery Park Avenue erreichten. Ich konnte wieder normal atmen und wusste schon, wohin wir gingen.

Das altvertraute rotgelbe Schild begrüßte uns – *Chai Pani, Indian Street Food* – und mir lief das Wasser im Mund zusammen. Es war mein Lieblingsrestaurant. Dort gab es den besten Chai-Tee der ganzen Stadt. „Danke“, flüsterte ich und hatte einen Kloß im Hals.

„Bourdy, du brauchst mal was zu essen, was wirklich Geschmack hat. Das Krankenhauszeug kann sehr fade sein.“

Wir betraten das dunkle Restaurant mit seinen roten Wänden und den Lichterketten an der Decke. Dieser Geruch! Würzig, aromatisch. Mein Magen knurrte laut. Drake grinste mich an.

Kleine Schmetterlinge setzten in meinem Bauch zu einem Flug an.

Als Vorspeise bestellten wir Salat mit grüner Mango und das

Spezialgericht des Hauses, frittierte Okrastäbchen. Drake nahm ein Bier und ich natürlich Chai. Small Talk war noch nie unser Ding gewesen, weswegen es mich überhaupt nicht überraschte, als Drake sagte: „Ich habe dir ja geschrieben, dass mir noch etwas über den *BS* eingefallen ist."

„Also, natürlich wissen wir alle, was passiert ist, aber ich habe noch einmal über die Reihenfolge der Ereignisse nachgedacht. Erinnerst du dich noch an diese Frau, die jahrelang auf jeder einzelnen Lesung deiner Mutter war? Nur nicht im Südosten. Zuerst hielten wir sie für einen ganz besonders treuen Fan. Aber als sie immer wieder auftauchte, haben wir sie immer die ‚Stalkerin' genannt, weißt du noch?"

Ich kaute derweil an den Okrastäbchen. „Ja. Hannah und ich habe erst vor ein paar Tagen über sie gesprochen."

„Hat eigentlich jemals jemand herausgefunden, wie sie hieß? Hast du je mit ihr persönlich gesprochen?"

„Ja. Sie heißt Dana Johnston. Wir haben sie alle kennengelernt, Momma, Hannah, ich. Daddy wahrscheinlich auch. Jahrelang haben wir sie nicht mehr gesehen und dann tauchte sie letzten Monat bei einer von Mommas Lesungen auf. Sie ist ein bisschen übereifrig, aber eigentlich ganz nett. Eine echte Marke – sagt Momma. Sie ist ziemlich korpulent und laut, temperamentvoll und trägt kitschigen Schmuck, viel zu viel Make-up und bunte und verrückte Kleidung." Ich brauchte nur kurz die Augen zu schließen und sah Dana Johnston, wie sie quer durch den Saal auf Momma zustürmte, die gerade einen Vortrag gehalten hatte, und sie so fest umarmte, als wären sie beste Freundinnen. „Sie ist merkwürdig, aber nicht verrückt."

„Wieso bist du dir da so sicher?"

Ich zuckte mit den Achseln. „Keine Ahnung. Ich glaube, wir haben uns einfach an sie gewöhnt, nachdem sie einen Sommer lang überall aufgetaucht ist."

„Ganz genau."

„Was meinst du?"

„Ich weiß nicht. Ich sage nur, was mir so durch den Kopf gegangen ist." Er lächelte und sah mit seinen Grübchen und den blaugrünen Augen nicht nur unglaublich charmant und attraktiv aus, sondern einfach süß und die Schmetterlingshorde in meinem

Bauch fing schon wieder an zu flattern, wie damals, als ich dreizehn war.

Er merkte davon nichts und fing an, die kleine Flasche mit scharfer Soße von einer Hand in die andere zu werfen. Wenn er aufgeregt war, spielte er immer mit irgendetwas herum. Was jetzt kam, war er offensichtlich im Kopf schon oft durchgegangen. „Okay, jetzt kommt ein ganz anderes Szenario. Du weißt, dass ich ein halbes Jahr auf eurer Couch verbracht und deine Mutter mit meinem endlosen Kummer belastet habe. Aber eines Tages war sie total verheult, als ich reinkam. Ich habe ja nie geklopft. Du und Hannah, ihr wart irgendwo. Vielleicht mit eurem Dad unterwegs. Jedenfalls hat sie geweint und gezittert und einen Brief in der Hand gehabt. Ich hatte sie ziemlich überrascht und sie konnte nicht mehr so tun, als wäre sie nicht völlig aufgewühlt. Sie hat so etwas Ähnliches gesagt wie: ‚Drake, tut mir leid. Ich werde von einer verrückten Frau verfolgt.‘ Die Tränen sind ihr über die Wangen gelaufen und dann hat sie gemeint: ‚Schon wieder.‘ Schließlich hat sie mir noch von den anderen Briefen dieser trauernden Frau erzählt, die ihr vorwarf, ihre Tochter mit finsteren Gedanken angesteckt zu haben."

„Ja! Davon habe ich heute Detective Blaylock erzählt. Und?"

„Ich glaube, dass der Brief, den sie an jenem Nachmittag in der Hand hielt, von derselben Frau kam, die die anderen drei geschrieben hat."

„Okay, das ergibt Sinn. Das würde bedeuten, dass diese Person Momma schon eine sehr lange Zeit belästigt." Ich aß noch eine frittierte Okraschote. „Iss doch", sagte ich und schob Drake ein paar Schoten in den Mund. „Und das heißt also ..."

„... dass meine Eltern sich haben scheiden lassen und deine Großeltern beide gestorben sind – traumatische Tode, wie ich finde. Und der Roman deiner Mutter war gerade herausgekommen. Also hat dein Vater sie nach La Grande-Motte geschickt, richtig? Jedes Mal nach einer Neuerscheinung ist sie einen Monat lang in Frankreich gewesen. Um sich zu beruhigen. Aber dann hat sie kurz vor der Abreise diesen Brief bekommen. Und dann war dein Vater auch noch in dieses Tötungsdelikt verwickelt ..."

„Und musste drei Monate ins Gefängnis", vervollständigte ich seinen Satz. „Aber Momma war schon abgereist, als er verhaftet wurde. Tante Kit kam und blieb ein paar Tage bei uns. Ich habe sie angefleht, auch nach Grande-Motte fliegen zu dürfen und bei Mamie und Papy unterzukommen, aber es waren ja keine Ferien. Und Kit sprach immer von Daddy, als wäre er der übelste Verbrecher. Sie machte überhaupt keinen Hehl daraus. Ich glaube, dass sie bis heute nicht davon überzeugt ist, dass er in Notwehr geschossen hat und es ein Unfall war."

Drake kostete den Salat. „Ein Traum." Er nahm noch eine Gabel und kaute. „Deine Tante Kit ist mir ein echtes Rätsel. Ich begreife sie nicht. Aber jetzt habe ich noch eine Frage – sozusagen ein drittes Szenario. Weißt du, wie der Mann hieß, den dein Vater aus Versehen erschossen hat?"

„Nein. Aber das lässt sich bestimmt herausfinden. Detective Blaylock hat den Namen, da bin ich mir sicher."

„Ich glaube, Miss Detective Bourdy", und dabei griff er quer über den Tisch und verdrehte meine Nase, „dass irgendetwas mit diesem Mann nicht stimmt. Was, weiß ich nicht. Es ist nur so ein Gefühl, aber es lässt mich nicht los."

„Aber es hat ganz bestimmt nichts mit unseren anderen beiden Szenarien zu tun", erwiderte ich und schlürfte meinen Chai-Tee. „Er ist bei uns eingebrochen und hat Daddy überrascht. Daddy hatte ihn definitiv noch nie zuvor gesehen. Er hat ihn mit der Waffe bedroht und Daddy hat dann versucht, sie ihm abzunehmen, und dabei hat sich ein Schuss gelöst. Das ist allgemeiner Konsens."

Ich klang so, als wäre ich mir meiner Sache sicher, aber da war noch etwas, was ich noch nicht einmal vor Drake zugeben konnte, und das machte mir Angst. Daddy war mit Totschlag aus Notwehr davongekommen, aber was wirklich passiert war, damit war er immer sehr, sehr vage geblieben und er weigerte sich stets, darüber zu reden. Es klang, als sei er nicht ganz unschuldig.

Wir spazierten unter einem fast schwarzen Himmel am French Broad River durch die frische, fast beißend kalte Luft. Das hier sollte mein Leben sein. Nicht das andere. Nicht das Krankenhaus. Nicht Gespräche über Stalker und Mord und Geisteskrankheit. Ich wollte diesen Spaziergang mit Drake genießen, die Schönheit dieses Ortes auf mich wirken lassen und für eine Stunde die furchtbare Woche vergessen.

Immer wieder lehnte ich mich an ihn. Für mich war das ganz natürlich, tröstend und unschuldig. Er behandelte mich wie sonst auch, als wäre er mein großer Bruder, mein Beschützer und bester Kumpel. Ganz bestimmt nicht so, als wäre er mein Freund. Nur mein Herz schlug etwas unberechenbar, und ich schalt Hannah im Stillen dafür, dass sie mir diesen Floh ins Ohr gesetzt hatte.

„Das ist alles nicht leicht für dich, ich weiß", sagte Drake. „Und du versuchst, stark zu sein für deinen Dad. Aber für mich musst du nicht stark sein, Bourdy. Mir tut das alles nur so leid. Komm, wir reden über was anderes." Wir kamen über eine Brücke und er lehnte sich rückwärts ans Geländer. „Erzähl mir von deinen Testergebnissen und auf welches College du gehen willst."

Ich verdrehte die Augen. „Nein danke." Dabei hatte er recht. Wir sollten das Thema wechseln, aber ich konnte nicht. Ich musste noch einige Fragen loswerden. Die, die mir die Luft abschnitten. „Denkst du eigentlich je ans Heiraten? Ich meine, nach allem, was mit deinen Eltern passiert ist? Beeinflusst dich das?"

„Ah, also reden wir nicht mehr über Mord. Nur noch über Scheidung?" Aber er lächelte mich an.

„Tut mir leid. Vielleicht sollte ich das nicht fragen. Aber durch die ganze Fragerei des Detectives kommt alles wieder hoch. Deinen Eltern kam die Liebe abhanden, und ich glaube, meine Eltern ..." Ich durfte jetzt nicht weinen. Jetzt war der falsche Zeitpunkt!

Er hob mein Kinn. „Was, Bourdy? Was wolltest du sagen?"

Ich musste ihn fragen, was ich noch nie jemanden gefragt hatte. „Drake, glaubst du, man kann auch zu sehr lieben?"

Sein Blick hatte etwas Schmerzhaftes an sich, als würde er mit einem Gedanken kämpfen. „Erklär mir das", sagte er.

„Ich habe Detective Blaylock nicht alles erzählt. Jedenfalls nicht das, wovor ich am meisten Angst habe. Daddy hat den Mann aus Versehen erschossen. Das glaube ich. Hoffe ich. Aber Momma hatte diese Nervenzusammenbrüche und manchmal sagte sie Daddy, es sei so dunkel überall, und dann kamen auch noch diese Briefe. Er würde doch nicht ..." Ich schlug die Hand vor den Mund. „Er würde doch nicht etwas tun, damit sie sich nicht mehr mit dieser Person auseinandersetzen muss, die sie verrückt macht, oder?"

Er nahm mich in den Arm. „Sch. Was du da denkst, ist Unsinn, Paige. Wenn ich eins weiß, dann dass dein Dad deine Mom liebt."

„Ich weiß. Aber was, wenn er sie *zu sehr* liebt? Wenn er etwas getan hat, was für ihn wie Liebe aussah, aber in Wirklichkeit keine Liebe ist?"

Er verzog fast angewidert das Gesicht. „Willst du damit sagen, dass dein Vater absichtlich jemanden gesucht und umgebracht hat, der deiner Mutter Drohbriefe geschickt hat? Dass die Briefe eigentlich von diesem Mann kamen und nicht von der Frau, deren Tochter Selbstmord beging? Und dann hat dein Vater, ja was? Die Sache selbst in die Hand genommen? Das klingt alles andere als plausibel, Bourdy. Weit hergeholt, sehr weit."

Ich klammerte mich verzweifelt an ihn, so wie Libby es gestern bei mir getan hatte. „Ich weiß es nicht. Es kommt immer wieder hoch. Als hätte ich eine Erinnerung daran. Eine wichtige Erinnerung, aber sie fällt mir nicht ein. Ich weiß es einfach nicht."

Mehrere Paare liefen an uns vorbei. „Hör zu", sagte Drake, als wir wieder allein waren, „im Polizeibericht steht, dass dein Vater einen Mann in Notwehr getötet hat. Dabei wollen wir es erst mal belassen. Aber es könnte ja nicht schaden, wenn wir den Namen dieses Mannes herausfinden und eigene Nachforschungen anstellen."

„Okay. Aber dann müssten wir doch irgendwie meinen Vater mit einbeziehen, oder?" Er erwiderte nichts. „Du hast recht", sagte ich. „Natürlich hast du recht. Ich bin völlig durcheinander. Das reinste Emotionsbündel." *Früher haben wir Momma ein reines Emotionsbündel genannt.* Ich ließ Drake los, wischte mir Augen und Nase und versuchte, klar zu denken. Irgendein anderes Thema zu finden. „Hast du eigentlich wirklich keine Freundin?"

Woher kam das auf einmal?

Er lächelte. „Du und deine Schwester. Immer dieselben Fragen. Man könnte meinen, ihr seid verwandt." Zum Glück konnte er in der Dunkelheit nicht sehen, wie ich rot wurde. „Und die Antwort ist dieselbe wie immer. Nein. Jedenfalls keine echte Freundin."

Ich wurde ein Stückchen kleiner. Was sollte das nun wieder bedeuten?

„Bourdy, das ist ein echt anstrengendes Jahr. Da ist nicht viel Zeit für ein Liebesleben." Er drehte sich um und sah über das Geländer ins Wasser.

„Ja, ihr Ingenieure habt's nicht leicht."

„Aber zurück zu deiner Frage. Ob ich noch ans Heiraten denke? Natürlich denke ich manchmal daran."

Ich war so erleichtert, über irgendwas zu reden, das nicht mit Daddys Liebe zu Momma zu tun hatte. „Sag mir Bescheid, wenn du heiratest, ja? Damit ich mich vorbereiten kann. Du hast sicher nicht vergessen, wie eifersüchtig ich war, als du auf der Highschool mit Mädchen ausgegangen bist, und ich war was, dreizehn? Als ich total verknallt in dich war?"

Er nickte. „Das weiß ich noch sehr gut. Tut mir leid, dass ich dir so viel Herzschmerz bereitet habe." Seine Stimme hatte diesen spitzbübischen Unterton. „Nein, das mit der Ehe muss wohl noch ein bisschen warten."

„Bis du deinen Abschluss in der Tasche hast, einen guten Job, und natürlich die richtige Frau." Auf einmal wollte ich auch nicht mehr über dieses Thema reden.

„Nein. Also, nicht ganz. Ich meine, den Abschluss will ich machen und einen guten Job finden auch. Aber die richtige Frau habe ich schon. Deswegen muss ich ja noch warten ..."

„Was? Was soll denn das nun wieder heißen! Eben noch hast du gesagt, dass du keine echte Freundin hast, und jetzt willst du die richtige Frau schon gefunden haben." Ich merkte, wie mir schon wieder die Tränen kamen. Frustriert ballte ich die Hände zur Faust und versuchte, die Tränen zu ignorieren, die mir über die Wangen liefen. „Sorry. Ich glaube, ich bin einfach zu erschöpft und emotional ausgelaugt, um überhaupt ein vernünftiges Gespräch zu führen."

Er hatte die Hände auf dem Brückengeländer und sah in die Nacht hinaus. Lange sagte er nichts. Dann: „Ich warte nur, bis du endlich groß bist, Bourdy." Er drehte sich um, sah mir tief in die überraschten Augen und hielt mich an den Schultern fest. Dabei schenkte er mir sein süßestes Grinsen. „Ich warte nur auf dich, das ist alles."

Kapitel 12

Josephine

Paige hielt meine Hand und ich drehte den Kopf, um sie besser sehen zu können. Unsere Blicke trafen sich. „Momma! Oh, Momma. Ich bin so froh, dass es dir besser geht. So viel besser ..."

2006

Hannah und Paige spielten im Sand in La Grande-Motte und bauten die Stadt als Sandburg nach, Josephine hatte einen großen Schlapphut auf dem Kopf und saß auf einem niedrigen Klappstuhl. „Kannst du das Gedicht noch mal aufsagen?", fragte Paige.

Paige hatte Anfang der Woche „Die Zeitfalte" ausgelesen und war begierig auf neues Lesefutter von Madeleine L'Engle. Hier gab es keine Bibliothek mit englischen Büchern, aber Josephine konnte aus ihrem Erinnerungsschatz schöpfen. „Das Gedicht von Mrs L'Engle? Es ist sehr schön, nicht wahr?"

Langsam und mit Betonung fing Josephine an:

„O come, dear Lord, unbind: like Lazarus, I
Lie wrapped in stifling grave clothes of self-will
Come give me Life that I to Death May die ...
If Pain Comes as we're freed,
Your daylight must have First hurt Lazarus' eyes."[2]

---

2 Komm, lieber Herr, mach mich frei; wie Lazarus bin ich in Grabtücher des Eigenwillens eingehüllt. Komm, mach mich lebendig, damit ich dem Tod entrinnen (wörtlich: sterben) kann … So wie der Schmerz einsetzt, wenn wir befreit werden, hat sicherlich auch dein Licht den Augen von Lazarus wehgetan.

Paige sah von ihrer Sandburg auf. „Gefällt mir gut, Momma. Wie dieser Vers auf deiner Motivationstafel. Man muss sein Leben verlieren, um es zu gewinnen."

Wie konnte eine Achtjährige dieses Gedicht verstehen, wenn sie es selbst kaum begriff? Aber Paige war nun mal scharfsinnig, hatte Fantasie und tiefgründige Gedanken. Wie sehr sehnte sich Josephine danach, ihre kreative Tochter vor all dem emotionalen Schaden zu bewahren, den sie in ihrer Kindheit erlitten hatte. Zum Glück verbrachte Paige recht wenig Zeit mit Josephines Eltern oder mit Kit. Die einzige Gemeinsamkeit mit Josephines Kindheit war Paiges Vorliebe dafür, Geschichten zu schreiben. Glücklicherweise brütete Paige nicht vor sich hin und zog sich zurück. Wenn sie sauer war oder wütend, dann zeigte sie das geradeheraus.

Paiges Stimme ebbte ab und brandete wieder auf. Früher hatten wir so gerne Gedichte auswendig gelernt. Wir lernten Shakespeare, Emily Dickinson, Robert Frost und oft auch schöne Bibelverse. Ich mochte ihre Stimme, so sanft und melodisch, wenn sie mit Ausdruck in den Augen die Zeilen alter Meister aufsagte. Aber nach dem *besagten Sommer* hatte all das nachgelassen. Irgendwann kam sie auch nicht mehr mit in die Gemeinde.

Ein Schatten legte sich über mich. „Herr, pass auf meine Paige auf", betete ich schnell. „Hilf ihr, ihren Weg zu finden. Bitte hilf ihr." Ich betete, aber meine Lippen bewegten sich nicht.

Was war in dem *besagten Sommer* noch einmal gewesen? Ein Gedicht von Paige? Ich versuchte mich auf die Gegenwart zu konzentrieren. Hannah war hier, aber eigentlich sollte sie in Frankreich sein. So viel wusste ich. Aber Paige war für mich immer noch das kleine Mädchen, das Detektivgeschichten schrieb und Gedichte von Madeleine L'Engle aufsagte. Dann wiederum hielt sie Hannahs Hand und sagte mit ihrer ernsten, nüchternen Art: „Das ist eben der *besagte Sommer*, Hannie. Nichts anderes als der *besagte Sommer*." Was sollte das bedeuten? Ich kam nicht darauf.

Weil ich so müde war.

Henry

Wie ein Henker raste ich zum Treffpunkt im Wald, dort, wo Pa und ich früher geübt hatten. Hatte beide Schießeisen bereit, aber meine Hände zitterten wie verrückt und das war nicht gut.

Du musst tun, was zu tun ist. Pas Worte hallten in meinem Kopf.

Ich machte das Radio an und wieder war Libs Lieblingssender eingestellt, dieser religiöse, und gerade las ein Pastor aus der Bibel vor. Aus dem Evangelium nach Matthäus, wie er meinte. Und ich versuchte angestrengt, mich darauf zu konzentrieren, weil es zwar verwirrend klang, aber auf eine gute Art. „Und es begab sich, als er zu Tisch saß im Hause, siehe, da kamen viele Zöllner und Sünder und saßen zu Tisch mit Jesus und seinen Jüngern. Als das die Pharisäer sahen, sprachen sie zu seinen Jüngern: ‚Warum isst euer Meister mit den Zöllnern und Sündern?' Als das Jesus hörte, sprach er: ‚Nicht die Starken bedürfen des Arztes, sondern die Kranken. Geht aber hin und lernt, was das heißt, Barmherzigkeit will ich und nicht Opfer. Ich bin nicht gekommen, Gerechte zu rufen, sondern Sünder.'"

In meinem Kopf brüllte alles durcheinander. So laut. Musste dringend mit Miz Bourdillon reden, über dieses Vergeben und Verzeihen, denn wenn sie mir vergeben konnte, dann bestrafte mich Gott vielleicht auch nicht, indem er Jase sterben ließ. Ich wollte sie ja gar nicht mehr umbringen, aber ich musste doch meinen Jungen beschützen. Sollte ich meinen Kontakt töten? Aber mein Kontakt hatte auch wieder einen Kontakt. Nick kannte die echte Person, die ihn angeheuert hatte, und ich hatte keine Möglichkeit herauszufinden, wer das war. Aber vielleicht spielte es auch keine Rolle. Angestrengt überlegte ich, ob es nun eine Rolle spielte oder nicht, und da war ich schon auf der kleinen Lichtung hinter dem alten Schuppen, wo Pa seine Vorräte aufbewahrt hatte.

Ich stellte den Motor ab und saß eine Minute völlig unruhig da. Dann holte ich die Jobanweisung heraus, die auf diesem hübschen Briefpapier stand. Las das ganze Ding noch mal, dabei konnte ich es längst auswendig, die Worte und die ganzen Blumen am unteren Rand. Fein säuberlich zerriss ich die Seite in winzige Schnipsel und verbrannte sie im Aschenbecher des Pick-ups. Wollte Miz Bourdillon sowieso nicht mehr umbringen, da brauchte ich die Instruktionen auch nicht mehr.

Als Nächstes schnappte ich mir die Pistole und versuchte, sie ganz ruhig zu halten. Und da kam schon Nick in seinem dicken Pick-up angerollt. Er stieg aus und schlug die Tür zu.

Dann kam er herüber mit seinem schmierigen Grinsen im Gesicht. Nicht der Gesichtsausdruck, den ich erwartet hatte.

„Hab keinen Scheck für dich, Nick. Nur eine hübsche Kugel", warnte ich ihn und legte direkt auf ihn an.

Seine Hand ging nach unten – jede Wette, dass er nicht ohne Bleispritze hergekommen war – und ich drückte ab. Ging vorbei, riss noch seinen Hemdsärmel auf, genau, wie ich geplant hatte. Gott sei Dank, ich konnte noch zielen. Pa meinte immer, ich sei der beste Schütze der Stadt.

Jetzt hatte er diesen verängstigten Blick, von dem Pa sagte, dass wir jetzt am Drücker waren. „Bist du völlig durchgeknallt, Henry! Jetzt beruhige dich mal! Beruhige dich."

„Du kriegst kein Geld, Nick. Brauch ich alles für meinen Jungen. Dass du keine Kohle gesehen hast, glaube ich nicht. Wie immer, wir beide wurden bezahlt. Sag mir, dass du Kohle gesehen hast!"

Er starrte mich wütend an, sagte aber kein Wort. Stand nur da, die Hände an der Hüfte, bereit, jeden Augenblick nach seiner Knarre zu greifen.

„Wer hat dir den Auftrag gegeben, Nick? Sag schon. Du hast dein Geld gesehen, wie immer. Wer hat dich beauftragt? Ich will es wissen!" Aber wollte ich das wirklich? Was brachte mir diese Information? „Lass meine Familie und mich in Ruhe, hörst du? Dann lasse ich dich auch in Ruhe. Wenn du auch nur in die Nähe von meiner Familie kommst, sage ich alles der Polizei. Ich schwöre es. Ist mir doch egal, was mit mir passiert. Ich sage ihnen alles, Nick."

Wieder griff er nach seiner Pistole und ich schoss. Feuerte ihm seinen Cowboyhut vom Kopf. Jetzt hatte er richtig Schiss. „Wer ist dein Auftraggeber?", brüllte ich und zielte genau auf seinen hutlosen Kopf. „Hast du Kohle gekriegt oder nicht?"

Sein Gesicht war puterrot vor Angst und Zorn. „Ich weiß nicht, wer das war! Eine Stimme am Telefon, mehr nicht. Dann kam dieses Briefpapier, das ich dir mit genauen Anweisungen weiterschicken sollte. Hab noch nie schriftliche Anweisungen bekommen, sondern nur meine Arbeit getan. Das weißt du genau wie ich, Henry. Ich schwöre es ..."

„Hast du Kohle gesehen!?"

Seine Augen blitzten, aber irgendwann sagte er: „Ja. In zwei Raten direkt als Überweisung an die Bank, wie immer. Irgendeine verrückte Person hat die Anweisungen auf blumiges Briefpapier geschrieben und mir die ganze Summe bezahlt, und was machen wir jetzt, wo diese Schreibtante nicht tot ist?"

Ich versuchte, mein Zittern zu unterdrücken. „Also schulde ich dir rein gar nichts! Lass mich in Ruhe, Nick! Du willst mich wohl für dumm verkaufen? Lass mich in Ruhe. Hab schon genug Probleme!"

„Ich habe dir deinen Anteil gezahlt, wie vereinbart. Aber weil die Lady nicht stirbt, stecken wir beide im Schlamassel – tief, sage ich dir, und ich will einen Teil der Kohle zurück, Henry. So sieht's aus."

„Ich kann dir nichts geben. Hau ab! Hau bloß ab!" Ich feuerte in die Luft.

Er sprang in seinen Pick-up und fuhr so schnell los, dass lauter Dreck aufgewirbelt wurde. „Du bist doch verrückt, Henry!", schrie er. „Und das wird dir noch leidtun. Sehr, sehr leid. Dein Junge ist tot!"

Ich drückte noch einmal ab und blies ihm direkt die Heckscheibe raus. Er raste davon.

Freitagabend
Paige

Um zehn drehte der Arzt noch einmal seine Runde. Seine Augen waren wach wie immer und er bewegte sich mit nervöser Energie fort, während ich kaum noch Kraft zum Gähnen hatte. Aber nervöse Energie hatte ich auch! Drakes Offenbarung hatte mich völlig unvorbereitet erwischt. Wir waren zurück zum Auto gelaufen, Hand in Hand, beide in einer Art Schock. Mir fehlten auf jeden Fall die mentalen Reserven, um zu verarbeiten, was gerade passiert war, und Drake schwieg.

Jetzt standen Drake, Daddy, Hannah, Tante Kit und ich bei Momma im Zimmer. Dr. Moore beugte sich über sie. „Mrs Bourdillon, Josephine, können Sie meinen Finger sehen?" Mommas Augen folgten seiner rechten Hand, die langsam von einer Seite zur anderen wanderte. Dann nahm er ihre Hand. „Können Sie bitte einmal zudrücken?" Er schmunzelte. „Hübscher Händedruck, Mrs Bourdillon." Er nickte uns über die Schulter zu.

„Können Sie mir sagen, wo Sie wohnen?" Dann beugte er sich vor, bis sein Ohr fast ihren trockenen Mund berührte. Zu unserem Erstaunen bewegte sie ihre Lippen und ein gurgelndes Geräusch kam heraus. Wir lachten nervös.

Hoffnung! Hoffnung keimte in mir auf und mir wurde ganz schwindlig. Dr. Moore führte uns hinaus, außerhalb von Mommas Hörweite. „Mrs Bourdillon kann flüchtig die Augen fokussieren. Sie haben gesehen, wie sie meinem Finger mit dem Blick gefolgt ist. Und sie hat mir auf mein Kommando hin die Hand gedrückt. Das sind alles sehr gute Zeichen. Sie ist definitiv im MCS, dem Stadium eines Minimalbewusstseins. Eine Person im MCS ist teilweise bei Bewusstsein, nimmt wahr, woher Geräusche und visuelle Stimulation kommen, greift nach Objekten, reagiert hin und wieder auf Befehle, kann Dinge sagen und zeigt Emotionen.

Achten Sie bitte besonders gut darauf, ob sie gerade wach ist – ob sie Sie beobachtet, wenn Sie durch das Zimmer laufen, oder ob sie den Kopf dreht, wenn sie Ihre Stimme hört oder Sie sieht."

Am liebsten hätte ich Dr. Moore umarmt und konnte mich nur mit Mühe zurückhalten. Was für gute Nachrichten! Daddy schüttelte dem Arzt die Hand. „Danke. Ich danke Ihnen."

„Danken Sie nicht mir", erwiderte Dr. Moore. „Danken Sie Mrs Bourdillon. Sie macht die ganze Arbeit."

Als der Arzt gegangen war, richteten sich Daddys herabhängende Schultern ein wenig auf. Wir gähnten reihum. „Fahr nach Hause, Daddy", sagte Hannah. „Bei so guten Nachrichten kannst du dir ein wenig Ruhe gönnen. Du auch, Tante Kit."

Daddy nickte. „Aber du solltest auch schlafen, bevor du morgen wieder in den Flieger steigst. Du kannst morgen früh noch mal bei Momma vorbeischauen, bevor wir zum Flughafen fahren."

Hannah sah nicht gerade überzeugt aus, gab sich aber geschlagen. Aber ich wollte nicht, dass sie ging! Ich musste ihr unbedingt von meinem Spaziergang mit Drake erzählen, ihr alles sagen, und dass sie die ganze Zeit recht gehabt hatte.

„Dann bleiben Drake und ich bei Momma", sagte ich.

Ich warf ihm einen Blick zu, um sicherzugehen, dass er einverstanden war, und er zwinkerte mir zu und lächelte.

Josephine

Drakes Stimme war so angenehm und sanft. Ich konnte mich noch gut daran erinnern, wie kratzig sie im Übergang von einer Kindheit voller Wunder zu einer Jugendzeit voller Verunsicherung und Angst gewesen war.

2007

Drake lag noch in Sportsachen auf dem Sofa. „Dad hatte eine Affäre! Mit einer anderen Frau! Und meine Mom dreht durch. Sie dreht durch! Die ganze Zeit streiten sie. Warren und Alex sind am Wochenende vom College nach Hause gekommen und fast ausgeflippt. Smith und ich, wir haben uns schnell in unserem Zimmer eingeschlossen, bis sie sich wieder beruhigt hatten. Und jetzt habe ich das Gefühl, als sei ich für die Familie verantwortlich, dabei bin ich doch der Jüngste!"

An dieses Gefühl konnte Josephine sich nur zu gut erinnern.

„Das ist mir zu schwer. Viel zu schwer."

Der arme Drake. Er hatte eine sensible Seite, die seine Eltern nicht wahrnahmen. Ginnie glaubte an harte Arbeit und ein paar Umarmungen hier und da, und Bert ... Sie seufzte. Bert wollte eine Sportskanone als Sohn, keinen Ingenieur. Einen Football-Spieler, keinen Läufer.

„Du musst lernen, diese Last zu tragen. Indem du sie an Gott abgibst. Lass ihn das Schwere tragen. Allein schaffst du das nicht."

„Aber wie? Ich bin so wütend auf meine Eltern. Um Gott kann ich mich nicht auch noch kümmern. Er kümmert sich jedenfalls kein bisschen um uns."

„Doch, das tut er."

„Und wie?" Drake klang bockig.

„Er hat dich zum Beispiel hierhergeschickt." Sie holte tief Luft. „Drake, ich habe fast mein ganzes Leben mit Depressionen zu kämpfen gehabt. Nur damals nannten wir das noch nicht so. Aber ich sehe die gleichen Anzeichen bei dir. Weißt du, ich habe mich so sehr angestrengt und versucht, meine Familie zu tragen, und mein Glaube hat damals alles nur noch komplizierter gemacht. Als ob es meine christliche Pflicht wäre, alles hinzukriegen und die Dinge besser zu machen. Aber es hat nicht funktioniert. Kein Stück. Ich bin nur noch tiefer in das dunkle Loch in meinem Kopf gerutscht und meine Eltern und meine Schwester waren viel zu beschäftigt mit ihren eigenen Problemen, um mitzubekommen, wie sehr mich das belastet hat."

„Und dann?"

„Dann habe ich Gott um Hilfe angefleht. Regelrecht angefleht. Und nur wenige Stunden später, nachdem ich wortwörtlich auf Knien vor Gott geheult hatte, habe ich eine faszinierende und kluge junge Frau kennengelernt. Ich war damals gerade auf einer Skifreizeit. Sie war vielleicht Anfang dreißig und ich war im zweiten Studienjahr am College. Damals war ich so furchtbar schüchtern. Aber sie war eine Künstlerin und strahlte Mitgefühl aus. Und ich war mir so sicher, dass Gott sie mir in den Weg gestellt hatte oder mich ihr, je nachdem."

„Und dann?"

„Dann hat sie mir geholfen, mir fremde Hilfe zu holen. Hat mich dabei unterstützt, die Last abzugeben. Und diesen Teufelskreis aus Gedanken zu durchbrechen."

„Hat sie dir auch geholfen, das Loch zu stopfen?"

„Sie hat mir den gezeigt, der es kann."

„Und hat es funktioniert?"

„Weißt du, das Leben ist eine Reise. Eine schöne und qualvolle Reise, die aus unterschiedlichen Etappen besteht. Auf dieser Etappe habe ich durch die Frau und ein paar andere Menschen einige Werkzeuge an die Hand bekommen, um mit den Depressionen besser umzugehen. Ich nenne sie Werkzeuge, Werkzeuge aus Gottes Werkzeugkiste. Die Depressionen waren nicht weg, aber ich konnte sie besser erkennen, konnte mich wappnen." Der nächste Satz fiel ihr schwer. „Und ich musste meine Familie loslassen. Ich liebte sie und ich war auf vielerlei Weise für sie da. Aber ich konnte sie nicht tragen."

„Und das hat funktioniert?“ Noch nie hatte Drake so kurze, einfache und verzweifelte Fragen gestellt.

„Sagen wir es so: Ich habe gelernt, Grenzen zu setzen. So würden sie es jedenfalls sagen. Ich habe gelernt zu unterscheiden, was meine Aufgabe ist und was nicht. Das hat natürlich nicht alles besser gemacht. Jedenfalls nicht hübsch und sauber. Aber ich konnte überleben.“

Josephine versuchte, seine Miene zu lesen. Hoffnung, Ungläubigkeit, Ratlosigkeit – all das spiegelte sich auf seinem jungen Gesicht. Sie wollte ihm so gern Hoffnung machen. Dass die Depressionen oft wiederkehrten, verriet sie ihm nicht. Auch nichts von dem langen und schmerzhaften Prozess mit Kit. Sie gehörten dazu, aber jetzt ging es vor allem um eins: Hoffnung.

Henry – Freitagabend

Ich hatte mehrere Stunden Zeit, um die CDs mit dem Hörbuch anzuhören. Zum Glück, denn so blieb ich wach und bei der Sache und dachte nicht die ganze Zeit darüber nach, wie ich Nick den Hut vom Kopf geschossen und seine Heckscheibe zerballert hatte, und über seine letzte Drohung mit Jase.

Das Hörbuch lief und lief, bis es draußen wieder dunkel war.

Die Story drehte sich um eine reiche Lady während des Bürgerkriegs, die auf einer Plantage in Georgia aufgewachsen war. Ihrem Vater gehörten lauter Sklaven, aber sie war gegen Sklaverei. Es ging darum, wie mutig sie für die Schwarzen und die einfachen weißen Leute kämpfte und keine Angst vor ihren Feinden hatte. Und um einen Sklaven, der wie ein Stück Dreck behandelt wurde.

Und da war es schon wieder: Miz Bourdillon, die mit ihrer Geschichte eigentlich meine Geschichte schrieb.

Mein ganzes Leben lang war ich wie ein Stück Dreck behandelt worden. Ma und Pa wollten mich eigentlich überhaupt nicht haben. Zwei Teenager und schräge Vögel, die miteinander Sex hatten, und dann war ich plötzlich da. Also mussten sie zusammenbleiben und heiraten, und schon hatte ich alle ihre Pläne zunichtegemacht.

Ob Gott existierte, keine Ahnung. Aber wenn ja, dann hatte er eine gute Vorstellung, wie Familie sein sollte. Und das sage ich trotz meiner eigenen Horrorfamilie.

Was ich meine, ist, auch wenn Ma nicht schwanger werden wollte und ganz bestimmt Pa nicht heiraten wollte, hatte sie mich trotzdem irgendwie lieb. Das weiß ich, weil sie es einmal gesagt hat. Sie war keine zärtliche Mutter oder so, aber als Pa einmal vollkommen ausrastete, da kam Ma rein und schrie und schrie und meinte: „Hör auf, Amos! Hör auf!"

Und er starrte sie nur an und hielt meinen Arm, als wollte er ihn brechen, und fragte: „Wieso?"

Und sie weinte und bettelte ihn auf Knien an: „Weil ich ihn liebe, Amos. Ich liebe meinen Jungen." Und da ließ Pa mich los und ich knallte auf den Boden. Und an mehr kann ich mich nicht erinnern.

Aber die meiste Zeit stand ich einfach nur im Weg, und obwohl ich gern zur Schule ging und einigermaßen mitkam, interessierte sich Pa kein Stück für meine Leistungen. Und die einzigen Bücher im Haus waren Mas billige Liebesromane und Pas Zeitschriften mit nackten Frauen. Hab ich ziemlich oft angeguckt, als ich noch klein war, und hinterher habe ich mich geschämt, weil ich mich so dreckig fühlte.

Hab mich eigentlich mein ganzes Leben lang dreckig gefühlt, wie ein Überbleibsel, ein Fehler, oder noch schlimmer, ein Krimineller. Der Pastor in Libbys Kirche nennt Leute wie mich immer *Sünder*. *„Sünder wie du"*, sagt er und sieht in die Reihen. *„Sünder wie ich"*, flüstert er dann. Er meint, vor Gott sind wir alle gleich. Sünder, die seine Gnade brauchen.

Aber ich bin mir da nicht so sicher.

Als ich auf Miz Bourdillon geschossen habe, hat diese Lucy im Fernsehen immer wieder gesagt, dass sie Bücher mit kontroversen Themen schreiben würde. Und das stimmt. Mann, was habe ich geheult bei ihrem Hörbuch. Und gelacht. Geheult und gelacht. Weil es genau dasselbe war wie das, was dieser Radioprediger aus der Bibel vorgelesen hatte. Genau dasselbe! Ist das nicht verrückt, wenn man etwas liest und dann gleich noch mal woanders? Libby sagte immer, das sei kein Zufall. Sondern Gottes Geist, der versucht, deine Aufmerksamkeit zu bekommen.

Meine jedenfalls hatte er, weil Miz Bourdillon ihre Romanheldin genau das tun ließ, was Jesus gemacht hat. Als würde sie so eine Art modernes Gleichnis erzählen. Außer dass es nicht modern war. Die Geschichte spielte ja nach dem Bürgerkrieg. Aber diese Lady, sie war ein echt guter Mensch, den alle mochten. Sie war der Boss von irgendeiner Frauengruppe für Reiche. Jedenfalls veranstaltete sie ein Essen und lud die armen Männer ein, die vom Krieg verstümmelt waren, und ein paar Bordsteinschwalben und ihre Zuhälter – außer dass sie sie nicht Zuhälter nannte, aber ich wusste genau, was sie waren. Und dann noch die ehemaligen Sklaven, denen es überhaupt dreckig ging, und dann lud sie sogar einen Mann aus der Stadt ein, der beim Ku-Klux-Klan war – so ein großes Tier in der ganzen Gegend – und ich dachte schon, er würde gleich anfangen und die ehemaligen Sklaven nacheinander aufknüpfen. Sie nannte sie Freigelassene, aber für mich hörten sie sich nicht besonders frei an.

Die Geschichte spielte nicht heute, aber als Leser wusste man trotzdem, was sie zeigen wollte. Wenn es heute gespielt hätte, hätte sie ein paar schwule Pärchen eingeladen und Leute verschiedener Hautfarbe – Afroamerikaner und Mexikaner und illegale Einwanderer und Flüchtlinge und die frommen Leute sowieso.

Jedenfalls stopfte sie ihr Haus voll mit diesen Leuten. Aber nicht weil sie ihr leidtaten. Sondern weil sie ziemlich clever war, Miz Bourdillon, wie sie das anstellte. Jeden, den die Lady eingeladen hatte, hatte sie irgendwo im Lauf der Geschichte kennengelernt. Und es gab auch ein paar großkotzige Reiche, die bald so wütend waren wie Pa manchmal und die Lady anbrüllten und Abschaum nannten, aber ungefähr die Hälfte der reichen Ladys standen nicht rum, sondern halfen ihr mit dem Essen und setzten sich zwischen die *Sünder* – das borge ich mir jetzt mal von Matthäus, weil Miz Bourdillon sie nicht betitelte. In den Augen dieser Lady waren sie alle gleich. Und das Verrückte an Miz Bourdillons Buch war, dass man ihr das auch abkaufte. Und einem wurde ganz warm und kuschlig innen drin und dann musste ich sogar ein Tränchen verdrücken, weil ich wusste, dass sie mich auch eingeladen hätte, wenn ich das Glück gehabt hätte, dieser Lady über den Weg zu laufen.

Natürlich konnte das nicht passieren, weil es ja nur eine Geschichte war, aber dafür konnte etwas noch viel Besseres passieren: Ich konnte die Autorin selbst fragen. Sie konnte ja schlecht so was Schönes und Berührendes schreiben und selbst nicht dran glauben. Jedenfalls dachte ich nicht, dass das ging. Und wenn sie es glaubte und wenn es stimmte, nun, dann konnte sie mir vielleicht auch vergeben und vielleicht, ja vielleicht konnte sogar Jesus mir vergeben und Schicht um Schicht um Schicht von diesem Dreck abwaschen, der schon seit meiner Geburt an mir klebte.

Josephine

Paige sprach ganz leise. „Momma, gestern Abend ist was passiert, sage ich dir. Ich weiß gar nicht, wo ich anfangen soll." Ich machte die Augen auf und drehte ganz langsam den Kopf, damit ich sie sehen konnte. Sie saß mit angezogenen Knien auf dem Stuhl und hatte sich eine Decke umgelegt. Ihr dickes kastanienbraunes Haar fiel ihr über die Schultern. Sie hielt meine Hand und vielleicht war sie verträumt, jedenfalls setzte sie sich einen Augenblick später ruckartig auf. „Momma! Da bist du ja! Deine Augen sind offen. Oh, Momma. Kannst du meine Hand drücken?"

Ich versuchte es und es muss geklappt haben, denn sie sagte nur „Wie schön!" Aber dann heulte sie wie ein kleines Kind, dabei weinte Paige doch nie.

„Drake und ich sind etwas essen gefahren, ins Pani Chani – erinnerst du dich, der leckere Inder in der Stadt? Und wir haben über so viele Dinge gesprochen ... auch schwere Dinge, aber dann passierte etwas Unglaubliches. Er hat mir einfach so plötzlich gestanden, dass er mich mag, Momma! Ich meine, so richtig freund- und freundinmäßig. Ist das nicht heftig? Hannah hat mich ja schon die ganze Zeit deswegen aufgezogen, aber ich habe ihr natürlich keine Sekunde geglaubt, aber dann platzte es auf einmal aus ihm heraus und ich wusste gar nicht, was ich denken soll. Er meinte, er würde auf mich warten. Also, fürs Heiraten! Dabei werde ich doch erst in zwei Monaten achtzehn. Bin ich verrückt, Momma? Hat er dir davon erzählt?"

Ich grinste innerlich, aber Paige merkte nichts davon. Meine kleine Paige. Wenn sie aufgeregt war, dann redete sie wie ein Wasserfall. Ja, Drake hatte mir natürlich von seinen Gefühlen für Paige erzählt, mehr als nur einmal. Daran konnte ich mich erinnern. Nur wann das gewesen war, nicht. Aber ich hatte ihm einfach in die Augen gesehen, als er von Paige erzählte, und es war ganz klar Liebe.

Und nun hatte er sich meiner Tochter offenbart. Ich musste fast kichern. Jedenfalls fühlte es sich so an, trotz all der Schläuche. Und Paige erzählte munter weiter und ich wollte so gern wach bleiben, aber irgendetwas zog mich wieder in die Tiefe und fort.

Henry

Ich hörte noch Libbys ängstliche Stimme. „Die glauben nicht, dass Jase es schafft! Er hat eine schlimme Lungenentzündung."

Ich raste durch die Nacht und betete, dass ich im Krankenhaus war, bevor mein Junge starb, und fragte Gott, wieso er erst die Operation zuließ, wenn Jase dann doch sterben würde, und ich hatte das Geld und Nick war auf der Flucht und ich fuhr noch schneller und schneller und spürte das Adrenalin und wie alles pulsierte und pochte.

Klarer Fall, ich musste mit Miz Bourdillon reden und ihr alles erklären. Sie würde das sicher verstehen und dann würde es Jase besser gehen und ich musste nie wieder jemandem das Licht ausknipsen.

Jetzt wusste ich endlich, was zu tun war. Als ich mich einmal entschieden hatte, fühlte es sich irgendwie nach Frieden an. Komisch, dass es auf einmal schien, als könnte ich für Jase ein besserer Vater sein, als Pa für mich war. Konnte fast Jesus neben seinem Krankenhausbett stehen sehen, der mir half, ganz freundlich und ruhig zu bleiben. Ich konnte mit meinem Jungen anders umgehen. Steckte überhaupt nicht für immer in meinem früheren Leben fest. Den Dreck konnte man abwaschen und ich konnte mich verändern.

Ich dachte noch ganz aufgeregt darüber nach, als schon der Krankenhausparkplatz kam. Und diese Neonschrift mit dem Krankenhausnamen blinkte mich an und mir war, als würde ein Engel mir eine Botschaft herübermorsen, nämlich dass Jesus mich einladen würde, mit ihm zu essen, und Miz Bourdillon auch. Und auf einmal rollte eine Welle über mich mit diesem Gefühl, das man *Hoffnung* nennt! Ich konnte ein anderer Vater werden, ich konnte mich ändern und meinen Jungen zu einem guten Mann großziehen. Alles würde gut werden. Wenn ich nur Miz Bourdillon besuchen und ihr alles erzählen würde, dann würde sie bestimmt mit dem Kopf nicken und mir sagen, dass ich recht hatte. Sie würde mir vergeben. Klarer Fall.

Ich schüttelte den Kopf, damit ich klar denken konnte, und parkte ein.

Ich würde ein anderer Mensch werden – kein Stück Dreck mehr sein, sondern sauber. War es nicht so? Ich *musste* einfach rauskriegen, ob es Hoffnung für mich gab, auch wenn es Jase so schlecht ging und Nick mir drohte und überhaupt. Ich wusste einfach, dass Miz Bourdillon mir vergeben würde und am Ende doch alles gut werden würde.

Also stürmte ich ins Krankenhaus, den Kopf bis zum Platzen voller guter Gedankenspiele und meine Pistole im Gürtel, versteckt unterm Flanellhemd, falls ich jemanden überzeugen musste, dass ich es ernst meinte. Und ich eilte in den zweiten Stock und fand Libby im Aufenthaltsraum. Als sie mich sah, kippte sie fast um. „Henry! Henry, was ist los mit dir? Was ist los?"

Wieso starrte sie mich so an, wenn ich doch in meinem Kopf alles ausklamüsert hatte mit Frieden und Hoffnung und so? Mir wurde leicht mulmig mit einem Schuss Panik und das war nicht gut. „Muss meinen Jungen sehen! Lebt er noch, mein Junge?"

Libby weinte und klammerte sich an mich. „Ja, ja, er lebt noch. Aber du musst dich beruhigen. Du musst dich beruhigen, Henry, bevor wir da reingehen." Sie strich mir die Haare aus dem Gesicht und ihre Hände zitterten. „Du siehst aus wie ein Wilder." Ich ging im Aufenthaltsraum auf und ab. Zum Glück waren wir die Einzigen und alle paar Sekunden sagte Libby: „Atmen, Henry. Atmen. Reiß dich zusammen!"

Irgendwann schließlich, nach einer Ewigkeit, fand sie, dass ich ruhig genug war, und wir gingen ins Krankenzimmer und die Wände waren einfach nur weiß und am Fenster stand ein Riesending von Strauß und der war auch weiß und Jase war genauso weiß wie die Blumen und die Wände und die Bettdecke. Aber kein gesundes Weiß. Gelblich weiß. Ich sah die ganzen Maschinen mit ihren grün und rot blinkenden Lichtern in diesem sterilen Zimmer und ging zum Bett, wo mein Junge mit geschlossenen Augen und halboffenem Mund dalag und er hatte ein Loch in der Kehle, wo ein Schlauch rausragte.

„Er ist tot!", presste ich hervor und beugte mich über das Bett, um ihn rauszuheben. Aber Libby sprang vor und zog mich zurück. War ein zierliches Ding, meine Libby, aber Kraft hatte sie.

„Nein, nein, Henry. Die Maschine atmet für ihn. Er lebt. Lass ihn in Ruhe."

Mir bebten die Lippen und meine Augen waren ganz feucht. „Sie haben ihm die Brust aufgeschnitten und jetzt hat er ein Loch im Hals! Die bringen meinen Jungen um!"

„Das ist nur ein Luftröhrenschnitt, Henry. Das mussten sie tun, damit er atmen kann. Er hat eine Lungenentzündung. Aber der Schnitt heilt wieder zu. Das wird wieder."

Ich drehte mich zu Libby und dachte an Nicks letzte Worte. Wenn ihn der Schnitt in der Brust und der in der Kehle nicht umbrachte, dann würde Nick es tun. Jetzt zitterten mir die Hände erst richtig und Libby nahm sie in ihre kleinen und warmen Hände. „Sieh mich an, Henry. Sieh mich an."

Irgendwann gehorchten mir endlich die Augen und sie legte mir die Hände ans Gesicht, wie sonst auch, wenn sie mich beruhigen wollte. „Jase geht es sehr schlecht, und er braucht uns jetzt hier."

„Glauben die, dass er eine Chance hat?"

„Sie sagen, es geht ihm schon ein kleines bisschen besser. Versprechen können sie nichts, aber ..."

Ich saß eine lange Zeit an seinem Bett und betrachtete die rötlichen Wimpern, die so still dalagen wie sein ganzes sommersprossiges Gesicht. Versuchte verflixt noch mal, diesen Nick zu vergessen, aber es war nicht einfach. Schließlich dachte ich über Miz Bourdillons Buch nach und alles, was mir auf dem Weg ins Krankenhaus klar geworden war, aber dann kam wieder Nick mit seiner hasserfüllten Stimme, der Jase töten wollte. „Wir müssen Polizeischutz für unseren Jungen organisieren. Ich sag's dir, Libby." Hatte solche Angst um meinen Jungen und verwirrt war ich auch. Ich vergrub das Gesicht in den Händen und fing an zu heulen. Das kam von den Pillen, manchmal jedenfalls und ich konnte nichts dagegen machen. „Ich muss zu Miz Bourdillon."

Libby schrak vor mir zurück. „Was?"

„Muss sie sehen. Und fragen." Alles war so verschwommen.

„Sie kann keine Fragen beantworten, Henry. Sie kann überhaupt nicht reden."

„Sie muss aber. Und ich muss es ihr sagen." Kaum hatte ich es gesagt, wusste ich, was zu tun war – alles war sonnenklar.

Ich ließ Libby im Zimmer bei meinem Jungen, der kaum noch atmete. Rannte durch den Flur ins Treppenhaus und die Stufen zum nächsten Stock hoch. Musste mich erst orientieren, aber dann hatte ich den Aufenthaltsraum für die Neurostation gefunden. Paige saß da an einer Seite und tippte auf ihrem Handy herum und ein Junge lag quer über mehrere Stühle auf dem Bauch und spielte irgendein Spiel auf seinem Smartphone, zumindest sah es so aus.

Ich ging ganz ruhig zu Paige und tippte sie an die Schulter. „Ich muss deine Mutter sehen", flüsterte ich. Sie erschrak und meine Hände zitterten schon wieder und sie bekam ganz große Augen, als sie mich erkannte.

„Nur Familienangehörige dürfen sie besuchen. Tut mir leid", stammelte sie.

„Ich muss sie aber sehen. Sie muss mir verraten, wie ich meinem Jungen das Leben retten kann."

Ich drehte mich um, aber der Junge achtete nicht auf uns, also zog ich die Pistole und packte Paige am Arm. Hasste es, ihr so einen Schrecken einzujagen, aber ich sagte ganz leise: „Bring mich zu deiner Mutter."

Paige

Manche Dinge im Leben scheinen nicht real zu sein. Zu sehen, wie Henry mit einer Waffe wedelt und mich dann am Arm packt und mich anfleht, in Mommas Zimmer zu gehen, war wie eine außerirdische Erfahrung. Ich erstarrte, als würde ich diesen Riesen, der sich da mit wildem Blick und einem Gesichtsausdruck zwischen Angst und Bedrohung vor mir auftürmte, nur von ferne betrachten.

Aber dann schrak ich zurück und Panik und Wut setzten ein, und das Bedürfnis, Momma zu beschützen. Irgendjemand brüllte Henry an. „Wieso bedrohen Sie mich mit einer Waffe?", und dann merkte ich, dass es meine Stimme war, die aber ganz anders klang. „Glauben Sie, ich bringe jemanden, der mit einer Waffe auf mich zielt, zu meiner Mutter, der gerade erst in den Kopf geschossen wurde?"

Plötzlich schrumpfte der Riese und in seinen Augen las ich Reue. „Ich werde dir nichts tun, Paige. Versprochen. Und deiner Momma auch nicht. Muss ihr nur ein paar Fragen stellen, mehr nicht." Er ließ die Waffe sinken und schob mich voran.

Der Junge, der auf der anderen Seite auf den Stühlen gelegen hatte, sah alles und stürzte aus dem Raum.

Im Augenwinkel entdeckte ich Libby. Sie sah genauso panisch aus und sagte immer wieder: „Ganz ruhig, Henry. Hör mir zu. Jase geht es bald wieder besser."

Ich starrte Libby mit großen Augen an. *„Hilfe!"*, formte ich mit den Lippen. Sie nickte und ging rückwärts aus dem Aufenthaltsraum und rannte den Flur entlang, ohne dass Henry es merkte. Drake war unten in der Cafeteria, um sich einen Hamburger zu holen. *Komm wieder hoch, Drake*, dachte ich, vielleicht sogar als Stoßgebet.

Henry fing an zu weinen. „Ich muss ganz dringend mit deiner Mutter reden, Paige. Muss ihr sagen, was passiert ist. Du bringst mich jetzt zu ihr und ich tu dir nicht weh. Ganz bestimmt nicht. Aber du bringst mich hin."

Er schubste mich ein wenig mit der Spitze der Pistole und mir lief es kalt den Rücken runter. „Vor Mommas Zimmer sitzt ein Polizist."

„Ich muss sie sehen." Seine Stimme klang anders, wütend, bedrohlich und das machte mir noch mehr Angst.

Den pochenden Herzschlag im Ohr, die Pistole im Rücken und Henrys Hand, die meinen Arm so fest packte, dass es wehtat, gingen wir auf den Raum zu. Der Polizist war nicht da. Ein weiterer Angstschauer überkam mich, als ich die Tür öffnete und wir eintraten.

Momma lag da, Augen geschlossen und bewegungslos. Henry

hielt mich fest, die Pistole immer noch in meinen Rücken gedrückt, und beugte sich über Mommas Bett.

„Hab etwas ganz Schlimmes getan, Miz Bourdillon. Es tut mir so leid, dass ich Sie umgenietet habe, aber ich habe nur meine Arbeit getan, damit ich das Geld zusammenkriege für die OP von meinem Jungen. War nichts Persönliches, wirklich. Bin verflixt noch mal froh, dass Sie noch leben und die Leute sagen, dass Sie schon wieder die Augen aufgemacht haben, also können Sie mich vielleicht hören. Und ich wusste nicht, dass Sie Bücher schreiben, aber jetzt weiß ich's und ich finde Ihre Bücher echt gut. Hab schon zwei gelesen und das dritte, da bin ich mittendrin.

Sie müssen wissen, nicht ich wollte Sie tot sehen. Das müssen Sie verstehen. Und ich werde rauskriegen, wer das war, und Sie beschützen, und meinen Jungen muss ich auch beschützen. Also können Sie beruhigt gesund werden. Ich weiß, dass lauter Leute dafür beten und meine Libs ..." Er fuhr herum, merkte, dass sie nicht da war, und verzog panisch das Gesicht. „Wo ist Libs?"

„Zurück zu Jase", presste ich hervor, aber da war sie ganz sicher nicht und bestimmt würde jeden Augenblick die Polizei hier sein. Mein Kopf raste wie verrückt und ich zitterte. Henry hatte gerade zugegeben, dass er Momma niedergeschossen hatte. *Er* war der Killer.

Aber er war nicht derjenige, der Momma tot sehen wollte. Das hatte ich ein paar Millisekunden später begriffen. Er war nur ein Auftragskiller und es klang so, als habe er noch nicht einmal gewusst, auf wen er das Attentat verüben solle.

„Und es tut mir so leid und ich will auch die Sache mit der Vergebung wissen. So viele Fragen hab ich."

Ich erinnerte mich an seine ernsten, kindlichen Fragen von vor ein paar Tagen. Mommas Augen waren noch immer geschlossen und irgendetwas in mir betete nur: „Lass sie schlafen. Lass sie das hier nicht hören oder sehen. Bitte."

Aber da flogen ihre Augen auf und ich sah Angst und Schmerz in ihrem Gesicht. Sie warf ihren Arm ungelenk zur Seite. Ich nahm ihre Hand, flüsterte ihr zu und versuchte sie zu beruhigen.

Henry schluchzte mittlerweile, drückte mir die Pistole in den Rücken und wischte sich mit der anderen übers Gesicht, immer und immer wieder. Er heulte. Ich konnte nicht sehen, ob er bemerkt hatte, dass Momma die Augen aufhatte. Schließlich sagte er: „Ich will wissen, ob der Person, die auf Sie geschossen hat, jemals vergeben werden kann. Funktioniert das so, Miz Bourdillon?“

Ich hörte schnelle, schwere Schritte im Flur, und da sprang die Tür auf. „Runter mit der Waffe!“, riefen mehrere Stimmen.

Und ich wusste, dass der arme, verwirrte Henry in dem Augenblick tot sein würde, wenn er seine Waffe ablegte.

„Nicht schießen!“, rief ich. Und Henry, den Blick ganz alarmiert und verängstigt, ließ mich los und die Pistole fallen. Ich warf mich vor ihn und zwischen die drei Polizisten mit gezogener Waffe und wedelte mit den Armen. „Nicht schießen! Bitte, nicht schießen!“

Kapitel 13

Josephine
Freitagnacht

Das Gesicht, das mich anstarrte, war Angst einflößend und blass, die Augen ein durchsichtiges Blau, wie farbiges Glas, das blond gefärbte Haar zottig und ungepflegt. Ich wollte weg, aber mein Körper gehorchte mir nicht. Dann versuchte ich zu schreien, aber es kam kein Geräusch. Er sagte irgendetwas von Schießen, von einem Buch, von Vergebung. Wir mussten weg hier, und zwar schnell. Ich muss mit dem Arm geschlagen haben, denn Paige nahm meine Hand und raunte mir zu: „Alles wird gut, Momma. Ich bin da." Mit einer Stimme, die so gar nicht nach ihr klang.

Und der Mann faselte weiter über meine Bücher und Vergebung und da ging die Tür auf und Polizisten stürmten ins Zimmer. Ich spürte Erleichterung und Angst zugleich. Was hier vor sich ging, verstand ich nicht, nur dass dieser Mann in Schwierigkeiten steckte und Paige weinte und die Männer anflehte, nicht zu schießen. Und ich konnte mich nicht bewegen, sosehr ich es auch versuchte.

Paige – Freitagnacht

Ich hyperventilierte immer noch, als sie Henry die Handschellen anlegten. Eine Schwester kümmerte sich um Momma, die in ihrem Bett zuckte und stöhnte. Drake hielt mich im Arm und sagte nur, „Bourdy, Bourdy, alles in Ordnung?"

Aber ich konnte nicht sprechen. Mir war, als würde ich gar nicht mehr in meinem Körper stecken, sondern das ganze Geschehen von oben beobachten, während die Schwestern mittlerweile zu dritt versuchten, Mommas spastische Zuckungen zu beruhigen. Sie gurgelte und röchelte und ihre Augenpartie war angstverzerrt. Sie sah aus wie eine Gefangene im Vernichtungslager. Völlig neben sich und unter Schock. Als die Schwestern ihr ein Schlafmittel gaben, wurde sie nach einigen Minuten ruhig und die Augen fielen ihr zu.

Ich konnte wieder atmen. Henry wurde mit vorgehaltener Waffe abgeführt. Und er hatte denselben qualvollen Gesichtsausdruck wie Momma.

Eine Schwester ließ mich direkt auf den Boden setzen und kniete sich vor mich. „Paige, du musst atmen. Atmen. Langsam, sehr gut." Sie leuchtete mir mit einer Taschenlampe in die Augen. „Sie steht unter Schock", sagte sie und sah mich an. „Bist du verletzt? Tut es irgendwo weh?"

Ich merkte, dass ich unkontrolliert zitterte, aber ich schaffte es, den Kopf zu schütteln. „Ich bin nicht verletzt", murmelte ich.

„Ich bringe dich jetzt an einen Ort, wo du dich ein bisschen hinlegen kannst", sagte sie.

Aber ich schüttelte wieder den Kopf und heftete den Blick auf das, was vor mir geschah. Libby schrie und warf sich vor Detective Blaylock auf den Boden. „Detective, ich weiß, dass er einen Fehler gemacht hat. Das weiß ich. Aber bitte, nehmen Sie ihn mir nicht weg. Was wird sonst aus unserem Jungen? Er ist in einem kritischen Zustand! Was soll ich denn bloß machen? Ich muss arbeiten, damit wir die Versicherung behalten, aber irgendjemand muss doch bei Jase bleiben. Henry ist kein böser Mensch. Er hat nur seine Medikamente nicht genommen. Bitte ..."

Detective Blaylock schälte sich aus Libbys Umklammerung. Er half ihr hoch und sah ihr in die Augen. „Mrs Hughes, Ihr Mann geht ins Gefängnis. Die Ermittlungen sind noch nicht abgeschlossen. Es ist eine weitere Person involviert, und wir fahnden derzeit nach ihr. Aber Ma'am, ich denke, Ihr Mann ist im Gefängnis sicherer. Es ist zu gefährlich für ihn. Denn sobald diese Story rauskommt – und glauben Sie mir, das wird sie –, wird es sehr wütende Leser und Leserinnen geben, ganz zu schweigen von den Hunderttausenden Nachrichtenzuschauern. Er hätte keine Chance. Wir passen gut auf ihn auf, Mrs Hughes. Versprochen. Und auf Ihren Jungen passen wir auch auf."

Als er das sagte, kam mir das Bild eines aufgeknüpften Schwarzen vor Augen, umgeben von einer jubelnden Menge in weißen

Roben mit Kapuzen. Ich fragte mich, ob wir in Amerika wieder in der Zeit angekommen waren, über die Momma in ihrem Roman geschrieben hatte.

Ich kollabierte in Drakes Armen und alles wurde schwarz.

Henry – Freitagnacht

Libby drehte immer völlig durch, wenn sie mitbekam, wie ich in Handschellen abgeführt wurde. Sie schrie und weinte und rief den Polizisten nach, sie sollten ja aufpassen, dass ich meine Medikamente nahm, weil sie mich ausgeglichener machten. Und der Detective versuchte sie zu beruhigen und ihr zu sagen, dass alles gut werden würde. Aber wir wussten alle, dass nichts gut werden würde.

Außer dass ich mir so sicher gewesen war, noch vor ein paar Minuten. So sicher. Wenn ich Miz Bourdillon nur alle meine Fragen gestellt hätte. Sie konnte mich ja hören, das hatte ich gesehen. Sie hatte sogar die Augen offen und hörte mir ganz aufmerksam zu. Wirklich. Und dann platzten die Polizisten rein und machten alles kaputt und steckten mich in ihren Streifenwagen und brachten mich aufs Revier.

Das Verhörzimmer war klein und leer bis auf einen kleinen Tisch, der festgenietet war, wie mir gleich auffiel, und zwei Stühle, außerdem kleine Kameras, zwei Stück, oben in der Ecke. Also sah uns noch jemand zu. Aber sicher war ich mir nicht. Machte mir auch keine Angst. Das Verhöre waren viel schlimmer gewesen, und das konnte ich mit Narben beweisen. Der, den sie Detective Blaylock nannten, setzte sich an die andere Seite vom Tisch und starrte mich lange an und sagte kein Wort. Er zog ständig an seinem dichten schwarzen Bart, als hätte sich da was verfangen, aber der Einzige, der sich verfangen hatte, war ich.

„Henry, darf ich Sie Henry nennen?"

Ich zuckte die Achseln. „Von mir aus."

Nur ich und Detective Blaylock waren in dem kleinen Zimmer. „Bevor wir anfangen", sagte er ganz ruhig, „möchte ich, dass Sie Ihre Rechte kennen, Henry." Er legte eine Pause ein, als wäre er nicht sicher, ob ich ihn verstehen konnte, also nickte ich. „Wir wollen Sie hier nicht aufs Kreuz legen, wir wollen nur herausfinden, was passiert ist. Das hier ist eine kriminalpolizeiliche Ermittlung, und Sie wissen, die Anwälte wollen, dass alles mit rechten Dingen zugeht. Sie schauen sicher Fernsehen und haben das schon oft gehört."

Ich hatte noch viel mehr gesehen als nur Fernsehen, aber es hatte keinen Sinn, jetzt mit Pa anzufangen.

„Also", räusperte er sich. Er war irgendwie zappelig, aber zumindest nicht gehässig. „Sie haben das Recht zu schweigen. Alles, was Sie sagen, kann und wird vor Gericht gegen Sie verwendet werden. Sie haben das Recht, zu jeder Vernehmung einen Verteidiger hinzuzuziehen. Wenn Sie sich keinen Verteidiger leisten können, wird Ihnen einer gestellt. Sie können diese Vernehmung jederzeit beenden. Verstehen Sie diese Rechte?"

Ich nickte, aber er wollte, dass ich es laut und deutlich sagte. „Ja, ich habe verstanden", antwortete ich und unterschrieb die Erklärung.

Dann stellte er mir lauter normale Fragen. „Wie heißen Sie? Wann sind Sie geboren? Wie heißt Ihre Frau? Ihr Sohn? Wo wurden Sie geboren? Wie lautet Ihre Adresse?"

Immer weiter und weiter, Fragen über Fragen. Und ich war mächtig müde. Richtig fertig. Waren wohl nicht allzu wichtig, seine Fragen, aber nach einer Weile kam mir der Detective ganz in Ordnung vor, fast so, als wäre er auf meiner Seite. Er nahm alles mit so einem kleinen Gerät auf, und manchmal schrieb er was in sein Notizbuch, aber das war mir egal. Ich wusste, was ich ihm verraten konnte und was nicht.

„Henry, wir wissen, dass Sie der Schütze waren. Das haben Sie selbst vor Mrs Bourdillon zugegeben. Das ist versuchter Mord." Er sah mich mit seinen dunklen Augen an, aber nicht bedrohlich oder so. Sondern so, als würde er erwarten, dass ich jetzt lächelte und „Jep, ganz genau" sagte. Aber ich sagte nichts.

„Dazu kommt bewaffnete Geiselnahme." Er schwieg wieder, aber ich hörte nicht hin, weil ich auf einmal Paiges angsterfüllte Augen vor mir sah und das tat mir echt leid.

Aber der Detective redete weiter, ganz ruhig, und zählte alles auf, was ich verbrochen hatte und dass ich eine sehr lange Haftstrafe verbüßen musste. Fast freundlich fügte er hinzu: „Henry, man wird Sie für schuldig erklären und Sie werden Ihre Familie nie wiedersehen."

Er wartete, als sollte ich ihm jetzt beipflichten, aber ich hielt lieber meinen Mund. Also saßen wir da und schwiegen.

„Es ist offensichtlich, dass Sie geschossen haben, aber es ist genauso offensichtlich, dass Sie nicht derjenige sind, der Mrs Bourdillon tot sehen wollte. Jemand hat Sie angeheuert. Das wissen wir, aber wir wissen nicht, wer. Wer hat Ihnen den Auftrag gegeben, Mrs Bourdillon zu töten?"

Eine Weile spielte ich nervös mit meinen Händen und merkte, wie mir der Schweiß ausbrach. „Weiß ich nicht. Das lief über meinen Kontakt."

„Also kennen Sie nicht den Namen der Person, die Mrs Bourdillon umbringen lassen wollte?"

„Das ist richtig. Ich weiß es nicht."

„Und wie lautet der Name Ihres Kontakts?"

„Detective, Sir, ich habe einen kranken Jungen im Krankenhaus. Ziemlich krank. Er hält kaum noch durch. Wenn ich Ihnen den Namen meines Kontakts sage, dann ist mein Junge so gut wie tot. Und meine Frau auch."

„Wir werden sie beschützen. Wir haben rund um die Uhr Beamte im Krankenhaus."

„Wenn ich bewaffnet in Miz Bourdillons Zimmer gekommen bin, dann wird mein Kontakt das auch in Jases Zimmer schaffen. Ich kann es Ihnen nicht sagen, Detective. Ich kann nicht."

Er fluchte, rieb sich das Gesicht und fluchte noch einmal. „Sie werden ins Gefängnis wandern, Henry. Versuchter Mord. Vielleicht verbringen Sie den Rest Ihres Lebens hinter Gittern. Aber wenn Sie uns einen Namen sagen, dann rede ich mit dem Staatsanwalt, ob das Strafmaß reduziert werden kann und statt eines Mordversuchs nur schwere Körperverletzung angesetzt wird." Er zupfte wieder an seinem Bart herum.

Tat mir irgendwie leid, der Detective, schließlich wollte er mir helfen. „Und was würde mir das nützen, wenn ich aus dem Gefängnis komme, aber meine Frau und mein Sohn sind tot? Tut mir leid, Detective, aber das hilft mir nicht."

Er saß stumm da, die Miene versteinert. Ich dachte schon, das war's, aber dann sagte er ganz leise, fast flehend, „Wollen Sie nicht, dass derjenige, der das alles geplant hat, hinter Gitter kommt?"

Ich sagte nichts, weil ich darüber nachdachte, ob Nick es riskieren würde, ins Krankenhaus zu kommen, jetzt, wo es dort vor Cops wieder nur so wimmelte.

Als Nächstes kam ich in eine Zelle, und in den Nachbarzellen saßen auch Männer, die mich nur finster und wild anstarrten. Wusste nicht, was ich mit mir anfangen sollte, also legte ich mich auf die Pritsche und zog mir die Decke über die Schultern und versuchte, mir Jesus im Gefängnis vorzustellen, hier mitten unter uns Sündern. Und das klappte ganz gut, denn irgendwann schlief ich ein.

Paige – Samstagmorgen

Niemand war überrascht, als der Vorfall sich wie ein Lauffeuer verbreitete. Der Junge aus dem Warteraum war offensichtlich der Polizei hinterhergerannt, als sie zu Mommas Zimmer stürmten, und hatte das Ganze mit seinem Smartphone gefilmt. Bevor Drake überhaupt Daddy und Hannah und Tante Kit anrufen konnte, hatte Hannah schon das Video auf Facebook gesehen, wie ich schrie und mich vor Henry warf, während die Polizei das Zimmer stürmte und Momma wie in Trance im Hintergrund lag.

Hannah drehte vollkommen durch.

Als sie und Daddy und Kit im Krankenhaus ankamen, war überall Polizei. Detective Blaylock rief Daddy auf dem Handy an und dirigierte sie zum Hintereingang, während eine ganze Mannschaft an Polizisten den Vordereingang sicherte.

Ich saß im Aufenthaltsraum und das Zittern hörte nicht auf, obwohl mich Drake in seine Fleecejacke und eine große Wolldecke gehüllt hatte. Die Schwester bot mir ein Bett auf der Station an, aber ich wollte lieber bei Drake und meiner Familie bleiben. Sie überzeugte mich, ein Beruhigungsmittel zu nehmen, aber ich wollte nicht schlafen.

„Wie geht es Momma?", fragte ich jedes Mal, wenn ich wach wurde, und Hannah strich mir übers Haar und meinte: „Es geht ihr gut."

„Ich hätte mich weigern sollen, ihn zu ihr ins Zimmer zu bringen!“, stöhnte ich. „Das ist alles meine Schuld.“

„Paige, Liebling, so was darfst du nicht denken“, meinte Daddy. „Du warst sehr mutig.“

„Komm, ich bringe dich nach Hause“, schlug Hannah eindringlich vor. „Du musst schlafen, und hier geht es nicht. Bitte.“

„Bourdy“, pflichtete ihr Drake bei, „du hilfst deiner Mutter am besten, indem du dich ausruhst. Die Polizei wird morgen sehr viele Fragen an dich haben.“

Irgendwann gab ich nach und ließ mich aus dem Aufenthaltsraum führen. Im Flur blieb ich plötzlich stehen. „Libby“, sagte ich leise.

„Wer?“

„Ich muss Libby finden, die Frau von dem Mann. Sie ist bestimmt außer sich vor Sorge.“

„Du hattest genug Aufregung für eine Nacht.“ Das war die Untertreibung des Jahres – Momma, die auf mich reagierte, eine Liebeserklärung und dann noch eine Geiselnahme.

„Bitte, ich muss nach ihr sehen, nur ganz kurz.“

„Bourdy ...“

„Bitte.“

Drake sah Daddy an, der mit ernster Miene den Kopf schüttelte.

„Bitte“, wiederholte ich. „Ihr Sohn stirbt vielleicht und jetzt ist ihr Mann in Haft. Sie hat keine Familie und niemanden, der sich um sie kümmert.“

Daddy zuckte entnervt die Achseln. „Aber nur ganz kurz. Du musst dich ausruhen!“

Hannah umarmte mich und dann brachten Drake und ein Polizeibeamter mich zum Fahrstuhl. Wir fuhren ein Stockwerk nach unten und erreichten das Zimmer von Jase, vor dem auch ein Polizist saß. Er sah uns an und bekam von seinem Kollegen das Signal, uns vorbeizulassen. Libby saß zusammengesunken an Jases Bett, rang die Hände und sah fürchterlich gequält aus. Ich ging zu ihr hin und nahm sie in den Arm.

Erst erstarrte sie und sah peinlich berührt aus. „Es tut mir so leid, Paige! Alles – was Henry Ihrer Mutter angetan hat und dass er Sie halb zu Tode erschreckt hat. Es tut mir ja so leid.“

Dann umklammerte sie mich plötzlich auch und fing an zu weinen. „Die bringen mich gleich runter zum Verhör. Ich habe sie angefleht, das hier oben im Wartezimmer zu machen. Damit ich nicht so weit von meinem Jungen weg bin. Ohne mich hat er doch überhaupt niemanden mehr! Sie meinten, ich darf hier die Nacht verbringen, aber zuerst muss ich verhört werden." Sie sah so klein und verloren aus. „Sehen Sie sich ihn doch an. So blass und schwach. Ich habe solche Angst. Vor allem."

Ich umarmte sie noch einmal. „Rufen Sie Ihren Pastor an. Erzählen Sie ihm, was passiert ist. Und sagen Sie ihm, dass Sie jemanden aus der Gemeinde brauchen, der herkommt." Ohne groß zu überlegen fügte ich hinzu: „Und ich bleibe solange bei Jase. Bis Sie wieder da sind, bleibe ich hier." Es dauerte einen Augenblick, bis das bei ihr ankam, also wiederholte ich, „Ich bleibe hier, Libby. Versprochen." Sie schluchzte in meinen Armen.

Drake und ich saßen an Jases Bett, bis Libby zurückkam. Ich war wegen der Geräusche der Maschinen immer wieder eingenickt, aber Drake blieb hellwach. Libbys Gesichtsausdruck verriet nichts, als sie zurückkam, jedenfalls nichts anderes als die qualvolle Sorge, die sie schon vorher umgetrieben hatte. Ich verabschiedete mich von ihr und dann brachte mich Drake zum Fahrstuhl, wo mir die Knie versagten und er mich festhalten musste. Gemeinsam folgten wir dem Polizisten zu seinem Streifenwagen.

Im Auto musste ich eingeschlafen sein, denn ich wachte erst wieder in Drakes Armen auf. Er trug mich ins Haus und brachte mich ins Bett. Ich murmelte noch: „Wie geht es Momma?", und war weg.

Detective Blaylock stand am Bett, die Arme verschränkt, die Waffe im Halfter, bereit. Der arme Henry Hughes saß neben dem Bett auf einem Stuhl, mit Handschellen an die Lehne gefesselt, die blassblauen Augen randvoll mit Reue. Und Momma lag da, starrte geradeaus ins Nichts und ihre sanften braunen Augen sahen weder sanft noch braun aus, sondern groß und lebensleer, wie ein Kind sie zeichnen würde. Ihre linke Gesichtshälfte hing herunter. Der mitleiderregende Anblick ließ mich erschaudern. Kein Funkeln in ihren Augen, nur der Speichelfaden, der ihr aus dem Mund lief.

„Mrs Bourdillon", fragte der Detective, „stimmt es, dass Henry Hughes Ihnen gegenüber zugegeben hat, der Schütze gewesen zu sein?"

Ich war mir nicht sicher, ob sie ihn gehört hatte. Sie starrte nur geradeaus.

„Mrs Bourdillon", wiederholte er die Frage.

Momma rührte sich nicht. Ich konnte fühlen, wie ihr Kopf arbeitete, wie sehr sie versuchte, sich zu konzentrieren, die Frage zu hören und darauf zu reagieren.

„Mrs Bourdillon ..."

Wie konnte er es wagen, bei Momma diesen verärgerten Ton anzuschlagen?

Aber es funktionierte. Langsam drehte sie ihren Kopf zu Henry und sah ihn direkt an. „Ja", kam nur ein einziges Wort aus ihrem Mund.

Ich wachte schweißgebadet auf. Wenn es nur ein Traum war, wieso hatte ich dann solche Angst? Licht strömte in mein Zimmer und da kam die Erinnerung – Henry, der mich mit vorgehaltener Waffe schubste, Mommas angsterfülltes Gesicht, die Polizei ...

Ich kroch aus dem Bett, streckte mich und versuchte, die Augen aufzumachen, aber die Reste des Beruhigungsmittels machten es fast unmöglich. In der Dusche drehte ich das heiße Wasser auf und schluchzte ungehemmt. Dann wickelte ich mich in eins der großen Handtücher und stellte mich ans Fenster, um auf die Berge zu sehen. Mein Blick fiel auf unsere Einfahrt und ich schrak zurück. Vier Polizeiwagen standen vor unserer Tür, die Signalleuchten blitzten, und Polizisten wiesen eine lange Schlange von Autos ab.

Ich schlüpfte in eine Jeans und einen Pullover und rannte nach unten. Hannah, Tante Kit und Daddy saßen am Frühstückstisch, und als ich eintrat, sprang Daddy auf, um mich zu umarmen. „Paige, Schätzchen."

Ich sah in die Runde. „Wer ist bei Momma?"

„Ginnie", sagte Daddy.

Drakes Mutter, Mommas beste Freundin.

„Sie hat alles in den Nachrichten gesehen und ist um Mitternacht im Krankenhaus gewesen. Sie hat uns überzeugt, dass es für uns besser ist, wenn wir nach Hause fahren und uns erst einmal ausruhen. Drake ist dann wieder hingefahren. Auch die Schwestern haben uns nach Hause geschickt. Wie du sehen kannst", und Daddy nickte in Richtung Fenster, „hatten wir eine ordentliche Polizeieskorte."

Ich konnte kaum klar denken. „Was machen die hier?“

Hannah zeigte auf die Schlagzeilen, die auf Daddys Laptopbildschirm leuchteten. *Josephine Bourdillons Tochter, von Auftragskiller als Geisel genommen, rettet Mutter und Fast-Killer.*

Auf einmal drehte sich alles und ich sank auf einen Stuhl. „Was heißt das?“

„Die nennen dich eine Heldin, und alle Fans wollen dich sehen.“

Die nächste Schlagzeile lautete *Demonstranten fordern vor Gefängnis Todesstrafe für Schützen* und es gab Fotos von einer wütenden Menschenmenge, auf deren Plakaten Dinge standen wie: „Wer schützt uns, wenn die Polizei es nicht tut?“ oder: „Keine Gnade für Mörder!“

Detective Blaylock hatte also recht behalten, und ich war froh, dass der arme Henry im Gefängnis in Sicherheit war.

Josephine – Samstagmorgen

„Josy, Josy, ich bin's, Ginnie. Ich halte deine Hand, merkst du das? Ich bin hier. Es tut mir ja so leid, wirklich, aber jetzt wird alles wieder gut. Deine Paige war eine richtige kleine Heldin – wie immer. Sie ist aber auch ein mutiges Mädchen. So, und nun ruh dich schön aus. Allen geht es gut. Wir lieben dich. Ruh dich aus ...“

März 2007

„Ich lasse mich scheiden, Josy.“ Ginnie hatte Schluckauf. Josephine hatte ihre Freundin noch nie so erlebt, so traurig und wütend zugleich. „Und fang mir jetzt bloß nicht mit Beten an!“

„Natürlich nicht.“ Josephine war niemand, der mit Plattitüden aufwartete, und Ginnie wusste das eigentlich. Aber jetzt war sie nicht sie selbst. Sie war aufgelöst, verletzt, entrüstet und verängstigt. Josephine hörte ihr zu, weinte mit ihr und machte ihr eine Tasse Kräutertee nach der anderen, während draußen der Wind tobte und der Regen gegen die Fensterscheiben prasselte und es den Anschein hatte, als wäre der Weltuntergang gekommen.

Josephine hätte es kommen sehen müssen – den Suizid ihrer Mutter –, aber Marge McLeland war eine Stoikerin und hatte schon so viel durchgemacht, dass es Josephine völlig unvorbereitet traf. Sie hatte gerade begonnen, die Trauer zu verarbeiten, als ihr Vater starb. Sein Tod war nicht überraschend, aber dass er seiner Frau so schnell ins Grab folgte, war wieder einmal ein Beweis dafür, dass er immer das letzte Wort haben musste.

Drake und Ginnie vertrauten sich ihr immer mehr an, Patrick sah zu und machte sich Sorgen um seine Feeny, und mitten in diesem ganzen Chaos erschien der neue Roman. Dann fand Drake sie wegen eines weiteren Drohbriefs in Tränen aufgelöst. Josephine hatte das Gefühl, in einem Strudel zu stecken, alles drehte sich schneller und schneller und sie konnte nicht entkommen.

„JoJo, ich bin's. Hörst du mich? Ich bin's, Kit. Es wird doch immer verrückter, findest du nicht? Verstehst du noch, was hier los ist? Hör mal, es tut mir leid, dass ich wegen des Geldes so ein Fass aufgemacht habe. Und das mit Patrick tut mir auch leid. Weißt du, du solltest das alles einfach vergessen."

Kits Gesicht war so nah, ihr Mund bewegte sich wie wahnsinnig, aber was genau sagte sie da?

Oktober 2007

Zwei Tage nach Dick McLelands Beerdigung rief der Familienanwalt Kit und Patrick und Josephine zu sich in die Kanzlei. Als er sie begrüßt und ihnen sein Beileid ausgesprochen hatte, sagte er: „Patrick, Sie wissen ja bereits, dass Dick Sie als Nachlassverwalter eingesetzt hat."

Patrick nickte. Josephines Magen krampfte sich zusammen. Das war keine Überraschung, aber aus Kits Augen schossen Blitze.

Der Anwalt fuhr fort. „Dicks Bankkonto weist eine beträchtliche Summe auf. Dazu kommen noch zwei Fonds und die restliche Pensionsrücklage. Das Haus und das Grundstück wurden auf zwei Millionen geschätzt ..." Er zählte Posten um Posten auf, aber Josephine hörte kaum hin. Sie hatte nur Augen für Kits Empörung. „... während für die Treuhandfonds spezielle Anweisungen vorliegen ... und eine Summe für Hannah und Paige bereitsteht. Aber der Rest des Erbes ist zu gleichen Teilen zwischen Kit und Josephine aufzuteilen ...“

Kit sah erleichtert aus.

„... mit einer erheblichen Einschränkung. Die Verfügungsgewalt für das Konto von Kit liegt bei Patrick.“

Josephine ließ den Kopf hängen. Was hatten ihre Eltern sich nur dabei gedacht? Hatte sie nicht unzählige Male mit ihnen darüber geredet? Sie und Patrick wollten mit Kit nichts zu tun haben. Kit war wie eine Schlinge, die sich um ihren Hals zog.

Kit, fuchsteufelswild, zeterte los und beschuldigte Patrick und Josephine und den Anwalt des Betrugs und der Manipulation. Aber am Ende galt, was im Testament stand. Und die Schlinge zog sich wieder zu. Es war wahrlich furchtbar in jenem „besagten Sommer“.

Henry – Samstagmorgen

Der Fernseher im Revier plärrte laut, als sie mich aus der Arrestzelle holten, und tatsächlich, da war ich im Fernsehen, mit vorgehaltener Waffe, wie ich erst Paige damit bedrohte und sie dann fallen ließ und Paige sich vor mich warf. Und ich verstand nicht, wieso sie das getan hatte, denn mir war völlig klar, dass die Cops mich hätten abknallen können, ohne Paige oder ihre Mutter zu gefährden. Das sah ein Blinder mit einem Krückstock, so oft, wie das Video wiederholt wurde. Deswegen wollte ich Paige fragen, wieso um alles in der Welt sie mich beschützt hatte.

Das muss ich aus Versehen laut gesagt haben, denn einer der Cops meinte: „Du Idiot! Sie hat dir den Hals gerettet, damit du ihr verrätst, wer wirklich hinter der Sache steckt. Da sind Tausende Leute, die wissen wollen, wer der Schuldige ist, bevor sie dich auseinandernehmen oder am nächsten Baum aufknüpfen.“ Er lachte. „Du bist hier unter anderen Mördern sicherer als da draußen bei den Fans von Miz Bourdillons Büchern. Paradox, was?“

Und wie. Und er kapierte noch nicht einmal die Hälfte davon, denn die Leute, die Miz Bourdillons Bücher mochten, waren lauter fromme Leute, und sollten die nicht eigentlich die sein, die Vergebung und Mitgefühl zeigten und nicht blanken Hass? Ich kapierte es nicht. Da fielen mir wieder diese Verse aus Matthäus ein und wie Jesus mit den Pharisäern gar nicht zimperlich umsprang. Pharisäer kannte ich aus Libbys Gemeinde. Das waren die Religionsexperten.

Also fragte ich mich, ob das im Fernsehen vielleicht lauter Religionsexperten waren, die dort Schilder hochhielten und meinen Tod wollten.

Aber am meisten machte ich mir Sorgen um meinen Jungen und fragte mich, wie es Libby ging und ob sie mich im Knast besuchen würde, um mir zu erzählen, wie es um Jase stand. Und ich hatte gar kein gutes Gefühl, dabei hatte doch gestern alles überhaupt erst Sinn ergeben in meinem Kopf.

Paige – Samstagmorgen

Daddy hatte die Briefe gefunden, fünf an der Zahl, wegsortiert, aber nicht in den Plastikkisten in Mommas Schreibzimmer, sondern irgendwo in seinem Arbeitszimmer. Allesamt in rosafarbenen Umschlägen, alle auf rosafarbenem Briefpapier und alle mit derselben Blockschrift wie die neuesten Exemplare.

Als mir endlich wieder eingefallen war, ihm von Detective Blaylocks Bitte zu erzählen, hatte er mich so resigniert angesehen, dass ich kurz davor war, „Ach, vergiss es“ zu sagen.

Er brachte die Briefe zu mir ins Zimmer. Hannah und ich lagen gerade auf unseren Betten. „Ich habe sie aufgehoben, aber ich wollte nicht, dass eure Mutter davon erfuhr. Wenn ich darüber nachdenke, wie sehr jeder dieser Briefe sie belastet hat ...“

„Wieso hast du sie dann aufgehoben?“

Daddy bekam diesen abwesenden Blick. „Ich schätze, ich wusste, dass wir sie eines Tages brauchen würden.“

„Detective Blaylock wird feststellen, dass sie alle von ein- und derselben Person stammen“, sagte ich. „Da bin ich mir sicher. Wieso hast du sie ihm nicht gleich gezeigt?“

Daddy setzte sich auf die Bettkante. „Es war einfach viel zu kompliziert damals. Deshalb.“

Ich erwartete eine Erklärung und flehte ihn mit den Augen geradezu an, mehr zu erzählen, aber er beugte sich nur vor und gab mir einen Kuss auf die Stirn. „Ruh dich aus, Schätzchen. Hannah, du sorgst dafür, ja? Bleibt weg vom Internet und dem ganzen Trubel da draußen. Ich fahre demnächst wieder ins Krankenhaus. Paige, Detective Blaylock möchte gern mit dir noch über gestern Nacht sprechen. Er wollte dir erst etwas Ruhe gönnen, aber sobald du dich bereit fühlst, kommt er gern hier vorbei."

„Er kann heute Nachmittag kommen. Es tut mir bestimmt gut, mit ihm zu reden." Waren das wirklich meine Worte? „Vielleicht finden wir ja gemeinsam etwas Neues heraus."

„Ich sage ihm Bescheid. Und jetzt leg dich hin."

Als Daddy gegangen war, drehte ich mich zu meiner Schwester um. „Hannie, bitte, flieg nicht nach Frankreich. Nicht jetzt. Nicht nach allem, was hier passiert ist."

Sie nahm mich in den Arm. „Daddy hat schon meinen Flug gecancelt. Ich bleibe hier. Keine Angst."

„Merci ..."

„Je t'en prie." Wir trafen uns für ein paar Sekunden in Frankreich.

Ich war dankbar dafür, dass Daddy (und die Schwestern) uns vor dem Internet, dem Fernsehen und von der Lawine, die sich über Facebook und Twitter ergoss, beschützten. Dass eine Nachricht sich derart rasend verbreitete, hatte ich noch nie erlebt. Und ich war dankbar, dass unser Haus von der Polizei beschützt und auch Mommas und Jases Krankenzimmer unter „engmaschiger Überwachung" waren, wie Detective Blaylock es bezeichnete. Und dass der arme Henry Hughes hinter Gittern saß, wo er sicher war.

„‚Sicher hinter Gittern' bekommt eine ganz neue Bedeutung, sagte ich. „Was für eine Ironie, oder?"

Hannah verzog das Gesicht. „Die arme Frau und der Junge. Das ist so traurig. Aber er tut mir nicht gerade leid. Schließlich hat er Momma in den Kopf geschossen!" Sie machte sich an ihren Haaren zu schaffen und flocht sie zu einem Zopf. Dann ließ sie los und ihre dichte Mähne entrollte sich langsam, fast elegant. „Hast du Angst? Willst du darüber reden, du weißt schon, weil du mit einer Waffe bedroht wurdest?"

Meine Gefühle konnte ich nicht einmal ansatzweise beschreiben. Angst, Erschöpfung, Erleichterung, Hoffnung für Momma und dann noch dieses kleine Glück, das sich trotz allem in mir breitmachte. Drake mochte mich! Als ich Hannah von unserem Gespräch erzählte und auch von Drakes Liebeserklärung, seufzte sie wie eine englische Dame aus dem Viktorianischen Zeitalter. Ich dachte schon, sie würde in Ohnmacht fallen. „Was soll ich denn jetzt machen, Hannie? Ich bin so durcheinander."

Sie kniff mir in die Wange und lachte. „Drake hat dir schon gesagt, was du tun sollst und was er jetzt tun wird. Warte einfach."

Jetzt musste ich seufzen, ein tiefer Seufzer des Glücks und der Enttäuschung, und als Hannah und ich uns ansahen, mussten wir erst kichern, dann gackern, und bald hatten wir einen ausgewachsenen Lachanfall. Eine Viertelstunde später konnten wir nicht mehr und da umarmten wir uns und schliefen beide auf meinem Bett ein.

Eine schrille, hohe Stimme weckte mich. „Es ist mir herzlich egal, was irgendein Polizist sagt!" Mrs Swansons Stimme schaffte es mühelos bis unters Dach. „Ich fahre jetzt dorthin und setze mich dort vor die Tür und werde mich nicht von der Stelle rühren! Meine Blase ist größer als ein Heißluftballon, und ich werde Josys Zimmer nicht unbewacht lassen, damit irgendein Verrückter mit der guten Paige hineinstürmt und damit droht, sie beide umzubringen!"

Hannah und ich schlichen nach unten und blieben am oberen Treppenabsatz stehen, wo man uns noch nicht sehen konnte. Aber wir konnten sehen, was sich da unten abspielte – Daddy, der sich seinen Mantel anzog, Mrs Swanson in einer dicken Skijacke und einem hellroten Schal über den weißen Haaren und Tante Kit in ihrem eng anliegenden Sportoutfit in Rosa, die auf einem Barhocker an der Kücheninsel saß.

„Kit, du übernimmst Milton", kommandierte Mrs Swanson, die sich allmählich beruhigte. „Du bleibst hier und gehst mit ihm raus. Er muss vier Mal am Tag. Der Arme ist ganz durcheinander, und das schlägt ihm auf die Blase. Und der Briefträger bringt die Post in einem dieser alten Postsäcke bis vor die Tür. Dass du ja nicht auf die Idee kommst, sie wegzuwerfen, hörst du?" Sie warf Tante Kit einen strengen Blick zu. „Die Post kommt erst nach dem Mittag, aber du bist besser gleich an der Tür. Bei all der Polizei und diesen verrückten Fans da draußen, da stürmt schnell mal einer zum Haus. Du lieber Himmel! Ich hoffe, dass diese Beamten etwas mehr Rückgrat haben als dieser Dummkopf, der gestern Abend Josys Zimmer bewachen sollte!“

„Aber ich muss zurück nach Atlanta. Heute Nachmittag ist mein Sportkurs ...“, protestierte Kit.

„Ich will nichts davon hören! Deine Schwester ist gerade aus dem Koma erwacht und der Attentäter hat schon wieder versucht, sie zu töten und deine Nichte gleich mit, und jetzt weiß die Polizei, dass noch jemand anderes hinter ihr her ist! Keine Widerrede, du machst genau, was ich dir sage. Und lass die arme Paige und Hannah in Ruhe. Die sollen sich ausruhen. Du wirst hier viel mehr gebraucht als in irgendeinem lächerlichen Sportkurs.“ Sie hielt inne. „Gut, Patrick. Fahren wir.“

Hannah und ich schlichen uns wieder nach oben und bekamen den nächsten Kicheranfall.

Eine Stunde später saß Hannah unten bei Tante Kit und ich verkroch mich benommen in Mommas Schreibzimmer. Hier konnte ich in den Wald schauen und hinter den Tannenwipfeln vor ihrem Fenster die Berggipfel leuchten sehen. Auf dieser Seite waren keine Polizisten und keine verrückten Fans. Ich wollte wenigstens noch eine kurze Weile vor allem flüchten. Momma machte ihre Tür immer zu, wenn sie arbeitete, aber seit einer Woche stand ihr Arbeitszimmer immer offen. Als ich die Tür zuschob, fiel mein Blick auf Mommas Motivationstafel, die auf der Rückseite hing. Ich fuhr mit der Hand über den glatten Lack und bekam feuchte Augen.

„Die sieht so hübsch aus, Momma. Ich möchte auch lauter Verse lernen.“

Und das hatte ich getan. Tag für Tag war ich in Mommas Schreibzimmer gewesen, ein Buch in der Hand, und hatte es mir auf den Kissen bequem gemacht, die sie extra für mich und Hannah in der Ecke ausgelegt hatte. Sobald wir gelernt hatten, leise zu sein, durften wir in Mommas Zimmer Bücher lesen. Und ich las oft ihre

Motivationstafel. Mit Versen voller Hoffnung, aber auch Sprüchen voller quälender Fragen. An Mommas Tür hing eine Kurzversion der Bibel.

„Das ist für mich wie ein Werkzeug, um bei der Wahrheit zu bleiben", sagte Momma manchmal.

Ich umklammerte meinen Bauch und fühlte mich elend. Tränen liefen mir über die Wangen, Tränen der Reue, der Wut, der Verbitterung. So viele offene Fragen.

Drake hatte alles infrage gestellt und zum Glauben gefunden. Ich war nur distanziert und verärgert geworden.

Die Tafel musste ins Krankenhaus. Jetzt, wo Momma wieder wach war, sollte sie etwas Besseres sehen als nur weiße Wände oder einen blonden Fremden, der mit einer Pistole in der Hand um Vergebung bettelte.

2007

Momma saß in der Hollywoodschaukel auf der Veranda, das Haar mit einem Kopftuch nach hinten gebunden, was hieß, dass sie geschrieben hatte. „Ich kann besser denken, wenn mir die Haare nicht im Gesicht hängen", sagte sie oft. Hannah und ich warteten auf das, was jetzt kommen musste. Der Grund für Daddys Verhaftung. Die Sache mit Momma war, dass wir sie alles fragen konnten. Sie hatte zwar nicht immer eine Antwort, aber wir brauchten keine Angst zu haben.

„Was hat Daddy gemacht? Was ist denn passiert?" Das kam natürlich von mir, der Neugierigen.

„Ihr werdet in der Schule bestimmt ganz unterschiedliche Versionen hören. Die Leute lieben Gerüchte und denken sich irgendwelche Theorien aus." Sie wischte sich die Augen. „Jemand kam ins Haus und hat Daddy angegriffen. Ein böser Mann. Daddy war unschuldig, aber der böse Mann ist dabei gestorben. Daddy hat sich nur verteidigt. Aber die Polizei muss das untersuchen, deswegen muss Daddy eine Weile bei ihnen bleiben. Dort ist er in Sicherheit."

Hannah hatte bestimmt verstanden, was Momma meinte, aber ich nicht. „Was meinst du damit? Wieso ist er im Gefängnis in Sicherheit? Ins Gefängnis kommen doch nur die bösen Leute!"

„Er ist im Gefängnis, damit uns niemand mehr belästigt. Die Polizei passt auf Daddy auf und findet heraus, was wirklich passiert ist, und dann sind wir hier zu Hause auch in Sicherheit." Sie sagte das ganz beiläufig, vergrub dann aber ihr Gesicht in den Händen.

Hannah und ich sahen uns an und zum ersten Mal fehlten mir die Worte. Hannah strich Momma über den Rücken und ich ging irgendwann und holte ein Taschentuch und dann stand Momma auf, nahm uns an die Hand und wir gingen über die Wiese und auf einem kleinen Pfad durch den Wald, bis wir eine Stelle erreichten, von der aus man einen herrlichen Ausblick hatte. Der Himmel war auf der rechten Seite ganz orange und rot und gelb, und auf der anderen Seite zartrosa und blau, wo der perfekte Halbmond leuchtete.

Momma deutete nach oben. „Das sieht doch so aus, als würde der Himmel mit sich selbst streiten, weil er sich nicht entscheiden kann, ob nun die Sonne oder der Mond die meiste Aufmerksamkeit bekommen soll."

Sie hatte wohl diese kleine Rede geplant, denn auf einmal ergab alles einen Sinn, als sie meinte: „Unsere Familie ist wie der Himmel und euer Vater hat die ganze Aufmerksamkeit auf sich gezogen, damit sie nicht auf uns liegt. Damit wir in Sicherheit sind."

2008

Als Daddy aus dem Gefängnis kam, war das Verspielte, was ihn ausgemacht hatte, verschwunden. Er spielte zwar noch Fußball mit uns und wir gingen als Familie noch in den Bergen wandern. Aber er war nicht mehr derselbe. Er und Momma gingen vorsichtig miteinander um, beschützten sich gegenseitig und hüteten ihr Geheimnis. Aber irgendetwas stimmte nicht, das merkte sogar ich mit meinen zehn Jahren. Als wären die Offenheit und die Fröhlichkeit der vergangenen Jahre wie ausradiert.

Sie hielten die ganze Zeit Händchen und Momma hatte diesen abwesenden, sorgenvollen Blick. Und obwohl Daddys Unschuld bewiesen war, war sein Ruf angeknackst. Er verlor einige Kunden und hatte geschäftlich eine Weile ziemlich zu kämpfen. Irgendwann stabilisierte sich die Lage wieder, aber für ihn war das Leben nicht mehr so unbe-

schwert, sah keinen Wettkampf mehr darin, außer auf dem Fußballfeld. Dort konnte er seinen Gefühlen freien Lauf lassen, wenn er mit dem Ball dribbelte, die Sonne ihm ins Gesicht schien und der Gegner einfach nur ein anderer Spieler im Fußballtrikot war.

Kapitel 14

Josephine – Samstagnachmittag

„Bitte, lassen Sie sich durch diesen kleinen Rückschritt nicht entmutigen. Gemessen daran, was sie letzte Nacht durchmachen musste, geht es ihr erstaunlich gut." Die sanfte Stimme sprach mit jemand anderem, nicht mit mir.

Patrick hielt meine Hand und gab mir einen sanften Kuss. Ich spürte heiße Tränen auf meiner Wange. Ach, Patrick. Er war so sensibel. Er weinte öfter als Paige, so viel stand fest. Jetzt streichelte er mir den Arm und ich versuchte ihn anzulächeln und mich für die kleine Massage zu bedanken.

Keiner konnte so massieren wie Patrick. Ganzkörpermassage, sagte er immer mit einem Augenzwinkern. Wie ich sie liebte, diese Massagen!

Ich musste irgendetwas Unverständliches gemurmelt haben, denn er strich mir über die Wange und meinte: „Ach, Feeny. Du bist so tapfer. Mach dir keine Sorgen. Wir lassen nicht zu, dass die letzte Nacht deine Fortschritte ausbremst. Und Paige geht es auch gut."

Paige stand neben diesem blonden Riesen und wir hatten beide Todesangst.

Patrick packte meine Hand ganz fest. „Ich habe dem Detective alles erzählt", flüsterte er. „Alles, was passiert ist. Alles wird gut. Keine Geheimnisse mehr, Feeny. Du wirst wieder gesund und dann gibt es keine Geheimnisse mehr. Versprochen."

Was war passiert? Mein Kopf dröhnte. Ich hatte Durst. Ich schloss die Augen und sah den Mann vor mir, der mich um Vergebung bat, weil er auf mich geschossen hatte. Aber was bedeutete das? Der Mann hatte auf mich geschossen?

Oder hatte jemand in diesem einen Sommer, dem *besagten Sommer*, auf mich geschossen? War es das, Patrick? War das unser Geheimnis? War das der Grund, wieso ich hier war?

2007

Die Koffer waren gepackt und ich gab den Mädchen noch einen Abschiedskuss, bevor sie in die Schule gingen. Ich hatte noch ein paar Stunden Zeit, bevor ich zum Flughafen musste, und ging zu Mrs Swanson rüber. „Jetzt gehst du auch noch und das ganze Viertel wird zur Geisterstadt." Sie hatte die Trennung von Drakes Eltern immer noch nicht verwunden. „Eine richtige Geisterstadt."

„Aber ich bin doch nur einen Monat lang weg."

Einen Monat! Einen ganzen Monat in La Grande-Motte. Wie mein Körper und Geist bis zu diesem Moment funktioniert hatten, wusste ich nicht. Aber endlich war es so weit. Endlich.

Patrick freute sich sogar darauf, die Mädchen zum Fußballtraining und nicht nur zu den Spielen fahren zu müssen. „Ich habe den Chef informiert, dass ich immer etwas früher von der Arbeit nach Hause muss", hatte er mir mit einem fröhlichen Funkeln in den Augen gesagt, und der Anblick machte mich glücklich. Kit war dank der Therapie gerade stabil. Und die schwere Last dieses Jahres mit all seiner Trauer und Schuld fiel Stück für Stück von mir ab.

Als ich wieder zu Hause war, klingelte mein Handy mit einer unbekannten Nummer. Eigentlich ging ich nie ran, wenn ich die Nummer nicht kannte, aber mein Kopf war voll vom Packen und von der Aussicht auf Ruhe.

„Hallo?"

„Spreche ich mit Mrs Josephine Bourdillon?"

„Ja."

„Es kommt ein Päckchen mit UPS für Sie." Die Stimme sagte meine Adresse. „Das Päckchen muss persönlich entgegengenommen werden."

Ich fand das seltsam. Soweit ich mich erinnern konnte, hatte ich nichts per Einschreiben bestellt. „Wann kommt die Sendung denn?"

„Innerhalb der nächsten Stunde."

Ich stöhnte. Auf ein Päckchen zu warten und deshalb womöglich meinen Flieger zu verpassen hatte ich keine Lust. „Ich bin höchstens noch eine Stunde hier. Länger warten kann ich nicht."

„Wenn die Sendung heute nicht ausgeliefert werden kann, geht sie an den Absender zurück."

„Wieso denn das?" Aber die Stimme am anderen Ende hatte schon aufgelegt.

Genervt rief ich Patrick in seinem Büro an. „Liebling, eben rief jemand wegen einer Sendung an. Hast du etwas für mich bestellt?"

„Einen Flug nach Frankreich, meinst du das?" Sein neckischer Ton entlockte mir ein Lächeln.

„Nicht wirklich." Ich erzählte ihm von dem Anruf. „Ich lasse deswegen doch nicht meinen Flug sausen."

„Keine Sorge. Wir fahren rechtzeitig los." Ich stellte mir vor, wie er auf seine Uhr sah. „Dreiundvierzig Minuten. Zweiundvierzig."

„Schon gut. Komm aber nicht zu spät."

„Wenn ich gleich komme, reicht die Zeit dann noch für einen kleinen Nachtisch?"

Ich schmunzelte. „Vielleicht, wenn du dich beeilst." Wie sehr würde ich sein verspieltes Liebeswerben vermissen! Aber die Sehnsucht nach Strand war wie ein Hunger tief in mir. Zeit, abzuschalten. Zu trauern. Zu leben.

Ich ging nach oben in mein Schreibzimmer und schloss die Tür hinter mir. Schwer atmend lehnte ich mich dagegen. Die Müdigkeit war so groß, dass mir die Augen zufielen und mein Körper nach unten gezogen wurde. Als ich die Augen wieder öffnete, fiel mein Blick auf die Motivationstafel und auf die kleine Karte, auf der der Bibelvers stand: „Doch gerade dann, wenn ich Angst habe, will ich mich dir anvertrauen. Ich lobe Gott für das, was er versprochen hat; ihm vertraue ich und fürchte mich nicht. Was kann ein Mensch mir schon antun?"

Ich schmunzelte. Wie oft hatte ich diesen Vers zitiert, wenn ich mich mit Kit gestritten oder eine schlechte Leserbewertung bekommen hatte oder noch Schlimmeres. Ich wollte am liebsten die ganze Tafel mit nach La Grande-Motte nehmen, aber sie passte nicht in den Koffer.

Die verbleibenden Minuten beschäftigte ich mich mit diesem und jenem, aber irgendetwas kam mir komisch vor. Eigenartig. Meine Familie meinte immer, ich hätte zu viel Fantasie, aber manchmal war es wohl schlicht Intuition.

Als es an der Tür klingelte, hatte ich gerade meinen riesigen Koffer in die Küche gerollt. Ich schickte ein kurzes Dankgebet nach oben. Wenigstens war der UPS-Mann pünktlich!

Aber es war kein UPS-Mann an der Tür. Vor mir stand ein klei-

ner, untersetzter Mann in Jeans und T-Shirt mit einem dichten weißen Haarschopf. Ich wich zurück und schob die Tür wieder ein Stück zu. „Ja, bitte?“

„Mrs Bourdillon.“ Sein Lächeln war mir nicht geheuer. „Ich bin der Lieferant.“

„Oh!“ Ich war so verblüfft, dass ich erst nicht wusste, was ich sagen sollte. „Sie haben ja gar keine UPS-Uniform an.“ Ich wurde rot.

„Nein, das stimmt.“ Er trat ein und schloss die Tür hinter sich, und da keimte die erste Angst in mir auf. Ich wusste sofort, dass er keine guten Absichten hatte.

Patrick! Herr, schick mir Patrick!

Das Herz schlug mir bis zum Hals.

Er zog eine Pistole heraus.

Ich erstarrte. Was hatte er vor? Patrick! Beeil dich!

Ich duckte mich und schob ihm mit aller Kraft den schweren Koffer entgegen. Er drückte ab, stolperte und die Kugel prallte an der Wand ab. Auf Knien, den Koffer als Schutzschild, gab ich ihm einen so kräftigen Schubs, dass der Mann hinfiel. Die Pistole schlitterte über den Küchenboden. Ich sah, wie sie rutschte und sich wie in Zeitlupe drehte und schließlich unter einem Barhocker zum Liegen kam. Beide stürzten wir auf die Waffe zu und bekamen sie zur selben Zeit zu fassen. Wir rangen miteinander, ich warf mich mit meinem ganzen Gewicht hinein und spürte den Abzug an den Fingerspitzen. Ein Schuss fiel, der Eindringling kippte nach hinten, Entsetzen im Gesicht. Dann lag er zusammengekrümmt neben dem Koffer. Die Kugel war ihm in die Brust gedrungen.

Als Patrick kam, hielt ich noch immer die Pistole umklammert. Blutspritzer waren auf meiner Bluse. In seinen Armen brach ich zusammen. „Er ist einfach reingekommen ... mit einer Pistole ... er wollte mich erschießen ...“

Patrick hielt mich fest, obwohl wir beide zitterten. „Geh unter die Dusche“, sagte er schließlich. „Zieh dir was anderes an. Ich kümmere mich darum.“

„Ich wollte ihn nicht erschießen. Das musst du mir glauben!“

„Natürlich", sagte er und löste die Waffe aus meiner Umklammerung.

Ich schluchzte. „Ruf die Polizei! Du musst die Polizei rufen."

In seinen Augen sah ich Angst. „Ja. Versprochen. Aber erst gehst du duschen. Zieh dich um und dann fährst du zum Flughafen. Du steigst in den Flieger wie geplant."

„Bist du verrückt? Ich kann doch jetzt nicht weggehen."

„Feeny, verstehst du nicht? Du wirst der fahrlässigen Tötung angeklagt. Das wird die Schlagzeile des Tages. Lass mich das machen."

Oh Patrick! Er wollte mich beschützen und die Schuld auf sich nehmen.

Also machte ich mich auf den Weg.

Die Polizei fand die von Patrick dargestellten Umstände einer Notwehr verdächtig, sehr verdächtig, und beschuldigte ihn des Mordes. Natürlich waren sie verdächtig. Patrick konnte den Tatort nicht nachstellen und es gab Ungereimtheiten zwischen den körperlichen Spuren und seiner Erstaussage.

Sie sperrten ihn für drei lange Monate ein. Zumindest waren sie davon überzeugt, dass es Notwehr war, aber die Behörden konnten nicht nachvollziehen, wieso Patrick gelogen hatte. Und Patrick konnte sich nur wiederholen: „Es tut mir leid. Ich war vermutlich so unter Schock. Aber ich schwöre, dass es Notwehr war."

Er opferte seinen Ruf für meinen. Er nahm die Schuld auf sich und ging ins Gefängnis, bis seine Unschuld bewiesen war. Und ich fuhr nach La Grande-Motte. Wie durch einen Schleier hörte ich die Mädchen am Telefon weinen. Ich verbrachte zwei furchtbare Tage in La Grande-Motte und setzte mich dann wieder in den Flieger, um bei meinen Mädchen zu sein und bei Patrick, der für ein Verbrechen hinter Gittern saß, für das keinen von uns die Schuld traf.

Was wirklich passiert war, erzählten wir den Mädchen nie. Wenn sie die Wahrheit nicht kannten, konnten sie auch keine Fragen beantworten. Wir wollten sie aus der Sache raushalten.

Aber dafür lebten wir mit einer Lüge, die auf uns lastete.

Der Mann, der mich überfallen hatte, stellte sich als Berufskrimineller heraus. Wir konnten uns nicht erklären, wieso er mich erschießen wollte, aber manchmal fragten wir uns, ob es etwas mit meinen Büchern zu tun hatte. Die wahre Geschichte erzählten wir niemandem.

Die Polizei ging davon aus, dass er einen bewaffneten Raubüberfall vorgehabt und nicht damit gerechnet hatte, Patrick anzutreffen.

Aber jetzt gab es neue Briefe und dieser Mann hatte mir in den Kopf geschossen. Kit hatte es einen Mordanschlag genannt. War es derselbe Mann gewesen? Wie konnte das sein, wenn er doch längst tot war?

Patrick! Patrick! Was passiert hier bloß? Ich wollte ihn nicht töten! Wirklich nicht ...

Paige – Samstagnachmittag

Als Detective Blaylock kam, ging Tante Kit mit Milton spazieren und warf mir noch fragende Blicke zu, während Milton sie aus dem Hintereingang zerrte, weg von der Menschenmenge vor dem Haus. Hannah zog den Polizisten ins Haus, bevor die Presse Fotos machen konnte.

Jetzt saß er mir im Wohnzimmer gegenüber auf dem übergroßen Ledersessel. Ich lag unter einer Decke auf dem Sofa. Hannah hatte ihm einen Kaffee gebracht. Ich trank Chai. Auf der Glasplatte des Couchtischs stand ein Teller mit Gebäck und im Kamin prasselte das Feuer, als wäre dies ein gemütliches Wiedersehen von Freunden.

„Wie geht es Ihnen heute?", fragte er und griff nach einer Makrone mit Schokoladenüberzug. Dann spülte er mit einem großen Schluck Kaffee nach. Seine Augen waren rot und seine Uniform zerknittert. Ich fragte mich, ob er überhaupt geschlafen hatte.

„Es ist alles noch ziemlich unwirklich."

„Sie sind eine mutige junge Frau." Sprach da Bewunderung aus seinem Blick? „Stellen sich drei bewaffneten Polizisten entgegen."

Ich zuckte die Achseln. „Wie gesagt, alles ziemlich unwirklich. Ich wollte Momma beschützen, weil ich Angst hatte, jemand würde sie aus Versehen treffen."

Er nickte.

„Und außerdem", fügte ich mit einem Schluck Chai hinzu, ohne ihm in die Augen zu sehen, „hatte ich Angst, sie würden Henry erschießen."

„Henry? Sie sind mit ihm per Du?"

„Nicht wirklich. Wir haben uns im Aufenthaltsraum der Intensivstation getroffen, Montagnacht. Ich habe ein paarmal kurz mit ihm gesprochen. Und mit seiner Frau, Libby …"

Detective Blaylock sah aus dem Fenster. Dann stellte er seine Kaffeetasse ab und stützte die Ellbogen auf die Knie. „Sie haben also mehrfach mit Mr Hughes und seiner Frau gesprochen? Ist das korrekt?" Bevor ich antworten konnte, schüttelte er den Kopf. „Ach richtig. Der Beamte, der gestern bei Ihnen war, hat mir erzählt, dass sie auf den kranken Sohn von Mrs Hughes aufgepasst haben, während ich sie verhört habe."

Ich kaute auf der Unterlippe und wagte einen kurzen Blick in seine Richtung. „Sie haben mir eben leidgetan. Ihre ganze Situation." Ich sah ins prasselnde Feuer. Wenn ich die Augen zumachte, war ich wieder dreizehn und sah den ganzen Jugendkreis vor mir. Die Jugendlichen saßen überall hier im Zimmer verteilt und sangen Lieder, während draußen die Schneeflocken gegen die Fenster schwebten. Und neben mir saß Drake.

„Henry hat zugegeben, auf Momma geschossen zu haben, aber er hat auch gesagt, dass ihn jemand angeheuert hat." Ich war wieder in der Gegenwart. „Vermutlich habe ich einfach aus meinem Bauchgefühl heraus reagiert. Ich meine, was würde es uns nützen, wenn er tot wäre, ohne die Hintermänner zu kennen?"

„Ganz genau." Detective Blaylock lächelte mich tatsächlich an. „Aber nur, damit Sie es wissen, meine Männer hätten nicht geschossen, weil Mr Hughes, weil Henry ja seine Waffe sinken ließ. Wir schießen nicht auf unbewaffnete Menschen."

Ich lächelte ihn schief an. „Wie beruhigend."

Das Gespräch fühlte sich so träge an, als würde der Detective mir langsam eine Information nach der anderen aus der Nase ziehen. Mir fehlte jede Kraft für Widerstand. Wieso sollte ich mich auch wehren?

„Paige, was genau hat Henry zu Ihnen und Ihrer Mutter gesagt? Es würde mir sehr weiterhelfen, Ihre Zeugenaussage zu haben." Sein kleines Diktiergerät wartete auf dem Couchtisch begierig auf meine Antwort.

„Er hat ihr alles gestanden. Wortwörtlich hat er ihr seine Schuld gestanden." Mir drängte sich das Bild auf, wie Henry mich in der

Cafeteria ausgefragt hatte – all diese großen Fragen des Lebens – und dann, wie er neben Mommas Bett gestanden und sie nach Antworten auf dieselben Fragen angefleht hatte. „Er ist verzweifelt wegen seines Sohnes, aber irgendwie auch generell am Leben. Und er liest Mommas Bücher. Zwei hat er schon gelesen und ist mitten beim dritten." So gut ich konnte, wiederholte ich unser Gespräch in der Cafeteria, und dann den Wortlaut dessen, was er vergangene Nacht gesagt hatte.

Detective Blaylock runzelte die Stirn, spielte mit seinen Händen herum wie sonst auch und sah so aus, als würde er mit einer Entscheidung ringen. „Wir haben ihn überprüft", sagte er schließlich. „Henry Hughes."

„Ist er vorbestraft?"

„Nein, er nicht. Aber seine Eltern. Kein schönes Vorstrafenregister, glauben Sie mir. Sein Vater war ein Auftragskiller. Hat alle möglichen Leute umgebracht und andere Straftaten begangen, bis er bei einem Raubüberfall auf einen Lebensmittelmarkt getötet wurde. Vor den Augen seines Sohnes. Der Junge hat offensichtlich alles mit angesehen. Und", der Detective blätterte in seinen Notizen, „Henry hat seine Mutter erschossen. Ein Unfall. Er hat versucht, sie vor seinem Vater zu beschützen."

„Das ist ... das ist ja entsetzlich."

„Ja, das ist es. Der Kerl ist schon von klein auf mit Gewalt konfrontiert worden. Und er hat einen kranken Sohn. Für den braucht er dringend Geld, denn der Junge hatte wohl schon drei Operationen. Die Frau hat uns bisher nichts verraten, aber ich wette, dass er auch als Auftragsmörder gearbeitet hat."

Ich versuchte, die schrecklichen Informationen mit dem Mann in Übereinstimmung zu bringen, den ich kennengelernt hatte. „Also hat er sich als Mörder verdingt, um seinen Sohn zu retten. Das war also sein Motiv. Er brauchte Geld. Aber das hilft uns nicht weiter, wenn wir den Auftraggeber finden wollen. Wie gesagt, Henry hat gesagt, dass es ihm leidtut, das mit Momma, und er meinte, er würde denjenigen finden, der ihn angeheuert hat. Damit er Momma beschützen kann und seinen Sohn."

„Ja, das hat er auch uns gegenüber geäußert. Er behauptet, dass sein Kontakt nur der Mittelsmann ist."

„Der arme Henry." Weil mir der Schädel brummte, vergrub ich den Kopf in den Händen.

„Sie mögen diesen Kerl, nicht wahr? Die ganze Familie, habe ich recht?"

Ich massierte mir die Schläfen. „Ja. Ich weiß, das hört sich verrückt an, aber die ganze Situation ist schließlich verrückt. Ich weiß nicht, wieso ich das Bedürfnis habe, Henry und Libby und Jase zu beschützen. Ich wünschte einfach nur, ich könnte ihnen helfen."

„Er weigert sich, uns seinen Kontakt zu nennen. Kein Wort. Er meinte, der Typ habe seinen Sohn bedroht, und er würde nicht zögern, seine Drohung in die Tat umzusetzen. Henry hat eine Heidenangst." Detective Blaylock räusperte sich und zupfte an seinem Bart. „Würden Sie noch einmal mit ihm reden? Vielleicht öffnet er sich ja Ihnen gegenüber?"

Ich strahlte. „Aber natürlich! Das mache ich."

„Vielleicht können Sie ihn mit Ihren Fragen überraschen. Darin sind Sie doch so gut." Er zwinkerte mir zu.

☙

Ich dachte, die Befragung sei jetzt vorüber, aber Detective Blaylock war da anderer Meinung. Er sah auf sein Handy. „Paige, Ihr Vater kommt gleich zurück, und dann möchte er mit Ihnen und Hannah und dem jungen Mann, Drake, über seine Inhaftierung 2007 sprechen. Ich werde auch dabei sein."

Ich wurde zornig. „Wieso denn?" Als er nicht sofort reagierte, legte ich nach. „Halten Sie Daddy etwa für verdächtig?"

Er stand auf und legte mir eine Hand auf die Schulter. „Ihr Vater ist vollkommen unschuldig, was den Fall damals betrifft." Sein Blick bohrte sich in mich. „Und auch in diesem Fall. Sie können ganz beruhigt sein. Ihr Vater gehört nicht zum Kreis der Verdächtigen."

Kein Verdächtiger, aber er hatte die Briefe aufgehoben und der Polizei nicht gleich gezeigt, und jetzt war er auf einmal so schicksalsergeben. Was sollte das alles bedeuten?

„Ihr Vater möchte Ihnen erzählen, was damals wirklich passiert ist ..."

„Und wer bleibt dann bei Momma?“

„Ich glaube, Ihre Tante ist auf dem Weg ins Krankenhaus. Und Ihre Nachbarin ist dort.“

Ich stöhnte. „Sie sollten sich mal mit Tante Kit unterhalten. Sie ist der komische Vogel in der Familie.“

Er lächelte. „Keine Sorge, das habe ich. Und Sie haben recht. Ihre Tante ist eine sehr interessante Person.“

Wir hatten es uns auf dem Sofa gemütlich gemacht, Hannah, Drake und ich. Detective Blaylock saß in einem der Ledersessel. Das Feuer war längst heruntergebrannt. Fünf leere Tassen standen auf dem Tisch und Daddy, im anderen Sessel, erzählte uns die Wahrheit.

Endlich.

Daddy hatte den Mann gar nicht getötet.

Sondern Momma. Momma hatte ihn erschossen – ein Unfall –, aber Daddy hatte es auf sich genommen. Das war also Daddys Geheimnis gewesen und das hatte ihm das Lächeln geraubt. Er wusste, dass sie der nächste Nervenzusammenbruch oder noch Schlimmeres erwartete, wenn sie sich dem ganzen Medienrummel hätte stellen müssen.

Meine Eltern stritten selten, vor allem nicht vor uns, und Daddy hatte eine so sanfte Stimme. Momma meinte, sie sei überrascht gewesen, als er sich auf dem Fußballfeld so kämpferisch gegeben habe, weil er sonst so freundlich und ausgeglichen war. Meine ganze Kindheit über hatte er Amateurfußball gespielt. Ich wusste, dass er früher sogar Profifußballer werden wollte. Momma meinte dann immer: „Er hätte es schaffen können. Er hatte das Talent dazu. Aber ich habe ihn aufgehalten.“

Spätestens dann fiel ihr Daddy immer ins Wort, aber Momma hatte die lautere Stimme und sagte: „Er hat die Karriere als Fußballer für mich geopfert. Ich konnte nicht damit umgehen, dass er so viel unterwegs war.“ Sie hatte dann diesen wehmütigen Blick und er sah sie ganz zärtlich an und in seinen Augen stand die Liebe zu Momma und dass er es überhaupt nicht als großes Opfer gesehen hatte.

Aber mir ging dieses Wort, *Opfer*, lange nicht aus dem Kopf.

Ich erlebte, wie meine Eltern immer wieder Opfer füreinander brachten, kleine und große. Ob es kluge oder dumme Opfer waren, konnte ich als Kind nicht beurteilen, aber eines wusste ich: Meine Eltern verstanden etwas von Liebe, echter, tiefer Liebe. Sie wussten, dass sie auch wehtat, dass sie ihren Preis hatte und dass es wert war, dafür zu kämpfen.

Aber jetzt begriff ich, begriffen wir erst so richtig, welches Opfer Daddy für sie gebracht hatte. Und ich hatte recht behalten. Er liebte sie zu sehr.

Erst als Daddy mit seiner Geschichte fertig war, merkte ich, dass ich Drakes Hand umklammert hielt. Mein Kopf lag auf Hannahs Schulter. Daddy seufzte einmal tief, rieb sich das Gesicht und stützte die Ellbogen auf die Knie. „Es tut mir leid, dass wir euch das nie erzählt haben. Wir hielten es für das Beste. Ich hoffe, ihr könnt das verstehen.“ Er sah einen nach dem anderen von uns an, dabei war sein Blick voller Erleichterung und Reue.

Hannah und ich standen gleichzeitig auf und umarmten ihn.

„Das löst leider das Rätsel um die Sache mit Momma nicht, aber Detective Blaylock ist davon überzeugt, dass die zwei Mordversuche im Zusammenhang miteinander stehen. Und er fragt sich, ob die Drohbriefe uns noch etwas anderes verraten.“

Henry – Samstagnachmittag

Ich kriegte was zu Essen und eine nette Lady brachte mir Medikamente. Sie saß da und beobachtete, wie ich sie mir in den Mund steckte. Die eine war für meine PTBS, aber die anderen hatten sie mir gestern Abend auch schon gegeben, damit ich mich beruhigte. Die Lady steckte mir einen Finger in den Mund, um zu prüfen, ob ich sie auch runtergeschluckt hatte. Hatte ich natürlich. Hatte ja keinen Grund mehr, eine Waffe in die Hand zu nehmen. Der Detective hatte gesagt, dass ich für den Rest meines Lebens einsitzen würde. Kam ungefähr hin, dachte ich, vor allem, wenn sie das mit meinen anderen Aufträgen rauskriegen würden.

Ich dachte an einen Anwalt, und daran, dass der Detective gesagt hatte, sie würden mir einen besorgen. Geld für einen Anwalt hatten wir jedenfalls keins, aber wir brauchten einen, so viel stand fest.

Dann versuchte ich, mich mit irgendwas zu beschäftigen, weil ich fast durchdrehte vor Sorge wegen Jase und Libby.

Gestern Abend hatten sie mir alles genommen – die Knarre natürlich, mein Handy, die Schlüssel und die Brieftasche –, aber meine Unterhose, das T-Shirt und die Jeans hatten sie mir gelassen. Als sie mich durchsuchten, war ich heilfroh, dass ich diesen Brief zerrissen hatte, der die ganze Zeit tief unten in meiner Jeanstasche gesteckt hatte. Wenn sie ihn bei mir gefunden hätten, dann hätten sie bestimmt Nicks Fingerabdrücke darauf entdeckt und das wäre so richtig blöd gewesen. Aber dann wiederum hätte die Polizei vielleicht die Fingerabdrücke der Person, die das Ganze eingefädelt hatte, gefunden. Und das hätte mich kein bisschen gestört.

Zum hundertsten Mal dachte ich über die Anweisungen nach. Hatte sie vor Augen wie ein Foto.

Genau um 4 Uhr nachmittags am Freitag, den soundso vielten Oktober, wird Josephine Bourdillon die Pack Memorial-Bibliothek verlassen. Warten Sie in der Gasse hinter der Haywood Street auf sie, wo ihr Auto steht ... die Straße wird menschenleer sein ... Unter den Zeilen in Druckschrift ein kleines Foto von Miz Bourdillon wie das, was hinten auf ihren Büchern war. Das war's. Außer dass unten auf der Seite ein geschwungener Satz auf dem Briefpapier gedruckt stand. *Nimm mein Leben, Jesu, dir übergeb ichs für und für.* Jedes Mal, wenn mir dieser Satz aufgefallen war, musste ich schmunzeln. Sogar ich kannte dieses alte Kirchenlied, das die Leute in Libbys Gemeinde sangen. Ich fand es ziemlich seltsam, ihn auf einem Blatt zu lesen, auf dem die Anweisungen für einen Auftragsmord standen, aber das war nicht mein Problem.

Am Ende schickte ich zu meiner eigenen Überraschung ein Gebet zum Himmel, dass wer auch immer die Idee hatte, Miz Bourdillon umzubringen, sich aus dem Schatten ins Licht trauen würde.

Josephine – Samstagnachmittag

Hannah saß neben mir und hielt meine Hand. „Momma, Paige geht es gut", sagte sie immer wieder. „Sie kommt nachher mit Drake hierher. Alles in Ordnung. Und überall beten die Leute für dich." Sie küsste mich auf die Wange. „Und ich bleibe noch eine Woche hier. Daddy hat meinen Flug storniert. Ich will gern bleiben."

Ich nickte dankbar.

Aber wo war Patrick? Wir hatten den *besagten Sommer* überlebt. Oder doch nicht? Am Ende hatte man Patrick verhaftet, aber dann war er für unschuldig erklärt worden – Notwehr. Aber selbst die ging nicht auf sein Konto. Er war unschuldig, weil ich schuldig war, aber das wusste niemand.

Jetzt, meinte Patrick, wussten sie es. Sie wussten von *damals* und sie wussten von *heute*, und der Mann, der auf mich geschossen hatte, saß im Gefängnis. Aber es passte nicht zusammen. Es ergab alles keinen Sinn. Ich hatte meine Stimme wiedergefunden, aber zugleich das Gefühl, den Verstand verloren zu haben.

Paige – Samstagnachmittag

Detective Blaylock führte mich hinten aus dem Haus und durch den Wald zu seinem Streifenwagen. Ich hatte mir eine Baseballkappe tief ins Gesicht gezogen und trug eine Sonnenbrille. Wenn sich so Prominente fühlten, dann hatte ich keine Lust darauf. Ich drehte mich um und sah, dass immer noch Fahrzeuge auf der bergigen Straße zu unserem Haus hochfuhren.

Die Menschenmenge vor dem Polizeirevier war noch zehnmal schlimmer. Die ohnehin schon verrückte Situation hatte sich endgültig hochgeschaukelt. Die wütende Menge beschimpfte Henry Hughes und hielt Plakate hoch, auf denen sie die Todesstrafe forderten.

Wer waren diese Leute überhaupt? Mit Sicherheit nicht Mommas geliebte Leser, die dankbare Briefe schrieben und ihr schilderten, wie ihre Bücher ihr Leben verändert hatten. Gott sei Dank konnte Momma diese wutverzerrten Gesichter nicht sehen. Waren die Leute wirklich so wankelmütig? Oder war das einfach eine Menschenmasse, die Ärger suchte und die Öffentlichkeit nutzte, um sich wegen ihrer privaten Probleme Luft zu machen? Ich wusste es nicht, aber es ließ mich nicht los, während ich mit eingezogenem Kopf in das Revier huschte.

Als ich später wieder im Krankenhaus ankam, war ich heilfroh, dass Momma friedlich schlief.

Hannah wartete schon an der Tür auf mich und strahlte. „Sie hat sich beruhigt!", raunte sie. „Und sie versteht alles, was ich sage. Zum Glück ist sie nicht mehr so aufgewühlt."

„Das sind doch gute Nachrichten."

„Mrs Swanson und Ginnie sind gerade weg. Ist Drake bei Tante Kit geblieben?"

Ich nickte und wir grinsten uns an. „Er meinte, er würde ein Auge auf sie haben, bis Mrs Swanson zurück ist. Dann kommt er nach."

„Und Daddy?"

„Schläft endlich zu Hause. Ich glaube, das Geständnis hat ihn ziemlich viel Kraft gekostet. Der Arme."

Hannah und ich blieben eine Stunde bei der schlafenden Momma sitzen. Ich hatte die Motivationstafel auf das Fensterbrett zwischen die Blumensträuße gestellt. Nun suchte ich einen der Sträuße aus. „Macht es dir was aus, wenn ich zur Kinderstation gehe und nach Jase sehe?" Ich räusperte mich. „Und nach Libby?"

„Du musst mich doch nicht um Erlaubnis bitten, Schwesterherz. Los, geh. Momma würde auch wollen, dass du sie tröstest."

Ich gab Momma einen Kuss auf die Wange. „Hab dich lieb." Mit der freien Hand griff ich noch nach Mommas Laptop und zuckte nur die Achseln, als Hannah mich fragend ansah.

Der Polizist vor Jases Zimmer lächelte mich an und bedeutete mir mit einem Handzeichen einzutreten. Libby lag auf einer langen Bank, die zu einem Bett umfunktioniert worden war. Die Decke lag kreuz und quer auf ihr und ihr rotblondes Haar hing bis auf den Boden herunter. Sie sah fast so verletzlich aus wie Jase. Den Strauß gelbe Rosen stellte ich neben die Orchideen und schlich auf Zehenspitzen zu seinem Bett. Mir krampfte sich der Bauch zusammen, so unbeweglich lag er da. Aber die Maschinen meldeten piepsend seine Lebenszeichen.

Ich ließ mich auf den Stuhl an seinem Bett fallen und versuchte, die Ereignisse der letzten Woche einzuordnen: den Schock des Attentats, die Angst, als ich über Daddy und den *besagten Sommer* nachdachte, Drakes Liebeserklärung und dann die Geiselnahme mit Henry. Ich dachte an das Geständnis meines Vaters heute Morgen und die Tausende von E-Mails, Facebook-Nachrichten, Tweets und Briefe, die Momma Unterstützung und Gebete zusagten, an die Internetseite von Momma, die nicht nur Hunderte von Kommentaren, sondern auch ziemlich viele Spenden zusammengebracht hatte. Ich fragte mich, wieso jemand Momma so viele Jahre mit diesen rosafarbenen Briefen zugesetzt hatte und wieso sie und Daddy niemals der Polizei davon erzählt hatten, weder vor noch nach dem *besagten Sommer*. Und ich fragte mich, wie schwer es werden würde, den Briefeschreiber zu finden.

Dann versuchte ich zu begreifen, wieso mir Henry, Libby und dieser kleine Junge so am Herzen lagen. Und welchen Reim wir uns auf die Tausende von Menschen machen sollten, die unser Leben in den Nachrichten und über die sozialen Medien verfolgten, als wären wir die neueste Serie auf Netflix.

Alles fühlte sich so unendlich schwer an.

Libby schlief. „Mach die Augen auf, kleiner Junge", flüsterte ich. „Wach auf und werd gesund, Jase. Bitte." Dann machte ich dasselbe wie bei Momma – ich strich ihm die Haare aus dem Gesicht und gab ihm einen Kuss auf die Stirn.

Ich lauschte eine Weile dem Piepsen der Maschinen und klappte dann entschlossen Mommas Laptop auf. Wenn Hannah hier gewesen wäre, hätte sie mich fragend angesehen. *Weißt du, was du da tust? Was sagt die Polizei dazu?* Aber ich brauchte niemandes Einverständnis. Das hier war reiner Instinkt.

Zuerst richtete ich ein Konto bei GoFundMe für Jase ein. Dann ging ich auf Mommas Facebook-Seite und schrieb: *Gute Nachrichten! Momma ist nach der Nacht des Schreckens wieder stabil. Und es gibt Neuigkeiten zum Attentäter. Wir wissen jetzt, wieso er es getan hat. Er hat sich als Möchtegernkiller verdingt, um Geld für seinen sechsjährigen Sohn Jase zu verdienen, der eine Herz-OP brauchte. Das macht seine Tat nicht besser, aber wir wollen nicht, dass Jase darunter leiden muss. Selbst jetzt ringt der Junge noch mit dem Tod. Wenn Sie der*

Familie Bourdillon helfen wollen, lassen Sie den Attentäter in Ruhe. Helfen Sie uns, den zu finden, der das Attentat in Auftrag gegeben hat! Wenn Sie jemanden kennen, der sich über Momma geärgert hat, melden Sie das den Behörden in Ihrer Stadt. Posten Sie hier bitte keine Namen. Und wenn Sie Momma ein Lächeln auf die Lippen zaubern wollen, dann spenden Sie für Jases Krankenhausaufenthalt!

Ich fügte noch den Link zum GoFundMe-Konto ein und hängte das Foto von Momma mit Milton an. Dann drückte ich auf „Veröffentlichen". Über ihr Twitter-Konto schickte ich eine Kurzversion mit ähnlichem Inhalt und den Hashtags #JosephineBourdillon und #RettetJasesHerz.

Dann ging ich wieder hoch zu Momma. Hannah saß am Bett und sprach leise mit ihr. Momma hatte die Augen zu.

Begeistert erzählte ich Hannah von meiner Aktion auf Facebook und Twitter.

„Du bist ein moderner Robin Hood", sagte sie.

„Außer dass ich niemandem etwas stehle."

„Jedenfalls kein Geld", erwiderte Hannah. „Aber du stiehlst die Aufmerksamkeit von Henry und sammelst Geld für seinen Sohn. Das klingt sehr nach Robin Hood für mich." Sie rieb sich ihre gepflegten Augenbrauen. „Auf so was kommst nur du. Aber das ist ein guter Plan. Wir werden ja sehen, ob er aufgeht."

Tatsächlich, innerhalb weniger Stunden hatten sich meine Nachrichten über Facebook und Twitter rasend schnell verbreitet. Nur Detective Blaylock und Officer Hanley waren nicht besonders erfreut darüber, wie viele Hinweise auf mögliche Verdächtige aus dem ganzen Land eingingen. Die Kommentare in den sozialen Medien waren natürlich extrem unterschiedlich, manche forderten trotzdem für Henry die Todesstrafe, andere schrieben: *Gebt ihm eine zweite Chance*! Und ganz allmählich trudelte auch Geld für Jase ein.

Ich hatte das Gefühl, wieder atmen zu können. Und ich konnte es kaum erwarten, Libby davon zu erzählen. Schnell eilte ich nach unten in Jases Zimmer. Sie saß zusammengekauert auf dem Stuhl. „Ich habe Ihnen etwas Quiche und einen Blaubeermuffin und Saft mitgebracht."

Ihre stechend grünen Augen füllten sich mit Tränen. „Bitte, sag doch du zu mir. Danke, danke für alles. Für die Blumen, für das

Essen und dass du nach Jase schaust. Das bedeutet mir so viel." Sie sah auf ihr Handy. „Der Pastor hat mir gerade geschrieben. Er und seine Frau kommen nachher vorbei."

„Oh, das sind doch gute Nachrichten."

Sie knabberte an der Quiche und ich stand neben ihr. Fast hätte ich ihr erzählt, was sich da draußen im Cyberspace abspielte, aber aus irgendeinem Grund behielt ich es lieber für mich.

Henry saß im Verhörraum, ganz verloren und ausgelaugt, ein blasser, gespenstischer Riese. Als ich in Begleitung eines Polizisten eintrat, nickte er. „Hallo, Miz Bourdillon. Sehr nett, dass Sie mich besuchen." Aber dann ließ er den Kopf hängen. „Tut mir schrecklich leid, dass ich Sie so erschreckt habe gestern Nacht."

Ich erwiderte sein Nicken und wusste nicht, was ich darauf sagen sollte. „Ich bin Paige, schon vergessen?", meinte ich schließlich. „Ich habe dir etwas mitgebracht." Damit übergab ich ihm Mommas aktuellen Roman und nahm auf dem einzigen anderen Stuhl im Raum Platz. Der Polizist stellte sich in die Ecke.

Henry lächelte. „Woher wusstest du, dass ich das hier lese?"

„Detective Blaylock hat mir gesagt, dass du darum gebeten hast."

„Hat er das? Sehr nett von ihm. Hab hier nichts zu tun, deswegen dachte ich, ich könnte es zu Ende lesen." Seine Hände in Handschellen lagen auf dem kleinen Tisch zwischen uns. Er trug noch dieselbe Kleidung wie gestern.

„Ich war bei Jase und Libby", sagte ich. „Jase kämpft sich durch. Die Ärzte sagen, dass seine Lungenentzündung zurückgeht. Es beten ganz viele Menschen für deinen Sohn und der Pastor und seine Frau sind im Krankenhaus bei Libby. Sie übernachten auch im Rathbun House."

„Danke, wirklich. Ich hoffe, ich darf Libby bald mal sehen."

„Ja, das wäre toll."

Ich holte Luft und dachte an Detective Blaylocks Vorschlag. *Vielleicht können Sie ihn mit Ihren Fragen überraschen.* Leider war ich bisher nicht die Beste darin gewesen, seinen Ratschlägen zu folgen.

„Weißt du, wieso sie mich geschickt haben?“ So direkt wollte ich es gar nicht sagen.

Seine Augen wurden zu Schlitzen. Dann zuckte er die Achseln.

„Ich soll Informationen aus dir herausholen. Versuchen, den Namen der Person zu erfahren, die dich angeheuert hat.“

Das schien ihn nicht aus der Bahn zu werfen. Er zuckte wieder mit den Schultern. „Hab dem Detective die Wahrheit gesagt. Ich habe keine Ahnung, wer dahintersteckt. Nur der Mann, der mit mir gesprochen hat. Derselbe wie sonst auch ...“

Er riss ängstlich die Augen auf. Er hatte zu viel verraten. Aber ich legte einfach meine Hand auf seine und sagte: „Erzähl mir, wie es dieses Mal war. Was ist passiert?“

„Na ja, ich kriege die Anweisungen immer von meinem Kontakt. Aber ich weiß nichts über ihn.“ Er sah zu Boden. „Er ist nur der Mittelsmann. Er heuert nicht den Killer an oder liefert das Geld oder drückt ab. Er kennt den wahren Hintermann bestimmt nicht mal.“

Ich versuchte meine Enttäuschung zu verbergen. „Gibt es sonst irgendetwas an Informationen, die du uns geben könntest?“

„Ich hatte nur dieses hübsche Briefpapier mit den Instruktionen drauf.“

Als er die Worte *hübsches Briefpapier* sagte, versuchte ich, mir nichts anmerken zu lassen, um Henry nicht zu verschrecken. „Du hast die Anweisungen schriftlich bekommen?“

„Jep. Normalerweise nicht, aber dieses Mal ...“ Und wieder hatte er zu viel verraten.

Ich dachte an Sherlock Holmes und Lord Peter Wimsey. Wie würden Sie vorgehen? „Dieses Mal, Henry.“ Ich sah ihm direkt in die Augen. „Dieses Mal ist das einzige Mal. Hast du das Briefpapier aufgehoben?“

„'türlich. Normalerweise lasse ich alle Beweisstücke verschwinden. Aber der Job war ja noch nicht erledigt.“

Ich versuchte mitzurechnen, wie oft er allein in der vergangenen Minute andere Aufträge erwähnt hatte. Ach, Henry. Armer, armer Henry.

„Aber dieses Mal habe ich es aufgehoben.“

„Hast du es noch?“, platzte es aus mir heraus.

Ich hatte ihn erschrocken, und er schüttelte schnell den Kopf und sah auf seine Handschellen. „Nein." Nach einer peinlichen Pause sah er mich mit seinen blassen Augen wieder an. „Was wollen die ganzen Leute da draußen, die herumschreien? Mich tot sehen? Finde ich nicht in Ordnung. Ich weiß, sie sind wütend und zu Recht. Aber in den Büchern deiner Mutter geht es um lauter fromme Themen und deswegen lesen sie bestimmt lauter fromme Leute. Aber sie zeigen gar keine Liebe. Keine Gnade. Deine Mutter, die spricht in ihren Büchern von Gnade."

Seine Aussage berührte mich. Ich war noch dabei, die Worte *hübsches Briefpapier* einzusortieren, zwang mich aber, auf seine Fragen einzugehen. „Weißt du, ich bin immer zum Gottesdienst gegangen, bis zwei Menschen, die ich am meisten bewunderte, sich als furchtbare Heuchler herausstellten. Und obwohl meine Schwester immer sagt, man sollte Jesus nicht nach seinen Leuten beurteilen, kann ich nicht anders. In der Bibel steht, wir sollen Christen an ihrer Liebe erkennen. Es geht mir wie dir, Henry. Ich will Liebe sehen, nicht Hass. Ich will verstehen, was Gnade ist."

„Ja. Ich hoffe, das sind nicht alles Heuchler da draußen. Deine Momma ist jedenfalls keine. Und es gibt bestimmt noch mehr gute Menschen." Er sah ziemlich jämmerlich aus. „Jedenfalls vielen Dank für das Buch."

„Gern geschehen." Ich stand auf. „Falls du wieder reden willst, ich komme vorbei. Ich komme gern vorbei. Aber besorg dir einen Anwalt, Henry. Versprich mir das."

Sein Blick sagte mir, dass er verstanden hatte.

Kaum war ich aus dem Verhörzimmer heraus, rief ich Detective Blaylock an. „Er hat einen Bogen Briefpapier mit Anweisungen bekommen. So wusste er, wo er Momma findet! ‚Hübsches Briefpapier', das waren seine Worte." Ich versuchte, mich zu beruhigen. „Das kommt Ihnen bekannt vor, nicht wahr? Ich habe das Blatt nicht gesehen, aber vielleicht hat er es noch."

Henry

Als Paige weg war, wurde ich wieder in meine Zelle gebracht. War ganz schön dankbar, dass Miz Bourdillons Buch mir Gesellschaft leistete. Wenn ich doch wenigstens Libby sehen könnte! Aber immerhin hatte mir Paige gesagt, dass es meinem Jungen besser ging.

Musste noch mal an das Briefpapier denken. Paige war ziemlich begierig drauf, es zu sehen, aber natürlich hatte ich es nicht mehr. Aber ich konnte mich an jedes einzelne Wort erinnern, schließlich hatte ich es mindestens hundert Mal angeguckt.

Die Cops wollten mir entgegenkommen, das merkte ich, damit ich ihnen entgegenkam. Aber Paige war ziemlich clever, weil sie mich an den Anwalt und so erinnerte.

Also saß ich in meiner Zelle auf der Pritsche und blätterte durch Miz Bourdillons neuesten Roman, den ich ja als Hörbuch angefangen hatte, bis ich die Stelle fand, wo ich aufgehört hatte. Ich las und las und war ganz schön überrascht, wie viel Liebe die Lady in ihr Buch gepackt hatte, echte Liebe, wie ich sie brauchte und Paige sie brauchte.

Aber dann stockte mir auf einmal der Atem und mein Herz pochte bis in die Ohren.

Ich war bei der Stelle über das gute Sklavenmädchen angekommen – außer dass sie jetzt frei war. Jedenfalls waren ihr so viele schlimme Dinge im Leben passiert, dass ich gar nicht hinterherkam. Und jetzt wollten sie ihr den Sohn wegnehmen und das war der Tropfen, der das Fass zum Überlaufen brachte. Vorher war sie immer stark und mutig gewesen, aber als sie ihr den Sohn wegnahmen, fiel sie zu Boden und sprach mit niemandem mehr, nur noch mit dem Allmächtigen. Zuerst sang sie genau denselben Choral, der auf dem Briefpapier stand. „Nimm mein Leben, Jesu, dir übergeb ichs für und für." Ich musste an Libby denken, die immer sagte, man sollte auf solche Zeichen achten, weil es kein Zufall war.

Also las ich weiter und die arme befreite Sklavin, der man das Herz gebrochen hatte, hörte auf zu singen und sagte nur immer wieder, „Herr, nimm mein Leben! Nimm du es! Ich kann nicht mehr. Ich kann nicht mehr, sosehr ich auch will. Aber nimm du es. Bring es zu Ende. Ich will nicht mehr. Bitte, Herr, nimm du mein Leben."

Ich machte die Augen zu und versuchte mir das Blatt vorzustellen. Briefpapier, wie ein Mädchen es benutzen würde. Die Adresse, wo ich Miz Bourdillon finden würde, die Uhrzeit und die ganzen anderen Details, die ich sonst auch brauchte. Und das Foto. So oft, wie ich es angesehen hatte, kannte ich jedes Detail auswendig. Und dann war diese Choralzeile unten auf dem Blatt, in geschwungener Schrift umgeben von Blümchen.

Nimm mein Leben, Jesu, dir übergeb ichs für und für.

Dieses Mal fand ich es nicht nur seltsam, dass auf einem Blatt mit Instruktionen für einen Mord eine Zeile aus einem Choral und hübsche Blümchen standen. Dieses Mal *wusste* ich, dass es seltsam war, und plötzlich wusste ich auch, wieso.

Ich wusste genauso sicher, wie ich auf Miz Bourdillon geschossen hatte, wer mich angeheuert hatte. Und es war natürlich nicht Nick, aber auch keine verrückte Leserin.

Es war Miz Bourdillon selbst, die mir klipp und klar sagte: „Nimm mein Leben." Wie die freigelassene Sklavin in ihrem Buch.

Teil 3

Kapitel 15

Drei Wochen später
Paige

Die Blätter waren braun geworden und zu Boden gefallen und die Bäume standen nackt und bloß im Novemberwind. Am Himmel braute sich Schnee zusammen, aber es schneite nicht. Ich ging wieder zur Schule, Hannah flog zurück nach Aix-en-Provence und Drake kehrte an die Uni zurück. Momma wurde in eine Rehaklinik nicht weit vom Mission Hospital verlegt. Henry wurde ein Anwalt zugewiesen, der ihn auf „nicht schuldig im Sinne der Anklage" plädieren ließ. Offensichtlich war das ein übliches Vorgehen und eine Formalie, die fünf Minuten dauerte, obwohl alle Beteiligten wussten, dass Henry schuldig war: Der Richter nahm das Plädoyer entgegen und setzte einen Prozesstermin irgendwann innerhalb des nächsten Jahres fest. Kaution gab es keine, und Henry wurde in ein Hochsicherheitsgefängnis etwa eine Autostunde von Asheville gebracht.

Aber Jase blieb im zweiten Stock des Memorial Hospital und kämpfte noch immer um sein Leben.

Ich hatte mir angewöhnt, jeden Tag nach der Schule in der Rehaklinik bei Momma vorbeizuschauen. Es tat mir weh zu sehen, wie die Physiotherapeuten Momma quälten, aber ihre steifen, unbeweglichen Gliedmaßen fingen allmählich wieder an, ihr zu gehorchen. Sie machte enorme Fortschritte, gemessen an der Tatsache, dass sie neu lernen musste zu leben – vom Reden und Bewegen bis hin zum Denken. Sie kommunizierte über Augenblinzeln und Händedrücken, und hin und wieder gab sie kurze Sätze von sich. Was wir zu ihr sagten, verstand sie. An das Attentat konnte sie sich nicht erinnern, aber als Daddy unter vier Augen über den *besagten Sommer* und den Überfall mit ihr sprach – die Arme musste diesen Wahnsinn zwei Mal durchmachen –, wusste sie noch alles.

Jetzt, wo das Geheimnis nicht mehr auf ihm lastete und Momma gute Fortschritte machte, wurde Daddy mehr und mehr wieder zu dem verspielten und wetteifernden Vater, den ich kannte. Er brachte Milton zu allen meinen Spielen mit und wenn der Schiedsrichter eine Fehlentscheidung traf, hielt es ihn nicht auf der Bank.

Tante Kit besuchte Momma am Wochenende und übernachtete dann bei uns. Sie kochte sogar hin und wieder, was Daddy und mich überraschte.

Hannah pflegte die Internetseite von Momma von Frankreich aus, und ich lud Fotos von ihr und Jase auf Facebook hoch und erinnerte die Leute daran, für Jase zu spenden.

Detective Blaylock fand verschiedene Fingerabdrücke auf den rosafarbenen Briefen, die weder mir noch Hannah oder Momma und Daddy zugeordnet werden konnten. Die Polizei ermittelte nun, ob sie sie zu irgendeinem Absender führten. Wenn ja, erfuhr ich jedenfalls nichts davon, egal, wie oft ich Detective Blaylock um Neuigkeiten bat.

Der Detective hatte aber noch eine weitere Spur. Die Polizei hatte eine Nummer auf Henrys Telefon entdeckt, die auch bei Momma gespeichert war. Wir fanden das ziemlich überraschend und konnten uns überhaupt keinen Reim darauf machen.

Aber Henry Hughes saß in seiner Zelle und hielt den Mund.

Drake und ich schrieben uns täglich Kurznachrichten. Fernbeziehung per Telefon war nicht unbedingt mein Favorit, aber glücklicherweise kannten wir uns so gut, dass wir das einigermaßen hinbekamen. Wenn er am Wochenende zu uns kam, besuchten wir immer zuerst Momma in der Klinik. Samstagnachmittags schlenderten wir oft durch Ashevilles Kunstviertel.

Manchmal hielten wir Händchen, aber einen Kuss gab er mir nie, nicht ein einziges Mal. Als ich ihn darauf ansprach und meinte: „Hoffentlich bist du keiner von diesen religiösen Spinnern, für die Küssen vor der Ehe eine Sünde ist“, lachte er so laut und lange, dass ich vor Ärger und peinlicher Berührung ganz rot wurde.

„Was sind wir doch für ein voreingenommener kleiner Snob, Miss Bourdy“, sagte er. Er sah meinen wütenden Blick und lachte noch mehr. „Bitte, beeil dich und werd erwachsen! Die Phase, in der du bist, macht einen ja wahnsinnig.“

Ich wollte ihn mit den Fäusten traktieren, aber am Ende mussten wir doch beide hysterisch kichern.

Henry besuchte ich auch einmal und hörte mir seine ernsthaften Fragen an, außer dass sie nicht mehr so groß und schwerwiegend waren. Er schwärmte nicht mehr so sehr von Mommas Büchern, und er bat auch nicht mehr darum, sie sehen zu dürfen. „Hab schon noch viele Fragen an deine Momma, klare Sache", sagte er. „Aber ich denke nicht, dass ich sie ihr jemals stellen werde. Jetzt nicht mehr."

Und obwohl ich nachbohrte und nachbohrte, wollte er mir nicht erklären, was er mit diesem „Jetzt nicht mehr" meinte.

Detective Blaylock konnte leider nie der Instruktionen habhaft werden, von denen Henry gesprochen hatte, und ich vermutete fast, dass Henry gelogen hatte. Seine Augen waren nicht mehr so Angst einflößend wie früher, aber das beruhigte mich keineswegs, weil ich ihm ansah, dass er etwas wusste, was er nicht preisgeben wollte. Am liebsten hätte ich es aus ihm herausgeprügelt und irgendwann sagte ich tatsächlich: „Henry! Sag uns endlich, was du weißt! Bitte! Das wird uns allen helfen. Die Polizei wird den Hintermann finden und das bedeutet, dass Momma und Libby und Jase in Sicherheit sind. Und du auch! Denk doch nur, Henry. Sie könnten sogar dein Strafmaß senken!"

Doch meine Argumente ließen ihn kalt. Er blieb ruhig, fast zugeknöpft und schrecklich wortkarg.

Ich fragte Detective Blaylock, ob es möglich war, dass Henrys Strafe reduziert wurde, wenn der wahre Täter gefunden wurde. „Das hängt von der Gerichtsbarkeit ab", sagte Blaylock, „vom Richter, ob es ein Bundesverfahren wird oder nicht und ob der Auftragsmörder mit uns zusammenarbeitet. Stellen Sie sich das wie ein Schachspiel vor – das wahre Ziel ist nicht die Dame, sondern der König. Wenn man die Dame opfern muss, um ein Schachmatt zu erreichen, dann ist es eben so. Die Staatsanwälte und Ermittler wissen das."

Ich wollte unbedingt den König finden, und die amerikanische Öffentlichkeit sah es offensichtlich ganz genauso.

Seit vielen Jahren wählten wir Amerikaner unsere Idole selbst, und wenn die Wahl einmal getroffen war, wurden diese als Stars verherrlicht. Jetzt hatte ich aber zum ersten Mal den Gedanken, dass sich Amerika auch seine Verbrecher selbst aussuchte und entschied, wer verurteilt und wer freigelassen wurde. Ich wusste nicht, wie die Sache für Henry ausgehen würde, aber vier Wochen nach dem Attentatsversuch und drei Wochen nach meinem Facebook-Posting über Henrys Beweggründe änderte sich die öffentliche Meinung allmählich. Anfangs häuften sich die giftigen Kommentare zu Henry. An manchen Tagen konnte ich es nicht ertragen, Mommas Facebook-Seite oder Twitterkonto zu öffnen.

Aber dann stand Thanksgiving vor der Tür und Amerika beschloss, großherzig zu werden, und immer mehr Menschen hatten Mitleid mit Henry. Ja, er war schuldig, aber der wahre Täter war jemand anders. Natürlich übertrugen die Menschen ihren Hass einfach von Henry auf den Hintermann des Verbrechens, aber das störte mich nicht, weil ich zum einen fand, dass diese Person es verdient hatte, und zum anderen niemand wusste, wer das war.

Auch als Momma das Krankenhaus verlassen hatte, konnte ich es nicht lassen. Zwei Mal pro Woche fuhr ich nach meinem Besuch in der Rehaklinik ins Memorial Hospital und sah auf der Kinderstation nach Jase. Manchmal las ich ihm aus den Büchern vor, die Libby aus der Bibliothek mitgebracht hatte, manchmal dachte ich mir selbst Geschichten aus, in denen stets ein kleiner Junge namens Jase der Held war.

Aber nie machte er die Augen auf. Jedes Mal, wenn die Ärzte versuchten, ihn aus seinem künstlichen Koma zu holen, machte Jase einen Rückschritt und sein Leben hing wieder am seidenen Faden. Die Lungenentzündung war überwunden, aber sein kleiner Körper war noch immer unglaublich schwach.

Libby rotierte zwischen ihrem Job, der zwei Autostunden entfernt war, dem Krankenhaus, wo sie die Nächte bei Jase verbrachte, und den Besuchen im Gefängnis bei Henry. Ich wusste nicht, wie sie das als so zierliche Frau durchhielt, aber sie hatte eine enorme Ausdauer. Ich brachte ihr oft Essen mit, das wir nach wie vor von unseren Freunden bekamen, mehr als genug, und stellte es in den

Kühlschrank im Krankenhaus, damit sie sich wenigstens nicht noch darum kümmern musste.

Eines Tages war sie gerade von der Arbeit eingetroffen, als ich mich zum Gehen fertig machte. Während sie nach Jase sah, machte ich ihr im Aufenthaltsraum eine Lasagne in der Mikrowelle warm. Dann holte ich Libby aus Jases Zimmer, setzte sie auf einen Stuhl und stellte den Teller vor sie. „Du musst jetzt etwas essen."

Sie sank ein wenig in sich zusammen und seufzte. „Danke, Paige", sagte sie leise. Dann senkte sie den Kopf und schloss kurz die Augen, vermutlich, um ein Tischgebet zu sprechen.

„Wie machst du das, Libby? Ich glaube, du bist der stärkste Mensch, den ich je gesehen habe. Wie schaffst du es nur, immer weiterzumachen?"

Sie sah mich erschrocken an und wurde rot. „Ich? Stark? Nein. Ich weiß nicht, woher ich die Kraft nehme. Der Herr trägt mich, schätze ich. Es gibt doch diese Texte in der Bibel, wo es heißt, dass Gott demjenigen Frieden gibt, der sich fest an ihn hält. Ich versuche einfach Gott zu vertrauen. Natürlich spüre ich nicht jeden Tag Frieden, aber irgendwie gibt er mir die Kraft, einen Fuß vor den anderen zu setzen."

Sie kaute. Dann sah sie mich mit ihren grünen Augen an. „Und es beten viele Menschen für uns. Außerdem telefoniere ich fast jeden Tag mit meinen Eltern und sie machen mir immer wieder Mut. Genau wie unsere Gemeinde. Du hast ja schon ein paar Gemeindeglieder kennengelernt, wenn sie Jase besuchen. Und meine Mutter lässt sich oft freistellen, damit sie hier bei Jase sein kann."

Ihre Augen füllten sich mit Tränen. „Und das ganze Geld, das die Leute spenden. Es ist einfach unglaublich. Danke. Danke für alles."

„Freut mich sehr, wenn ich euch ein bisschen helfen kann."

Sie aß schweigend. „Henry hatte noch nie viel übrig für Gott", sagte sie nach einer Weile. „Er hat schon zu oft gesehen, wie viel Böses im Menschen steckt. Aber dann kam das mit deiner Mutter, und du weißt doch, wie seltsam das Leben sein kann. Als deine Mutter überlebte, fing er auf einmal an, ihre Bücher zu lesen. Das hat er dir bestimmt erzählt. Aber jetzt liest er sogar in der Bibel. Er hat mich gebeten, ihm eine zu besorgen! In ihm ist noch so viel unverarbeitet, aber er spricht immer von Vergebung und Gnade."

Libby sah beschämt zu Boden. „Ich bin entsetzt darüber, was deiner Mutter angetan wurde, deiner ganzen Familie, und welche Rolle Henry darin spielte, aber ich bin so dankbar für deine Mutter und ihre Bücher." Ein zaghaftes Lächeln. „Bei uns in der Bibliothek gibt es sie als Hörbuch, und ich habe schon drei davon gehört auf der Fahrt zwischen zu Hause, dem Krankenhaus und dem Gefängnis. Das hört sich wahrscheinlich furchtbar unsensibel an, und so meine ich es überhaupt nicht, aber die Bücher deiner Mutter sind ein Teil davon, wie Gott mich trägt und mir Hoffnung gibt."

Was Libby da sagte, gab mir zu denken.

Im Lauf der nächsten Wochen befragte Detective Blaylock Libby über Henrys Vergangenheit, seine posttraumatische Belastungsstörung, die Medikamente und darüber, was er vor den drei anderen Operationen von Jase gemacht hatte. Sie sagte ihm die Wahrheit – dass sie es nicht wusste –, aber mir gegenüber äußerte sie den Verdacht, dass Henry sich auch vor den anderen Eingriffen als Auftragskiller verdingt hatte, weil sie immer einen großen Batzen Bargeld auf einmal bekommen hatten.

Detective Blaylock hatte denselben Verdacht, das wusste ich.

Einmal erzählte mir Libby, wie sie Henry kennengelernt hatte. Es war in einer Bar gewesen und sie war damals ungefähr so alt gewesen wie ich heute. Er hatte ihr leidgetan. Das waren ihre Worte. Sie merkte schnell, dass er ein helles Köpfchen war, aber innerlich total kaputt. Sie heirateten, als sie mit Jase schwanger war, und als Libby davon erzählte, sah sie mich traurig an. „Wir haben die Fehler seiner Eltern wiederholt, ohne Ausnahme." Zum Glück war Libby nicht von Berufskriminellen, sondern von liebevollen Eltern großgezogen worden, und sie fing an, Henry mit zum Gottesdienst mitzunehmen, weil sie hoffte, dass dadurch eine gesündere Familiendynamik entstehen würde.

Nach der zweiten Herzoperation von Jase weigerte sich Henry mitzukommen. „Bringt doch sowieso nichts, das Beten", sagte er.

Jeder winzige Fortschritt mit Jase schien einen riesigen Rückschritt nach sich zu ziehen. Die schlimmste Situation kam, als Henry schon ein paar Wochen im Gefängnis einsaß. Ich hatte Jase gerade ein Buch vorgelesen. Das tat ich, auch wenn er im künstlichen Koma war. Als ich gerade gehen wollte, schrillten auf einmal lauter verschiedene Alarme und ein ganzes Heer von Pflegekräften und Ärzten kam ins Zimmer gestürzt und schickte mich raus. Ich hörte noch „Herzstillstand" und „kein Puls" und „Noch mal! Versuchen Sie es noch mal!"

Ich wusste nichts mit mir anzufangen. Also schrieb ich Drake und Hannah, damit sie für Jase beteten, und dann rannte ich in den Raum der Stille, wo ich schluchzend auf die Knie fiel. „Gott, wenn es dich wirklich gibt, dann tu was! Das ist so unfair! Momma geht es doch schon besser. Kannst du dich nicht auch um Jase kümmern? Bitte mach, dass er überlebt. Bitte!"

Die Ärzte schafften es, ihn zu reanimieren. Ich dachte hinterher viel über mein Stoßgebet nach. Darüber, was es über Gott sagte, aber viel mehr noch darüber, was es über mich und meinen Zustand sagte.

Josephine

Die meiste Zeit in der Rehaklinik war ich unglaublich dankbar dafür, noch am Leben zu sein, aber meistens erst, wenn ich einen anstrengenden Kampf mit meinem Körper und meinem Verstand hinter mir hatte, die mir beide nicht mehr gehorchen wollten. Wenn ich mich früher an etwas nicht erinnern konnte, dann zog mich Patrick oft auf. „Feeny, bist du wieder mit deinem Verstand auf Wanderschaft? Wer weiß, wohin dich das noch führt!"

Jetzt war ich jeden Tag auf Wanderschaft, aber Patrick zog mich nicht mehr auf. Er feuerte mich an, genauso wie Paige und Ginnie, Drake und Kit, Mrs Swanson und Hannah und sogar Mamie und Papy aus Frankreich. Dasselbe galt für meine Freunde aus der Gemeinde und so viele andere aus fern und nah, die sich über jeden noch so kleinen Fortschritt bei mir freuten. Ich hatte gelernt, „Ja" und „Nein" durch Augenbewegung, Nicken oder Kopfschütteln zu sagen. Als ich wieder schlucken konnte, richtig schlucken, feierten Paige und ich es mit Schmuggelware – meiner Lieblingssorte Eis aus einem beliebten Eiscafé in Asheville, das *The Hop* hieß. Die Medikamente und die Therapie halfen mir, länger wach und aufmerksam zu sein, und allmählich fingen meine Gliedmaßen wieder an, mir zu gehorchen, und die spastischen Bewegungen, die meine Gelenke so schmerzhaft verkrampfen ließen, hörten auf. Die Fortschritte waren zwar extrem klein, aber ich hielt fest an der Hoffnung, eines Tages wieder ordentlich sprechen und laufen zu können.

Würde ich wieder schreiben können? Darüber dachte ich lieber nicht nach.

Meine Erinnerung war so flatterhaft wie der Specht mit roten Brustfedern, der zu Hause oft über dem Futterhäuschen schwebte und davonflog, nur um wenige Sekunden später zurückzukehren und sich auf eine Kante zu setzen. An die Tage vor dem Attentat konnte ich mich überhaupt nicht erinnern, aber hin und wieder landeten die vergangenen Monate stückchenweise in meinem Bewusstsein. Nach und nach erkannte ich Wörter und fing an, wie ein Erstklässler zu lesen. Meine Sprechfähigkeit war stark eingeschränkt, aber dann und wann gelang mir ein kurzer Satz. An anderen Tagen kam mir nicht ein einziges Wort über die Lippen und ich war wieder auf das Blinzeln und Nicken angewiesen.

Detective Blaylock kam mehrere Male vorbei. Er gab mir ein paar Informationen – vielleicht drei oder vier Sätze. Dann hatte ich Zeit zu nicken, zu blinzeln oder ihm irgendwie zu zeigen, was ich davon hielt. Aber jedes Mal, wenn er mir diese eine Frage stellte, war mein Kopf wie leer gefegt. „Mrs Bourdillon, wir haben eine Telefonnummer in ihrem Handy gefunden, die auch Henry Hughes in seinem Telefon gespeichert hatte. Kennen Sie einen gewissen Nick?"

Keiner meiner Hirnbereiche konnte mit dieser Information etwas anfangen und ich sah an seiner Körperhaltung, wie frustriert er war. Er zupfte an seinem Bart und beugte sich auf seinem Stuhl vor, jedes Mal ein bisschen weiter, als wollte er mir mit aller Macht irgendein wertvolles Detail aus der Nase ziehen.

An Kits Wehklagen während meiner ersten Tage im Koma konnte ich mich erinnern. Ich wusste noch, dass sie gesagt hatte, es wäre ihre Schuld, und irgendetwas mit Geld, und wenn sie mich jetzt besuchte, zerrte ihre schrille Stimme an meinen Nerven. Auch ihr konnte ich ansehen, wie verzweifelt sie wollte, dass ich mich an irgendetwas erinnerte. Aber was auch immer es war, es war während des Komas aus meinem Gedächtnis geflogen.

Die Motivationstafel stand auf einem Tisch in meinem kleinen Zimmer, gleich neben dem Bett, damit ich sie lesen konnte. Nur war ich des Lesens nicht mächtig. Meine Schreibschrift auf den Karten sah wie die hübschen Kringel und Kreise aus, die die Mädchen als Kinder mit ihrem Spirografen gemacht hatten.

Aber ganz allmählich kamen mir Bruchstücke meines Lebens vor dem Unfall, diesem Attentat, wieder in den Sinn, und ich versuchte, daraus schlau zu werden.

Obwohl es mir lieber gewesen wäre, wenn der *besagte Sommer* vollständig aus meinem Gedächtnis gelöscht worden wäre, hing er dort, hell und klar wie der Mond. Die Tatsache, dass die Mädchen jetzt die Wahrheit über *jenen* Unfall wussten, als ich damals versehentlich den Mann erschossen hatte, bedeutete eine große Erleichterung für mich. Die Last der Lüge war von uns genommen und ich fühlte mich vor meiner Familie und vor Gott wieder als ganzes Wesen. Patrick wurde zusehends fröhlicher und glücklicher, als hätte er sich wieder in den knackigen Fußballspieler verwandelt, der er damals gewesen war, als wir uns kennengelernt hatten.

Die ganzen Jahre über hatten Patrick und ich die Version aufrechterhalten – die Lüge –, dass dieser Mann ein Einbrecher gewesen war, den wir auf frischer Tat ertappten, aber natürlich war uns die ganze Zeit bewusst gewesen, dass er versucht hatte, mich umzubringen. Das Wissen, dass mich jemand tot sehen wollte und vielleicht nicht nur dieser Mann dahintersteckte, hatte in mir eine Angst geweckt, die sich tief in meine Seele eingegraben hatte. Trotzdem tat ich nach außen so, als würde es mir nichts ausmachen. Für Patrick. Er hatte so viele Opfer gebracht. Ich verlangte nicht von ihm, dass wir mit den Drohbriefen – mittlerweile waren es fünf – zur Polizei gingen. Für Patrick hätte das noch weitere Ermittlungen bedeutet, in denen vielleicht die Wahrheit herausgekommen wäre, dass ich es gewesen war, die den Mann erschossen hatte.

Mit dieser Lüge zu leben, hatte Patrick und mich auf verquere Art und Weise zusammengeschweißt. Und obwohl ich mich Hunderte Male bei Gott dafür entschuldigte, spürte ich nie, dass der Heilige

Geist mich drängen würde, die Wahrheit zu sagen. Oder vielleicht brachte ich seine Stimme nur schnell genug zum Schweigen. Ich lebte mit der Schuld, Patrick erlaubt zu haben, sich für eine Lüge zu entscheiden. Es machte unsere Liebe, unseren Glauben und unser Familienleben kompliziert.

2008

Während Patrick im Gefängnis saß, las ich die Vertreter der sogenannten „Verlorenen Generation", die ich auch schon in der Schule und auf dem College gelesen hatte: T. S. Eliot, James Joyce, Ernest Hemingway, F. Scott Fitzgerald und viele andere. Ich fühlte mich irgendwie mit ihnen verbunden, weil sie auf tragische Art versuchten, mit ihrem Genie fertig zu werden. Sie waren unausgeglichen, einer von ihnen sogar scheinbar völlig übergeschnappt, aber sie schrieben Texte von dunkler Schönheit. Ich war kein Genie, aber ich hatte eine Neigung zur Dunkelheit, und wenn sie mich arg bedrohte, hatte ich Angst davor, eine kleine Statistenrolle in einem ganz ähnlichen Theaterstück zu spielen, in dem die Kreativität die Vernunft besiegte und nur Selbstzerstörung brachte.

An vielen Abenden weinte ich um Patrick, die Mädchen und mich, aber auch um die „Verlorene Generation", die durch immer mehr Alkohol und Affären versucht hatte, das Leben zu fassen zu kriegen. Sie waren im Nachhinein verherrlicht und romantisiert worden, aber mir erschienen sie dunkel und finster.

Mein Glaube sprach von Hoffnung. Davon wollte ich schreiben. Von Hoffnung.

Ich wollte mich auch für die Gesundheit entscheiden, für die Liebe zu Patrick, zu Hannah und Paige, und nicht für das Schreiben und den drohenden Wahnsinn.

Aber während dieser furchtbaren Monate, in denen ich Patrick im Gefängnis besuchte und ihn anflehte, mich die Wahrheit erzählen zu lassen, sah ich keine Hoffnung. Ich gab Gott die Schuld an unserer Situation als Familie, und ihm gab ich auch die Schuld an dem Abgrund in meinem Kopf, der mich hatte Geschichten schreiben lassen, die meine Leser erzürnten.

Wieder musste ich das Schreiben ruhen lassen. Ich saß viel in der Natur und hörte zu, lauschte auf Gott in den Bergen und wartete fieberhaft darauf, dass Patrick endlich entlassen wurde, das Leben wieder weiterging und ich einfach nur in La Grande-Motte am Strand spazieren gehen konnte.

Und dann, endlich: „Du bist zu Hause!"

Seine Arme um mich fühlten sich nach Geborgenheit, Sicherheit, Schutz und Liebe an. Seine Lippen waren herb und süß wie die erste Himbeere im Spätfrühling.

„Jetzt können wir diese schreckliche Lüge endlich ruhen lassen, Feeny. Wir werden nicht mehr darüber reden."

Aber bald merkte Patrick, welchen Fehler seine Logik hatte. Ich selbst war vielleicht dem Medienrummel einer Tötung in Notwehr entkommen, aber nicht mein Verstand.

Er lag neben mir im Bett, nackt und liebeshungrig. Und wenn wir uns liebten, dann kroch hinterher die Dunkelheit wieder heran. Erst ein Hoffnungsschimmer, dann wieder Finsternis.

„Patrick, ich werde mit dem Schreiben aufhören."

„Nein. Feeny, das war nie irgendjemandes Absicht."

„Ich weiß. Aber Schreiben macht mir Angst und meine Leser macht es wütend."

„Was du schreibst, ist für viele Menschen ein Segen."

„Jemand wollte mich tot sehen!"

Darauf wusste er keine Antwort. „Aber er ist nicht mehr da."

„Wie kannst du dir da so sicher sein?"

Er war es nicht, und die Angst ließ den Abgrund wachsen.

Ich versuchte, mein tiefstes Grübeln vor Patrick zu verbergen, aber noch in der ersten Woche nach seiner Entlassung konnte ich nicht an mich halten. „Patrick, du kennst doch den Ausspruch des Apostels Paulus: ‚Denn Christus ist mein Leben und das Sterben für mich nur Gewinn.' So fühle ich mich die ganze Zeit."

„Das überrascht mich nicht. Du magst Paulus doch so sehr." Aber er wusste, dass ich es anders meinte.

„Ich habe so finstere Gedanken, Patrick, noch dunkler als je zuvor. Manchmal frage ich mich, ob es nicht besser wäre, wenn ich nicht mehr leben würde. Mein Leben hat dir Schaden zugefügt und den Mädchen und auch noch anderen Menschen."

Da hatte Patrick begriffen, dass die Lüge niemals verjähren würde, und er nahm die Schuld auf sich.

Er kam später am Abend zu mir auf die Veranda. Gemeinsam schauten wir uns den Sonnenuntergang an. Er hatte es sich im Schaukelstuhl neben mir gemütlich gemacht und wir atmeten den Duft der ersten Rosen ein, die am Gitter emporrankten und die Köpfchen über das Geländer der Veranda steckten. Patrick griff nach meiner Hand. Drückte zu. Ich starrte geradeaus. „Feeny, sieh mich an."

Ich setzte mich aufrecht hin und drehte mich ihm zu.

„Feeny, willst du mir damit sagen, dass du dir vielleicht etwas antust?"

Der Schmerz in seiner Stimme war kaum zu ertragen.

Er stand auf, hob mich aus dem Stuhl und umarmte mich mit einer liebevollen Stärke, die mir unendlich schien. „Bitte, ich bitte dich, lass uns dir Hilfe suchen."

Ich ging einmal in der Woche zum Therapeuten und wurde medikamentös eingestellt. Patrick ließ mich nicht mehr aus den Augen. Wenn er zur Arbeit ging, blieben Ginnie oder Mrs Swanson bei mir im Haus. Mehrere Wochen lang war ich keinen Augenblick allein. Die Medikamente halfen mir zwar, die dunkelsten Gedanken zu überwinden, aber was blieb, waren die Schuldgefühle. Patricks Opfer hatte ihm die Lebensfreude geraubt und wir wussten beide, dass die Lüge unserer Ehe und der Familie geschadet hatte.

Außerdem konnte ich dem Therapeuten nicht die Wahrheit sagen. Dadurch waren natürlich die Therapiesitzungen nicht wirklich effektiv.

Aber in gewisser Weise heilt die Zeit alle Wunden, sogar eine Lüge. Wir liebten uns wieder, wir lachten, wir verbrachten sogar unseren Urlaub in La Grande-Motte und wir sahen zu, wie Hannah zu einer strahlenden jungen Frau heranwuchs, voller Gottvertrauen und Gutherzigkeit und mit einem klugen Verstand. Auf Paige hatte der „besagte Sommer" andere Auswirkungen, und als sie verkündete, dass sie sich weigern würde, mit ein paar Heuchlern in die Kirche zu fahren, wusste ich, über wen sie sprach, aber tief in mir fühlte ich mich ertappt. Denn ich war die größte Heuchlerin von allen.

Henry

Das Leben im Knast war hart, sogar gefährlich, ganz so, wie es im Fernsehen dargestellt wurde. Musste den Kopf unten halten und mich vor den anderen in Acht nehmen. Aber manchen Mitinsassen tat ich auch leid, als sie hörten, dass ich einen kranken Jungen hatte. Sie passten auf mich auf und dafür war ich ihnen dankbar. Man konnte schneller im Knast tot sein, als einem lieb war.

Ich bekam einen Anwalt, netter junger Kerl. Hieß Zeke und hatte einiges auf dem Kasten. Zuerst hielt ich es für verrückt, dass er auf „nicht schuldig" plädierte, aber Zeke versicherte mir, dass das alles schon seine Richtigkeit hatte. Also willigte ich ein, auch wenn ich so was von schuldig war und er das genauso wusste wie ich.

Detective Blaylock kam ziemlich oft vorbei und wollte immer wieder wissen, wer mich angeheuert hatte. Zeke gefiel es überhaupt nicht, dass ich bereit war, mit dem Detective zu sprechen, und er war immer dabei. Aber ich hatte keine Angst, zu viel zu verraten. Hatte Zeke noch gar nicht die ganze Wahrheit über Miz Bourdillon erzählt, aber er war ziemlich clever und wusste, dass ich allen etwas verschwieg.

Aber ich konnte nicht.

Außer an einem Tag, als Detective Blaylock mir ordentlich Angst einjagte, als er meinte: „Wir haben einen Verdächtigen ermittelt. Jemand, von dem wir sicher sind, dass er in diesen Fall verwickelt ist. Ein Mann namens Nick Loopus. Können Sie uns irgendetwas über ihn sagen?"

Da ging mir ordentlich die Düse. Wie waren sie bloß an Nick gekommen? Klar, ich hatte seine Nummer bei mir gespeichert, aber kein belastendes Beweismaterial hinterlassen. Dachte ich jedenfalls. Und für seine Aufträge benutzte Nick immer Prepaidhandys.

Natürlich sagte ich nichts, aber der Detective war nicht dumm. Er sah, wie ich schwitzte. Wünschte, ich hätte ihm von Nick erzählen können, aber was, wenn sie ihn verhörten und dann wieder laufen ließen? Dann würde er tun, was er Jase angedroht hatte. Mein armer Junge kämpfte immer noch um sein Leben und ich wollte nicht zulassen, dass Nick die Sache noch verkomplizierte.

Bei demselben Besuch sagte mir der Detective, Miz Bourdillon habe bestätigt, dass ich ihr gegenüber gestanden habe, der Schütze gewesen zu sein. Durch Augenblinzeln und Händedrücken. Mich überraschte das kein bisschen, egal, wie sie das kommunizierte. Natürlich sagte sie die Wahrheit, sie war ja auch so ehrlich. Außerdem wusste der Detective es doch längst, weil Paige es ihm sicher schon gesagt hatte.

Aber ich verriet ihm nicht, was ich wusste, auf keinen Fall. Von einem Mörder erwarteten sie sowieso keine ehrliche Aussage. Aber ich wünschte, Miz Bourdillon könnte reden. Ich musste ihr diese Fragen stellen, die die ganze Zeit in meinem Kopf herumspukten.

Der Detective tat mir leid, denn für ihn schien die Sache natürlich klar zu sein. Er wollte den Schuldigen von der Straße weghaben. Leider war der Schuldige Miz Bourdillon selbst. Und vielleicht hätte ich das dem Detective gleich sagen sollen, aber hätte er mir geglaubt? Und außerdem tat mir Miz Bourdillon leid. Vielleicht hatte sie genauso viele Fragen ans Leben wie ich und vielleicht spukten sie in ihrem Kopf genauso herum wie in meinem. Und dieser Jesus, der hätte auch nicht mit dem Finger auf Miz Bourdillon gezeigt. Er wollte immer, dass wir zuerst in unsere eigenen Herzen sehen. Und meins war ziemlich schwarz.

Aber ich dachte viel darüber nach und dann fasste ich einen Entschluss. Ich würde darum bitten, Miz Bourdillon sehen zu dürfen. Und wenn sie mir vergeben konnte, sie umgenietet zu haben, dann würde ich ganz fest versuchen, ihr zu vergeben, dass sie die ganze Sache überhaupt erst eingefädelt hatte.

Vielleicht war das ja genau das, was alle Gnade nannten?

Gott sei Dank durfte Libby mich zwei Mal pro Woche im Gefängnis besuchen. Wir mussten durch ein kleines Loch in der Plexiglasscheibe reden und konnten uns nicht berühren, aber wenigstens konnte ich ihr hübsches Gesicht sehen.

„Hey, Baby." Sie sah so fertig aus, so erschöpft und traurig. Und jedes Mal gab es nur Hiobsbotschaften von Jase.

„Meinst du, wenn ich sie anflehe, dass sie mich ein letztes Mal zu meinem Jungen lassen? Dass sie das erlauben?"

„Ich weiß es nicht, Henry."

Fast hätte ich Libs erzählt, dass Miz Bourdillon hinter der ganzen Sache steckte, aber ich konnte ihr nicht auch noch diese Last auf ihre zarten Schultern legen. Sie versuchte immer, fröhlich zu klingen, und sagte Dinge wie: „Paige ist so nett zu uns. Sie bringt mir zu Essen und Blumen, und sie hat irgendwas eingerichtet, wo die Leute für Jase spenden." Oder: „Ich weiß nicht, wieso sie so nett zu uns ist. Ich bin so dankbar, Henry. Aber ich verstehe es einfach nicht."

Ich verstand es genauso wenig, und als ich zum ersten Mal von dieser Spendenseite hörte, wurde ich ein bisschen wütend, weil es sich wie Almosen von Leuten anhörte, die wir überhaupt nicht kannten. Ich hasste Almosen. Aber nachdem ich eine Weile drüber nachgedacht hatte, war mir klar, dass es etwas Gutes war, weil ich jedenfalls für längere Zeit nicht für meine Familie würde sorgen können.

Und das Geld kam und kam. „Verrückt, dass Paige sagt, sie hat mit Religion nichts am Hut, und dann verhält sie sich wie dieser Jesus", sagte ich bei Libbys nächstem Besuch.

Libby wusste darauf nichts zu erwidern, aber sie lächelte ein bisschen. Sie mochte es immer, wenn ich Jesus erwähnte. Und ich versuchte noch immer zu begreifen, was Paige da machte, aber egal, wie sehr die Medikamente mich beruhigten, ich kapierte es einfach nicht.

Eines Tages kam Libby mit leuchtenden Augen an. „Es geht ihm besser! Sie haben ihn aus dem künstlichen Koma geholt und er hat die Augen aufgemacht. Unser Junge hat die Augen aufgemacht! Und er hat mich angesehen. Er wusste, wer ich bin, und jetzt geht es aufwärts mit ihm. Der Arzt meinte, er ist endlich über den Berg. Die Lunge ist wieder in Ordnung und das Herz schlägt so, wie es soll. Sie haben die Medikamente eingestellt, und er kommt gut damit zurecht. Er kann schon wieder schlucken und er muss jetzt diese Flüssignahrung trinken, die ihm die ganzen Nährstoffe gibt, die er braucht."

Wir legten die Hände ans Plexiglas und taten so, als würden wir uns berühren. Aber ich konnte sehen, wie viel Hoffnung Libby hatte, und versuchte, die Tränen zurückzuhalten, aber sie kullerten mir die Wangen hinunter wie der kleine Bach in der Nähe vom Wohnwagen, und mit ihnen sprudelte so was wie Hoffnung auf.

Libby brachte mir andauernd Bücher aus der Bibliothek. Und eine Bibel, wie verlangt. Ich wollte diese Evangelien lesen und rauskriegen, ob Jesus wirklich so war, wie dieser Radioprediger es sagte und wie es in Miz Bourdillons Büchern stand. Zeit hatte ich ja genug. Hab die Evangelien ziemlich schnell durchgehabt, Matthäus, Markus, Lukas, Johannes. Das dauerte keine Woche.

Ich hatte noch nie so ein Evangelium durchgelesen, geschweige denn alle auf einmal. Aber ich fand einiges heraus.

Wie ich es mir schon gedacht hatte, gab sich dieser Jesus die ganze Zeit mit Sündern ab. Er aß mit ihnen und half ihnen und war selbst zu den Schlimmsten noch besonders gut – zum Beispiel zu einer Frau, die aus dem Bett ihres Liebhabers gezerrt worden war, lauter Bordsteinschwalben und Leuten wie mir – eben denen, denen jeder aus dem Weg ging. Und zu den frommen Leuten war er überhaupt nicht nett. Und das machte sie ziemlich wütend.

Da musste ich über Miz Bourdillons Bücher nachdenken und über all das, was seit Wochen in meinem Kopf herumspukte.

Ich fragte mich, wenn Jesus heute auf die Welt käme, ob er dann in die pompösen Kirchen gehen würde. Na ja, vielleicht, um dort in Jeans zu predigen, aber dann würde er ein paar Gangmitglieder fragen, ob er bei ihnen zu Mittag essen könnte, und er würde gleich die armen Zwangsprostituierten mit einladen und vielleicht sogar mich. Das wäre doch mal ein echtes Spektakel.

Diese eine Geschichte im Markusevangelium mit dem Dieb am Kreuz gefiel mir auch. Dass Jesus ihm sagte, er würde noch am selben Tag mit ihm im Paradies sein. Obwohl ich es nicht wirklich kapierte, denn der Dieb hatte ja überhaupt keine Zeit mehr, um noch Gutes zu tun oder sich bei denen zu entschuldigen, die er beklaut hatte. Er hing da oben, um zu sterben. Aber Jesus lud ihn gleich mal ins Paradies ein.

Als ich Libs von meinen ganzen Gedanken erzählte, war ihr Gesicht gar nicht mehr verkniffen und sorgengeplagt wie sonst, sie lächelte jetzt so sehr, dass ihre grünen Augen strahlten. „Das ist Gnade, Liebling. Genau das. Gnade. Deine Fehler werden vergeben und du musst Gott überhaupt nichts zurückzahlen."

Von Gnade hatte ich noch nie viel gelesen. Die wenigen Male, die meine Mutter mich mit in die Kirche geschleift hatte, redeten alle nur vom Gericht. Und weil ich wusste, womit meine Eltern ihr Geld verdienten, ging ich davon aus, dass sie ein One-Way-Ticket in die Hölle hatten und ich gleich mit. Mitgefangen, mitgehangen. In der Bibel las ich damals nie und mit Religion hatte ich nichts zu schaffen außer mit der Religion, in der es hieß: „Gott hilft denen, die sich selbst helfen." Und bis jetzt hatte Gott auch noch kein bisschen Dank von mir bekommen, wenn wir aus unserem Schlamassel herauskamen. Für mich existierte er praktisch nicht.

Aber Miz Bourdillons Büchern und diesen Evangelien zufolge gab es vielleicht doch so was wie Gnade.

Nur, wenn es sie gab, wieso hatte mich Miz Bourdillon dann angeheuert, sie zu töten? Das ergab doch überhaupt keinen Sinn. Aber ich wollte es herausfinden. Denn wenn sie gar nicht von dem überzeugt war, was sie da schrieb, dann interessierte es mich keinen feuchten Kehricht mehr.

Kapitel 16

Josephine

Kit besuchte mich immer am Wochenende in der Rehaklinik. Einmal kam sie in mein Zimmer geplatzt, wie aus dem Ei gepellt wie immer. „Gut siehst du aus", nuschelte ich, aber sie verstand.

„Oh, JoJo! Du bist diejenige, die hier gut aussieht. Patrick hat mich schon informiert. Fantastisch! In ein paar Wochen darfst du nach Hause!"

Ich nickte. Mein Lächeln war schief, aber immerhin.

„Ich bin so erleichtert." Sie runzelte die Stirn. „Und, erinnerst du dich an alles? Du weißt schon, an die Wochen vor dem Unfall?"

Ich schüttelte den Kopf über meine hübsche, kaputte Schwester. Sie sah besser aus als sonst, viel besser, aber ich wusste nicht, wieso. Ich konnte mich nur an früher erinnern.

2010

Gott sei Dank schaffte es ein Anwalt, Patrick die Vormundschaft für Kits Geld zu entziehen. Ihr Zorn darüber, dass ich „meiner großen Schwester Hüterin" war, wie sie es betitelte, hatte unsere ohnehin anfällige Beziehung noch zusätzlich belastet. Wir wollten nicht für Kits Leben verantwortlich sein, aber wir wussten auch, dass sie ihre neue Freiheit vollumfänglich ausnutzen würde. Sie brannte mit einem Mann nach Europa durch, der fünfzehn Jahre jünger war als sie, und in den nächsten zwei Jahren bestand unsere einzige Kommunikation aus Postkarten, die sie uns aus der Toskana, aus Zürich oder München schickte, aus irgendwoher auf der Romantischen Straße, aus Prag, Dubrovnik, Athen, Kreta, Istanbul, Tunis und Algier. Sie reiste um halb Europa und Nordafrika, aber wir wussten nie, ob sie allein unterwegs war oder in Begleitung.

2012 tauchte sie auf einmal bei uns auf, braun gebrannt und ausgemergelt. „Hey, JoJo." Ihre Augen waren hohl.

„Kit!" Ich schlang die Arme um sie und war schockiert, wie dünn sie geworden war. Sie trug ein Seidenkostüm und hochhackige Schuhe, und neben ihr stand ein Sammelsurium aus rosafarbenen Gepäckstücken. Sie gab dem Taxi ein Zeichen und es fuhr ab.

„Tut mir leid, dass ich nicht Bescheid gegeben habe. Planänderung." Sie versuchte, die Maskerade weiterzuspielen, aber es rollte bereits die erste Träne.

„Ach, Kit. Komm rein."

„Darf ich ein paar Tage bleiben?"

„Ja, ja, natürlich."

Sie hatte den größten Teil ihres Erbes verprasst, und obwohl sie Hannah und Paige mit ausgeschmückten Geschichten über ihre exotischen Abenteuer beeindruckte, machte ich mir ernsthafte Sorgen. Kit war hochbegabt darin, ihr Leben zu ruinieren, aber dieses Mal sagte mir mein Bauchgefühl ziemlich deutlich, dass jemand anderes für den Zustand verantwortlich war, in dem sie war.

„Ich habe einen Vertrag mit einem Parfumunternehmen. In einem Monat geht es los. Kann ich so lange bei euch bleiben?"

„Natürlich", sagte ich, aber innerlich zog sich alles zusammen.

Kit aß fast nichts. Sie trank keinen Alkohol und ich entdeckte auch keine Drogen bei ihr, aber ihr Zustand war schlimmer denn je.

Irgendwann konnte ich nicht mehr an mich halten. „Kit, was ist mit dir los?"

„Ich habe mich mit den falschen Leuten eingelassen, JoJo." Ihre blauen Augen wurden trübe. „Ich weiß, das hört sich nicht anders an als früher, aber diese Leute sind nachtragend. Und sie lassen einen bezahlen."

Was Kit nicht mehr konnte.

Sie reiste für die Fotokampagne mit dem Parfumunternehmen ab. Es hielt sechs Monate. Als sie das nächste Mal vor unserer Tür stand, unangekündigt, versteckte sie ein blaues Auge unter ihrer modischen Sonnenbrille.

Wir zahlten ihre Schulden und Patrick verwaltete ihre Aktien. Zum Glück hatte er die Kontrolle darüber nicht aus der Hand gegeben. Wir kamen zu dem Schluss, dass sie sogar bequem davon leben konnte, wenn sie sich niederließ. Aber Kit hatte sich noch nie im Leben niedergelassen. Sie war schnurstracks in ihr Verderben gerannt, seit sie dreizehn war.

Kit zog nach Atlanta und wohnte in dem Reihenhaus, das wir gekauft und vermietet hatten, nachdem wir 2007 unser Elternhaus verkauft hatten. Sie ergatterte ein paar Jobs als Model. Meldete sich bei ein paar guten Freunden aus Highschool-Zeiten. Wir hielten den Atem an und beteten.

Meine morgendliche Physiotherapie war beendet und Patrick hatte mich unter einem Berg von Decken eingepackt und im Rollstuhl in das schöne Gewächshaus der Rehaklinik geschoben. Die Luft war kalt, aber herrlich erfrischend. Mein Lieblingsplatz war dort, wo alle möglichen Sorten von Orchideen wuchsen. Als Detective Blaylock zu uns herantrat, hatte Patrick den Rollstuhl gerade neben eine Blume gestellt, die mir besonders gefiel, und meine Hand auf eins der zarten Blütenblätter gelegt. Ich fühlte die samtige, fast seidige Struktur. „Perfekt“, murmelte ich.

An Detective Blaylocks Gesicht konnte ich erkennen, dass es Neuigkeiten gab. Wir folgten ihm in mein Zimmer. Patrick half mir, eine bequeme Haltung zu finden, und machte dem Detective und sich selbst einen Kaffee. Mittlerweile hatten wir ein gutes Verhältnis zu Detective Blaylock. Er lag uns sogar richtig am Herzen. Von seinem Privatleben erzählte er fast nie, aber im Laufe der Wochen hatten wir gemerkt, dass er für seine Arbeit lebte. Heute waren seine dunklen Augen vor Erschöpfung rot unterlaufen, aber sie sprühten auch vor Aufregung.

„Ich wollte mit Ihnen über die Drohbriefe sprechen. Wir haben die Fingerabdrücke zuordnen können. Endlich.“ Er nahm einen Schluck Kaffee und fuhr sich durch den Bart. „Wir mussten ein bisschen mogeln, aber wir haben einen Namen. Charity Davidson.“

Patrick zuckte die Achseln. „Da klingelt bei mir nichts.“ Er nahm meine Hand. „Feeny, kennst du jemanden namens Charity Davidson? Eine Leserin?“

Ich blinzelte *Nein*.

„Das habe ich mir schon gedacht, dass Ihnen der Name nichts

sagt", meinte der Detective. „Aber die Person hat noch einen weiteren Namen. Dana Johnston. Klingelt es da?"

Schnelle Bewegungen konnte ich nicht machen, aber mein Herz fing an, heftig zu pochen. Ich nickte langsam.

„Sie ist einer der hartnäckigsten Fans von Jo", bestätigte Patrick. „Kommt zu vielen, sehr vielen ihrer Lesungen. Oder zumindest war es früher so." Er sah mich an. „Und sie war kürzlich bei einer Lesung in Atlanta, wenn ich mich nicht irre."

Detective Blaylock blätterte durch seine Notizen auf dem Smartphone. „Die letzten fünf Jahre über war sie immer wieder in stationärer psychischer Behandlung. Wurde zuletzt im Juli entlassen. Und Dana, oder eigentlich Charity, hat vor fünfzehn Jahren ihre Tochter verloren. Selbstmord."

Oh nein.

„Ihre Fingerabdrücke waren auf den Drohbriefen, die Sie über die Jahre bekommen haben, und ebenfalls auf den letzten drei Briefen. Wir werden sie vorladen und befragen."

Der Detective und Patrick unterhielten sich weiter, aber ich sah nur noch Dana vor mir.

2005

„Hallihallo!" Eine laute, ungestüme Stimme drang durchs Telefon.

„Wer ist denn da?"

„Ich bins, Josephine. Dana Johnston!"

Ich verdrehte die Augen. Dana war eine meiner treuesten Leserinnen, aber sie übertrieb es manchmal. Woher um alles in der Welt hatte sie meine Handynummer?

„Hallo, Dana. Was kann ich für Sie tun?"

„Ich war um die Ecke und wollte gern kurz vorbeikommen. Ich habe Ihnen etwas mitgebracht."

Ich atmete mehrmals langsam aus und ein. „Es tut mir leid, aber das geht jetzt gerade nicht. Mir wurde eine Deadline gegeben. Die muss ich unbedingt schaffen."

„Oh, aber das müssen Sie sehen! Es wird Ihnen gefallen, versprochen!" Ihre überschwängliche Stimme klirrte mir im Ohr.

„Es tut mir leid. Aber es geht wirklich nicht ...“

„Ich bin nur zehn Minuten entfernt. Ich bleibe auch nicht lange. Nur fünf Minuten. Bitte.“ Die Stimmlage schraubte sich nach oben. „Nur eine Minute, Sie werden es nicht bereuen. Bitte!“

Sie wusste, wo ich wohnte? Das war seltsam. „Oh, Dana ... ich glaube nicht, dass ...“

„Dann bis in zehn Minuten! Ich bin gleich wieder weg.“ Und sie legte auf.

Verzweifelt rief ich Patrick im Büro an. „Liebling, Dana Johnston ist auf dem Weg hierher. Sie wird ewig bleiben. Bitte, komm nach Hause.“

„Sie kommt zu uns nach Hause? Jetzt gleich?“

„Ja. Ich habe ihr gesagt, dass es nicht geht, aber sie kommt trotzdem her. Zehn Minuten braucht sie, sagt sie. Kannst du nach Hause kommen? Ich bin so erschöpft. Du kannst sie ganz charmant herauskomplimentieren. Ich mache das auch wieder wett“, neckte ich ihn.

Er stöhnte. „Also gut. Ich fahre gleich los. Es tut mir leid, Feeny. Diese Frau ist wirklich übergeschnappt.“

Sie hatte mir eine Riesentüte Toffees mitgebracht, weil eine meiner Romanfiguren sie mochte.

Ein paar Jahre lang tauchte sie fast bei jeder Lesung auf, egal in welchem Bundesstaat, und jedes Mal hatte sie Geschenke dabei – irgendetwas, was im Roman auftauchte: Briefpapier mit Orchideen darauf, ein in Leder gebundenes Tagebuch, einen Blumenstrauß mit exakt denselben Blumen, die ich beschrieben hatte.

Wir hielten sie für eine Stalkerin, aber irgendwann wurde sie für uns einfach zu einem übereifrigen Fan.

Und ich hatte sie einige Jahre nicht gesehen. Bis dann eines Tages ...

2015

Die Premierenlesung fand in einem großen Saal in Atlanta statt. Ich hatte über die Zeit der Reconstruction in Georgia gesprochen und wollte gerade zum Signiertisch gehen, als Dana Johnston an mich herantrat.

„Josephine! Liebes! Ich bin ja so froh, Sie wiederzusehen.“

Ich war schockiert, sie so plötzlich vor mir zu haben. Nach so langer Zeit.

„Ich habe Ihnen ein paar tolle Sachen mitgebracht", sagte sie und leerte einen abgenutzten Wäschesack vor mir aus. Sie überreichte mir Geschirrtücher, Briefpapier und eine Stifte-Sammlung.

„Das ist sehr nett von Ihnen, aber ich muss jetzt zum Signiertisch. Können Sie das bitte Patrick geben? Wir sprechen uns dann später." Ich eilte weiter und war irritiert. Ihren Enthusiasmus kannte ich schon, aber hinter der Begeisterung steckte eine neue Härte.

„Wenn Sie das sagen. Ich kann es kaum erwarten, in den neuesten Bestseller hineinzulesen!"

Ich hatte keine weitere Erinnerung an diesen Abend, außer dass Dana sich brav angestellt hatte und mir dann dreißig Exemplare des Romans auf den Tisch gelegt hatte, jedes mit einem Notizzettel dran und einem Namen mit einem speziellen Gruß darauf.

Als Detective Blaylock ging, hatte ich mich völlig vom Gespräch zurückgezogen und war wieder zu der Josephine geworden, die keinen Mucks sagen konnte.

Paige

Jase hatte Sommersprossen und Grübchen, die man nur sah, wenn er lächelte. Seit er wieder wach war und essen konnte, wurde er jeden Tag kräftiger und freute sich augenscheinlich auf meine Besuche.

„Meine Momma sagt, dass du mich immer besucht und mir vorgelesen hast." Sein Lächeln ließ mich dahinschmelzen. „Sie hat gesagt, deine Momma lag auch hier im Krankenhaus."

„Das stimmt."

„Hatte sie auch ein krankes Herz?"

„Nein, sie hatte einen Unfall. Ihr Gehirn war krank."

„Und geht es ihr besser?"

„Sie macht es so wie du. Jeden Tag ein kleines bisschen besser."

Er grinste. „Schokoladenpuddingcool."

Inzwischen war Libbys Mutter aus dem Süden von Georgia angereist. Sie quartierte sich im Rathbun House ein, um auf Jase aufzupassen, wenn Libby arbeiten musste. Sie wollte zu Libby und Jase in den Wohnwagen ziehen, wenn er aus dem Krankenhaus entlassen wurde.

An diesem Tag feierte die ganze Stationsbelegschaft mit Ballons und Eis. Ich war dabei, als Libby Jase zum ersten Mal im Rollstuhl nach draußen fuhr. Er stand vorsichtig auf und lachte, als er einen Vogel fliegen sah. Dann ging er auf die Knie und raschelte kichernd mit trockenem Laub. „Mommy, hast du den blauen Vogel gesehen? Hast du gesehen, wie der geflogen ist?"

Detective Blaylock brachte Dana Johnston zur Befragung ins Revier und zeichnete alles per Video auf. Daddy und ich sollten uns das Verhör am nächsten Tag ansehen. „Ich möchte wissen, was Sie davon halten."

Ich erkannte Dana sofort, nicht nur als die Frau, die ich als kleines Mädchen öfter gesehen hatte, sondern auch von ihrem Auftritt bei einer von Mommas Lesungen vergangenen Sommer. Sie war eine kräftige Frau, gekleidet in einen knallbunten Hosenanzug mit Blumenmuster und lauter auffälligen Accessoires. Mit gerötetem Gesicht ließ sie sich auf den Stuhl fallen und fächerte sich Luft zu.

Nach den ersten grundlegenden Fragen zog Detective Blaylock den kleinen Stapel Briefpapier hervor. „Wir wissen, dass Sie diese Briefe verfasst haben. Da sind überall Ihre Fingerabdrücke drauf."

Sie sah ihn trotzig an. „Und seit wann ist es gegen das Gesetz, Briefe an eine Autorin zu schreiben?"

„Nicht gegen das Gesetz, Ma'am, aber Sie müssen zugeben, wenn die Briefe mit einer Schießerei zusammenfallen, einem Mordversuch, genauer gesagt *zwei* Mordversuchen, dann tauchen Fragen auf."

„Mordversuche! Damit hatte ich doch nichts zu tun!" Sie sah ängstlich aus. „Nichts! Ich schwöre es!"

„Wir haben uns einen Durchsuchungsbeschluss besorgt, Mrs Johnston. Und wir haben Mrs Bourdillons Romane bei Ihnen gefunden. Alle signiert von der Autorin. Wissen Sie, was ich glaube? Sie haben Mrs Bourdillon geschrieben, dass einer ihrer Romane bei Ihrer Tochter suizidale Gedanken ausgelöst hat. Wir haben diesen Roman gefunden. Und nicht nur das, sondern darin waren Passagen unterstrichen und Notizen am Rand. Drohungen, im Wesentlichen. In Ihrer Handschrift. Das sind ziemlich erdrückende Hinweise darauf, dass Sie an den Mordversuchen beteiligt waren."

Dana stand auf und ging auf und ab. „Ich wollte nicht, dass er ihr wehtut! Das wollte ich nicht! Ich habe dem Mann nur gesagt, er soll ihr Angst machen. Dass er eine Pistole mitnimmt, wusste ich nicht. Er sollte ihr nur klarmachen, dass sie aufhört mit dem Schreiben. Mehr nicht!"

Detective Blaylock zupfte wie üblich an seinem Bart. „Also geben Sie zu, 2007 den Angreifer angeheuert zu haben?"

Dana sah fast angewidert aus, holte tief Luft und sagte leise: „Ja. Ja, aber danach habe ich sie in Ruhe gelassen! Ich schwöre es."

„Bis jetzt, nicht wahr? Sie hat tatsächlich seit 2007 nichts mehr von Ihnen gehört, bis vor Kurzem. Welchen Auftrag haben Sie dieses Mal Henry Hughes gegeben?"

Dana Johnston setzte sich, verschränkte die Hände und beugte sich über den Tisch. „Ich kenne keinen Henry Hughes! Das müssen Sie mir glauben!"

„Aus welchem Grund haben Sie dann die drei letzten Briefe geschrieben?"

Dana schwitzte wie verrückt. Sie wischte sich die verklebten Haare von der Stirn. „Josephine hat einfach weitergeschrieben und mich nicht beachtet und ich wusste, dass etwas passiert. Ich wusste es einfach! Ich wollte sie nur warnen, mehr nicht. Und? Ich hatte recht!"

Als das Video vorbei war, schwitzte ich genauso wie Dana. Würde so eine Frau Drohbriefe schicken, ohne Taten folgen zu lassen? Sie beschwor ihre Unschuld, aber ich war mir nicht so sicher. Und ich hatte noch mehr Fragen, die ich dem Detective sofort stellte. „Sie haben doch gesagt, dass auf Mommas Handy dieselbe Nummer gespeichert war wie auf dem von Henry. Haben Sie herausgefunden, zu wem sie gehört? War es Dana Johnstons Nummer?"

„Das ist eine gute Frage", sagte er und zupfte wieder an seinem Bart. „Aber es war nicht Mrs Johnston. Sondern ein Mann namens Nick Loopus. Nick war der Mittelsmann für Henry Hughes. Das wissen wir inzwischen. Aber wir haben diesen Nick Loopus noch nicht in Verbindung mit Dana Johnston gebracht. Noch nicht." Er zwinkerte mir zu. „Wir arbeiten daran."

2014

Momma hatte das Manuskript beendet und mich gebeten, noch einmal drüberzulesen, bevor es an die Lektorin ging.

„Also von den liberalen Medien wirst du Lob ernten", sagte ich. „Aber die Konservativen werden dich ziemlich unter Beschuss nehmen."

Momma hatte mich garantiert gehört. Aber sie sah nur aus dem Fenster, die Hände wie immer unruhig. „Letztes Jahr habe ich die Evangelien vier Mal durchgelesen. Jedes einzelne vier Mal. Matthäus, Markus ..."

„Momma! Ich kenne die Evangelien."

„Ja, richtig. Und mir ist eins klar geworden. Jesus hätte sich mit Schwulen an einen Tisch gesetzt, mit Drogenabhängigen und dem furchtbar fettleibigen Mann, der einen Schwulen verurteilt und sich derweil das Essen in den Mund stopft."

„Mich musst du nicht überzeugen, Momma. Ich freue mich, dass deine Figuren so real sind."

„Nein. Nein, ich bin nicht mutig genug dafür. Wenn sie die heutige Situation widerspiegeln würden, dann wären meine Figuren nie alle zur selben Zeit am selben Ort. Wir – und ich meine damit auch mich –, wir würden die Hälfte von ihnen noch nicht einmal zu uns in die Gemeinde lassen. Zum Abendmahl mit Jesus würden wir nur eine ausgewählte Elite schicken. Aber wenn er dann käme, würde er lauter Leute aussuchen, die gar nicht eingeladen sind."

Wenn Momma ins Philosophieren kam, blieb mir nichts anderes übrig, als zuzuhören. Aber eins wusste ich: Momma gab sich alle Mühe, die Leute einzuladen, die auch Jesus um sich haben wollte: den strähnigen Halbstarken, die rebellische Jugendliche, den jungen Erwachsenen auf der Suche nach seiner sexuellen Identität, die Witwe aus der Nachbarschaft, die noch nie eine schwule Person kennengelernt hatte, den Afroamerikaner, der höchstens vierzig war, aber aussah wie siebzig und jeden Tag bettelnd vor dem Supermarkt saß.

Ich hatte Henry Hughes gegenüber gesagt, dass Momma niemand war, der Wasser predigte und Wein trank.

Als Gott sich Momma ausgedacht hatte, gab er ihr seltsamerweise aber kein dickes Fell. Kritik konnte sie nicht vertragen, hatte aber trotzdem beschlossen, über kontroverse Themen zu schreiben.

Josephine

Henry Hughes bat darum, dass ich ihn besuchte, und Detective Blaylock hielt das für eine gute Idee. Er war überzeugt davon, dass Henry noch etwas wusste, und hoffte, dass seine Fragen entweder meiner Erinnerung auf die Sprünge halfen oder dass er mir gegenüber etwas beichtete, was er niemandem sonst erzählen wollte.

Paige sagte nur: „Momma, er hat ganz ernste, aufrichtige Fragen. Er sucht nach Heilung. Nach Gott." Sie bereitete mich auf seine Fragen vor, so gut sie konnte, und schrieb meine Antworten aus der Rede heraus, die ich in Atlanta bei der Premierenlesung gehalten hatte. Paige fieberte nicht nur meinen Fortschritten entgegen, sondern rechnete mit meiner vollen Wiederherstellung, das wusste ich. Aber weil sie ihre Gefühle nie versteckte, merkte ich auch, dass ihr Henry Hughes, seine Frau und ihr Sohn am Herzen lagen.

Also willigte ich ein, mich mit ihm zu treffen.

Henry

Fast einen Monat saß ich im Knast, da ließ mich der Detective endlich Miz Bourdillon sehen. Im Streifenwagen wurde ich vom Knast in die Rehaklinik gefahren, mit meinem Anwalt und Detective Blaylock. Sie führten mich in ihr Zimmer, ich in Gefängniskleidung und mit Handschellen und Fußfesseln. War froh, Paige bei ihrer Mutter zu sehen.

Fühlte mich ziemlich deplatziert, so einfach auf Miz Bourdillon in ihrem Rollstuhl herunterzustarren, also sagte ich: „Hallo, Miz Bourdillon."

„Hallo, Mr Hughes." Es kam total genuschelt heraus. „Ich helfe dir, wenn du sie nicht verstehst", raunte mir Paige zu.

Ich nickte. „Schönes Zimmer haben Sie hier." Sah aus wie ein richtiges Hotelzimmer, besser als das, was man in einer Rehaklinik vermutete, abgesehen vom Bett natürlich, das eher ins Krankenhaus gehörte.

Sie nickte. „Ja", sagte Paige. „Wir sind froh, dass wir Momma hier unterbringen konnten. Das ist die beste Klinik für Schädel-Hirn-Traumata."

Miz Bourdillon saß ganz steif und aufrecht im Rollstuhl und sie hatte einen Pullover an, echt hübsch in Hellblau mit *Duke* auf der Vorderseite, und ansonsten so eine Art Häkeldecke. Ihr Kopf war rasiert worden, das sah man, aber sie trug eine hellblaue Mütze, sodass man die Stoppeln nur an der Seite sehen konnte.

Ich dachte daran, wie ihre Haare vorher einen schönen Braunton hatten und ganz dick gewesen waren. Das war jetzt vorbei.

„Setz dich, Henry", sagte Paige und deutete auf einen Polstersessel. Ich schlurfte mit Tippelschritten dorthin und setzte mich so vorsichtig wie möglich. Versuchte die ganze Zeit herauszukriegen, ob ich Miz Bourdillon Angst machte wegen der Knastkleidung und den Fesseln und dem Detective neben mir mit der Kanone im Gürtel, aber Miz Bourdillon zeigte keine Spur davon.

Ich fummelte an meinen Handschellen herum und überlegte, was ich sagen sollte.

„Möchtest du was trinken?" War mächtig froh, dass Paige da war, um für mich zu dolmetschen, denn Miz Bourdillon sah nicht so aus, als würde sie viel reden. Aber ich war darauf vorbereitet. Der Detective hatte mir erzählt, was ich zu erwarten hatte.

„Ein Glas Wasser bitte. Sehr nett. Vielen Dank." Ich lächelte sie an.

Paige ging kurz nach draußen und kam mit einem hohen Glas zurück. „Brauchst du irgendwas, Momma?", fragte sie und stellte es auf ein hübsches rundes Tischchen neben mir. Fragte mich schon, ob man seine eigenen Möbel in die Rehaklinik mitbringen konnte.

Miz Bourdillon schüttelte den Kopf, nur so einen Hauch, aber ich merkte es.

„Dann stell deine Fragen, Henry. Ich habe Momma schon ein bisschen davon erzählt." Paige setzte sich neben ihre Mutter.

„Nun, also, entschuldigen Sie die Störung, aber Ihre Bücher haben so viele Fragen in meinem Kopf ausgelöst. Ich muss sie Ihnen einfach stellen." Detective Blaylock reichte mir das Buch *The Mountains Between Us*. „Das ist das einzige, das ich gerade dabeihabe, aber ich habe schon vier von Ihnen gelesen." Ich hielt es ihr hin.

„Das ist dein neuester Roman, Momma", sagte Paige, aber für mich sah es so aus, als hätte Miz Bourdillon ihn auch erkannt.

Gab mir richtig Mühe, zusammenhängend meine Fragen zu

stellen. „Also, es geht um diese Gnade. Irgendwie kommt in jeder Geschichte Gnade vor. Die Figuren sind so richtig fromm oder gar nicht fromm und dann stecken sie in einer ziemlich hässlichen Situation und glauben nicht dran, dass man ihnen je vergibt, weil sie so viel Schlimmes getan haben oder weil es ihnen angetan wurde. Und da habe ich mich gefragt, ob Sie wirklich glauben, dass das geht? Ich meine, wie Sie das schreiben, das ist echt schön, wirklich. Das mit Gnade und Vergebung. Lese das echt gern. Hier in diesem, da gefällt es mir besonders gut."

Miz Bourdillons Hand zitterte und es sah aus, als hätte sie das nicht unter Kontrolle. Paige rutschte näher an ihre Mutter heran und nahm ihre Hand in ihre beiden. Miz Bourdillon sah besorgt aus oder nachdenklich, als würde sie versuchen, sich an etwas zu erinnern, und dann murmelte sie was, aber es war ganz tief und kehlig, und ich verstand nichts.

Da blätterte ich durch den Roman und merkte, dass meine Hand auch ein wenig zitterte. Im Vorlesen war ich ja auch schlecht. Mochte ich überhaupt nicht. Ich wischte mir den Schweiß von der Stirn, fand die Seite mit dem Eselsohr – es musste sein, ich musste sie fragen – und fing an zu lesen.

Die Wolken hängen tief; der Nebel liegt wie ein Teppich auf den Bergen. Ich stehe oben auf dem Aussichtspunkt und lasse den Blick über das schier unendliche Wogen der Hügel und Täler schweifen. Ohne Ende – so scheint es – fallen und steigen die grünen Hänge und blauen Gebirgskämme, die die Zeiten überdauern. Die Berge nehmen mich gefangen. Ich fühle mich zu ihrer Schönheit hingezogen. Erst im Nebel, der sie wie Rauchschwaden umfließt, verliere ich sie aus den Augen. Ich schwebe dort oben im Nebeldunst und spüre, wie mich der Morgen ruft. Der erste Lichtstrahl durchdringt den Schleier, und da weiß ich es. Er hat mir vergeben.

Miz Bourdillon zog ihre Hand zurück, rieb sie an der anderen und sah auf einmal richtig müde aus. Aber dann sah sie mich an mit ihren hübschen braunen Augen, so richtig direkt, als könnte sie mich sehen, und konzentrierte sich. Sie hob eine Hand und meinte: „Ja. Das glaube ich."

Paige übernahm. „Momma glaubt daran, dass wir Vergebung bekommen können, sogar für die schlimmsten Taten. Die allerschlimmsten. Die Bibel ist voll von Geschichten mit ganz normalen Leuten, die in lauter Schwierigkeiten geraten, und trotzdem wird ihnen vergeben. Und das Geheimnis ist, dass Mommas Figuren alle etwas gemeinsam haben. Ein reumütiges Herz. Eins, das nach Vergebung strebt. Und sie nehmen Gottes Gnade als ein Geschenk an. Aber nicht, weil sie sie verdient hätten. Sondern einfach als Gnade."

Paige sagte das ganz überzeugend, so als würde sie selbst dran glauben, dabei hatte sie mir gesagt, dass sie es nicht tat. Aber Miz Bourdillon glaubte dran, das sah ich.

Mir war fast schwindlig und heiß und kalt, weil ich wusste, was ich sagen wollte, aber was würde sie antworten? „Also, können Sie mir dann vergeben, Miz Bourdillon? Sie haben gesagt, dass Gott vergeben kann, aber gilt das auch für Sie? Ich meine, nach allem, was ich Ihnen angetan habe, können Sie mir vergeben?"

Sie ließ sich Zeit und hob ihren Kopf ein Stück, damit sie mich ansehen konnte. Ihr Blick war ganz sanft und traurig. Dachte schon, Paige würde wieder dolmetschen müssen, aber dann bewegte Miz Bourdillon ihren Mund, ganz langsam, und es kam undeutlich und genuschelt raus. Aber ich verstand es. Vielleicht hatte sie es auch hundert Mal geübt. „Ich vergebe Ihnen, Henry."

Sie sagte es so überzeugend, dass mir klar war, dass sie sich nicht daran erinnerte, mich angeheuert zu haben. War ihr völlig entfallen. Und jetzt, wo ich sah, wie sehr sie kämpfen musste, um etwas zu sagen oder ihre Hände zu bewegen oder den Kopf zu halten, tat sie mir unendlich leid. Aber ich vergab ihr auch, genau, wie ich geplant hatte. Hab es natürlich nicht laut gesagt, aber in mir drin, im Herzen, wie Libby sagen würde, da vergab ich ihr.

Sie sah lange aus dem Fenster. Vielleicht guckte sie sich die Wolken an. Die sahen ganz flauschig aus. Aber ihre Augen strahlten und ihr lief eine kleine Träne die Wange hinunter. Sie bewegte die Hand, so als wollte sie sie wegwischen, aber die Hand gehorchte ihr nicht. Sie rutschte in ihrem Rollstuhl ein Stück zur Seite und nickte Paige zu.

„Momma wollte, dass ich dir das hier vorlese. Sie dachte, das könnte dir helfen. Das ist aus der Rede, die Momma auf der Premierenlesung gehalten hat." Paige scrollte auf ihrem Smartphone herum. „„Manchmal ist es ziemlich schwer, diese Gnade zu erhalten.

Glauben Sie mir, ich weiß das. Manchmal geht es einem so schlecht und man hat das Gefühl, es derart vermasselt zu haben, dass selbst Gott einem nicht mehr vergeben kann.'"

Miz Bourdillon sah wieder aus dem Fenster, wo die flauschigen Wolken vorbeizogen, aber der Himmel war etwas dunkler geworden.

Paige las weiter. „‚Manchmal wollen wir uns selbst wehtun, weil wir böse waren oder weil unser Leben so furchtbar war – wie das der Frau im Roman. Es geht ihr überhaupt nicht gut. Sie kann sich nicht vergeben. Und sie will nicht mehr leben.'" Paige stockte kurz und lächelte traurig, sehr traurig. „‚Aber Vergebung muss zu allererst einmal angenommen werden. Das ist Gottes Gnade. Schwer anzunehmen. Richtig schwer. Aber er bietet sie uns an.'"

Paige legte das Handy weg und tätschelte ihrer Mutter die Schulter. Miz Bourdillon drehte sich wieder mir zu. Tränen liefen ihr übers Gesicht, aber ihr Blick war ganz freundlich, ganz sanft, ganz verloren.

Wenn sie mich so ansah, konnte sie mir bis ins Herz sehen, das merkte ich.

Sie war wie ich, total kaputt und pflegebedürftig. Jesus hätte Mitleid mit ihr gehabt, egal, was sie getan hatte. Er hätte ihr vergeben. Und ich wusste noch etwas. Nie im Leben würde ich der Polizei verraten, was Miz Bourdillon getan hatte. Selbst wenn ich für den Rest meines Lebens im Knast versauern musste. Kein Sterbenswörtchen.

Kapitel 17

Paige

Zuerst freute ich mich sehr über das Gespräch zwischen Momma und Henry. Momma hatte ihm vergeben, so erstaunlich das auch klang. Sie hatte sich *entschieden*, ihm zu vergeben, wie schon so oft in der Vergangenheit. Und Henry hatte man die Erleichterung angesehen. Er sah richtig hoffnungsvoll aus. Trotzdem war ich etwas enttäuscht, weil wir keine neuen Informationen bekommen hatten, auch wenn die Chancen sehr schlecht gestanden hatten.

Kurz nachdem Henry gegangen war, wurde Momma aber ganz unruhig und sah völlig erschöpft aus. Ich machte mir schon Sorgen, dass es vielleicht ein Fehler gewesen war, Henry kommen zu lassen. Wir hatten die ganze Sache aufgezeichnet, damit Detective Blaylock und Daddy und ich sie uns später noch einmal ansehen konnten. Hatte die Situation meine Mutter überfordert?

„Alles okay, Momma?" Ich bürstete ihr das Haar und ließ sie durch einen Strohhalm Wasser trinken. „Ich hole die Schwester, damit sie dich ins Bett bringt."

Sie schüttelte den Kopf. Ihr Gesicht war blass und sie hielt die Armlehnen des Rollstuhls umklammert.

„Was ist los, Momma?"

„Aktenschrank. In der Hängemappe." Sie murmelte dieselben Worte wieder und wieder.

Aber als ich fragte: „Welche Mappe denn?", sah sie mich an, als hätte ich Chinesisch gesprochen. Ich kannte diesen leeren Blick mittlerweile, aber ich hasste ihn, denn er erinnerte mich an alles, was diese eine Kugel ihr genommen hatte.

Die Schwester kam und hob Momma ins Bett wie eine Puppe. Das war ganz normal, aber mir drehte sich der Magen um. Als sie im Bett lag, gab ich Momma einen Kuss. „Mach dir keine Sorgen. Du machst das super."

Ich fuhr nach Hause und war nun selbst erschöpft. Die Französischprüfung stand an und für Englisch musste ich noch einen Aufsatz schreiben, aber ich konnte mich nicht konzentrieren. Mir schwirrte ein Gedanke im Kopf herum, den ich einfach nicht zu greifen bekam. Ich setzte mich in mein Zimmer, kniff die Augen zusammen und versuchte mich an das zu erinnern, was ich Drake und Hannah erzählt hatte, als wir schockiert beieinandergesessen hatten. Dass Momma davor ganz normal gewirkt hatte und Daddy und Momma glücklich schienen.

Die Wahrheit war aber, dass ich in den Wochen zuvor viel zu sehr mit mir selbst beschäftigt war und überhaupt keine Ahnung hatte, wie es ihnen ging. Mein vorletztes Schuljahr hatte begonnen, ich büffelte für den SAT, war in der Startaufstellung im Frauenfußballteam, und wir würden in den Regionalwettbewerben ganz vorn landen können, wenn wir uns anstrengten. Ich war fast nie zu Hause. Und ich nahm meinen Job als Mommas Assistentin längst nicht mehr so ernst, wie ich hätte sollen. Die Erinnerung an die Szene, wo Kit aus dem Haus gestürmt war und Daddy sie angebrüllt hatte, war genug. Ich wollte mich nicht an noch mehr erinnern.

Aber Henrys Fragen und Mommas Reaktionen hatten irgendetwas in mir ausgelöst. Plötzlich sah ich Momma vor mir, wie sie auf ihrem Schreibtisch lag. Ich war vier oder fünf. Ich hatte geschrien und Daddy war gekommen, hatte Momma gefunden und Hannah herbeigerufen, die mich ins Bett gebracht hatte. Oder wir waren zu den Nachbarn spielen gegangen. Oder so ähnlich.

Aber jetzt fiel der Groschen. Daddy hatte Angst davor, Momma würde wieder einen Nervenzusammenbruch haben. *Wie die Male zuvor.*

Wieso, wieso nur hatte ich ihr die Briefe gezeigt? Wie konnte ich so naiv und so mit mir selbst beschäftigt sein? Andererseits war es auch egal. Diese verrückte Dana Johnston war hinter Momma her, so oder so. Wenn wir nur früher drauf gekommen wären!

In diesem Augenblick fühlte ich mich unendlich schuldig – und das passierte nicht oft. Wut und Ärger, das hatte ich drauf. Aber Schuld? Niemals.

Ich schlich ins Schreibzimmer wie ein Einbrecher. Ich wollte nicht hier sein. Nicht jetzt. Aber Momma hatte es gesagt. *Akten-*

schrank. In der Hängemappe. Ich machte die Tür zu und auf der Rückseite hing keine Motivationstafel mehr. Die Regale und Plastikkörbe und Fotos starrten mich an. Ich ging zum Aktenschrank und öffnete ihn. Mir graute davor. Eigentlich hatte Momma alles Arbeitsrelevante auf ihrem Laptop, aber hin und wieder druckte sie auch mal Sachen aus und legte sie in Mappen ab.

Der Schrank hatte drei Schubkästen. Im obersten hingen Mappen mit Recherchematerial für ihre Romane, im mittleren das ganze geschäftliche Zeug – Tantiemenabrechnungen, Verträge, Geschäftsbriefe. In der untersten Schublade war alles andere abgelegt. Momma hatte eine kleine Karteikarte in das Metallfensterchen an der Schublade gesteckt und *Family Stuff* draufgeschrieben. Ich war mir ziemlich sicher, dass Momma diese Schublade meinte. Einen nach dem anderen ging ich die alphabetisch sortierten Hängemappen durch. *Außerschulisches, Bibelmaterial, Bücher noch zu lesen, Garten, Ideen für zu Hause, Kochen.* Die Mappen waren mir alle bekannt. Die nächste Mappe hieß *If I Should Die* (Wenn ich steben sollte). Ich lächelte. Das Kinderbettgebet war mir noch gut bekannt.

Now I lay me down to sleep;
I pray the Lord my soul to keep;
If I should die before I wake
I pray the Lord my soul to take.[3]

Momma fand den Text für Kinder nicht geeignet und hatte die Version übernommen, die sie auf einem Stickteppich gesehen hatte:

Now I lay me down to sleep.
I pray the Lord my soul to keep.
Guard me Jesus through the night
And wake me with the morning light.[4]

---

3 Übersetzung: Nun, da ich mich schlafen lege, bitte ich den Herrn, über mir zu wachen. Und wenn der Tod mich im Schlaf ereilt, dann nehme er meine Seele bei sich auf.

4 Übersetzung: Nun, da ich mich schlafen lege, bitte ich den Herrn, über mir zu wachen. Behüte mich in dieser Nacht, Herr Jesus, und weck mich

Mir gefiel diese Version auch viel besser.

Ich zog die Mappe aus dem Hängeregister und legte sie auf den Tisch. Wieso hatte meine verrückte Momma eine ganze Mappe für ein Kindergebet, das ihr gar nicht gefiel?

Hatte sie nicht.

In der Mappe lagen drei elegante, naturfarbene Briefumschläge. Sie gehörten zu Mommas mit Monogramm versehenem Briefpapier. Auf jedem Umschlag stand ein Name: *Patrick*, *Hannah* und *Paige*. Mit zitternden Händen machte ich meinen Umschlag auf und zog drei Seiten Briefpapier heraus, handschriftlich von Momma beschrieben. Unten im Umschlag lag noch etwas. Ich griff hinein und holte ein Goldkettchen hervor. An dem Kettchen hing etwas, es war Mommas Hugenottenkreuz. Plötzlich lief es mir eiskalt den Rücken hinunter.

Als ich die Kette hochhielt, warf das Kreuz in der Sonne goldene Lichtpunkte an die Wand.

Du kleiner Naseweis, wenn du mal groß bist und verstehst, wofür die Taube steht, dann kriegst du das Kreuz. Dann soll es dir gehören.

Ich schluckte und nahm mir den Brief von Momma vor. *Liebste Paige, meine kleine Autorin mit der größten Fantasie (ja, noch größer als meine) und einem Herz aus Gold. Liebe Tochter, es tut mir leid, dass ich nicht miterleben kann, wie du deine Flügel ausbreitest und ins Leben hinausfliegst. Aber ich möchte, dass du weißt, wie stolz ich auf dich bin und wie sehr ich an dich glaube. Glaube an dich selbst und lass dich von deiner Fähigkeit, um die Ecke zu denken, leiten, aber unter der Führung des Heiligen Geistes …*

Ich ließ den Brief fallen. Mein Herz raste. *Momma, wieso, wieso hast du das geschrieben?* Es kam mir vor, als wüsste sie, dass sie sterben würde. *If I Should Die?*[5] Hatte Momma mit der Angst gelebt, dass es wieder einen Überfall geben würde? Hatte sie eine Vorahnung gehabt? Auf dem Brief stand kein Datum. Ich sank auf den Boden und starrte die Seiten an. Weiterzulesen traute ich mich nicht.

Hatte Momma solche Angst vor der Stalkerin gehabt, dass sie die Briefe verfasst hatte?

---

mit den Sonnenstrahlen des Morgens.

5 Für den Fall, dass ich sterbe.

Der Gedanke war kaum zu ertragen.

Ich verdrängte ihn. Ich und meine Fantasie, nicht wahr? *Nicht wahr?*

Ich dachte an das, was ich Henry aus Mommas Rede vorgelesen hatte. *Manchmal wollen wir uns selbst wehtun, weil wir so böse waren oder weil unser Leben so furchtbar war – wie das der Frau im Roman. Es geht ihr überhaupt nicht gut. Sie kann sich nicht vergeben. Und sie will nicht mehr leben.*

Und dann war da Detective Blaylocks Entdeckung: „Wir haben eine Telefonnummer gefunden, die sowohl auf dem Handy von Henry Hughes als auch auf dem Ihrer Mutter gespeichert ist."

Manchmal wollen wir uns selbst wehtun ... Sie kann sich nicht vergeben ...

Oh, Momma. Bitte nicht. Bitte nicht so.

Josephine
Juni 2015

„Ich brauche das Geld aber jetzt! Jetzt, JoJo! Sieh mich an. Ich werde bedroht, verstehst du? Ich verspreche, wenn du mir das Geld gibst, das ist das letzte Mal."

„Ich glaube dir nicht, Kit."

Kit wurde hysterisch. „Du bist so egoistisch! Immer denkst du nur an deinen tollen Patrick und die Mädchen! Aber ich gehöre schließlich auch zur Familie! Vergiss das bitte nicht."

Josephine machte die Augen zu und seufzte. Mit fast sechzig benahm sich Kit wie ein Teenager oder eher wie eine Dreijährige in der Trotzphase. „Ich mache das nicht mehr, Kit. Dein ganzes Leben schon verfolgst du dieses Muster. Wir werden dir kein Geld mehr geben. Auch keins leihen. Das ist dein Problem und du wirst es lösen müssen. Ich lasse meine Familie nicht mehr mit hineinziehen in deine Dramen."

Kit, fuchsteufelswild, schrie und tobte mit funkelnden Augen. „Du kannst mich doch nicht einfach so wegschicken! Das geht doch nicht."

„Doch, das kann ich und das geht auch."

„Schön! Aber wenn mir irgendwas zustößt, dann bist du schuld! Und

glaub ja nicht, dass dein Patrick ein Heiliger ist, JoJo! Er ist es nicht! Er ist kein bisschen besser als ich!"

Kit stürmte nach draußen und knallte mit der Eingangstür. Josephine hörte, wie Patrick ihr nachsetzte ...

Juli 2015

Ich war als das perfekte Kind aufgewachsen, das alles richtig machte. Kit war das hübsche, willensstarke Mädchen. Ich war die Streberin, die Auszeichnungen nach Hause brachte und mit ihren Geschichten bekannt wurde. Meine Eltern brauchten es, dass ich gut war, und ich lebte mit der ständigen Angst, dass ich irgendwo, irgendwann etwas falsch machen und so den Ruf meiner Eltern zerstören und sie unglücklich machen würde.

Meine Mutter hatte sich das Leben genommen – war es meine Schuld? Hätte ich es verhindern können?

Weil ich alles richtig machen musste und niemals Schwäche zeigen durfte, behielt ich mein Abdriften in die Dunkelheit für mich und verheimlichte anderen, wie schlimm es in mir eigentlich aussah. Aber vor mir selbst konnte ich es nicht verstecken. Ich kannte die Stimmen in meinem Kopf. Verscheuchen konnte ich sie nicht. Also betete ich und spielte meine Rolle und schrieb Geschichten, während Kit immer wilder wurde und der Abgrund in mir wuchs. Aber für eine lange Zeit wusste niemand davon.

Wieso quälten mich diese Gedanken wieder, nach so langer Zeit?

Kit.

Aber wenn mir irgendwas zustößt, dann bist du schuld!

Eine Lüge. Natürlich, eine Lüge.

Und glaub ja nicht, dass dein Patrick ein Heiliger ist, JoJo! Er ist es nicht! Er ist kein bisschen besser als ich!

Noch eine Lüge. Ganz bestimmt.

Was meinte sie nur, Patrick? Patrick!

August 2015

„The Mountains Between Us" zu schreiben hatte mich völlig ausgelaugt – die ganze Recherche über die Sklaverei und die Zeit danach und vor allem all die furchtbaren Dinge, die den befreiten Sklaven passierten, deprimierten mich. Als ich das Manuskript mit der Lektorin überarbeitete, fing ich mit der Recherche für ein neues Projekt an, aber es war genauso düster. Marketing und Öffentlichkeitsarbeit für „The Mountains Between Us" kosteten mehr Zeit denn je. Dann kam Kit und wohnte bei uns, verließ uns wieder und kam zurück, dieses Mal mit Bitten und Drohungen. Wieder einmal hatte ich ihr die Stirn geboten, und wieder einmal hatte sie mich fast um meinen Verstand gebracht.

Ich ging auf Lesereise und hatte in sechs Städten Lesungen. Diese Augenblicke genoss ich. Jedes Mal, wenn ich ein Buch signierte, hatte ich buchstäblich das Gefühl, Gott würde auf mich herablächeln. Ich war so dankbar für meine Leserinnen und Leser und für die Möglichkeit, das zu tun, was mir lag: mir Geschichten auszudenken und sie zu Papier zu bringen.

Aber ich war so erschöpft.

Die anklagenden Stimmen, die als Jugendliche in meinem Kopf getobt hatten und nur durch Gebet und Bibellesen, Therapie und Medikamente ruhiggestellt werden konnten, hatten sich wieder versammelt und schrien nach Aufmerksamkeit. Ich merkte, wie meine Konzentrationsfähigkeit nachließ.

Patrick merkte, wie es um mich stand, und sprach es viele Male behutsam an. „Süße, hör mir zu. Ich denke, du solltest wieder die Medikamente nehmen. Wenigstens für eine Weile. Du hast wirklich viel zu tun gerade."

„Aber wird es immer so sein, Patrick? Wird mich der Stress immer aus der Bahn werfen, jetzt, wo ich dachte, ich könnte damit umgehen?"

Ich merkte, dass er eigentlich nicht sagen wollte, was jetzt kam. „Ich weiß, dass mit den Medikamenten die Geschichten nicht mehr so kommen. Aber vielleicht ist es nicht so schlimm, wenn es nur für einen begrenzten Zeitraum ist. Der Roman ist doch fertig. Du brauchst eine Pause, Liebling. Bitte. Bitte, ich mache mir Sorgen. Ich sehe dieselben Anzeichen wie früher."

Er kannte meine düsteren Gedanken. Wieso versuchte ich überhaupt, sie vor ihm zu verbergen?

Und er liebte mich. Wirklich. Das wusste ich. Oder?

Aber was hatte Kit gemeint? Wieso zog sich mein Magen zusammen, wenn ich nur daran dachte, Patrick diese einfache Frage zu stellen?

September 2015

Patrick und ich sahen von der Veranda aus zu, wie sich der Tag verabschiedete. Patricks Arm lag um meine Taille. „Du bist müde, Feeny. Völlig erschöpft. Fahr nach La Grande-Motte. Das hat dir doch jedes Jahr geholfen."

„Ich bin erschöpft, aber ich bleibe hier. Hier habe ich den Altweibersommer und Milton. Und ich will Hannah nicht dazwischenfunken."

„Aber du bist doch zwei Stunden von Aix entfernt! Und sie muss doch gar nicht wissen, dass du da bist. Bitte, Feeny, für mich?"

Ich hatte gezögert, wirklich. Ich starrte auf die sanften Kurven der Berge, die Art und Weise, wie sie in spätsommerlichen Farbtönen schimmerten, in Olivgrün und Erbsengrün, die ersten Anzeichen von Herbstfarben noch weit entfernt. Von diesen Bergen tankte ich Kraft wie der Psalmist.

Ich hebe meine Augen auf zu den Bergen – woher kommt mir Hilfe? Meine Hilfe kommt vom Herrn ...

Der Duft von Spätsommerrosen und Heckenkirsche erfüllte die Luft.

„Ich bleibe hier, Patrick. Ich schaffe das, versprochen." Ich sagte das ohne Überzeugung, und er wusste das, aber ich wollte, dass Hannah Frankreich für sich hatte, so seltsam das auch klang. Sie sollte im herrlichen Herbst über die Märkte schlendern, wenn der Himmel über Aix kobaltblau, wild und Respekt einflößend war. Ich wollte, dass sie sich in der ersten Oktoberkälte vom Wind treiben ließ und die alte, neue Stadt allein erkundete.

Und ich wollte Patrick nicht allein lassen.

Meine inneren Argumente hätten mich vor dem Sturm warnen sollen, der da aufzog, die Art, wie ich mich der Dunkelheit unterwarf, aber ich war ernsthaft der Meinung, ich könnte allem trotzen, wenn ich nur meine Familie, meinen Glauben und alles um mich hatte, was ich liebte.

Jeden Tag fiel es mir schwerer, den Kopf vom Kissen zu heben. Wie immer weigerte ich mich, die Rezensionen im Internet zu lesen. Paige war mit sich selbst beschäftigt und hatte nicht die Zeit, alles zu lesen, was in meinen Mails und auf Facebook landete. Ich hielt mich an unsere Abmachung und las nichts davon. Aber eines Abends saßen wir im Wohnzimmer, Paige über den Laptop gebeugt, als sie auf einmal sagte: „Momma, die Rezensionen haben alle vier oder fünf Sterne! Ohne Ausnahme!"

Ich spürte den heranrollenden Sturm, aber noch fühlte ich mich sicher.

Milton bellte neben mir, wedelte mit dem Schwanz und stupste mein nacktes Bein mit seiner Schnauze an. Dann ließ er ein tiefes „Wuff!" verlauten. Das konnte nur eins bedeuten: Paige kam nach Hause.

Ich ging durch den Flur in das Zimmer von Paige und sah aus dem Fenster. Ihren Honda hatte sie geparkt, mit dem Rucksack lässig über der Schulter holte sie gerade die Post aus dem Briefkasten.

„Hi, Mom!", rief sie nach oben. „Es duftet, als hättest du mir eine Umarmung gebacken!" Sie trällerte und ich stellte mir vor, wie sie den Rucksack gleich auf die Couch vorm Kamin warf und zur Kücheninsel ging, wo die hellen Brownies lagen, die ich gerade für sie gemacht hatte. „Danke!", kam von ihr, und es klang, als hätte sie schon den ersten Bissen im Mund.

Die Spannung ließ nach und ich eilte nach unten, wollte ihre Anerkennung sehen, sie hören. Sie hatte ihr kastanienbraunes Haar zu einem lockeren Knoten zusammengebunden und stützte sich kauend auf die Kücheninsel, während sie die Post durchsortierte. „Guck mal! Deine erste Schneckenfanpost für den neuen Roman!" Sie hielt den Umschlag hoch, grinste und riss ihn vorsichtig auf. Ich ging zu ihr und freute mich wie sie auf den Inhalt.

Aber dann wurde mir bewusst, dass der Umschlag rosa war, und meine Stimmung schlug um.

Sie holte ein rosafarbenes Briefpapier heraus und fing an zu lesen, noch bevor ich „Stopp!" rufen konnte.

Seien Sie vorsichtig mit dem was Sie in Zukunft schreiben weil es gibt noch Menschen in diesem Land, die von der Überlegenheit der Weißen überzeugt sind und sie können gefährlich sein

Einen langen Augenblick lang sagte keiner von uns etwas. Dann fiel mein Blick auf Paige, der mit Schrecken im Gesicht klar geworden war, dass sie in ihrer größten Aufgabe gerade versagt hatte – mich vor bösen Lesern zu beschützen.

Es kostete mich meine ganze Kraft, um ruhig zu klingen. „Ist schon gut, Schätzchen. Ein Spinner. Nicht ernst nehmen. Vergiss es." Und ich drehte mich in Richtung Treppe und spürte, wie mir ein Mühlstein um den Hals hing.

Ich griff nach Milton und wir gingen gemeinsam die Treppe hinauf. Er zog mich hoch. Als ich oben in meinen Bürostuhl sank, sahen die freundlichen Berge plötzlich bedrohlich aus. Ich versuchte, mir das kalte Wasser des Mittelmeers vorzustellen, wie es mir über die nackten Zehen floss, und wie der feine weiße Sand vom Mistral aufgewirbelt wurde und die perlgrauen und saphirblauen Wellen mich riefen.

Aber ich schaffte es nicht.

Die Müdigkeit überkam mich. Ich ließ den Kopf auf den Tisch sinken, den Tisch, den Patrick mit seinen starken, liebevollen Händen selbst hergestellt hatte. Mit einer Hand zum Schutz vor den Sonnenstrahlen und der anderen tief in Miltons Fell vergraben ließ ich den Tränen freien Lauf.

Der zweite Brief kam wenige Tage später. Ich riss ihn Paige fast gewaltvoll aus der Hand und las ihn.

Das ist kein Scherz ihr Buch bringt noch jemanden um. Passen sie lieber auf!

Den dritten Brief fischte ich aus dem Briefkasten, bevor Paige nach Hause kam. Ich hätte es nicht tun sollen, aber der Sog der Dunkelheit war zu stark. Der Umschlag mit einem Rosa wie Zuckerwatte oder Sommerrosen oder eine Kinderhaarspange sah so unschuldig, zart und leicht aus. Aber ich wusste, was darin steckte. Eine weitere Hetzrede. Noch eine Drohung.

Aber ich hatte unrecht falsch herum. Es war schlimmer.

Sie glauben wohl sie haben alles im Griff, aber sie sind schuldig und sie wissen das auch! Ich habe ihnen gesagt sie sollen mit ihren Geschichten aufhören! Aber sie hören nicht auf mich. Wieso bringen sie sich nicht einfach um wie meine Tochter? Wieso tun sie es nicht einfach?

Sie sind schuldig und sie wissen das auch. *Ja. Ja, ich wusste es. Ich hatte mich Tausender Lügen schuldig gemacht, die mich wie ein Bienenschwarm umkreisten.*

Fast hätte ich Patrick den Brief gezeigt. Aber ich brachte es nicht übers Herz. Ich hatte ihn noch nicht wegen Kit gefragt. Ihr Kommentar quälte mich, obwohl ich unsere ganze Ehe über nicht ein einziges Mal an ihm gezweifelt hatte. Jetzt hatte ich Angst, ihn zu fragen. Wieso nur?

Hatte Patrick mich aufgegeben? Hatte er Kit nachgegeben?

War unsere Liebe nur eine Lüge? Nein! Natürlich nicht. Oder doch?

Ich musste ihn fragen.

Es war zu kompliziert, spukte in meinem Kopf herum und ließ mir keine Ruhe.

Der Tunnel wurde wieder dunkel. Geradezu finster. Meine Argumente dagegen halfen nicht. Ich argumentierte überhaupt nicht mehr.

Schon in der Vergangenheit hatte ich einmal über Selbstmord nachgedacht, als die Stimmen in meinem Kopf zu laut geworden waren. Aber mein Glauben, meine Familie, die Therapie und die Medikamente hatten mich zurück in die Realität geholt. Die Ruhe hatte mir die Schönheit des Lebens wieder vor Augen geführt.

Trotzdem blieb das Schuldgefühl. War ich schuldig? Ja, an so vielem. Die Schuld lastete schwerer auf mir, je näher die Dunkelheit kroch. In diesen Momenten konnte ich Gottes Vergebung und Gnade nicht mehr sehen. Dabei konnte ich kaum greifen, woran ich eigentlich schuld war; es war so nebulös und doch so real.

Ich war schuld daran, als Tochter nicht gut genug gewesen zu sein, als Schwester, als Autorin, als Ehefrau und Mutter; ich war einfach nicht perfekt. In hellen Momenten war mir bewusst, wie absurd diese Lügen waren und dass sie gegen alles sprachen, woran ich glaubte. Aber wenn der Abgrund sich vor mir auftat, lösten sich meine Argumente in Luft auf.

Und wenn Patrick nun doch …

Ich hielt den Brief in der Hand und dachte ernsthaft über Selbstmord nach.

Aber das konnte ich doch meiner Familie nicht antun. Schließlich hatte meine Mutter uns schon diese Altlast hinterlassen. Für mich kam das nicht infrage.

Trotzdem überlegte ich, ob es nicht besser wäre, so viel besser für alle Beteiligten, wenn ich nicht mehr da wäre.

Da landete eine Idee in meinem Kopf, so sanft und leise, dass ich sie für ein Geschenk hielt und nicht für ein Schuldeingeständnis. Und als der Plan in mir gereift war, hellte sich die Dunkelheit auf. Es wurde nicht richtig hell, aber neutral grau. Die Ruhe im Auge des Sturms. Ich hatte einen Plan. Und ich würde weder mich noch meine Familie quälen müssen.

Und Jesus, es tut mir leid, aber bald würde ich bei dir sein.

Ich wählte die Nummer, die ich vor Ewigkeiten einmal in meinem Handy gespeichert hatte: Ein ehemaliger Krimineller, der mir für einen Roman bei der Recherche über die Mafia geholfen hatte. Was für eine Ironie, dass dieser Mann, der ein kriminelles Leben geführt und geläutert aus dem Gefängnis gekommen war, mir nun, ohne dass er es ahnte, dabei helfen würde, meinen Tod zu planen. Er gab mir die richtige Nummer von jemandem, der wusste, wie man Auftragskiller anheuerte. Und dieser wiederum gab mir die Nummer von jemandem, der Nick hieß.

Dann schrieb ich die Briefe an meine Familie.

Als Nächstes holte ich eine Schachtel mit Briefpapier heraus. Unten war eine Zeile aus einem Choral abgedruckt, die auch in meinem Roman vorkam. Sie stand in geschwungener Schrift über einem Sonnenblumenfeld in Aquarellfarbe mit einigen Mohnblumen im Vordergrund. „Nimm mein Leben, Jesu, dir übergeb ichs für und für." Meine Leser schickten mir oft kleine Geschenke mit Dingen, die in meinen Romanen vorkamen.

Ich starrte auf das Papier und dachte an die ehemalige Sklavin in meiner Geschichte, die diese Worte sang, den ganzen Choral, Strophe für Strophe. Aber dann hatte sie die Worte gegen sich verwendet. „Nimm mein Leben, nimm mein Leben."

Und nun sang ich sie.

Ich schrieb die Instruktionen in Druckschrift, heftete mein Foto oben an den Zettel. Die Stiftspitze schwebte über dem Choral. „Nimm mein Leben." Eine einsame Träne fiel auf das stille Bekenntnis inmitten der bunten Blumen.

Ich schickte ihm die Instruktionen und überwies die erste Rate wie verlangt. Dann bat ich meine Bank, die zweite Rate vier Tage später zu überweisen.

Ich hatte mein eigenes Todesurteil unterschrieben. Jetzt wusste ich es wieder. Die Person im Hintergrund, die Henry Hughes angeheuert hatte, war ich selbst.

Kapitel 18

Henry

Nach dem Gespräch mit Miz Bourdillon und Paige brachten sie mich in eine Einzelzelle für ein Verhör mit Detective Blaylock. Natürlich war mein Anwalt auch dabei. Das machte er ziemlich gut. Dachte schon, der Detective wollte mit mir über die Sachen reden, die er beim Gespräch gehört hatte, aber er sagte nichts darüber. Stattdessen beugte er sich vor und stützte die Ellbogen auf die Knie. „Mr Hughes, wir haben Nick Loopus gefunden und werden ihn verhören. Ich wollte nur, dass Sie das wissen, falls Sie mir vorher noch etwas sagen wollen."

Ich fing mächtig an zu schwitzen. Sie hatten Nick gefunden? Er würde mich garantiert verpfeifen wegen der anderen Aufträge. Was sollte ich nur tun? Und was, wenn die Beweise nicht ausreichten, um Nick einzubuchten? Er würde denken, dass ich ihn verpfiffen hatte, und sich dann Jase und Libby vorknöpfen. Gerade jetzt, wo Jase aus dem Krankenhaus entlassen und wieder zu Hause war!

Ich musste dem Detective verraten, was ich von Nick wusste. Zeke hatte mir sowieso schon in den Ohren gelegen. „Jede noch so kleine Information verbessert unsere Chancen auf einen Deal", hatte er zigmal gesagt. Es würde ihnen ja nicht wirklich dabei helfen, auf Miz Bourdillon zu kommen, weil Nick bestimmt nicht mehr über sie wusste, als er mir verraten hatte. Aber vielleicht würde der Detective mal richtig herumschnüffeln und alles Mögliche über Nick herausfinden. Und dann würde Nick im Knast landen.

„Ich habe echt Angst um meinen Jungen und meine Frau. Wenn Sie Nick verhaften und ihn dann wieder laufen lassen, bringt er sie um. Ich schwöre es ..."

„Keine Angst. Wir beschützen Ihren Jungen rund um die Uhr." Er sah meinen skeptischen Blick. „Ja, im Wohnwagen. Und Libby haben wir auch im Blick."

Das ließ ich erst mal sacken. „Ich hoffe es.“ Rutschte auf meinem Stuhl hin und her, weil ich mich so unwohl fühlte. „Wie ich gesagt habe, Nick ist nur der Mittelsmann, soweit ich weiß. Er bringt den Auftraggeber mit dem Abnehmer in Verbindung, wenn man so will. Hat mir schon öfter Arbeit verschafft, drei Mal. Das wird er euch sowieso verraten, also kann ich es auch selbst tun. Hab mich von ihm anheuern lassen.“ Konnte Zeke nicht in die Augen sehen, aber ich sah seinen entsetzten Gesichtsausdruck. Nervös nestelte ich an den Handschellen herum. „Hab das für meinen Jungen getan, wegen des Geldes für die Operationen. Genau wie dieses Mal.“

Detective Blaylock saß noch immer nach vorn gebeugt da und hörte zu. Weil er nichts sagte, redete ich weiter.

„Aber dieser Nick, er hat garantiert viele illegale Dinge am Laufen und ich hoffe nur, dass ihr was findet, was ihr ihm anlasten könnt. Ich weiß nie, wer der echte Auftraggeber ist. Ich kriege nur die Instruktionen von Nick. Das war's.“

„Erzählen Sie mir von den Instruktionen.“

„Sie waren handgeschrieben. Seltsam, wenn Sie mich fragen. War jedenfalls noch nie so.“

„Und wie lauteten sie?“ Seine schwarzen Augen waren auf mich gerichtet, als wollte er mir die Worte direkt aus dem Gehirn ziehen.

„Na ja, wo ich die Lady finde, welche Uhrzeit und so weiter. Und dann war noch ein kleines Foto dabei.“

„Haben Sie die Instruktionen noch?“

„Nein. Nein, habe ich nicht.“ Er sah nicht überzeugt aus. „Hab ich verbrannt“, legte ich nach.

Er zupfte an seinem Bart.

„Denken Sie dran, jede Information nützt uns, wenn wir mit dem Staatsanwalt über eine Strafminderung verhandeln“, warf Zeke ein.

Ich nickte.

„Können Sie uns sonst noch irgendetwas sagen? Auf welchem Papier die Instruktionen waren? Welche Farbe es hatte? Irgendetwas.“

Ich überlegte, wieso das relevant war. „War hübsches Papier, ich meine, Briefpapier, wie ein Mädchen es benutzen würde.“

Das schien ihn zu interessieren.

„Mr Hughes, können Sie sich erklären, wieso Mrs Bourdillon Nicks Nummer in ihrem Telefon gespeichert hatte?“

Natürlich konnte ich, aber ich behielt es schön für mich. „Nein, Sir. Kann ich nicht."

Er kniff die Augen zusammen, stand auf und beugte sich über den Tisch. „Denken Sie nach, Henry."

Aber ich hielt dicht. „Nein, Sir. Keine Ahnung."

Paige

Beim ersten Mal hatte Daddy Momma beschützt. War ich jetzt an der Reihe? Ich wusste nicht mehr weiter. Ich ging auf und ab und weinte und schlug mit dem Kopf gegen die Wand. Was zum Teufel sollte ich tun? Ich steckte die Briefe und das Kreuz wieder in die Mappe zurück. Mommas Brief an mich zu lesen brachte ich nicht übers Herz. Ich war so verwirrt, aber auch unglaublich wütend.

Meine Mutter hatte einen Auftragskiller angeheuert, um sich umbringen zu lassen!

Und ich wusste auch, wieso.

Sie wollte, dass wir dachten, jemand anderes hätte ihr das angetan. Wir hatten schon über das Thema Selbstmord gesprochen. Meine Großmutter, der Schandfleck der Familie. Und ich hatte Momma noch im Ohr, wie sie sagte: „Ich verstehe, welche Auswirkungen eine Depression haben und wie sie einen aus der Bahn werfen kann, aber ich könnte mir nie vorstellen, das meiner Familie anzutun."

Also konnte sie es doch!

Wie konnte sie nur?

Momma war verrückt, und das machte mich so was von wütend!

Gott sei Dank war Drake auf dem Weg hierher, er wollte übers Wochenende bleiben. Ich schrieb ihm sofort. *Bitte komm so schnell du kannst zu uns. Schlechte Neuigkeiten.*

Als er ankam, war ich so aufgebracht, dass ich komplett neben mir stand. „Lass uns spazieren gehen", sagte er sofort. „Du brauchst frische Luft."

Auf dem Weg hinauf zum höchsten Punkt von Bearmeadow Mountain ließ ich alles heraus. „Meine Mutter ist die größte Heuchlerin von allen!", sagte ich am Schluss. „Ich weiß nicht, was ich damit anfangen soll. Wieso machen gerade die Leute, von denen ich glaube, dass sie das Leben als Christ am besten begriffen haben, die unverständlichsten Dinge? Daddy lügt und geht ins Gefängnis. Und Momma heuert einen Killer an! Sie ist eine richtige Heuchlerin. Ich bin so wütend auf sie! Was fange ich denn jetzt damit an?"

Wir waren oben angekommen und starrten auf das Bergpanorama, dem jede Farbe fehlte, nur endlose Brauntöne ohne jedes Leben. Ich war völlig außer Atem.

Drake, das musste man ihm lassen, sagte lange Zeit nichts. Er stand hinter mir und hatte die Arme um mich gelegt, als könnte er so die Wut zügeln. Ich starrte auf die Berge und dachte an Momma, und wie sie mir die Worte zugemurmelt hatte, die endgültig die Wahrheit aufgedeckt hatten.

Dann dachte ich an die ehemalige Sklavin in Mommas Roman, die auch ihr Leben beenden wollte. Vor hundert Jahren hatte sie dort gestanden, wo ich jetzt stand, zumindest in Mommas Vorstellung. Und sie hatte Gott angefleht, ihr Leben zu nehmen.

Aber er hatte es nicht getan. Das wäre in Mommas Roman auch ziemlich seltsam gewesen, schließlich hatten sie meistens ein einigermaßen gutes Ende.

Und Gott hatte Mommas Leben auch nicht genommen trotz ihres kranken Plans. Wieder kochte es in mir hoch. Wie konnte sie nur?

„Warum hat sie das nur gemacht?" Ich löste mich aus Drakes Umarmung. Er schwieg weiter. „Das ist jetzt eine echte Frage. Sag mir, was ich damit anfangen soll! Bitte!"

Er nahm meine Hand und wir gingen auf unserem Lieblingsweg spazieren. „Du weißt nicht wirklich, wie sich Depressionen anfühlen. Wut, ja, die kennst du. Aber eine Depression kann einen an Orte bringen, die für die Menschen um dich herum völlig unverständlich sind. Weißt du noch, wie es mir ging, als meine Eltern sich getrennt hatten, in dem *besagten Sommer*?"

Ich nickte. Den am Boden zerstörten, aufgewühlten und emotional hilflosen Drake von damals hatte ich nicht vergessen. Sein gequälter Blick hatte mir damals Angst gemacht.

„Ich rutschte damals auch in eine ausgewachsene Depression. Schuld daran war natürlich die Trennung meiner Eltern und ihre

Scheidung. Aber manchmal sind Menschen auch depressiv veranlagt. Und das ist bei deiner Mutter der Fall. Ich glaube, sie hat ständig eine unterschwellige Depression, und in Zeiten mit erhöhtem Stress wandelt sich das in Nervenzusammenbrüche. Oder das, was Psychologen klinische Depression mit Suizidalgedanken nennen." Er blieb stehen und sah mich an. „Glauben und mentale Instabilität schließen sich nicht aus, Bourdy."

Ich musste eine Weile darüber nachdenken. *Glauben und mentale Instabilität schließen sich nicht aus.*

Die arme Momma.

„Ich glaube, sie hat sich diesen verworrenen Plan aus Liebe ausgedacht", sagte Drake vorsichtig. „Aus Liebe zu dir, zu Hannah und deinem Vater. Ja, er war verrückt und durchgeknallt, aber das war alles, wozu ihr Verstand in der Lage war."

Sie hatte einen Auftragskiller angeheuert, damit wir nicht dachten, sie hätte Selbstmord begangen. Genau das war auch meine Schlussfolgerung, aber darin konnte ich keine Liebe erkennen.

„Und was mache ich jetzt?"

Ich sah in seine blaugrünen Augen. Sein Blick war intensiv und voller Liebe. Er legte mir die Hände auf die Schultern und sagte lange nichts. „Du weißt, was zu tun ist", kam schließlich von ihm.

Ich dachte an die vielen Lügen in meiner Familie, daran, wie Daddy Momma viel zu sehr beschützt, viel zu sehr geliebt hatte. Ich dachte an die vielen Jahre, die wir schon mit Geheimnissen lebten, und ich dachte an die neue Freiheit, die Daddy gewonnen hatte – und nicht nur er –, als endlich die ganze Wahrheit ans Licht gekommen war.

„Ich werde die Wahrheit sagen."

Wir wanderten drei geschlagene Stunden weiter über die Berge. Manchmal schwiegen wir, manchmal musste ich stehen bleiben und meine Wut rauslassen. Ich beichtete ihm auch, wie schuldig ich mich dafür fühlte, meine Aufgabe in den Wochen vor dem Attentat so schlecht erfüllt zu haben. „Ich schätze, es waren viele Dinge, die sie dazu getrieben haben. Die Lüge von damals, der Stress der Bücher, Tante Kit mit ihren verrückten Mätzchen, die Drohbriefe ..." Die arme Momma. „Kommt sie dafür ins Gefängnis?"

„Ich glaube, diese Sorge brauchst du nicht zu haben."

„Daddy wird das geheim halten wollen.“

„Ich würde es drauf ankommen lassen.“

Ich wollte die Wahrheit sagen, aber es gab jetzt schon genügend böses Blut in den sozialen Medien, dabei vermuteten die Leute noch einen echten Täter dahinter. Wenn die Welt herausbekam, dass es Momma gewesen war, was würde dann passieren?

Wir würden Detective Blaylock einweihen und unser direktes Umfeld, aber nicht die ganze Welt. Dazu war ich fest entschlossen.

Wir erreichten die kleine Kapelle auf dem Berggipfel. Momma hatte mir die Geschichte dazu erzählt, als sie für *The Mountains Between Us* recherchiert hatte. Sie war über hundertfünfzig Jahre alt. Efeu rankte sich an den Wänden empor und gab ihr ein europäisches Aussehen. Ich saß unheimlich gern auf den Holzbänken in der Kapelle, umgeben von den alten Steinen. Dort hatte ich die besten Geschichtenideen, die ich dann in mein Smartphone tippte. Heute war mir nur kalt. Ich hatte geschwitzt wegen der Wanderung und der emotionalen Anstrengung, und jetzt fröstelte ich.

Drake setzte sich neben mich und legte mir einen Arm um die Schulter. „Eines Tages werde ich dich genau hier heiraten“, sagte er.

Ich hätte mir tausend Dinge vorstellen können, die er jetzt sagen konnte, aber nicht das. Mir rutschte das Herz in die Hose. Aber dann kochte es in mir wieder hoch. „Ist das dein *Ernst*? Wehe, das war jetzt dein Antrag! Das war nämlich ein echter Schuss in den Ofen! Ich bin kein bisschen geschminkt und du hast mich noch nicht mal geküsst, und außerdem bin ich gerade mal achtzehn ...“

Er lachte, herzlich und laut und dann nahm er mich in den Arm und küsste mich, küsste mich so richtig, bis mein ganzer Körper zu kribbeln begann.

Viel zu schnell ließ er mich wieder los. Seine Augen tanzten. „Da. Zufrieden, Bourdy? Und nein, das war kein Antrag. Ich habe dir nur einen meiner Gedanken preisgegeben.“ Dann küsste er mich noch einmal. „Und jetzt beeil dich und werd erwachsen!“

„Wieso gibst du dich mit mir ab, Drake?", fragte ich ihn viel später, als wir Hand in Hand auf unser Haus zuliefen. „Ich bin ein komplettes Chaos."

Er zuckte die Achseln. „Wenn diese ganze Wut mal raus ist – und glaub mir, ein Teil davon ist völlig legitim –, dann wird die wahre Paige umso strahlender sein, glaube ich jedenfalls."

„Ich weiß nicht, ob die Wut jemals ganz raus sein wird", hielt ich dagegen.

Er zog die Nase kraus und tat so, als würde er scharf nachdenken. „Vertrau mir. Das wird."

Ich war nicht überzeugt davon. „Und was ist damit, dass ich nicht mehr in die Gemeinde gehe und in den Gottesdienst?"

„Ich mache mir viel mehr Sorgen um dein Herz als um deine Kirchenzugehörigkeit."

„Henry glaubt, Jesus würde sich gar nicht bei den Kirchgängern rumtreiben. Er meint, er würde bei den Sündern essen."

„Hört sich doch ziemlich biblisch an", sagte Drake.

Ich streckte ihm die Zunge raus. „Ich mag Henrys Art, den Glauben zu sehen. Und er hat wenigstens echte Fragen, nicht so heuchlerische. Er hat Momma direkt gefragt, ob sie an Vergebung und Gnade glaubt. Das Heuchlerische ist ja, dass Henry das in Mommas Büchern findet, aber selbst glaubt sie offensichtlich nicht daran."

„Das ist Ironie, Paige. Nicht Heuchlerei. Das Ganze ist voller Ironie. Aber sie glaubt sehr wohl daran. Das weißt du auch. Sie hat sich nur von ihrem Verstand in die Irre führen lassen und Vergebung und Gnade eine Zeit lang nicht mehr *empfangen*. Aber das trifft wohl auf fast jeden Christen zu, in irgendeiner Phase des Lebens."

Er nickte in meine Richtung und ich wollte ihm schon etwas Gesalzenes erwidern. Aber dann raunte ich nur: „Was, wenn ich die Kurve nie mehr kriege? Wenn ich den Rest meines Lebens nur so umherirre?"

„Es ist eine Reise, Paige. Du kommst schon wieder zurück."

Wenn er es so simpel ausdrückte und sich so sicher war, dann *wollte* ich ja zurück. Und irgendetwas tief in mir bewegte sich.

Wir waren am Haus angekommen. „Ich habe keinen Zweifel daran", sagte Drake, bevor wir nach drinnen gingen. „Jesus ist ein Gentleman und bricht nicht mit brachialer Gewalt ein, aber wenn er einmal dort ist, dann wirbt er um einen, bis man zurückkehrt, so oder so. Bei dir könnte es vielleicht ein bisschen grob werden. Ich persönlich würde den Gott des Universums nicht zum Ringkampf herausfordern, aber vielleicht brauchst du das. Er holt uns immer dort ab, wo wir sind."

Josephine

Ich lebe. Eigentlich sollte ich tot sein, aber ich lebe.

Diese Worte hallten in meinem Kopf wider, wochenlang, während und nach meinem Koma. Die meiste Zeit konnte ich mir keinen Reim darauf machen. Aber nach Henrys Besuch fügte ich hinzu: „Ich lebe. Eigentlich sollte ich tot sein. *Ich habe versucht, tot zu sein.* Aber ich lebe."

Das Wunderbare an dieser Tatsache durchdrang jeden Zentimeter meines Körpers. Ich konnte es in allen Gliedmaßen spüren, auch wenn ich sie nicht bewegen konnte. Ich war vor Dankbarkeit schier überwältigt, und das schockierte mich.

Ich hatte erwartet, dass meine übersteigerte Fantasie mich verdammte. Aber ich hörte nur: „Du bist geliebt, du bist es wert. Dieses Geschenk ist für dich. Nimm es wie einen Blumenstrauß, wie einen Sonnenuntergang über den Bergen, wie den ersten Blick aufs Mittelmeer nach vielen Monaten. Du lebst."

Das war die Stimme meines Erlösers. Sanft, freundlich, hartnäckig. Sie übertönte alle Vorwürfe.

Ich hatte meinen Tod geplant, aber ich hatte überlebt. Eigentlich sollte ich tot sein. Oder zumindest schwer hirngeschädigt und teilnahmslos. Aber ich lebte und war auf dem Weg der Genesung.

Ich war sehr traurig über das, was ich getan hatte, aber die Scham, die Selbstzerstörung, die Schuld setzten sich nicht in meiner Seele fest. Während ich sie vorher mitgenommen hätte, wie ich die Lasten so vieler anderer trug, konnte ich sie nicht greifen, um sie mir über die Schultern zu legen.

Das war das erste Mal, dass ich begann, das Geschenk der Gnade zu verstehen. Und die Verse kamen zurück. Sie hatten mich nicht verlassen. Sie waren fest in meiner Erinnerung verankert. *Denn nur durch seine unverdiente Güte seid ihr vom Tod gerettet worden. Das ist geschehen, weil ihr an Jesus Christus glaubt. Es ist ein Geschenk Gottes und nicht euer eigenes Werk.*

Ein Geschenk Gottes. Ein Geschenk.

Bis sich ein Patient von einem Gehirntrauma erholt hat, das durch eine Schusswunde am Kopf entstanden ist, dauert es lange. Ich hatte zwar zusammenhängende Gedanken, konnte sie aber nicht immer zusammenhängend zum Ausdruck bringen. Meine Reaktionen waren bestenfalls unvorhersehbar und manchmal regelrecht beängstigend. Ich hatte meine Eigenständigkeit verloren, meine Unabhängigkeit, zumindest für die allernächste Zukunft. Oft ließ diese Erkenntnis Patienten mit Hirntrauma in Depressionen verfallen. Aber ich war dort bereits gewesen.

Und hatte Gottes Gnade auf neue Art erlebt.

Ich wusste, dass ich diese Gnade nicht nur für mich behalten durfte. Ich musste der Welt von dem Loch in meinem Kopf erzählen – und nicht dem, das durch die Kugel entstanden war, sondern von dem Abgrund, den man Depression nannte.

Paige und Hannah und Patrick hatten mir vorsichtig beigebracht, für welches Echo das Attentat auf mich in den sozialen Medien gesorgt hatte. Sie hatten mir erzählt, wie viel Hass das Video von Henrys versuchter Geiselnahme ausgelöst hatte und dass sich die Lage erst entspannt hatte, als Paige die Hintergründe dafür dargelegt hatte. Aber Kit, die nie mit ihrer Meinung hinterm Berg hielt, brachte es auf den Punkt. „Also steckte dieser Idiot, der dich niedergeschossen hat, gar nicht dahinter. Ich will ihn immer noch auf dem elektrischen Stuhl sehen, aber jetzt schreien alle nach dem Blut des echten Täters. Also, wenn du mich fragst, haben es beide verdient zu sterben."

Beide haben es verdient zu sterben.

Ja, ich auf jeden Fall. Und was würde passieren, wenn die Welt da draußen die wahren Hintergründe erfuhr? Würden wir in einer Flut von Hassbriefen ertrinken?

Aber mit meiner neuen Entdeckung der Gnade war das alles

nicht mehr wichtig. Ich hatte in meinen Romanen so viel gepredigt: dass Gott aus Bösem noch Gutes machen konnte; von Vergebung und Gnade; von einer Person, die, obwohl man es von ihr am wenigsten erwartete, die Wahrheit sagte und damit den Lauf der Geschichte veränderte.

Und jetzt war es an der Zeit, dass ich mir selbst diese Predigt hielt und mich danach richtete.

Ich würde die Wahrheit sagen. Zuerst meiner Familie, dann meinen engsten Freunden und schließlich der ganzen Welt. Wenn ich überlebt hatte, dann nur, weil Gott etwas Gutes aus dem Bösen machen wollte, das ich in Gang gesetzt hatte.

Ich dachte an Josef und seine Brüder, die ihn in die Sklaverei verkauft hatten. Als er sich ihnen in seiner Machtposition als zweiter Mann in Ägypten Jahre später offenbarte, hatten sie furchtbare Angst. Wie würde ihr mächtiger Bruder Rache an ihnen nehmen? Aber stattdessen sagte er: *Habt keine Angst! Ich maße mir doch nicht an, euch an Gottes Stelle zu richten! Ihr wolltet mir Böses tun, aber Gott hat Gutes daraus entstehen lassen. Durch meine hohe Stellung konnte ich vielen Menschen das Leben retten.*

Josef rettete ganz Israel vor dem Hungertod. Irgendwie hatte ich das Gefühl, dass meine Erfahrung auch Leben retten konnte. Die Depression war ein stiller Mörder. Aber ich war bereit zu kämpfen. Nicht nur für mich, sondern auch um andere zu retten. Ich würde die Wahrheit sagen und den Rest Gott überlassen.

Am späten Abend bat ich Patrick, Paige und Drake zu mir. Patrick hob mich vorsichtig aus dem Bett in den Rollstuhl. Jetzt war es so weit, aber wie?

Paige saß neben Drake und hielt seine Hand so fest umklammert, dass die Knöchel weiß wurden. Ich las Wut in ihren Augen. Patrick sah müde aus. In Drakes Blick lag Wärme.

Ich hatte mir nicht überlegt, wie ich es anstellen sollte. Schnell schickte ich ein Stoßgebet zum Himmel und sagte nur: „Ich war's."

Eigentlich hatte ich damit gerechnet, dass sie mich mit Fragen bestürmen würden, aber zuerst sagte niemand etwas. Patricks Augen füllten sich mit Tränen. „Ich weiß", sagte er.

Seine starke Hand legte sich auf meine. Paige erzählte derweil, was sie im Aktenschrank gefunden hatte. Zuerst konnte sie mich nicht ansehen und klang sehr verletzt. Aber nach und nach wurde es besser. Patrick blieb noch eine Stunde länger als Paige und Drake bei mir. Er saß da und tätschelte mir die Hand. Hin und wieder hörte ich ein leises Schniefen.

„Wahrheit", sagte ich, kurz bevor er den Raum verließ.

„Ja, Feeny. Dieses Mal sagen wir die Wahrheit."

Ich schlief von acht Uhr abends bis zum nächsten Mittag durch. Als ich aufwachte, saß Kit an meinem Bett und sah mich genauso fragend an. Jetzt begriff ich.

Ich sammelte meine Kräfte und versuchte, deutlich zu sprechen. „Du und Patrick."

Sie ließ den Kopf hängen. „Ich war so wütend und eifersüchtig. Du hast mich einfach weggeschickt. Und ich war verzweifelt. Du hattest immer recht, weißt du das? Ich war so neidisch auf alles, was du hattest. Also wollte ich dich leiden lassen. Ich wollte, dass du halb vergehst vor Sorge."

„Hat funktioniert." Ich wollte ihr so viel mehr sagen und erklären. Aber meine Kraft reichte nur für diese beiden Wörter, und als ich sie aussprach, entgleiste ihr das Gesicht dermaßen, dass kein Lifting mehr half.

„Oh Gott, JoJo! Es war meine Schuld. Ich habe dich dazu gebracht! Ich wollte dir so sehr wehtun, wie du mir wehgetan hattest. Wie egoistisch ich doch war! Wie egoistisch ich doch bin." Sie fing auf ihre theatralische Art an zu weinen.

Und ich starrte sie nur an.

Irgendwann wischte sie sich mit ihren gestylten Nägeln unter dem Auge entlang und setzte sich wieder gerade hin. „Aber es stimmte nicht. Patrick hatte immer nur Augen für dich."

Ich wiederholte die Worte innerlich, wieder und wieder. Als wäre es ein Ohrwurm. *Aber es stimmte nicht. Patrick hatte immer nur Augen für dich.*

„Es tut mir so leid, JoJo", flüsterte Kit. Sie nahm meine Hand, und als sie mich ansah, konnte ich die Kit aus unserer Kindheit wieder sehen. „Die ganze Sache war wie ein Weckruf für mich. Endlich. Ich habe endlich begriffen, womit du dich all die Jahre abgequält hast. Kannst du mir jemals verzeihen, JoJo?"

Ich saß eine lange Zeit einfach nur da, ohne überhaupt zu versuchen, etwas zu sagen. Stattdessen nahm ich ihre bezaubernden Augen wahr, die mich ansahen. Verwirrt, voller Reue und Liebe.

„Ja", flüsterte ich.

Und damit war es aus der Welt.

Paige
Mitte Dezember 2015

Hannah war über Weihnachten nach Hause gekommen. Ich saß zwischen ihr und Drake auf der Couch vor dem prasselnden Kamin. In der Ecke stand eine majestätisch geschmückte, riesige Tanne. Draußen fiel der Schnee und man konnte fast dabei zusehen, wie sich das Braun der Berge in Weiß verwandelte. Unsere Strümpfe hingen am Kaminsims: *Momma, Daddy, Hannah, Paige, Milton, Drake, Kit.*

Daddy fuhr Momma ins Wohnzimmer, gleich neben den Kamin. Er zog sich den Ledersessel heran und nahm Mommas Hand. Milton kam aus der Küche getapst und ließ sich direkt vor Daddy fallen. Tante Kit mixte in der Küche einen „ganz festlichen, nicht alkoholischen Cocktail", wie sie sagte.

Als sie ihn servierte, schaltete Daddy gerade den Fernseher für die Abendnachrichten an. Wir wussten, was jetzt kam.

Die Reporterin, Lucy Brant, trug einen burgunderroten Hosenanzug, der ihre jugendliche Figur betonte. „In einer schockierenden Enthüllung hat Josephine Bourdillon, die beliebte Autorin, die im Oktober niedergeschossen wurde, den wahren Täter hinter dem Verbrechen enthüllt." Das Bild sprang zu Daddy und Momma, die hier auf der Couch im Wohnzimmer saßen. Das Kamerateam war gestern hier gewesen und hatte den kurzen Beitrag aufgenommen.

Momma sah in die Kamera und Daddy verlas eine Mitteilung, die ich aus Mommas Sicht formuliert hatte. Es hatte lange gedauert, weil ich Momma jeden Satz vorgelesen hatte, um sicherzugehen, dass ich ihre Gedanken auch richtig wiedergab. Es hatte mehrere Tage gedauert, bis wir fertig gewesen waren. Momma wollte die Gelegenheit nutzen, um über Depressionen und ihre Auswirkungen zu sprechen.

„Obwohl Josephine keine Erinnerung an das Attentat selbst hat, weiß sie noch, was in den Tagen und Wochen zuvor geschah“, sagte Daddy im Fernsehen. „Josephine hat mithilfe unserer Tochter Paige eine Erklärung verfasst, die sie mit der Öffentlichkeit teilen möchte.

‚Ich bin überwältigt vor Dankbarkeit für die vielen guten Wünsche und freundlichen Gesten, die Sie mir und meiner Familie gegenüber in den letzten zwei Monaten gezeigt haben. Ihre Liebe, die in Form von Gebeten, Briefen und konkreter Hilfe bei uns ankam, war eine Kraftquelle für mich und meine Familie.

Seit meiner Kindheit leide ich unter Depressionen. Ich habe konkrete Erinnerungen daran. In der Vergangenheit hatte ich drei Nervenzusammenbrüche und ich habe unter Suizidgedanken gelitten. Wir Kreativschaffenden haben mit ganz eigenen Dämonen zu kämpfen. Für mich war jeder Roman wie eine Geburt und hinterher war ich stets völlig ausgelaugt. Wenn dann noch schwierige Lebensumstände dazukamen, wurde daraus eine richtige Katastrophe.‘“

Ich sah zu Momma herüber. Sie hielt Daddys Hand, saß kerzengerade und nickte bedächtig.

„‚Ich hätte auf meinen Mann hören sollen, der mich anflehte, mich auszuruhen, zu verreisen, wieder meine Medikamente zu nehmen. Aber ich tat es nicht. Stattdessen dachte ich darüber nach, wie ich meinem Leben ein Ende setzen konnte.

Selbstmord kam nicht infrage. Meine Mutter ist diesen Weg gegangen und ich habe miterlebt, wie schmerzhaft das für die ganze Familie war. Also wählte ich einen anderen Weg, der aber nicht weniger krank war. Ohne dass es mein Umfeld wusste, heuerte ich jemanden an, der mich umbringen sollte.

Henry Hughes war der Auftragskiller, aber die wahre Schuldige bin ich ...

Ich rutschte in einen Teufelskreis aus Hoffnungslosigkeit, obwohl ich eine wunderbare Familie, einen guten Freundeskreis und einen starken Glauben hatte. Viele Menschen haben diese Form der Unterstützung nicht. Ich bin tief betrübt über meine Entscheidung. Ich glaube an das, was ich in meinen Romanen schreibe. Ich glaube, dass es Hoffnung gibt, dass es Vergebung gibt, dass es Gnade gibt ...'"

Als Daddy sich im Fernsehen räusperte, waren Mommas Augen ganz feucht.

„,Es tut mir leid, welches Chaos ich verursacht habe. Ich werde in Zukunft mit Organisationen zusammenarbeiten, die dafür sorgen, dass jeder Mensch psychologische Hilfe bekommt, der sie braucht. Gott segne Sie alle und ich wünsche Ihnen ein wunderbares Weihnachtsfest.'"

Als der Beitrag vorbei war, schaltete Daddy den Fernseher ab. Wir saßen schweigend da und genossen diesen heiligen Augenblick. Draußen fiel der Schnee, rein und weiß und neu.

Daddy schob Momma ins Esszimmer, und wir anderen folgten. Der Tisch war so gedeckt, wie Momma es liebte: feines Geschirr, Silberbesteck und Kristallgläser. Denn manchmal, so sagte sie gerne, musste man auf wirklich schöne Dinge zurückgreifen, um einen Anlass auch gebührend zu feiern.

Momma hatte ja keine Ahnung davon, was ihr ehrliches Bekenntnis bewirken würde. Niemand von uns ahnte etwas.

In den nächsten Tagen waren Twitter, Facebook und der Rest des Internets voll von polarisierenden Reaktionen: Verurteilung, Unglauben, Wut, Verständnis und so ziemlich jedes andere Gefühl traten zutage. „Ich kann sie verstehen", schrieben manche Leser, „ich weiß, wie sie sich fühlt." Aber es gab auch viele, die sich hintergangen fühlten und schworen, nie wieder etwas von ihr zu lesen.

Momma bekam viel Leserpost, aber wir beschlossen als Familie, sie bis nach Weihnachten ungeöffnet liegen zu lassen. Für Momma hatte Weihnachten mit Hoffnung und Gnade zu tun und das wollte sie nicht zerstört sehen.

Auf Pinterest tauchten erst überall Fotos von Mommas Romancovern auf und dann Anstecker mit Zitaten daraus.

In mehreren großen Buchhandelsketten waren Mommas Bücher immer wieder ausverkauft. *Das perfekte Weihnachtsgeschenk*, hieß es in Buchläden und im Internet. *Lesen Sie Josephine Bourdillons Plädoyer in Geschichtenform!*

Es gab aber auch eine christliche Buchhandelskette, die verlautbaren ließ, sie hielte sich an die Überzeugungen des Unternehmens und nehme ihre Bücher aus den Regalen, obwohl sie einigen Umsatz damit hätten machen können.

Ein paar Tage nach dem Nachrichtenbeitrag besuchte ich Henry im Gefängnis. Er lachte laut auf, als ich meinte, dass sie mit ihrem Wahrheitstrip einige Leser verlieren würde.

Seine breiten Schultern fingen an zu wippen und er lachte so sehr, dass ihm die Tränen kamen. „Ein paar Pharisäer verliert sie, aber dafür gewinnt sie eine Menge echte Sünder, garantiert."

Ich dachte, Tante Kit würde einen ihrer berühmten Anfälle bekommen und Momma eine Heuchlerin nennen. Aber wenn sie es tat, bekam ich es jedenfalls nicht mit. Stattdessen kam sie oft zu Besuch, immer nüchtern, und schien eine neue Art von Liebe, Fürsorge oder irgendetwas für Momma entdeckt zu haben.

„Die arme Josy", sagte Mrs Swanson. „Ich wusste schon immer, dass sie verletzlich war. Ich hätte besser auf sie aufpassen sollen."

Bei den anderen Nachbarn und Freunden gingen die Meinungen auseinander. Manche zeigten Mitgefühl, aber ich hörte auch viel Kritik hinter vorgehaltener Hand in der Gemeinde, in der Schule und im Klubhaus, und in einigen Gesichtern spiegelte sich die Ablehnung und Verärgerung direkt.

„Heuchler", sagte ich nur.

„Wo Menschen sind, da menschelt's eben", erwiderte Drake.

Henry

So ein Wohnwagen hat einen großen Vorteil: Man kann ihn bewegen. Und genau das machte meine Libby. Suchte sich einen Job, keine zwanzig Minuten vom Gefängnis entfernt, und einen Wohnwagenpark, der nicht so weit von ihrer Arbeit entfernt lag. Sie suchte sich sogar eine Gemeinde, wo sie und Jase sich wohlfühlten. In der Gemeinde machten sie „Gefängnisarbeit“, und ich bekomme regelmäßig Besuch von Leuten. Gefällt mir ganz gut.

Überhaupt gefällt mir mittlerweile vieles am Leben. Verrückt, das ausgerechnet im Gefängnis zu sagen, oder? Aber ich nehme meine Pillen und habe einen geregelten Tagesablauf und ich drücke sogar wieder die Schulbank, um meinen Highschool-Abschluss nachzuholen. Und ich lese viel in der Bibel, mit dem Gefängnisseelsorger und lauter anderen Männern wie mir, also denen, die bereuen, was sie getan haben.

Mein Anwalt sagt, die Chancen stehen gut, dass der Richter meine Strafe verkürzt, wenn mein Fall verhandelt wird, weil ich Nick verpfiffen habe. Die Hoffnung stirbt zuletzt, schätze ich.

Jase muss einmal im Monat ins Memorial Hospital zum Checkup, aber bisher macht sein Herz genau das, was es soll. Zart ist er trotzdem noch, aber das macht nichts, weil Libs sagt, er isst wie ein Scheunendrescher. Also wird er irgendwann schon zunehmen. Gefällt mir richtig gut, wenn er mit Libs zu Besuch kommt. Hab angefangen, nur noch ruhig mit ihm zu reden, und wenn er mich ansieht, dann ist da nicht mehr diese Angst. Schämen tut er sich auch nicht. Er ist einfach schokoladenpuddinghappy, da zu sein.

Ich hab vielleicht dumm aus der Wäsche geguckt, als sie das mit Miz Bourdillon rausgefunden haben. Hab nie ein Sterbenswörtchen gesagt, aber Paige, sie ist eben clever. Hat das ganz allein rausgekriegt. Und dann meinte sie, ihre Momma ist auch draufgekommen. An den Tag vor der Bibliothek erinnert sie sich nicht, aber ihr fiel ein, wie sie mit Nick Kontakt aufgenommen hatte.

Libby mag Paige, so richtig. Und Jase auch. Sieht sie nicht oft, aber er redet von ihr. Erzählt sogar, wie sie ihm im Krankenhaus vorgelesen hat, als er noch im Koma lag.

Libby hat einen Scheck von Josephine (Miz Bourdillon soll ich nicht mehr sagen) bekommen, der Jases alte und neue Krankenhausrechnungen decken soll. Als Libs mir davon erzählt hat, konnte ich es erst gar nicht glauben. Dann fühlte es sich an wie bei Jesus, der die ganzen Leute heilt. Josephine war für uns wie Jesus, und ich musste meinen Kopf ganz schön anstrengen, um überhaupt zu kapieren, wie das alles gekommen war. Wie ich mich bedanken sollte, fiel mir nicht ein.

Als Jase davon hörte, meinte er: „Das ist doch so wie du gemeint hast, Papa. Dass aus Bösem noch Gutes werden kann. Oder? Sie hat das alles aus einem schlechten Grund angefangen, aber jetzt ist sie für uns da und hilft uns." Libby sagt, Jase ist altklug. Und er hat so ein Gespür für Menschen. Er sieht in sie hinein. Nun, mag sein. Hat ja auch schon genug durchgemacht, um sich das verdient zu haben, schätze ich.

Josephine
Juni 2016
La Grande-Motte

Wir sind alle hier: Patrick, Hannah, Paige, Milton, Drake und ich. In La Grande-Motte gibt es eine großartige Rehaklinik, und ich habe zusätzlich noch Suzy, eine Physiotherapeutin, die mich jeden Tag besucht.

Ich gehe mittlerweile mit einer Krücke – den Rollstuhl brauche ich nicht mehr. Mit Patricks Hilfe ziehe ich die Sandalen aus und dann gehen wir am Strand spazieren. Wenn ich den Sand zwischen den Zehen spüre, muss ich jedes Mal fast weinen.

Hannah und Paige sind echte Badenixen in ihren Bikinis. Die langen Haare wehen im Mistral, und die beiden sind schön braun. Sie meinten, dieses Jahr würden sie wie alle Französinnen hier oben ohne gehen, aber das war zum Glück nur ein Scherz, um meine Reaktion zu sehen. Ich muss oft kichern, wenn ich eigentlich schockiert gucken will.

Die Mädchen lieben das. Drake übrigens auch.

Ich hoffe und bete, dass Drake die Geduld hat, um auf Paige zu warten. Sie ist ein totales Chaos, sagt sie, aber ich glaube, er hat das Zeug, um mit ihr klarzukommen.

Manchmal mache ich mir Sorgen um Paige. Sie hat das nötige Talent. Sie hat eine Fantasie, so groß wie die ganze Welt, dazu den Antrieb und den kindlichen Glauben, sie könnte etwas ganz Besonderes schaffen. Aber sie hat auch etwas, was mir fehlt. Sie hat

Mumm. Und ich glaube, nein, ich hoffe, dass er sie vor den Stimmen, vor der Depression, vor dem schlechten Ende bewahrt.

Diese Zeit in La Grande-Motte mit meiner Familie ist für mich ein riesengroßes Geschenk.

Ich atme Gottes Vergebung und Gnade ein, jeden Tag.

So viel Gnade.

Manchmal werde ich gefragt wie das ist, wenn man Vergebung erfahren hat. Wie sich Gnade anfühlt. Es ist wie ein Spaziergang am Strand, wo man nichts sieht außer Himmel, Wellen und Sand. Die Sonne sticht vor Helligkeit, das Wasser kitzelt an den Zehen, das Meeresrauschen klingt nach Allwissenheit und Macht, zugleich aber auch nach tiefem Frieden. Das Wasser wechselt von sandigem Braun zu Hellgrün und bis zu einem tiefen Blau, dort, wo die Wellen sich mit weißem Schaum brechen und dann auf meine Zehen zustürmen und ihnen Muscheln und Haifischzähne bringen.

So ist die Liebe Gottes, so endlos wie das Mittelmeer, wenn ich hinausschaue, umgeben von Patrick, Hannah, Paige, Milton und Drake.

Dass ich aus dem Koma erwacht bin, war das erste Wunder, gemessen an der Intensität der Verletzung. Aber das zweite und größere Wunder kam, als mir bewusst wurde, wie sehr Gott mich liebte. Das Wissen überrollte mich wie eine Welle im Mittelmeer und schenkte mir Momente voller Glück, voller Hoffnung und Freude.

Ich musste bis zur absoluten Grenze, bis zu meinem Ende vordringen, bevor mir klar wurde, wie ich wieder leben konnte. Eigentlich war ich fest davon ausgegangen, dass ich dort nur den Tod vorfinden würde. Das sind die furchtbaren und krankhaften Auswirkungen einer Depression und mir kann niemand mehr etwas anderes einreden. Wir sensiblen Menschen fühlen außerdem alles viel intensiver. Alles ist gleich wichtig und ich konnte nicht mehr unterscheiden zwischen dem, was wirklich wichtig war, und dem, was nur in meinem Kopf wichtig erschien und mich immer wieder quälte.

Die Menschen reagieren unterschiedlich auf Selbstmord. Manche werden wütend. *Wie kann sie oder er nur so egoistisch sein?* Manche schwingen sich auf ein hohes Ross. *Tja, da ist wohl jemand in der Hölle gelandet. Selbstmord ist die schlimmste Sünde überhaupt – schon vergessen?* Manche nicken nur und sagen nichts, weil sie schon mit ähnlichen Gedanken zu kämpfen hatten und ihnen das Angst macht.

Nur Henry hatte einen anderen Ansatz. Er wusste, was ich geplant hatte, und er vergab mir. Er meinte, wir Menschen seien doch alle irgendwie kaputt und brauchten Gottes Vergebung. Und seine Worte ermöglichten mir ein tieferes Verständnis von dieser Vergebung, die ich so gern an andere verschenkte und nur so widerwillig auf mich selbst bezog oder von Gott annahm.

Henry meinte, meine Geschichten hätten ihm geholfen, das zu verstehen.

Über eines wundere ich mich: Als ich endlich am Ende meiner selbst war, da fand ich die Gnade. Eine ganze Menge davon.

Epilog

Paige
Januar 2018

Manche sagen, Momma wird nie wieder schreiben, aber ich weiß es besser. Sie meint, ich hätte Mumm, dabei hat sie ihn auch, wenn auch auf eine weichere und eben typisch mommahafte Art. Sie treibt jetzt der Wunsch an, der Welt mehr über ihren Kampf gegen die Depressionen und ihre Entdeckung wahrer Gnade zu erzählen.

Und ich glaube, sie wird das schaffen.

Nachdem ihre Verkaufszahlen etwas in den Keller gegangen waren, stiegen sie wieder an. Momma hielt Wort und gründete einen Fonds, um Menschen finanziell zu helfen, die unter psychischen Erkrankungen litten und sich keine Hilfe leisten konnten.

Henry bestand vergangenen Monat seine Prüfung und darf jetzt sogar am College studieren. Er und Libby haben sich bei derselben Onlineuniversität eingeschrieben. Jase muss immer grinsen und zeigt seine Grübchen, wenn er erzählt, dass seine Eltern vom Gefängnis und vom Wohnwagen aus aufs College gehen.

Detective Blaylock drohte Dana Johnston mit einer Anklage wegen „vorsätzlicher Belästigung“ – oder so ähnlich – und seitdem haben wir nichts mehr von ihr gehört.

Nick Loopus hatte mehrere Namen. Als Detective Blaylock endlich alle seine Identitäten zusammengepuzzelt hatte, kam eine Latte von Straftaten zusammen, die ihn für dreißig Jahre hinter Gitter bringen würden. Als er dem Detective die Namen der anderen drei Leute gab, die Henry angeheuert hatten, wurde das Strafmaß auf zwanzig Jahre heruntergesetzt.

Bei Henrys Verhandlung, neun Monate nach seiner Festnahme, lief sein junger Anwalt zur Höchstform auf und erreichte, dass aus der Todesstrafe ebenfalls nur zwanzig Jahre Gefängnis wurden, wofür Henry und Libby extrem dankbar waren. Er muss die Verhandlungen für die anderen Morde noch überstehen, aber er vertraut Zeke und Gott, wie er sagt. In der Zwischenzeit studiert er in seiner Zelle und leitet einen „Bibelkreis für Sünder". So nennt er das, und ich muss jedes Mal lächeln, wenn er davon spricht.

Nach einem derartig heftigen Gehirntrauma arbeitet der Kopf irgendwie anders. Jeden Tag sehen wir kleine Fortschritte, aber Momma wird nie wieder die alte sein. „Das ist doch ein Geschenk", sagt sie, und dann kichert sie, was mittlerweile zu einer Art Markenzeichen geworden ist. Daddy hebt Momma oft hoch und nimmt sie huckepack, und dann trägt er sie herum, als wäre sie vier oder fünf Jahre alt. Und sie macht die Augen zu und streckt die Arme aus, als würde sie versuchen, das ganze Mittelmeer zu umarmen, und dann lacht sie. Lang und laut.

Die Ärzte sagen, die Gehirnverletzung hat Momma verändert. Ihr Verstand ist innerlich noch genauso messerscharf wie früher, aber nach außen drückt sie sich anders aus. Wir lassen den Ärzten ihren Glauben. Die Schwester, die Momma an den schlimmsten Tagen Mut zugesprochen hat und zu mir meinte, ich solle den Mund halten und Dr. Moore zuhören, nun, sie weiß genau wie ich, wie wir (und vor allem Hannah, deren Glauben ja nie wirklich auf dem Prüfstand war), dass es nicht nur die Gehirnverletzung ist.

Sondern Gnade.

Wir alle sehen heute das Leben mit anderen Augen. Henry hat uns das beigebracht. Er hat nie gezögert, die Fragen zu stellen, die sich sonst niemand getraut hat, über Heuchelei und Vorurteile und wieso Momma Bücher über Veränderung und Gnade schreiben konnte, ohne diese selbst zu erfahren.

Jetzt hat sie sie erfahren. Nach so vielen Jahren des Kämpfens, des dunklen Abgrunds in ihrem Kopf, wie sie es nennt, hat sie sich dem Leben geöffnet. Als ein Geschenk. Jedes bisschen Kraft investiert sie heute für andere, die noch in Depressionen gefangen sind, die finstere oder sogar suizidale Gedanken haben.

Auch ich sehe die Dinge mittlerweile anders. Vor knapp einem Jahr habe ich den Weg zurück gefunden. Drake hat mir keinen

Druck gemacht, noch nicht mal Hannah oder meine Eltern. Ich bin einfach Schritt für Schritt vorangegangen und habe beobachtet, wie Momma und Henry und andere Menschen, die ich mochte, ihren Glauben auslebten.

Ich glaube, Drake hatte doch recht. Jesus hat die ganze Zeit um mich geworben.

Wenn man Mommas Geschichte hört, ist sie traurig, sogar tragisch, aber es gibt einen Silberstreif am Horizont, wie helle Wolken, die über den dunklen und tiefen Schatten in den Bergen schweben. „Eine Aufwärtsspirale der Hoffnung", sagt Momma in ihrer neuen, kindlichen Art. „Eine Aufwärtsspirale der Liebe. Der Gnade."

Ich bin mittlerweile auf dem College, studiere Literatur im Hauptfach und im Nebenfach Creative Writing. In drei Jahren will ich fertig sein. Schätze, ich habe es ein bisschen eilig. Ich muss schließlich eine Hochzeit planen. Ja, ich bin erst zwanzig, aber irgendwie auch schon viel älter. Und der arme Drake, er wartet schon so lange.

Nächstes Jahr wollen wir heiraten, in der kleinen Kapelle auf Bearmeadow Mountain, im Kreise der Familie. Mit Tante Kit. Wenn man von oben herunterschaut, wird man Hunderte von Stühlen sehen, die um die Kapelle herumstehen, mit bunt gekleideten Leuten aller Formen und Farben und Herkunft, die draußen applaudieren. Die Pharisäer und die Sünder. Genau, wie Momma es in ihren Romanen geschrieben hatte.

Drake wird Frack tragen und ich ein weißes Kleid, die Haare hochgesteckt und Mommas Hugenottenkreuz um den Hals. Daddy wird mich zum Altar begleiten, irgendeinen Scherz machen und mir dann einen Kuss auf die Wange geben, und in seinem letzten Blick wird auf tausend Arten Liebe zu lesen sein. Hannah wird mit einem Wasserfallstrauß aus Rosen neben mir stehen. Und Momma wird ganz vorn sitzen, kichern und sich die Tränen abwischen, so wie nur meine kleine, verrückte Momma es kann.